Arno Löb

Der Neuschwanstein Code

UNSICHTBAR VERLAG

Konnte und durfte jenes Versprechen in Erfüllung gehen?
Mein ewig unglücklicher Stern verbietet mir es fast zu glauben.

Richard Wagner zu Franz Liszt

1. Kapitel

Die Speerspitze drang neben dem Schulterblatt in den Rücken des Sängers. Der dunkelblaue Jackenstoff bot keinen Widerstand. Der Kopf von Bill Loomis, der getroffen zusammensackte, fiel in den Nacken. Bill sah zu Lohengrin, weit oben. Den Lohengrin zu singen, das war sein großer Traum gewesen, der jetzt gewaltsam zerplatzte. Loomis hatte keine Chance. Der Speer wurde mit voller Wucht von hinten in seinen Leib gestoßen. Bill hörte im Körper ein Knirschen, als die metallene Spitze des Speers unterhalb des linken Schlüsselbeins eine Rippe schrammte. Das Herz pochte heftig und wurde blitzartig, fast schmerzlos, durchbohrt. Der Blick des Sängers wanderte über die Schulter nach hinten, ungläubig, überrascht, verwirrt. Dort blieb er an dem wutverzerrten Gesicht des Mannes hängen, der einst Bruderschaft mit ihm getrunken hatte. Durch romanische Bogenfenster drangen orangerot die Strahlen der sommerlichen Abendsonne, die sich zwischen den hohen Bergspitzen der Alpen hindurch in den Sängersaal zwängten.

Bill Loomis versuchte zu schreien, doch sein Hals war schlagartig ausgetrocknet. Er röchelte nur kurz. Langsam sank er in die Knie und brach zusammen. Die erlöschenden Sängeraugen flackerten wirr an einem Felsenblock vorbei. Über krumme Baumwurzeln, die sich in den Waldboden bohrten. Über rissige Baumrinden und durch verkrüppelte Äste. Zuletzt trafen sie auf einen Hirsch, der am Rande eines Waldweges stolz sein Geweih hob.

Bill Loomis durchzuckte der Gedanke, in einen bösen Traum eingebrochen zu sein, in einen Albtraum, aus dem er sofort wieder aufwachen würde. Bisher war er immer dann aus seinen Schreckensträumen aufgewacht, wenn er von seinem eigenen Tod träumte. Er griff ins Leere, als er seinen umgehängten Degen packen wollte. Hatte er vergessen, ihn anzuschnallen? Auch egal durchschoss es ihn, der Degen hätte ihm zu seiner Verteidigung auch nichts genutzt, er war ja nur eine Dekowaffe.

»Du Schwein, du fieses Schwein, du dreckiges Schwein!«, erklang die hasserfüllte Stimme des Mannes, der jetzt direkt hinter ihm heftig schnaufte.

Der Sänger wollte ein abwehrendes Wort aussprechen, wollte um sein Leben betteln. Aber seine Zunge war wie gelähmt. Er blieb wortlos. Mit einem wirren Blick registrierte er noch den blühenden Busch, neben dem ein Bächlein über Gebirgssteine plätscherte. Alles Täuschung, Blendung. Wie so vieles in diesem großen Raum voller Gold und Glanz. Auf den prunkvollen roten Sesseln für den König und sein Gefolge war noch nie ein Herrscher gesessen und hatte einem Sänger gelauscht. Bill Loomis krümmte sich auf dem Boden wie eine einschlafende Katze.

Auf einem dreieckigen Bild rechts oben war ein Lichtstrahl zu sehen. Es war ihm, als treffe dieser Lichtstrahl genau in sein Herz und erfasste seinen Geist. Eine weiß gekleidete Frau, über deren Rücken lange Haare bis zu ihrem

Becken wallten, hielt einen funkelnden Kelch über einen Tisch, der auf ihn den Eindruck eines Altars machte. Wir sind alle Opfer, schoss es Bill Loomis durch den Kopf. Nie erschien ihm sein eigenes Dasein so verbunden mit der Natur. Mit Gut und Böse. Mit Anfang und Ende. Die Hitze- und Kältewellen, die durch seinen Körper schossen, brachten ihm die Erlösung. Seine schwarz gefärbten Haare fielen schweißnass in sein blasses Gesicht. Kurz riss er noch einmal die Augen auf. Seine angezogenen Beine zuckten zum letzten Mal.

Mit den Worten »Ich habe dich gewarnt, ich habe es dir gesagt!«, versuchte der Mann hinter Bill Loomis den Speer mit aller Kraft noch tiefer in den toten Leib zu stoßen. Als ob er sich rechtfertigen wollte, geiferte er: »Das hast du davon. Du hast alles kaputtgemacht. Selbst wenn ich dran glauben muss, ist mir das völlig egal! Du warst zuerst dran!«

Die scharfe Spitze des Speers drang noch weiter durch die Brust des Toten und bohrte sich in das Parkett des Bühnenbodens. Der Anblick von Bill Loomis erinnerte an ein aufgespießtes Insekt in der Vitrine eines Naturkundemuseums. Vor dem Toten schaukelte ein dicker Strick, der die Besucher daran hinderte, die paar Stufen zur Bühne hoch zu steigen, wo sich hinter vier Marmorsäulen der Wald mit dem Hirsch befand. Die Strahlen der Abendsonne hatten sich aus dem Sängersaal zurückgezogen. Es wurde dämmrig. Hunderte von weißen Kerzen steckten in riesigen kronenartigen Leuchtern, die an der mit Figuren und Symbolen bemalten Holzdecke hingen. Noch nie waren diese Kerzen entzündet worden. Auch nicht die vielen Kerzen in den dreibeinigen hohen goldenen Ständern vor den roten Sesseln. Diese Kerzen würden nie den Zweck ihres Daseins erfahren: zu brennen, zu leuchten, um für einen sinnvollen Zweck zu existieren, bis sie verlöschten.

Der Märchenkönig ließ sich ein Traumschloss erbauen, in dem die Illusion regierte. Aber das rote Blut, das sich aus der Brust von Bill Loomis auf den Boden ergoss und sich langsam auf dem Parkett ausbreitete, das war echt. Bill Loomis endete als Musical-Sänger. Seine Stimme hatte nie für eine Wagner-Oper gereicht. Wie der Märchenkönig kannte Bill Loomis die Illusionen. Wie Ludwig II. hatten sie ihm in seinem einsamen Leben viel Freude gemacht.

Der Mörder befreite die Hand des Toten von den weißen Stoffhandschuhen, die sie trug, und putzte damit in aller Ruhe seine Fingerabdrücke vom Schaft des Speeres. Dann ließ er die beschmutzten Handschuhe mit einem triumphierenden Grinsen neben das Gesicht des Ermordeten fallen.

»Das hättest du nicht gedacht, was?«, höhnte der Mörder, dessen Lungen sich nach der Anstrengung des Mordens mit Sauerstoff voll pumpten. »Ich kann auch anders. Ganz, ganz anders. Du hast wohl gedacht, ich sei ein Weichling, ein hirnverbrannter Narr, der alles in sich hineinfrisst. Da hast du dich aber mächtig geirrt, mein Bester. Du wolltest mich wohl ausnehmen wie eine Weihnachtsgans. Du dachtest wohl, mir alles wegnehmen zu können. Aber deine Gier war dein Verderben. Dafür musste ich dich bestrafen.«

Er schaute kurz die Leiche von Bill Loomis an, als warte er auf deren Zustimmung. Als er diese nicht erhielt, fischte er aus seiner inneren Jackentasche drei weiße Federn. Eine längere und zwei kürzere. Er bückte sich und arrangierte sie auf dem Boden des Saales als Pfeil, der zu einem der Gemälde an der Wand zeigte.

Was war das? Der Mörder hörte Geräusche hinter sich. Wie wenn Stoff aneinander gerieben wurde, wie wenn sich ein Mensch bewegt. Er richtete sich erschrocken, ertappt, auf, drehte sich um.

»Wer sind Sie? Wie kommen Sie hier rein?« Der Mann, der Bill Loomis auf dem Gewissen hatte, erstarrte vor Schreck. Vor ihm stand wie aus dem Nichts aufgetaucht, eine schwarze Gestalt mit einer Kapuze. Der Mörder wischte sich verdutzt, dann nervös mit seinem rechten Handrücken über die Augen. Innerhalb eines Sekundenbruchteils war die düstere Gestalt wieder verschwunden.

»He! Verdammt, wo sind Sie?« Der Mörder streckte wie ein Blinder seine suchenden Hände aus. Sie ertasteten nichts. Dann drehte er sich mit aufgeregt blitzenden Augen, unsicher seine Umgebung ausforschend, im Kreis. Als er nichts und niemanden erblickte, stand er abwartend still, versuchte die Ruhe zu bewahren, lauschte in den Raum, versuchte einen Überblick über die Situation zu bekommen. Er erzitterte, als er plötzlich hinter sich jemanden atmen hörte. Noch bevor er sich umdrehen konnte, umklammerten zwei Hände seinen Hals, dessen Muskulatur erstarrte. Er spürte kräftige Hände mit eisenharten Fingern. Sie drückten fest zu.

»Lass mich los – was soll das? Wer bist du?«, wollte der Mörder noch schreien. Aber er brachte kein Wort hervor. Die Finger um seinen Hals waren gnadenlos. Wie ein Schraubstock. Sie pressten die Luftröhre des Mannes zu, dessen Gesicht sich durch die Anstrengung irgendwie Luft zu bekommen zu einer hässlichen Fratze verwandelte. Das Blut in den zusammengedrückten Schlagadern und Venen stockte. Die Knorpel in der Luftröhre knackten, als sie endgültig verschlossen wurde. Das Geweih des Hirsches blieb stolz erhoben.

Habt ihr kluge Sinne, so seid wohl auf der Hut.

Hagen zu König Gunther

2. Kapitel

Hier sehen Sie den Ritter Parzival. Er gehört zu den Gralsrittern. Sie wissen vielleicht, dass der Gral ein heiliger Kelch sein soll, aus dem Jesus und seine Jünger beim letzten Abendmahl den Wein getrunken haben«, stellte sich Wally Windheim vor das Gemälde des Ritters Parzivals im Gang, der zum Sängersaal führte.

Dabei gestikulierte sie eifrig. Besonders die japanischen Touristen hörten mit einem verklärten Lächeln aufmerksam zu. Es waren auch welche aus anderen Ländern darunter, Touristen, die Deutsch sprachen oder lernen wollten. Ein Gesicht fiel ihr auf, dass ihr bekannt vorkam, von dem sie glaubte, sie habe es in Füssen schon mal gesehen. Für die Besucher von der fernen Insel Nippon war die Welt der germanischen Ritter und Sagen genauso exotisch wie für Wally die Welt der Samurais. Wally beobachtete unter ihrer Besuchergruppe kurz ein Mädchen im Faltenrock, das weiße Kniestrümpfe trug, obwohl es schon längst über das Schülerinnenalter hinaus war, wie es an ihrem umgehängten MP3-Player herumhantierte und dann den kleinen Ohrhörer wieder in ihr rechtes Ohr stopfte. Wally sprach bei ihren Führungen mit Ausländern nur Deutsch. Wer das nicht verstand, hatte ihren Vortrag in der Muttersprache auf dem MP3-Player. Es war ein warmer, fast heißer, Sommertag und Wally trug ihre dünne rotblauweiß karierte Jacke zu Jeans und leichten Wildlederstiefeln mit flachen Absätzen.

»Bei der Kreuzigung von Jesus hat Joseph von Arimathia das Blut des gekreuzigten Heilands in dem Abendmahlkelch aufgefangen. Deswegen wird ihm Wunderwirkung nachgesagt. Er kann nicht nur beliebig viel Essen und Getränke herbeizaubern, er kann auch die Menschen unsterblich machen, die aus ihm trinken.« Sie drehte sich um und zeigte auf das farbenfrohe und romantische Gemälde von Parzival, der als stolzer Ritter auf einem schönen Pferd saß. »Parzival hatte nach vielen Prüfungen und Abenteuern endlich den Gral gefunden und war so zu einem Grals-Ritter geworden, der für die Gerechtigkeit kämpfte. Gleich werde ich Ihnen ein Bild zeigen können, auf dem der Gral abgebildet ist.«

Ab und zu mischte Wally japanische Wörter in ihren Vortrag. Dies rief bei den Japanern immer Begeisterung hervor.

»Gleich sehen Sie etwas Besonderes! Folgen Sie mir!«, sagte sie auf Japanisch.

Sie schaute dabei zu den drei Japanern, die seit einigen Wochen einen Sushi-Imbiss in Füssen eröffnet hatten. Sie hatten heute ihren Ruhetag und waren auch bei der Führung dabei »um endlich das Schloss Neuschwanstein kennenzulernen«, wie sie ihr beim Beginn sagten. Es waren Taka, seine Schwester Yui und der Vater der beiden. In deren Imbiss hatte sich Wally bereits einige japanische Wörter und Sätze beibringen lassen. Mal von Taka, mal von Yui, wer gerade hinter der Verkaufstheke stand. Ihr Vater war meistens in der Küche. Sie waren alle drei mit Digitalkameras bewaffnet.

»Habe ich das verständlich ausgesprochen?«, erkundigte sich Wally bei Taka.

»Hervorragend!«, lobte sie Taka.

Wally klatschte in die Hände, das machte sie immer, wenn sie mit ihrer Besuchergruppe eine Station weiterging. Dann wussten die Leute Bescheid. Sie ging voraus über den Läufer, der durch einen offenen Torbogen in den Sängersaal führte. Im Torbogen blieb Wally noch einmal stehen. Das machte immer einen besonderen Eindruck auf die Besucher. Sie konnten dabei schon an Wally vorbei einen Blick auf den goldenen Kronleuchter mit den Kerzen und auf die romanischen Fenster erhaschen, was eindrucksvolle, staunenswerte Dinge im größten Raum des Schlosses versprach.

»Moment!« Wally machte der Gruppe hinter ihr ein Zeichen, zu stoppen. Sie bückte sich. Vor ihr auf dem Boden lag eine kleine runde Dose. Die hob sie auf. Auf dem Deckel der weißen Dose, die wie ein edler Behälter für Schnupftabak aussah, war ein schwarzer Schwanenkopf zu sehen. »Wenn Sie hier im Schloss irgendwas herumliegen sehen, das jemand verloren haben könnte, oder aber auch zur Ausstattung gehören kann, dann zeigen Sie es mir bitte! Ich bringe es dann in unser Fundbüro.«

Zur Demonstration zeigte sie die gefundene Dose der Gruppe, in der die meisten zustimmend nickten und manche ein Foto von Wally mit dem Fundstück schossen. Wally schob die Dose in eine Jackentasche. Dann ging sie weiter.

»Meine Damen und Herren, Sie werden jetzt gleich in einen herrlichen Saal treten. Ein ganz besonderes Erlebnis!« Wally machte eine bedeutungsvolle Pause. »Achtzehnhundertsiebenundsechzig besuchte der König die Wartburg bei

Eisenach, den legendären Schauplatz des Sängerkrieges. Dort beeindruckte ihn vor allem der Festsaal mit den Bildern. Sein Wunsch, eine Burg mit einem solchen Saal zu bauen, beschäftigte ihn danach unablässig. So wurde hier dieser prächtige Raum geschaffen, der Sängersaal.«

Wally blühte nun richtig auf. Jetzt kam ihr Lieblingsthema. Auch wenn sie den folgenden Text schon oft in englischer Sprache für die Touris abgespult hatte, faszinierte sie die Beziehung zwischen dem König und dem Komponisten immer noch. »Im Sängersaal werden wir auch Bilder von Lohengrin, dem Schwanenritter sehen. »Am zweiten Februar achtzehnhunderteinunundsechzig hörte König Ludwig II., damals noch Kronprinz, seine erste Wagner-Oper.«

Sie machte eine wirkungsvolle Pause. Ihre Besuchergruppe hörte auf zu feixen und zu murmeln. Bei Wagner wurden sie ernst. Und sehr aufmerksam. Wagner imponierte. Wagner ist Drama pur! Leidenschaft! Kampf! Tod! Untergang! Davon waren die Japaner und Amerikaner fasziniert, die sie täglich vormittags und nachmittags durch das Schloss führte. Weil sie noch im Tourismus-Büro jobbte, hatte sie immer die erste und die letzte Führung des Tages.

Damit war sie auch die Kontaktperson zwischen dem Schloss und dem Touri-Büro. Immerhin besichtigen jährlich über eine Million Menschen die Burg des Märchenkönigs. Im Sommer drängen sich täglich mehr als 5.000 Besucher durch die Räume. Vormittags waren es meistens Japaner, die sich für die erste Führung mit ihr durch das Schloss angemeldet hatten. Amerikaner lagen gerne etwas länger in ihren Hotelbetten und brauchten am Frühstücks-Büfett länger. Dabei musste sie mit ihren Gästen jedes Mal in rund 35 Minuten insgesamt 165 Stufen aufwärts und 181 Stufen abwärts zurücklegen.

Den Schlüssel, ein Gruppenschlüssel, der nur für die Türen zu den Besichtigungsräumen bestimmt war, holte sich Wally für die erste Führung im Schloss aus dem Souvenir-Shop. Manchmal war auch Erwin Jansch, der Hausmeister des Schlosses schon anwesend, mit dem sie dann kurz Neuigkeiten austauschte, wenn es welche gab.

Am Ende ihrer Führungen gab Wally den Schlüssel wieder im Souvenirshop ab. Es war ein teurer Schlüssel, der zu einer Generalhauptschließanlage gehörte. Sie hatte dafür eine Quittung unterschreiben und eine Versicherung abschließen müssen. Sie war nicht berechtigt ihn weiterzugeben, geschweige denn, ihn nachmachen zu lassen.

Hier arbeitete auch Daniela, Janschs Tochter, mit der Wally stets ihren zweiten Kaffee trank und sich mit ihr unterhielt. Sie wohnte nicht mehr zu Hause, hatte vor einigen Monaten geheiratet und war schwanger. Daniela war das einzige Kind von Jansch, einem Witwer.

»Richard Wagner!« Wally ließ diesen Namen langsam und gut hörbar auf ihrer Zunge zergehen. Dieser Name ließ die Ohren ihrer Zuhörer höher schnellen. »Es war Richard Wagners Oper Lohengrin, die Kronprinz Ludwig, der spätere König Ludwig, II, unser Märchenkönig also, zum ersten Mal im Münchner Nationaltheater hörte. Den jungen Kronprinzen, der damals gerade fünfzehn Jahre alt war und als fantasievoller Tagträumer galt, beeindruckte die Oper mit der Geschichte über den tapferen Ritter Lohengrin zutiefst.«

Langsam, Schritt für Schritt, ging Wally rückwärts durch den Torbogen in den Sängersaal, während sie von Lohengrin erzählte, der als Gralsritter die Herzogin Elsa retten musste, weil diese zu Unrecht angeklagt worden war, ihren Bruder aus Habgier gemeuchelt zu haben. Ihre Gruppe rückte Schritt für Schritt nach. Wally wusste, dass sie genau sieben Schritte auf dem beigen Läufer rückwärtsgehen konnte, dann stand sie in der Mitte des Sängersaals.

»Lohengrin siegte in einem Gotteskampf, den er für die unschuldige Elsa mit dem Schwert gegen den verleumderischen Graf Telramund führte.«

Wally machte dazu eine Geste, als würde sie mit einem Schwert mitkämpfen. Die Japaner lachten und klatschten dazu Beifall. »Lohengrin, der edle Gralsritter, war mit einem silbernen Schwan zum Kampf erschienen und deswegen ist an der Frontseite des Sängersaals, links oben, mit einem weißen …«

Sie stockte kurz. Während sie ihren rechten Arm mit dem ausgestreckten Zeigefinger mit einer halben Körperdrehung in die richtige Stellung brachte, damit die Touris das dreieckige Lohengrin-Gemälde sahen, hatten Wallys Augen etwas Ungewöhnliches erfasst. Ein paar Meter von ihr entfernt. Zwei Personen lagen auf dem Boden des Sängersaals. Einer sah mit seiner dunkelblauen Jacke, darüber eine rote Schärpe und mit schwarzgelockten Haaren aus wie König Ludwig II. persönlich. Wurde hier ein Film gedreht? Wo waren die Kameras? Die Beleuchtung? Das Filmteam? Die beiden Gestalten konnten nicht zu einem Film gehören, dachte sich Wally. Aber das hätte ich ja von Jansch erfahren, wenn hier gedreht worden wäre, dachte sie sich. Wallys rechte Hand, die immer noch zu Lohengrin zeigte, begann stark zu zittern. Mehr als sonst, bevor sie den Arm müde von der Anstrengung herabsenkte. Noch vermied sie es, ihren Blick auf die beiden

Gestalten vor den Stufen zu werfen, die zu dem großen Wandgemälde hinter drei roten Marmorsäulen hoch führten. Hatte gestern ein Fotograf, der irgendwelche Aufnahmen vom Schloss anfertigte, diese menschengroßen Puppen am Boden liegen lassen? Und wieso hatte die Gestalt des Märchenkönigs in der Schulter eine Lanze stecken? Hatte der Hausmeister ihr nicht gesagt, dass er nach den Besuchern mit seiner Putztruppe alle Räume wieder in Ordnung bringe, durch die die Besucherströme geschleust werden? Dann hätte er diese Figuren hier doch gesehen und verschwinden lassen.

Ein Juchzer aus ihrer Besuchergruppe und ein paar japanische Worte ließen die Köpfe der Touristen vor ihr zu den beiden Gestalten am Boden schwenken. Sie waren regelrecht begeistert über dieses Event, das ihnen den ermordeten Märchenkönig hautnah präsentierte. Wally wurde es mulmig.

Irgendwas ist hier faul, dachte sich Wally. Sie war keine, die man leicht aus der Ruhe bringen konnte. Nicht mal mit Mäusen oder Schlangen. Außer mit Spinnen. Und Blut. Besonders eigenes Blut brachte sie beim Anblick an den Rand einer Ohnmacht. Und sei es nur bei einer Blutabnahme, wenn sich die Nadel auf der Innenseite ihres Armes in ihre Ader senkte. Instinktiv stellte sich Wally vor die beiden Gestalten am Boden.

»Das ist auch für mich eine Überraschung«, sagte sie. »Hier wird nämlich für das König-Ludwig-Musical geprobt«, begann sie ein Märchen zu erzählen.

Inzwischen hatte sie weiche Knie bekommen. Sie hatte zwar das Blut, das sich zwischen den beiden Figuren am Boden ausgebreitet hatte, noch nicht gesehen, doch spürte sie, dass sie schnellstens Erwin Jansch benachrichtigen musste. Das blasse Gesicht des Märchenkönigs-Darstellers, das seitlich auf dem Parkettboden lag, kannte sie. Ihr war klar, dass es zu einem Toten gehörte. Sie wollte möglichst schnell den Hausmeister erreichen, ohne eine Panik unter ihrer Gruppe auszulösen. »Ich glaube, darüber darf ich noch gar nichts erzählen, das ist noch geheim, dass das Musical auch hier in den historischen Räumen aufgeführt werden soll«, stotterte Wally eine Lüge zusammen. Sie musste sich Mühe geben, ihre heitere Stimme weiter einigermaßen heiter klingen zu lassen.

»Ich werde ihnen nach der Führung noch Prospekte für das Musical geben. Es ist auf jeden Fall einen Besuch wert. Vielleicht wissen Sie schon, dass der Hauptdarsteller Bill Loomis ein Amerikaner ist, der zufällig auch aus meiner Geburtsstadt Milwaukee stammt.«

Möglichst schnell führte Wally ihre Touris aus dem Sängersaal. »Wir kommen nun zu einem weiteren Höhepunkt unserer Führung. Neben dem Arbeitszimmer von König Ludwig II. befindet sich im dritten Obergeschoss eine Grotte, eine kleine Höhle, wie sie eigentlich nur unterirdisch zu finden ist. Dort saß der Märchenkönig ganz allein bei einem Fässchen Wein, um über Gott und die Welt nachzusinnen. Er konnte seine Grotte mit bunten Lichtern ausleuchten, mit Kunstnebel mystisch verbrämen und einen kleinen Wasserfall einschalten. Heutzutage, durch den ungeheuren technischen Fortschritt, sind solche Effekte natürlich kein Problem mehr. Damals musste ein schlauer Ingenieur diese technischen Tricks mit raffinierter Mechanik, einer komplizierten Heizapparatur und einem speziellen Elektrogenerator zuwege bringen.«

Sie zündete ein Feuerwerk der Vorfreude, um die Aufmerksamkeit ihrer Gruppe auf das nächste Highlight zu lenken. Es war ihr nie schwerer gefallen. Dann ließ sie die Touristen an sich vorbei, damit sie in Ruhe einen Blick in diese Königsgrotte werfen konnten. Schnell fischte sie ihr Handy aus der Jackentasche. Die Nummer des Hausmeisters hatte sie gespeichert. Er ging nicht ran. Sie wählte die Nummer des Souvenir-Shops. Daniela meldete sich.

»Ich bins,Wally, wo ist dein Vater? Er muss mir helfen! Schnell!«

»Ich habe ihn heute noch nicht gesehen. Was ist denn?«

»Im Sängersaal liegen zwei Tote. Was soll ich machen?«

»Was sagst du? Du machst doch keine blöden Scherz, Wally, oder?«

»Mir ist nicht danach. Du kannst ja herkommen und dir das anschauen.« Wallys Stimme zitterte. Sie war kurz vor einem Nervenzusammenbruch.

»Schon gut. Ich laufe zu meinem Vater. Wo bist du?«

»Ich bin mit meiner Gruppe zu dir unterwegs.«

»Gut, warte im Shop, bis ich mit meinem Vater komme.«

Wally drückte die Aus-Taste. Ihr Atem ging heftig. Jetzt wurde ihr klar, dass sie diese Führung nie mehr vergessen würde. Der tote Mann in der Kleidung des Märchenkönigs war Bill Loomis. Gestern hatte sie noch mit ihm gesprochen. Er war putzmunter gewesen. Auf einer Pressekonferenz im Tourismus-Büro zur hundertsten Aufführung des neuen König-Ludwig-Musicals. Er war als König Ludwig II. angezogen. Dunkelblaue Jacke mit goldenem Stehkragen und weißgoldenen Epauletten, rote Schärpe diagonal um Brust und Rücken, goldener Gürtel um die Jackentaille, weiße Stoffhandschuhe, Degen an der Seite. Ganz schön sexy hatte der strahlende Bill Loomis in der eng anliegenden weißen Hose ausgesehen, deren lange Beine in hohen schwarzen Stiefeln mit Sporen steckten.

»Schade, dass so ein schöner Mann schwul ist, wieder einer weniger«, hatten ihr die Kolleginnen schon Tage vorher zugeraunt.

Wally entließ ihre Gruppe, die sich im Souvenirshop umschaute. Daniela kam herein.

»Ich versteh das nicht. Ich erreiche meinen Vater nicht. Er ist auch nicht in seiner Wohnung. Was hast du gesehen, Wally? Zwei Tote? Wo? Oh Gott, sag, ist vielleicht mein Vater darunter?«

»Nein. Bill Loomis und ein anderer.«

»Ein anderer? Wer?«

»Ich habe sein Gesicht nicht gesehen, aber von der Figur und der Kleidung her, ist es nicht dein Vater.«

»Wo kann mein Vater sein? Das kenne ich von ihm nicht, dass er nicht aufzutreiben ist. Was machen wir? Soll ich die Polizei rufen?«

»Wird das beste sein. Dein Vater würde das auch machen.«

Gestern und heute legte ich 7 Poststunden zu Pferde zurück, was für mich sehr wohltuend war.

König Ludwig II. zu Graf Dürckheim

3. Kapitel

Ziemlich blass im Gesicht und mit wackligen Beinen kam Wally nach dem schrecklichen Geschehen auf dem Schloss in ihre kleine Wohnung. Im Hausflur, der am anderen Ende in den Garten führte, schlüpfte sie aus ihrer karierten Jacke, die sie an den Kleiderhaken hing. Ihre Straßenschuhe zog sie dieses Mal nicht aus. Dann ließ sie sich auf ihre Couch fallen. Von hier aus konnte sie durch die verglaste Terrassentür ihres Wohnzimmers an der Rückseite des schmalen einstöckigen Hauses in der Füssener Altstadt in den Garten schauen.

Durch ihren Kopf schwirrten die Bilder der Toten im Schloss. Ziemlich schnell war die Polizei gekommen. Zwei Männer von der Kripo tauchten auf. Sie schauten zu den Toten. Daniela fand ihren Vater in einem Verlies. Dieser wurde sofort von den Kommissaren ausgequetscht.

Vom CD-Regal neben der Couch griff sie sich eine bereitliegende Scheibe mit Musik von Richard Wagner. Wally betrachtete die CD-Hülle. Vom freudigen Gefühl, mit dem sie sich heute früh beim Aufstehen diese Scheibe zum Reinhören bereitgelegt hatte, war nichts mehr in ihr. Als man ihr vor ein paar Wochen eine neue Führung anbot, mit dem Motto »auf den Spuren von Richard Wagner durch Bayern«, hatte sie begeistert zugesagt. Wagner am Starnberger See, Wagner in den Königsschlössern, Wagner in München, Wagner in Bayreuth und Wagner in Neuschwanstein, das gefiel ihr. Eine dreitägige Tour mit dem Bus würde das werden. Mit Übernachtungen in Bayreuth und München.

Davon hatte sie heute auch einem der Kommissare erzählt. Ein baumlanger, fast dürrer Kerl, der ihr ein wenig tollpatschig vorkam. Er hatte einen großen Schnauzbart, der fast jedes Wort durch das Zittern seiner spitzen Enden bestätigte. Die knollige Nase war ein wenig rot und ein wenig pockennarbig. Hätte sie nicht gewundert, wenn Kartoffelkeime herausgewachsen wären. Unter seinen Augen waren große Tränensäcke. Sein treuherziger Blick erinnerte sie an einen Bernhardiner. Gekrönt wurde diese gemütliche Figur in einem dunkelbraunen Anzug, darunter eine grüne Strickweste und darunter ein offenes Hemd ohne Krawatte, von einer Halbglatze. Ein Herr Johann, Jodok, oder Jakob Dolling. Den Vornamen wusste sie nach der Aufregung nicht mehr genau. Nachdem er mit ihr nach der Entdeckung der beiden Leichen bei einem Kaffee im nahen Schlossrestaurant gesprochen hatte, bat er sie dort zu warten, bis er das Gespräch mit Erwin Jansch beendet hatte.

Wally war nach dem Gespräch mit dem Kommissar aus dem weißen Märchenschloss geflohen, wie Cinderella vor Mitternacht auf dem Ball. Hinter Wally blieb das Märchenschloss aus hellgrauem Granit zurück. Mit seinen zahlreichen Türmen vor den Bäumen und der Felswand eine imposante Optik. Die Disney-Land-Manager wussten schon, warum sie Neuschwanstein nachbauten. Dieser Anblick war ein Magnet für Besucher. Aber Wally stieß dieser Magnet nun ab.

»Wie sind Sie auf die beiden Toten gestoßen?«, hatte der Kommissar von ihr wissen wollen.

»Bei einer normalen Führung.«

»Ist Ihnen etwas Besonderes aufgefallen? Außer den beiden Toten natürlich. Wie haben die Touristen reagiert? Haben Sie die beiden toten Männer erkannt?«

»Nur Bill Loomis, dessen Gesicht ich sehen konnte.«

»Was wissen Sie über ihn?«, fragte Dolling freundlich.

»Stehe ich unter Verdacht?«, wurde Wally blass.

»Ach was, nein, ich verdächtige Sie gewiss nicht des Mordes«, meinte er, als ihr bei diesem Gespräch langsam selbst dieser Verdacht kam. »Sie sind halt die wichtigste Zeugin. Wie kommen Sie zu diesen Führungen?«

Wally erzählte ihm von ihrer deutschen Mutter, ihrem Vater, einem GI aus Milwaukee und ihrem Studium in Heidelberg. »Was haben Sie in nächster Zeit so vor?«, interessierte sich der Kommissar. »Es könnte sein, dass ich noch öfters auf Ihre Auskünfte zurückgreifen muss«, meinte Dolling.

Wally erzählte von den geplanten Führungen auf den Spuren Richard Wagners durch Bayern.

»Kein Problem, das können Sie ruhig machen«, äußerte Dolling. »Ich rühre mich einfach, wenn ich noch was von Ihnen wissen will. Wäre schön, wenn ich dazu Ihre Adresse und Ihre Telefonnummer haben könnte.«

»Eine Frage noch.«

»Ja?«

»Kam es Ihnen nicht merkwürdig vor, dass Herr Jansch, der Hausmeister des Schlosses in der Frühe nicht anwesend war?«

»Nein. Das war schon öfters der Fall gewesen.«

»Er war die ganze Nacht in einem Verlies eingesperrt. Wer könnte das getan haben?«

»Ich weiß es nicht.«

Er speicherte ihre Nummer samt Adresse ein, dann zahlte er ihren Kaffee und fuhr sie zum Tourismus-Büro, wo man schon gespannt auf sie wartete. Der Kommissar hatte sie während der Fahrt dazu verdonnert, nichts über den Mordfall zu sagen. Damit er leichter den Täter fassen konnte und damit es nicht bekannt wurde, dass sie eine wichtige Zeugin sei, was sie auch vor dem Täter schütze. Sie solle nur sagen, dass sie erst nach ihrer Führung von dem Mord erfahren habe. Mehr nicht.

»Der Hausmeister vom Schloss und seine Tochter haben die gleichen Instruktionen«, sagte Dolling.

Wally versprach, dies zu tun. Er sagte ihr dafür zu, dass ihr Name weder den Medien, noch sonst jemandem genannt würde. Dazu habe er auch Jansch strengstens vergattert. Und ihrem Chef im Tourismus-Büro könne sie gleich mitteilen, dass das Schloss ab sofort und in nächster Zeit für Führungen geschlossen sei. Bis die Polizei ihre Untersuchungen dort beendet habe.

Nach dem Gespräch mit dem Kommissar ging Wally ziemlich aufgelöst in das Tourismus-Büro. Dort sprach sie mit ihrem Chef, der sich über ihr zerfahrenes Wesen wunderte, über den Vorfall im Schloss und dessen Sperrung für die Öffentlichkeit durch die Polizei. Sie sagte ihm nur das, was sie mit dem Kommissar vereinbart hatte. Auch ihren Kolleginnen und Kollegen, die sich gerade im Tourismusbüro aufhielten, verriet sie nicht mehr. Die drehten nach ihren spärlichen Auskünften den Lokalsender im Radio lauter, wo bereits über den Doppelmord im Schloss berichtet wurde.

»Na, das ändert für Sie kaum etwas«, meinte der Tourismus-Chef zu Wally. »Schließlich beginnt in ein paar Tagen Ihre große Wagner-Tour durch Bayern. Die ausfallenden Führungen nehmen sie als Vorbereitungszeit her.«

Nach dieser Besprechung ging Wally schnell heim. Ohne auf dem Weg im Sushi-Imbiss noch etwas zu essen, oder mit nach Hause zu nehmen. Sie erwiderte nur kurz den Gruß des Inhabers und seines freundlich winkenden Sohnes, die gerade einen Angebotsständer aufstellend, Wally vorbeilaufen sahen. In Wallys Kopf ging es rund.

Sie hatte mit dem Kommissar noch zu den beiden männlichen Leichen im Schloss mitgehen müssen. Obwohl ihr nicht danach war. Er hatte ihr ein Taschentuch gereicht, als sie weinte.

»Duldet leider keinen Aufschub«, erklärte er ihr.

Dolling machte sie auf den Pfeil bei den beiden Toten aufmerksam. Gebildet aus drei langen weißen Federn.

»Wahrscheinlich Gänsefedern, nehme ich an«, sagte Dolling zu Wally.

»Die sind mir in der Aufregung überhaupt nicht aufgefallen«, erklärte sie ihm mit schluchzender Stimme.

Während Wally ihre Beine, die Schuhe in die Luft gestreckt, über die Sofalehne gelegt hatte, schallte Wagner-Musik durch ihr Wohnzimmer. Sie konnte nicht ruhig bleiben. Sie sprang auf und schaltete den Computer ein. Sie griff nach dem Kopfhörer mit dem Mikro, steckte ihn ein, setzte ihn auf, setzte ihn wieder ab und legte ihn auf die Seite. Es war noch nicht die richtige Zeit, ihre Eltern in Milwaukee anzuskypen. Sie schrieb eine E-Mail an sie.

Was kann ich ihnen schreiben?, überlegte Wally.

Sie hielt sich an die Abmachung mit dem Kommissar. Das konnte nicht verkehrt sein. Sie teilte ihren Eltern nur den Doppelmord im Schloss mit, der sie sehr mitgenommen hatte. Aber nicht, dass sie die beiden Toten aufgefunden hatte. Ihre Eltern würden sich doch nur große Sorgen machen, wenn sie wüssten, ihre Tochter ist in einem Mordfall mit zwei toten Männern verwickelt.

Ich werde mich am besten damit von der abscheulichen Sache im Schloss ablenken können, sagte sich Wally in Gedanken, wenn ich mich noch schlauer mach zum Thema Wagner in Bayern.

Mit einem Mausklick rief sie die Textseite mit dem Konzept ihrer Wagner-Führung auf. Das würde sie womöglich ablenken, wenn sie daran arbeitete. Sie hatte einen Stapel Bücher über König Ludwig II. und Richard Wagner neben dem Mousepad liegen. Sie fertigte sich gerade eine Chronik über das musikalische Werk von Richard Wagner an. Korrespondierend mit seinen Aufenthaltsorten.

Es war der Kabinettssekretär Pfistermeier gewesen, der Richard Wagner auf Wunsch von König Ludwig II. am 3. Mai 1864 in Stuttgart aufgestöbert hatte. Wagner, der einstige Rebell aus Sachsen, hatte hohe Schulden und war vor seinen Gläubigern geflohen. Durch diese misslichen Umstände gelang es ihm nicht seine Oper »Tristan und Isolde«, an der er schon seit einigen Jahren arbeitete, endlich fertigzustellen. König Ludwig II., der gerade König von Bayern geworden war, beglich die Schulden von Wagner. Durch die Unterstützung des bayerischen Königs konnte Wagner im Juni 1865 im Münchner Nationaltheater die Uraufführung von »Tristan und Isolde« feiern.

Wally wollte ihre Wagner-Führung am Schloss Neuschwanstein beginnen und dort wieder enden lassen. Das hielt auch ihr Chef für eine gute Idee. Zeitlich beginnend am 20. Geburtstag von König Ludwig II. am 15. August 1865, als

Richard Wagner für seinen Gönner eine Szene aus Lohengrin am Alpsee, hinter Schloss Neuschwanstein aufführte. Dieser ist zwischen bewaldeten Berghängen in einer unberührten Landschaft wunderbar eingebettet. Den romantischen See liebte Ludwig II. schon als Kind. Er schrieb seinem Großvater König Ludwig I.: »Wir bringen hier unsere Vakanz recht angenehm zu und nützen die schönen Tage teils zu Ausflügen, teils zum Fischen im Alpsee, dessen klares, mildes Wasser uns auch zum Schwimmen sehr angenehm ist. Neulich fing ich einen achtpfündigen Hecht.«

Bei der wagnerischen Opern-Szene auf dem Alpsee wurde am Geburtstagsfest des Königs der singende Gralsritter in einem beleuchteten Muschelkahn von einem Schwan über den Alpsee gezogen. Wally ging zu ihrer Terrassentür, öffnete sie, ging ein Stück hinaus. Sie blickte auf den Teich im Garten hinterm Haus, in den sie in den nächsten Tagen ein paar Goldfische aussetzen wollte.

»Kannst du dir das vorstellen, zum Finale meiner Wagner-Führung beim Alpsee den Märchenkönig darzustellen?«, hatte sich Wally bei Bill Loomis erkundigt. Von Amerikaner zu Amerikaner duzten sie sich.

»Ich muss meinen Musical-Produzenten fragen. Aber ich kann mir durchaus vorstellen, dass ihm deine Idee gefällt. Das ist doch ein guter Marketing-Gag, eine gute Werbung für das Musical, das noch einige Zuschauer vertragen könnte«, meinte Bill.

Er machte dabei gleich den Vorschlag, was aus Lohengrin und aus dem Musical zu singen. In dem Boot, auf dem Alpsee. Kein Problem mit einem Funkmikro.

»Hoffentlich erschrickt der Schwan nicht, dann bringt er das Boot zum Kentern und du plumpst in den See«, lachte Wally.

»Dann können wir ja mal ein Wettschwimmen veranstalten«, hatte Wally geschmunzelt. »Ich muss dir aber gestehen, dass ich bei den Schulschwimmmeisterschaften in Milwaukee einige Titel geholt habe.«

»Wir werden wohl keinen echten Schwan finden, der mich im Boot zieht«, lachte er. »Ich habe hier ein paar Kilo zugenommen. Ich liebe diese Allgäuer Spezialitäten wie Maultaschensuppe, Krautbaunzen und Falscher Has.«

»Das ist ein Problem.«

»Mein Gewicht?«

»Ach was, nein, Bill«, hatte sie gesagt. »Wie haben die das denn damals gemacht mit dem bootziehenden Schwan?« Dabei hatte sie nachdenkend ihre Stirn gerunzelt.

Sie wollte sich wieder bei ihm melden, wenn sie dazu mehr wüsste. Das ging jetzt leider nicht mehr. Wieder quollen Tränen aus ihren Augen. Wally fuhr sich bei diesen Erinnerungen durch ihre roten wuscheligen Haare. Ihre Augen huschten unruhig über die Wände ihres Zimmers. Eingerahmte japanische Aquarelle. Ausgeschnitten aus dem abgelaufenen Kalender, den sie neulich vom Sushi-Imbiss geschenkt bekommen hatte. Der schneebedeckte Fuji. Ein geschminkter Schauspieler, der einen Dämon darstellte. Ein Fischerboot auf einer riesigen Welle. Was hatte Bill mit »falscher Has« gemeint, schoss es ihr völlig unpassend durch den Kopf. Diese Speise kannte sie noch nicht. Was konnte das sein? Wally fiel ein, dass sie dem Kommissar verschwiegen hatte, was sie mit Bill Loomis auf dem Alpsee geplant hatte. Was heißt verschwiegen? Sie hatte es schlichtweg vergessen. Was spielte das auch für eine Rolle in diesem Mordfall? Höchstwahrscheinlich keine. Aber sie bekam ein schlechtes Gewissen, weil der Kommissar sie eindringlich beschworen hatte, dass sie ihm alles erzählen musste, was irgendwie mit diesem Fall zusammenhing. Sie überlegte sich schon, den Kommissar anzurufen und ihm dieses Detail zu beichten.

Aus der Bibliothek hatte sie sich einen Stapel Bücher ausgeliehen. Mit ihnen hoffte sie zu erfahren, wie die Lohengrin-Szene zum 20. Geburtstag des Märchenkönigs wirklich abgelaufen war. War es doch kein echter Schwan gewesen, der den singenden Lohengrin im Sommer 1865 über den Alpsee gezogen hatte? Dazu hatte sie nur wenig im Internet gefunden. Zudem liebte sie es außerordentlich, sich mit dicken Socken wie eine Katze auf dem Sofa einzurollen, mit einem Tässchen Tee auf dem kleinen Tisch daneben, in Büchern zu stöbern. Die Leiterin des Füssener Stadtarchivs hatte Wally versprochen, für sie in die alten Dokumente zu tauchen, um mehr über diese denkwürdige Geburtstags-Party des Märchenkönigs herauszubekommen.

Auch wenn Schwäne zu den größten Wasservögeln gezählt werden und ihre Flügel eine Spannweite von gut zwei Metern haben, konnte sie es sich kaum vorstellen, dass ein Schwan einen Menschen im Boot über die Wellen ziehen konnte. Wie sollte das funktionieren?

Über die Suchmaschine holte sie sich Bilder von Lohengrin und seinem Schwan auf den Computerbildschirm. Mal hatte der Schwan eine goldene Kette um den langen Hals, an dem er Lohengrins Boot zog, mal hatte der Schwan einen Lederriemen im Schnabel, mit dem er den Gralsritter durch die Kraft seiner beiden Schwimmflossen zum Ort des Einsatzes beförderte.

Wally lehnte sich zurück.

Selbst wenn ein Schwan ein Boot ziehen könnte, das konnte sie nicht bringen. Die Öffentlichkeit würde das heutzutage als Tierquälerei brandmarken. Das ging also nicht.

Wenn dieser findige Ingenieur, der damals im Märchenschloss die ausgeklügelten Maschinen entwickelte hatte, einen mechanischen Schwan mit irgendeinem Antrieb als Schlepper gebaut hatte? Konnte das sein? Warum nicht? Dieser Ingenieur muss ein blitzgescheiter Techniker gewesen sein. Wieso wusste sie nicht, wer das war? Das hätte sie doch schon längst in ihren Führungen erwähnen müssen. Wally surfte auf der Suche nach diesem Mann durch das Internet. Sie gab alle möglichen Wortkombinationen ein. Als sie gerade eine Seite der Bibliothek de l' Institute de France aufgespürt hatte, meldete sich ihr Handy, das auf dem Bücherstapel lag. Es war direkt neben dem Glas platziert, in das sich Wally etwas Cola light eingeschenkt hatte. Das beruhigte ihren Magen. Normalerweise trank sie abends keine Cola mehr, weil sie dann oft nicht so schnell einschlafen konnte. Aber sie würde diese Nacht ja sowieso nicht schlafen.

»Hier Wally Windheim. Wer ist dran?«

»Entschuldigung, hier Jakob Dolling, der Kommissar. Störe ich?«

»Nein.«

Stimmte auch. Wally war direkt froh den Kommissar zu hören. Selbst ihre Recherche-Arbeit am Computer hatte das grausige Geschehen auf dem Schloss nicht völlig verdrängen können. Nichts wünschte sie sich sehnlicher als über den Vorfall zu reden, weil sie vermutete, dass sie diese Nacht nicht einschlafen würde, wenn sie ihr Herz nicht erleichtern konnte. Diese Sache mit Bill und dem Lohengrin-Kahn auf dem Alpsee, das konnte sie ihm auch gleich gestehen. Während ihre Augen eine Skizze von Leonardo da Vinci auf dem Bildschirm betrachtete, hörte ihr rechtes Ohr dem Kommissar zu. Nebenbei las sie, dass diese Zeichnung des genialen italienischen Künstlers den Bau eines mechanischen Schwingenflüglers beschrieb.

»Mich quälen noch ein paar Fragen. Ich weiß, das ist vielleicht nicht der richtige Moment, Sie haben sicher noch nicht alles verdaut, kann ich mir vorstellen ...« Er machte eine abwartende Pause.

»Fragen Sie ruhig.«

»Am Telefon möchte ich das nicht. Lieber persönlich.«

»Gerne. Wann?«

»Am besten gleich. Die Zeit drängt. Ich bin in Ihrer Nähe.«

»Wohin soll ich denn kommen?«

»Ich bin gerade im Gasthaus Hecht, mit meinem Kegelklub, Lindauer Straße vierzehn. Ein paar Häuser von Ihnen entfernt.«

»Woher wissen Sie das?«

»Ich habe doch Ihre Daten notiert. Soll ich Sie abholen.«

»Muss nicht sein. Ein bisschen Laufen tut mir sicher gut. Das Gasthaus Hecht vorne an der Ecke kenne ich.«

»Super! Ich bin dann in der Gaststube.«

»Bis gleich!«, beendete Wally das Gespräch.

Ihr war richtig leicht ums Herz. Sie fuhr den Computer herunter. Er blieb hängen. Sie bückte sich und suchte mit dem Daumen den Knopf zum Ausschalten. Dabei stieß sie an den Schreibtisch, auf dem der Computerbildschirm stand. Der Bücherturm neben dem Mousepad fiel um. Das Handy und das Glas mit der Cola fielen herunter. Das Handy purzelte über die Schreibtischplatte auf ihren Teppichboden. Das Glas samt braunflüssigem Inhalt landete direkt auf der Tastatur des Computers. Dort versiegte das schäumende Brausewasser schneller als ein Regenguss im Sand der Sahara. Der GAU jedes Computer-Besitzers. Eine neue Tastatur war fällig. Sie griff sich ihr Handy, steckte es ein.

»Shit happens«, murmelte Wally, legte auf dem Boden vor dem Schreibtisch noch ein Badehandtuch aus, falls die Cola heruntertropfen würde. Sie nahm ihre karierte Jacke vom Haken, schlüpfte hinein und verließ ihre Wohnung. »Es ist nicht mein Tag.«

Das Gasthaus Zum Hecht in einem alten Fachwerkhaus hatte sie schnell erreicht.

»Sie machen mir eine große Freude«, begrüßte sie der Kommissar vom Tisch aufstehend in der Gaststube. Er saß auf der Bank mit dem Rücken zur Wand.

Sie hängte ihre Jacke über die Stuhllehne und setzte sich.

»Ich muss Ihnen sowieso noch etwas sagen.«

»Da bin ich aber gespannt.«

»Kann sein, dass unser Gespräch unterbrochen wird. Meine Kegelbrüder, unten im Keller, brauchen mich ab und zu, aber das soll Sie nicht stören«, winkte Dolling die mollige Kellnerin im Dirndl herbei.

Sie bestellten sich beide ein großes Apfelschorle sauer.

»Was wollen Sie mir noch erzählen?«

»Na ja, wahrscheinlich nichts Wichtiges.«

»Egal, bitte, erzählen Sie. Das weiß man nie, was in so einem Fall wichtig ist und was nicht.«

Sie berichtete ihm von ihrem Plan mit Bill. Von der beabsichtigten Wagner-Führung. Dolling hörte aufmerksam zu. Nippte ab und zu wie bestätigend an seinen Getränk.

»Können Sie das brauchen?«, schaute sie ihn am Schluss ihrer Worte an.

»Könnte sein.«

»Notieren Sie sich das nicht? Ich denke Kommissare notieren sich immer alles, was sie erfahren?«

»Das mache ich auch. Aber erstens ist das jetzt kein Verhör und zweitens liegt mein Notizbuch unten bei den

Keglern. Darin ist der aktuelle Spielstand notiert. Wir haben heute eine Kreismeisterschaft auszuspielen.«

»Wie heißt denn Ihre Mannschaft?«

»Wir sind die Fantastischen Neun und unser heutiger Gegner sind die Oberstdorfer Kugelhelden.«

»Und gewinnt die Fantastische Neun?«

»Leider nicht, wir sind am Verlieren.«

»Ich kenne nur Bowling«, sagte sie.

»Wir kegeln lieber. Das ist ein altes bayerisches Wirtshaus-Spiel. Dabei schmeckt einem das Bier auch weitaus besser.« Beide nahmen einen Schluck.

»Sie sagten was von Fragen, die Sie noch quälen.«

»Stimmt, stimmt. Hätte ich beinahe vergessen. Wenn so ein hübsches Mädchen vor mir sitzt.«

»Danke.«

»Also, diese Federn, die bei den Toten lagen, sie waren als Pfeil ausgelegt, erinnern Sie sich?«, fragte der Kommissar.

»Schwach. Ich wollte am liebsten nichts sehen.«

»Verstehe ich. Ein furchtbarer Anblick. Einen Menschen, der von einem Speer durchbohrt wurde, habe ich auch noch nie gesehen. Diese Federn sind Schwanenfedern.«

»Woher wissen Sie das?«

»Einer meiner Kegelbrüder ist Förster. Er ist für den Wald rund um Neuschwanstein zuständig. Auch um die Schwäne im Alpsee kümmert er sich. Ich habe sie ihm gezeigt.«

»Hier kennt wirklich jeder jeden.«

»Fast. Das hat Vor- und Nachteile. Jedenfalls, ich wusste, dass ich ihn heute beim Kegeln treffen würde, und ihn danach fragen konnte. Können Sie sich vorstellen, warum der Mörder einen Pfeil aus Schwanenfedern, vielleicht als Hinweis für uns ausgelegt hat?«

»Ich könnte mir denken, dass dies ein Hinweis auf Lohengrin ist, den Schwanenritter. Er ist auch im Sängersaal abgebildet. König Ludwig II. verehrte diese Rittergestalt.«

»Aha. Ich muss zugeben, ich war seit langer Zeit nicht mehr auf Schloss Neuschwanstein. Sie wissen ja, die Einheimischen, die dort nicht arbeiten, scheuen diesen Touristenrummel wie der Teufel das Weihwasser. Es ist schon sehr lange her, dass ich als Schüler mit meiner Klasse und unserer Lehrerin in Heimatkunde das Schloss besichtigte. Ich bin der festen Überzeugung, dass Sie weitaus mehr darüber wissen.«

»Kann sein. Was interessiert Sie?«

»Wie könnten die Federn mit Lohengrin zusammenhängen?«

»Lohengrin ist ein edler Ritter, der vom Grals-Orden beauftragt war, der zu Unrecht eines Verbrechens beschuldigten Herzogin Elsa zu helfen.«

»Um welches Verbrechen handelte es sich bei dieser Elsa?«

»Sie wurde des Mordes an ihrem Bruder bezichtigt. Nur ein Gottesurteil, das gut für sie ausging, konnte sie vor der Hinrichtung bewahren.«

»Die hatten es leichter als wir. Wie ging's weiter?«

»Ein Ritter musste gegen den Ankläger kämpfen. Mit Schwert und Lanze.«

»Sagten Sie Lanze?«

»Ja.«

»Für mich sind Speer und Lanze das gleiche.«

»Für mich auch. Obwohl, es gibt den Begriff eine Lanze für jemanden brechen, aber nicht einen Speer für jemanden brechen.«

»Sie haben recht. Ich glaube einen Speer wirft man und eine Lanze hat der Ritter im Turnier. Die Lanze ist größer. Dann ist das mörderische Gerät im Rücken des Ermordeten eher ein Speer. Ich habe es geahnt, dass Sie mir einiges sagen können, was mir bei der Aufklärung dieses mysteriösen Falles hilft.«

»Es war bei dieser Legende ein Turnier, in dem Lohengrin für die Unschuldige antreten musste und gewann.«

»Und wie geht die Geschichte aus?«

»Lohengrin heiratete sogar Herzogin Elsa, deren Ehre er wieder bestens hergestellt hatte.«

»Kann ich mir gar nicht vorstellen, dass ein Ritter verheiratet zu Hause sitzt.«

»Er blieb nicht lange. Lohengrin musste seine Elsa wieder verlassen.«

»Weswegen? Kreuzzug?«

»Nein, sie hat ihn leider etwas gefragt, was sie nicht fragen durfte.«

»Das kommt davon, wenn die Frauen so neugierig sind.«

»Sie müssen doch auch neugierig sein.«

»Ist mein Beruf. Ich werde dafür bezahlt. Verraten Sie mir doch, was hat Elsa ihren Lohengrin gefragt, was sie nicht sollte?«

»Sie hatte auf seinen Wunsch hin geschworen, ihn nie nach seinem Namen und seiner Herkunft zu fragen. Sie tat es aber doch. Dann ist er verschwunden, wie er gekommen war. In einem Boot, das von einem Schwan gezogen wurde.«

»Dumm gelaufen. Wie kann ein Schwan ein Boot mit einem Ritter ziehen? So ein Ritter hat doch eine schwere Eisenrüstung an.«

»Darüber habe ich auch gerade nachgedacht, als Sie mich vorhin angerufen haben.«

Lautes Gejohle drang in die Gaststube wo sich der Kommissar und die Fremdenführerin leise unterhielten. Durch die Tür kam ein Kegelbruder von Dolling.

»Auf geht's Jakob. Genug mit dem hübschen Mädchen geturtelt. Wir brauchen dich im Kampf. Die Kugelhelden haben mächtig abgeräumt. Jetzt sind wir wieder an der Reihe. Du musst denen zeigen, wo der Bartl den Most holt.«

Der Kommissar erhob sich.

»Getränke und Essen können Sie auf meine Kosten bestellen«, sagte der Kommissar zu Wally. Dann folgte er seinem Kegelbruder in den Keller. Als er die Tür in den Keller hinter sich schloss, war das Gejohle der Kegler von unten nicht mehr zu hören.

An der Wand der Gaststube hingen Bilder von König Ludwig II. Wally dachte über den echten und den falschen König Ludwig II. nach. Der echte König war im Sommer 1886 als Wasserleiche aus dem Starnberger See gefischt worden. Zusammen mit dem ebenfalls ertrunkenen Irrenarzt Professor Gudden. Wassertod und Lohengrin, das passte nach Wallys Ansicht zusammen. Wenn sich die beiden auf dem Schloss nicht gegenseitig umgebracht haben, überlegte Wally, wenn es noch einen dritten Mann gab? Was dann? Hatte dieser sie gesehen? Wenn ja, würde er sie verfolgen? Aber warum sollte er? Sie war bei der Tat nicht dabei gewesen und hatte keinen Mörder gesehen. Trotzdem beschlich sie ein ungutes Gefühl.

Sie schaute sich unter den Gästen um. Blicke, die sie streiften oder trafen, machten sie unsicher. Womöglich saß hier der Mörder an einem Tisch und beobachtete sie? Aber, überlegte sie, wenn noch ein Mörder bei den Toten gewesen war, wie hätte dieser sich verstecken, sie sehen und dann ungesehen verschwinden können? Hatte sie doch etwas bemerkt, das sie für den Mörder gefährlich machte, wenn er sie nicht aus dem Weg räumte? Wally wurde mulmig. Unruhig rutschte sie auf ihrem Platz hin und her.

Die Gaststube füllte sich. Jeder neue Besucher kam ihr wie ein potenzieller Mörder vor. Die Kellnerin kam mit dem Ausliefern der Bestellungen kaum noch nach. Es wurde die bayerische Speisekarte rauf und runter geordert. Das hatte sie schon gehört, dass man im Gasthaus Hecht gut speisen konnte.

»Ich hätte gerne Maultaschensuppe und falschen Has«, bestellte Wally, die sich ein Bill-Loomis-Gedächtnis-Essen gönnen wollte, bei der Bedienung,

»Falscher Has, also, der steht heute nicht auf der Karte«, meinte die Bedienung hastig. »Die Maultaschensuppe bringe ich Ihnen gleich.« Sie reichte ihr die Speisekarte: »Suchen Sie sich was anderes. Nur der Schweinebraten ist aus.« Bevor Wally die Bedienung fragen konnte, was eigentlich ein falscher Has ist, war die schon zum nächsten Tisch gehastet, wo man sie rief, um Bestellungen aufzunehmen.

Jeder neu hereinkommende Besucher machte Wally unruhiger. In dem Getümmel würde es doch nicht auffallen, wenn ihr jemand ein Messer in den Rücken stoßen würde, überlegte sich Wally. Sie stand auf, nahm ihre Jacke von der Stuhllehne und setzte sich um, so, dass sie mit dem Rücken zur Wand saß. Die Jacke legte sie zusammengefaltet neben sich auf die Bank.

Wie war das mit Parzival gewesen?, versuchte sie sich von quälenden Gedanken abzulenken. Er musste auch einer Frau gegen böse Feinde helfen. Sie musste unweigerlich vor sich hin grinsten, als sie sich den Kommissar Dolling in der Kluft von Lohengrin vorstellte. Obwohl der Schwanenritter natürlich die Gerettete heiratete, zog er weiter. Da war der Vater wie der Sohn. Parzival wollte schließlich den sagenhaften Gral finden. Nach vielen Abenteuern und

Prüfungen fand er endlich auf der Burg Montsalvat den heiligen Kelch. Bei einem Festmahl sah Parzival den strahlenden Gral und den blutigen Speer, mit dem ein römischer Soldat dem Gottessohn am Kreuz den Gnadenstoß gegeben hatte.

Gerade als eine Personengruppe vor Wallys Tisch erschien, die nach freien Sitzplätzen Ausschau hielt, hatte Wally eine Idee. Sie nahm ihre Jacke und bot den Leuten ihren Tisch an.

»Wir wollten Sie nicht vertreiben«, nahmen sie freudig ihr Angebot an.

»Ich muss sowieso weg«, erwiderte Wally.

Wenn der Kommissar nicht kam, dann musste sie zu ihm. Ihr war ein frappierender Gedanke gekommen. Sie folgte dem lauter werdenden Gejohle über eine steinerne Treppe in den Keller. Vorbei an den Toiletten führte der Gang zu einer Tür, an der ein Schild hing: »Heute: Kugelhelden gegen Fantastische Neun«. Wally öffnete die Tür einen Spalt. Rauch und Geschrei drangen heraus. Sie streckte ihren Kopf vorsichtig hinein. Einer, der dachte, sie sei die Kellnerin, winkte ihr mit einem erhobenen leeren Weizenglas zu. Andere folgten seinem Beispiel. Der Kommissar, der gerade mit seiner Kugel Schwung holte, sah kurz zu ihr und blickte dann seiner Kugel nach, die auf die Kegelbahn donnerte. Es tat einen Schlag. Die Kugel traf auf die neun Kegel. Ein Haufen Männer und ein paar Frauen brüllten los: Alle neune! Alle neune! Bravo Jakob! Sie klopften dem Kommissar auf den Rücken. Dieser schüttelte seine Gratulanten schnell ab und eilte zu Wally, die er durch den Türspalt erkannt hatte. Aber der Mann mit einem leeren Weizenglas war schneller.

»Sind's so gut. Fräulein und bringen's mir noch ein Weizen!«, zog er die Tür vollends auf und war verwundert weil

Wally nicht wie eine Kellnerin reagierte und ihm nicht sein leeres Glas abnahm.

»Das ist keine Kellnerin, äh, das ist …«

Es wurde still an den Kegelbahnen. Alle Blicke richteten sich auf Wally, die in der offenen Tür stand.

»… äh, das ist meine Nichte«, brachte der Kommissar mühsam schnaufend hervor. Und Wally zischte er kurz ins Ohr. »Blöde Situation jetzt müssen Sie das Spiel mitmachen. Ich wäre doch gleich wieder zu Ihnen gekommen.«

»Aha, das ist dem sein Talisman. Sonst hätte der doch nie alle Neun abgeräumt«, frotzelte einer von den Kugelhelden.

Von den Fantastischen Neun wurde Wally als Glücksbringerin mit dankbarem Applaus begrüßt. Sie durfte sich an die Kegelbahn zum Kommissar setzen. Er hatte noch einen Wurf. Wieder alle neune!

»Wir lassen deine Nichte nicht mehr weg, mit der schaffen wir den Aufstieg!«, waren die Kegelkollegen des Kommissars hellauf begeistert von Wally. Sie musste tatsächlich aus fremden Biergläsern trinken, die ihr von ausgeflippten Keglern hingestreckt wurden, was Dollings Nichte als echtes bayerisches Maderl sicherlich gemacht hätte.

Mit einem Handtuch wischte sich der Kommissar den Schweiß von der Stirn. Jetzt kam auch die richtige Kellnerin und nahm die Bier-Bestellungen auf. Manche Kegler schwangen vorm Werfen ihre Hand mit der Kugel hin und her durch die Luft, um sich warm zu machen. Wieder rummste die Kegelkugel über die Bahn. Ein paar Kegel, auch der König in der Mitte, wurden getroffen und fielen vom Beifall begleitet polternd um. Ein höllischer Lärm herrschte im Kegelkeller. Die schwarzen Kugeln mit den Löchern für die Finger erinnerten Wally unwillkürlich an das Märchen von einem der auszog das Gruseln zu lernen. Wobei Totenköpfe als Kegelkugeln dienten.

Das ist hier nicht der ideale Platz zum Reden, dachte sich Wally.

Eine Kegelkugel krachte auf den Boden und knallte gegen einen Fuß des Tisches, an dem Wally saß. Das getroffene Tischbein wurde zerschmettert. Wally fiel mit der Tischplatte nach unten.

»Hilfe!«, schrie Wally.

Alle blickten zu ihr. Dolling sprang zu Wally, viel schneller als man vom gemütlich wirkenden Kommissar gedacht hätte. Er half ihr vom Boden hoch.

»Das tut mir leid, ich wollte mich nur warmmachen, dabei ist mir die Kugel ausgekommen«, verbeugte sich einer von den Oberstdorfern schuldbewusst vor ihr. Er zog seinen Geldbeutel heraus, fingerte nach einem Geldschein, den er ihr als Schmerzensgeld anbot.

»Schon gut, schon gut, behalten Sie das Geld, ist ja nichts passiert«, murmelte Wally.

»Wirklich?«, fragte sie Dolling.

»Ausgerechnet dir, Willibald, passiert das«, wandte sich Dolling an den beschämt dreinblickenden Mann, »der du doch für Sicherheit zuständig bist.«

»Ist alles in Ordnung?«, kümmerte sich der Kommissar wieder um Wally, nachdem Oskar davongeschlichen war. Er ging mit ihr in den Gang vor dem Kegelkeller.

»Ich war einfach schreckhaft, ich dachte schon, das wäre ein Anschlag auf mich. Von diesem Mörder, Sie wissen schon. Mir gehen so viele schlimme Sachen durch den Kopf.«

»Verständlich, verständlich«, strich ihr Dolling fürsorglich über die Haare. »Ich wüsste nicht, wie ich an ihrer Stelle reagiert hätte. Aber seien Sie beruhigt. So was kommt bei heißen Kegelturnieren öfters vor. Wir mussten auch schon welche verarzten, oder ins Krankenhaus bringen, die versehentlich von einer Kegelkugel getroffen wurden. Machen Sie sich keine Sorgen. Sie stehen unter meinem persönlichen Schutz.«

Sie gingen wieder zu den Keglern rein. Bei den Fantastischen Neun brach ein gewaltiger Freudentaumel aus. Während die Kugelhelden aus Oberstdorf frustriert dreinschauten. Zwei muskelbepackte Männer aus den Reihen der Fantastischen Neun, die in einer Tour »Sieg! Sieg! Sieg!«, brüllten, kamen auf Wally zu. Sie hoben sie unter tosendem Beifall auf ihre Schultern. Dann zogen die siegreichen Kegler mit Triumphgesang und mit Wally auf den Schultern aus dem Keller hoch in ein Nebenzimmer des Hechts. Die enttäuschten Kugelhelden verzogen sich in ihren Bus, der sie heimwärts brachte. Zuerst wurde für die jubelnden Kegler ein Bier bestellt. Dann baute sich der Vorstand zu einer Rede auf.

»Alle mal herhören. Wenn ich ehrlich bin, dann habe ich nach der ersten Runde gegen die Kugelhelden nicht mehr an unseren Sieg geglaubt. Erst als Jakobs Nichte dazukam, ging es schwer aufwärts. Sie hat uns Glück und die nötigen Punkte gebracht. Ist doch so, was meint ihr?«, hielt ein dicker verschwitzter Mann, wohl der Vorsitzende des Kegelvereins, eine kurze Ansprache.

Alle männlichen Mitglieder der Fantastischen Neun klatschten mit Hingabe in die Hände und stampften mit den Biergläsern auf den Tisch, bis das Bier überschäumte. Auch die weiblichen Mitglieder der fröhlichen Kegeltruppe stimmten in den Beifall für Wally ein. Sie stand auf und bedankte sich mit einem Kopfnicken bei der tobenden Meute. Dann ergriff der Kommissar das Wort. »Kaum einer freut sich mehr über unseren Sieg, das könnt ihr mir glauben. Und ich freue mich auch mächtig, dass ihr meine Nichte …«

»Wie heißt sie eigentlich?«, ertönte ein Zwischenruf.

»Äh, sie heißt Wally, ich bin stolz darauf, dass Ihr sie als unsere Glücksfee hochleben lasst.«

Dolling setzte sich neben Wally. Ganz eng wurde er an sie gedrückt. Er legte in bester Laune seinen Arm um ihre Schulter, was sie in dem allgemeinen Freudenchaos nicht prüde korrigieren wollte.

»Wie immer wird bei uns nach einem siegreichen Spiel der König an den punktbesten Spieler vergeben«, erhob sich noch mal der Vorstand und hielt die hölzerne Spielfigur hoch, die sich durch eine Krone über dem Kopf als König der Kegelfiguren zu erkennen gab.

»Das ist heute unser Kegelbruder Jakob.« Applaus. »Aber, ich denke, Ihr seid alle einverstanden, wenn ich den heutigen Kegelkönig an Wally, die hübsche Nichte vom Jakob, als Souvenir überreiche. Sie lebe hoch und vielleicht wird sie mal Mitglied bei der Fantastischen Neun.«

Tosender Beifall. Der Kommissar nahm seinen Arm von ihrer Schulter und klatschte fleißig mit. Dann legte er seine Hände ans Bierglas. Wally nahm den Königskegel, eine handgroße vergoldete Figur, dankend in Empfang. In diesem Moment hatte sie die beiden Leichen vom Vormittag völlig vergessen. Das sah ihr auch der Kommissar an, was ihn heimlich freute. Er fand dieses Mädchen sympathisch. Sehr. Es hätte ihm nichts ausgemacht, wenn sie seine Nichte wäre. Oder seine Tochter. Er gratulierte ihr auch mit einem herzlichen Händedruck. Während ein paar Kegelbrüder ihre Musikinstrumente auspackten, musste Wally den Königskegel herumwandern lassen. Alle durften sich darauf mit einem Schriftzug verewigen. Als das Quartett zu einer flotten Polka aufspielte, war der vielfach signierte König wieder in ihren Armen. Jetzt schmeckte Wally auch ein Weizen.

Nach der Siegesfeier, so um Mitternacht, begleitete sie der Kommissar nach Hause.

»Ich habe doch nur ein paar Meter«, sagte sie.

»Macht nichts«, sagte er. »Das gehört sich so.« Dass ich Angst habe, ihr könne als Zeugin eines Doppelmordes etwas zustoßen, behalte ich lieber für mich, dachte er sich.

»Schimpft Ihre Frau nicht, wenn Sie so spät nach Hause kommen? Vor allem wenn Sie dabei noch mit einer anderen Frau gesehen werden?«

»Ach was, meine Frau ist da oben und amüsiert sich ,mächtig«, zeigte der Kommissar in den Sternenhimmel.

»Was? Sie wohnen auch hier?« Wally suchte bei den umliegenden Häusern nach einem beleuchteten Fenster in einem der oberen Stockwerke. Keins brannte mehr.

»Sie ist vor Jahren verunglückt. Mit dem Auto. Meine Tochter war dabei. Sie ist auch da oben bei ihrer Mutter.«

»Ach so, ich verstehe. Tut mir leid.«

»Gott gibt und Gott nimmt.«

Dann waren sie schon vor Wallys Haustür. Unter der Licht spendenden Straßenlaterne und den vier Augen von zwei toten Frauen sah der Abschied zwischen dem verwitweten Kommissar und der jungen Fremdenführerin absolut nicht nach dem Beginn einer Romanze aus. Auch wenn es kein routinierter Abschied zwischen einem ermittelnden Kommissar und seiner ergiebigsten Zeugin war. Da war schon was zwischen den beiden. Sie fanden sich nicht unsympathisch. Sie hätten Vater und Tochter sein können.

»Danke fürs Heimbringen! Mir dreht sich schon alles vor den Augen«, schmunzelte sie. Dann wurde sie ernst. »Ich habe sogar den Schrecken von heute Vormittag hinter mir gelassen.«

Sie suchte in ihrer Handtasche nach ihrem Hausschlüssel.

»Ich habe noch was für Sie, das haben Sie liegen lassen«, streckte ihr der Kommissar eine Hand entgegen. Darin war der Kegel-König. »Der gehört schließlich Ihnen.«

»Der bekommt einen besonderen Platz!«

»Ach ja, ich werde auf dem Heimweg den Polizeistreifen, den Auftrag geben, öfters hier vorbeizufahren. Zu Ihrer Beruhigung. Obwohl ich nicht annehme, dass ein Mörder existiert, der Sie bedrohen will. Warum auch? Sie dürfen, ja müssen mich bei jeder Tageszeit sofort anrufen, wenn Ihnen etwas merkwürdig oder verdächtig vorkommt. Versprechen Sie mir das? Sie sind doch ein tapferes Mädchen, fühlen Sie sich einfach mehr als meine Assistentin denn als Verfolgte.«

Wally bejahte den Wunsch des Kommissars, der ihr Mut machte und klemmte den kleinen Kegel-König zwischen ihre jeansbekleideten Beine. Dann sperrte sie ihre Haustür auf. Der Kommissar blieb noch stehen und sah ihr als Gentleman der alten Schule noch nach, bis sie durch die Tür im Haus verschwand.

Komisch, dachte sich Wally, eine Umdrehung mit dem Schlüssel hatte genügt, um die Tür aufzusperren. Wieso das? Sie sperrte doch stets zwei Mal ab. Oder täuschte sie sich nur? Wäre heute kein Wunder, versuchte sie das Gefühl des Misstrauens, das sich in ihr ausbreitete, zu verscheuchen.

»Du spinnst doch! Dreh nicht durch, du bist doch ein tapferes Mädchen«, redete sie mit sich selbst im ermahnenden Ton.

Ihr Blick fiel auf ihre Schuhe im Hausflur, die unter den Garderobehaken mit den Spitzen zur Wand am Boden aufgereiht standen. Gummistiefel, Hausschuhe, Sportschuhe, Straßenschuhe, genau nach dem Abc stellte sie ihre Schuhe auf. Sie war ein Gewohnheitstier. Wie konnte es sein, dass jetzt die Hausschuhe vor den Gummistiefeln standen, die sich zwischen den Sport- und Straßenschuhen befanden? Das konnte nur Frau Müller, ihre Vermieterin gewesen sein. Sie lebte im ersten Stock des Hauses, zu dem man über die Treppe im Hausflur gelangte. Gleich, nachdem Wally hier eingezogen war, hatte ihre Vermieterin begonnen ihre Schuhe zu putzen. Aus Zeitvertreib, ohne Entlohnung, weil ihr das fehlte, seit ihr Mann gestorben war, dem sie die Schuhe putzte. Sie habe doch mehr Zeit als Wally. Wally hatte ihr klargemacht, dass sie das nicht wolle und ja auch gar nicht ginge. Sie hatte bis auf die leichten Sommerstiefel aus Wildleder keine Schuhe aus Leder.

Wally stellte den Kegel-König auf der Kommode im Hausflur ab. Frau Müller über ihr stieg meistens schon nach den Fernsehnachrichten um 20 Uhr in die Federn. Weil sie schlecht hörte, musste Wally nicht besonders leise sein, wenn sie später heimkam, was sowieso nicht oft der Fall war.

Wally führte ein ruhiges Leben. Sie hatte bis jetzt wenige Freundinnen in Füssen. Von ihrem letzten Freund, einem Studienkollegen in Heidelberg, hatte sie sich vor ein paar Monaten getrennt. Er war nach Berlin gegangen. Sie nach Füssen. Diese Entfernung hatte ihre Liebe endgültig ausgedörrt. Nun konnte sie sich auf ihren Job konzentrieren, was ihren Zukunftsplänen nicht schadete.

Sie ging zur Wohnzimmertür. Hoffentlich hatte das Badetuch die Cola gut aufgesaugt. Sie hatte keine Lust mehr auf Herumputzerei. Oh, Gott, dachte sie, wahrscheinlich ist es festgeklebt, daran habe ich nicht gedacht, dass der Zucker im Getränk zur ärgerlichen Klebmasse werden kann. Gleich morgen Vormittag würde sie sich eine neue Tastatur für ihren Computer besorgen.

Mein Gott, es war heute wirklich ein total verhexter Tag gewesen. Bevor sie die Wohnzimmertür hinter sich zuzog, hörte sie im Gang etwas plumpsen. Sie schaute zu der Kommode. Der vergoldete König war heruntergefallen und rollte ihr entgegen. Sie erstarrte. Die Haustür öffnete sich langsam.

Du lieber Himmel, dachte sich Wally, ich habe ja nicht mal abgesperrt. Wer kam da herein? Der Kommissar? Hatte es ihn überkommen? Hatte sie ihn doch falsch eingeschätzt? War er ein alter Lüstling, der sich über seinen Beruf an Frauen heranmachte? Sollte sie sich wehren, wenn er was von ihr wollte?

Sie hob schnell den König auf, damit sie nicht über ihn stolperte und eilte zur Tür, die sich abrupt schnell öffnete. Sie holte mit dem Kegel in der Hand aus. Es konnte auch jemand anders sein als der Kommissar, der bei ihr einzudringen versuchte. Der Mörder? Sie warf sich gegen die Tür. Ein Aufschrei, gedämpft durch zusammengebissene Lippen, ertönte vor der Tür. Wahrscheinlich hatte sie dem Eindringling die Türklinke ins Kreuz geknallt. Wenn es doch der Kommissar war? Wenn er gar nichts Schlimmes von ihr gewollt, nur noch eine Frage gehabt hatte? Das wäre zu peinlich. Sie musste die Tür einen Spalt öffnen und nachschauen. Tatsächlich, der Kommissar stand ein paar Meter vor ihrer Haustür. Fahl beschienen von der nahen Straßenlampe, um die in der lauen Sommernacht eine muntere Mückenarmee tanzte.

»Ich habe was gehört«, sagte er. »Deswegen kam ich zurück. Was ist los?«

»Ich dachte, ich hätte an meiner Tür einen Schrei gehört.«

»Kam mir auch so vor. Deswegen bin ich zurückgegangen. Aber ich sehe niemanden – außer Ihnen.«

»Ich dachte schon, Sie wären das.«

»Ich? Nein!«

»Wer dann?«

»Am besten ist es, Sie gehen wieder rein, sperren die Tür gut ab und legen sich schlafen. Ihre Nerven brauche viel Erholung. Ich schaue mich sicherheitshalber ein wenig um.«

Er sprach mit ihr wie mit einer kleinen Tochter, wenn man von der distanzierenden Anrede Sie absah. Wie alt war seine Tochter gewesen, als sie mit seiner Frau verunglückte?

Der abnehmende Mond verkroch sich hinter einem größeren Wolkenfetzen, der den Himmel wie ein zerschlissener Vorhang von der Welt da unten abschirmte.

Wally sperrte die Haustür zwei Mal ab. Sie zählte mit. Dann stellte sie den König wieder auf das Schuhschränkchen. Warum war er heruntergefallen? Er stand überhaupt nicht wackelig. Immerhin hatte er ihr als Waffe eine gewisse Sicherheit gegeben. Hatte sie vorhin echt nicht abgesperrt? Wahrscheinlich hatte sie die Tür nur ins Schloss fallen lassen. Oder war sie gar nicht ins Schloss gefallen? Wally versuchte, sich zu erinnern. Auch wenn ihre Tür nur ins Schloss fiel, war sie von außen nicht mehr zu öffnen.

Sie schüttelte den Kopf über den merkwürdigen Vorfall an ihrer Haustür. Unter dem Laternenlicht hatte der nette Kommissar Jakob Dolling das Gesicht von einem Dämon gehabt. Wie diese Furcht einflößenden Masken bei den

Faschingsumzügen in Füssen und Umgebung. Seine Nase hatte einen Schatten über das Gesicht geworfen, der wie eine riesige schwarze Narbe auf seiner Backe gewirkt hatte.

»Jetzt werde nicht hysterisch, sonst bekommst du noch einen Verfolgungswahn«, sprach Wally mit sich.

Sie schaute nach ihrem türkisen Badetuch vor dem Schreibtisch. Nanu. Sie hatte es doch nicht zwischen ihren Stuhl und den Schreibtisch gelegt. Wieso standen nun die Beine des Stuhls auf dem Badetuch? Hatte sich in ihrer Abwesenheit hier drin jemand umgeschaut? Ihre Wohnung durchsucht? Aber warum? Selbst wenn es einen frei herumlaufenden Mörder gab, woher sollte er ihren Namen und ihre Adresse wissen? Vom Tourismusbüro? Aber die gaben nicht die Adressen ihrer Mitarbeiter heraus. Im Telefonbuch stand sie auch nicht. Soll ich den Kommissar anrufen? Jetzt? Sie nahm ihr Handy zur Hand. Sie rief seine Nummer auf. Ach was, dachte sie sich, du bildest dir das alles nur ein, du rufst den Dolling nicht an, jetzt erst mal schlafen, am nächsten Tag sieht alles besser aus.

Sie hob den Stuhl hoch, stellte ihn beiseite, angelte sich das Badetuch, in dem sich ein Cola-Fleck durch Tropfen vom Schreibtisch ausgebreitet hatte und warf es in den Wäschekorb.

»Shit happens!«, beruhigte sie sich murmelnd, als sie ihr Nachthemd überzog, »Du solltest dich ganz schnell hinlegen. Du fängst an zu fantasieren, das sind nur deine schwachen Nerven, meine liebe Wally. Das war heute eindeutig zu viel für dich.« Wenn sie die neue Tastatur am Computer angeschlossen hatte, würde sie im Internet recherchieren, dachte sie sich, wer dieser Willibald war, der für die Sicherheit zuständig war. Die Liste mit den beiden Kegelmannschaften und ihren Mitgliedernamen hatte sie im Kegelkeller eingesteckt. Ihr kam es vor, als wäre jemand hinter ihr her.

Oh weh, was willst du solche Botschaft sagen?

Krimhild

4. Kapitel

Bei uns ist die Hölle los. Das Schloss ist von der Polizei besetzt.«

Schwer atmend war der Mann im leeren Café aufgetaucht, wo nur ein kleine Person an einem Tisch in einer dämmrigen Ecke saß. Seine Schuhe baumelten ungewöhnlich hoch über dem Boden. Aus den Lautsprechern des Lokals dudelte Oldie-Musik.

»Ich lese es gerade in der Zeitung. Doppelmord auf Neuschwanstein. Tot aufgefunden wurden der Hotelier Lukas B. und der Sänger Bill L., steht hier. Lukas B. dürfte ja wohl Lukas Basse sein, oder? Wie konnte das passieren? Sie scheinen nicht mehr alles unter Kontrolle zu haben.« Der Zwerg klopfte empört auf die Zeitung, faltete sie mit harter Miene zusammen, während sich sein Gesprächspartner nervös umblickte und sich schließlich an den Tisch zum Zwerg setzte, der sich ein dickes Kissen auf die Sitzfläche gelegt hatte. »Sie haben also den Code nicht, den Sie mir heute geben wollten?«

»Das ist irgendwie schief gelaufen«, runzelte der Hinzugekommene seine Stirn.

»Haben Sie versagt? Klären Sie mich auf!«

Über der Nase des Kleinen bildeten sich Zornesfalten.

»Na ja, ich hatte Basse beauftragt Loomis den Code wieder abzunehmen. Bei diesem Fotoshooting im Schloss. Davon habe ich Sie unterrichtet.«

»Und warum hat diese Aktion nicht geklappt?«

»Wenn ich wüsste. Von töten habe ich Basse nichts gesagt.«

»Wer ist denn dieser Loomis? Neulich hatte noch Basse den Code, den Sie ihm abkaufen wollten. Dann hat ihn plötzlich ein Loomis. Sie verwirren mich. Das gefällt mir ganz und gar nicht!«

»Loomis, das ist dieser Bill L., der zweite Tote. Bill Loomis ist ein homosexueller Sänger und Schauspieler. Hauptdarsteller im König Ludwig-Musical. Der Code geriet dummerweise in die Hand von Loomis.«

»Starkes Stück. Wie das? Dafür sind Sie verantwortlich!«

Die Zähne des kleinen Mannes begannen zu knirschen. »Ich verstehe immer noch nicht genau, wie der Code in die Hände dieses vermaledeiten schwulen Sängers gelangen konnte.«

Der kleine Mann begann langsam die Zeitung zu zerknüllen.

»Ich erkläre es Ihnen, wenn Sie sich beruhigen.«

Die Augen des kleinen Mannes sandten wütende Blitze zu seinem Gesprächspartner. Dann schoben sich wie auf ein inneres Kommando Schleier wie Wolken über seine Augen. Sein Gesichtsausdruck wurde wieder sachlich. Seine Hände glätteten die Zeitung.

»Also, ich höre.«

»Ich beginne von vorn. Bei der Renovierung des alten Hotels, in dem früher auch König Ludwig II. ab und zu heimlich abgestiegen war, ist Basse auf diese luxuriöse

Schnupftabaksdose des Königs samt Inhalt gestoßen, erzählte er.«

»Ist mir halbwegs bekannt.«

»Basse dachte, das wäre ein Hinweis auf ein geheimes Vermögen des Königs, das man sich krallen könnte.«

Der Kleine schloss intensiv zuhörend die Augen zu einem schmalen Schlitz.

»Weiter!«

»Basse hat aber den wahren Sinn des Inhalts, dieses Stückchen beschriftete und bemalte Seide, nicht kapiert, hat es mir gezeigt und wollte es mir verkaufen. Ich bin an gewissen Dingen des Königs interessiert, die ich in meinem Musical-Haus für die Besucher ausstelle. Damals habe ich Sie kontaktiert. Basse benötigte viel Geld für seine verrückte Hotelidee. Natürlich musste ich zuerst Desinteresse zeigen, sonst hätte er viel mehr verlangt. Oder er hätte vermutet, das Ding ist wesentlich wertvoller.«

»So weit so gut. Noch kann ich folgen. Sie hätten den Code sofort fotografieren sollen!«

Die Zähne des kleinen Mannes knirschten ungeduldig.

»Daran gedacht habe ich schon, aber das ließ er nicht zu. So schlau war er immerhin. Zudem war ich mir auch noch nicht sicher, wie wertvoll diese Aufzeichnung wirklich war. Jetzt kommt's! In der Nacht, bevor ich mit dem Hotelmenschen das Geschäft abschließen wollte, geriet der Code in die Hände dieses schwulen amerikanischen Sängers Loomis.«

»Wie das? Sie hätten mich darüber informieren müssen.«

»Ich wollte zuerst den Code in die Hände bekommen, bevor ich Sie belästige. Dieser homosexuelle Bastard aus den Staaten hatte ihn von Basse bekommen. Dieser Loomis sammelte auch alles zu dem König, was er kriegen konnte. Der hat mir schon ein paar schöne Dinge vor der Nase weggeschnappt. Immerhin hat sich das erledigt.«

»Wie schön für Sie. Aber das war nicht unser Plan.«

Der Kleine ballte seine Hände zu Fäusten.

»Ja ja, ist mir schon bewusst. Hören Sie, Basse war überdeutlich in den Sänger vernarrt. Schwule perverse Schweine, beide. Ich hatte den Eindruck der Sänger wollte den Hotelmenschen, mit dem er ein Verhältnis hatte, verlassen.«

»Hat Basse die Dose an Loomis verkauft?«

»Vielleicht. Vielleicht aber wollte Basse seinen Liebhaber mit der wertvollen Dose des Königs umstimmen. Womöglich hat er sie ihm geschenkt. Eifersuchtsmorde in dieser Szene sind wahrlich keine Seltenheit.«

»Woher wissen Sie von der Übergabe der Dose?«

»Im Hotel von Basse, auch im Foyer, befinden sich Beobachtungskameras. Von denen außer Basse keiner was wusste. Eine Cousine von mir arbeitet dort an der Rezeption. Ein aufgewecktes Mädchen. Sie hat das mit der Kamera durch ihren Freund herausbekommen, der bei der Sicherheitsfirma arbeitet, die die Kameras installiert haben, und sie hat mich daraufhin um Rat gefragt. Ihr gefiel das nicht. Sämtliches aufgezeichnetes Material wurde von Basse auf DVDs gebrannt, datiert und aufbewahrt. Ich ließ mir gestern von ihr die aufgezeichnete Woche vor dem Tod von Basse und Loomis geben.«

»Und?«

»Ich konnte beim Anschauen der Aufzeichnungen sehen, wie sich Basse und Loomis im Hotelfoyer unterhielten und wie Basse an Loomis diese Dose gab.«

»Aha. Verstehe. Gut, ich fasse zusammen, Sie haben also diesen Basse auf den Sänger angesetzt, um ihm Dose samt Code wieder zu entreißen. Basse hat es zwar geschafft seinen Ex-Lover kalt zu machen, aber nicht den Auftrag zu unserer vollen Zufriedenheit zu erfüllen.« Der kleine Mann knetete seine Hände. »Beide sind tot. Und wir haben den Neuschwanstein-Code trotzdem nicht. Was wir haben, ist wahrscheinlich eine weitere Konkurrenz.«

Sein Gegenüber zuckte hilflos mit den Schultern.

»Tja, ein perfekter Plan und seine perfekte Umsetzung funktionieren selten zu hundert Prozent«, meinte der Kleine, »das muss ich Ihnen ja wohl nicht sagen. Der wahre Meister zeigt sich im Lösen der dazugehörigen Probleme, um ein Projekt zum guten Ende zu bringen.«

»Als ich mitbekommen habe, dass Basse mit Loomis im Schloss Neuschwanstein ein Fotoshooting machen will, habe ich Basse gesagt, er soll dafür sorgen, dass Loomis die Dose mitbringt, die ihm Basse dann irgendwie abnehmen soll.«

»Warum sollte Basse das machen? Konnten Sie ihn unter Druck setzen? Haben Sie ihm gedroht?«

»Es war einfacher. Ich zeigte Basse ein verfängliches Foto von Loomis mit seinem neuem Liebhaber. Aufgenommen nach der Übergabe der Dose an Loomis. Das machte Basse rasend. Er versprach mir, dem Fiesling, wie er ihn nannte, die Dose auf jeden Fall abzunehmen.«

Der kleine Mann hörte schweigend zu.

»Ich nehme nun an, entweder hat Basse die Dose, oder sie ist noch bei Loomis, oder Jansch oder die Po…«

»Die Polizei? Das wäre fatal.« Der Kleine machte eine bedeutungsvolle Pause. »Sie haben Glück im Unglück. Ich weiß, wer unsere Dose hat.«

»Sie?«

»Nein, leider noch nicht. Sie könnte allerdings auf dem Fundamt liegen.«

»Ehrlich? Sie machen einen Witz.«

»Gewiss nicht. Mein Gewährsmann hat es mir mitgeteilt. Eine junge Frau wollte die Dose im Fundamt des Schlosses abgeben.«

»Gewährsmann? Bedeutet das, dass ich nicht der Einzige von uns in Füssen bin? Lassen Sie mich beschatten? Misstrauen Sie mir?«

»Ach was, das ist bei uns so üblich. Doppelt genäht hält besser, das wissen Sie doch.«

»Soll ich die Dose vom Fundamt holen?«

»Nicht nötig.«

»Warum? Haben Sie die Dose schon? Halten Sie mich zum Narren? Was soll das?«

»Sie war nicht auf dem Fundamt.«

»Hat Ihnen das auch Ihr Gewährsmann verraten?«

»Exakt. Er war schon dort. Eine Dose mit einem schwarzen Schwanenkopf war nicht abgegeben worden.«

»Das bedeutet, diese Touristenführerin könnte unsere Dose noch haben.«

»Gut kombiniert, darf ich Sie Sherlock nennen?«

»Spotten Sie nur. Was machen wir jetzt?«

»Mein Gewährsmann wird vorsichtshalber heute noch mal zum Fundamt gehen, Wenn die Dose dort immer noch nicht abgeben wurde, bekommen Sie die Chance Ihren Fehler wieder gut zu machen.«

»Welchen Fehler?«

»Sie hätten es unter keinen Umständen zulassen dürfen, dass dieser Loomis in den Besitz der Dose mit dem Code kommt.«

»Hätte ich Basse umbringen sollen? Ich sollte bei dieser Sache so wenig Aufsehen erregen wie möglich, das war die vorgegebene Linie. Ein dubioser toter Hotelier hätte viele Augen auf Füssen gerichtet. Ein gefundenes Fressen für die Medien. Was wollen Sie mir also vorwerfen?«

Der Kleine hörte ihm aufmerksam zu. Er lehnte sich zurück.

»Na gut, regen Sie sich ab, wir sind nicht hier, um uns die Leviten zu lesen, sondern um gemeinsam ans Ziel zu kommen. Ein Ziel, bei dem es sich wahrhaft lohnt jeden Ärger hinunterzuschlucken und kühlen Kopf zu bewahren.«

»Wie gehen wir weiter vor?«

»Mein Gewährsmann hat mir ein aufschlussreiches Foto zugemailt. Das wird uns weiterbringen.«

Er legte sein Smartphone auf den Tisch. Als er das gewünschte Foto auf dem Display sah, schob er das Gerät zu seinem Gegenüber.

»Sehen Sie? Hier ist die junge Frau mit der Dose, die eigentlich wir haben sollten.«

Mit einer kleinen Fingerbewegung zoomte er die Dose zwischen den Fingern der jungen Frau in der karierten Jacke heran.

»Kennen Sie diese Frau?«

»Bis jetzt nicht. Aber es ist für mich kein Problem ihren Namen herauszubekommen. Soll ich ihr die Dose abnehmen?«

»Lieber nicht, Sie stehen schon zu viel im Rampenlicht. Nein, das erledigt so schnell wie möglich mein Gewährsmann vor Ort. Ich gehe davon aus, dass sie die Dose noch hat. Entweder aus Absicht, oder aus Vergesslichkeit. Wie auch immer, wir sollten sie haben.«

»Klar.« Er traut mir wahrscheinlich nicht, dachte sich der Mann gegenüber des Kleinen. Ich sollte mir was einfallen lassen, damit ich mich vor seinen Launen schützen kann. Ich werde herausbekommen, welchen Spion er auf mich angesetzt hat.

»Haben Sie sich ihr Gesicht gemerkt? Sie müssen ihren Namen, ihre Biografie und natürlich ihre Adresse schnellstens recherchieren und mir sofort zukommen lassen. Vielleicht handelt sie nicht aus Zufall und allein?«

Der Kleine knetete wieder seine Hände.

»Sie könnte von einem Geheimdienst beauftragt sein. Ich habe schon länger den Verdacht, dass auch irgendein Geheimdienst die Witterung zu unserem Projekt aufgenommen hat.«

»Interessant, interessant. Wie kommen Sie darauf?« Dieser elende Wichtigtuer, dachte sich der Kleine. Ich hasse schleimerische Wichtigtuer. Ich werde ihn zermalmen, wenn wir die Sache erfolgreiche abgeschlossen haben, wenn er seinen Dienst als nützlicher Idiot geleistet hat. Abfall zu Abfall.

»Neulich bekam ich einen merkwürdigen Anruf. Man wolle mich treffen. Wegen Neuschwanstein. Ich würde mich da doch auskennen und so.«

»Wer war das?«

»Hat keinen Namen gesagt, die Nummer war unterdrückt, nur dass er sich wieder melden würde. Ich solle größere Entscheidungen bis dahin ruhen lassen. Das wäre ein gutgemeinter Rat, der sich in jeder Hinsicht auszahlen würde.«

»Hmm. Dumme Sache. Sie könnten recht haben. Wenn sich dieser Kerl wieder meldet, dann vereinbaren Sie ruhig einen Termin mit ihm, den Sie mir sofort mitteilen. Dann regeln Sie das. Je weniger Mitwisser, desto besser.«

»Wird erledigt. Mailen Sie mir das Foto zu! Woher kommt es denn?«

»Das ist von meinem Gewährsmann. Er war bei der Führung dabei, auf meinen Wunsch, bei der die Ermordeten im Schloss entdeckt wurden. Sie wissen ja in unserer Branche gilt das Motto Vertrauen ist gut, Kontrolle ist besser.«

»Kann ich nur zustimmen.« Blödes Arschloch, dachte sich der Gesprächspartner des kleine Mannes. Ich sollte dich auch überwachen lassen. Wenn der Kerl mich nicht mehr braucht, wird er mich gerne entsorgen. Ich werde den Spieß umdrehen. »Ich will kein Klugscheißer sein, aber sollten wir nicht möglichst schnell an diese Dose kommen? Wenn ich mir vorstelle, dass diese Frau sie öffnet und den Inhalt sieht, wer weiß …«

»Da stimme ich Ihnen zu, das darf nicht geschehen. Wir müssen schnell sein. Mein Gewährsmann war schon in der Wohnung der jungen Frau, als diese nicht anwesend war. Jedoch hat er die Dose nicht finden können. Jetzt müssen Sie die Sache erledigen.«

»Ich werde es versuchen.«

»Sie werden es schaffen. Sie müssen es schaffen. Sie holen uns die Dose. Egal wie. Und ohne irgendeine Spur zu hinterlassen.«

»Wird erledigt.«

»Gut, das wär's dann, oder?«

Der Kleine nahm das Smartphone an sich. Sein Gegenüber erhob sich mit einer ironischen Bemerkung: »Da haben die Nornen mal wieder an den falschen Fäden gezogen, was?«

»Die Nornen? Ich glaube kaum, dass die Nornen hinter diesem Doppelmord stecken«, meinte der kleine Mann.

Er fasste sich nach dem letzten Wort des Zweifels an seine gebogene Nase, die im Verhältnis zu seinem Gesicht viel zu groß ausgefallen war. Dann zupfte er nachdenklich an den Haaren seines weißen Kinnbartes.

»Haben Sie schon einmal darüber nachgedacht, dass wir in unseren Reihen einen Verräter haben könnten? Einen Hagen, der sich nicht scheut, eigene Leute zu vernichten?

Eine Krimhild, die zu viel ausplaudert?«, äußerte der Kleine seinen Verdacht.

»Wer sollte das sein? Ich kann mir keinen vorstellen, der unsere Pläne verraten sollte.«

»Ich bisher auch nicht. Aber nach diesem Doppelmord sehe ich alles in einem anderen Licht. Hätte sich Siegfried je träumen lassen, dass er durch die Schwatzhaftigkeit seiner eigenen Gattin sterben musste?«

Die Augen des kleinen Mannes begannen gefährlich zu glitzern. Sicher konnten sie ein Gegenüber nicht nur hypnotisieren, sondern in der Kombination mit seiner leisen heiseren Stimme auch einen Schauer unerklärlicher Furcht über den Rücken jagen. Plötzlich wurde sein Gesicht hart und schmal, bekam etwas von einem Natternkopf. Bevor er wieder sprach, leckte er mit seiner dünnen weißlichen Zunge über die Lippen: »Weiß Ihre Frau von unserer Sache?«

»Meine Frau? Nein! Das würde ich nie wagen, mit ihr darüber zu reden. Ich könnte genauso gut Ihre mysteriöse Gespielin verdächtigen.«

»Unterstehen Sie sich, haltlose Gerüchte in die Welt zu setzen!«, zischte der Kleine.

»Das gilt auch für Sie! Merken Sie sich das!«

Aus dem dünnen, sehnigen Hals des kleinen Mannes war ein Gurgeln und Grollen des Missfallens und des Ärgers zu vernehmen. Er klang wie eine gereizte Raubkatze. Er rutschte vom Stuhl und ging zur Toilette.

Als er zurückkam, hatte sich sein Gesicht wieder in die Miene eines kühlen Geschäftsmannes verwandelt.

»Tut mir leid. Ich nehme das mit Ihrer Frau zurück«, versuchte die kleine Gestalt einzulenken. »Das ist mir vorhin aus Enttäuschung und Wut herausgerutscht.« Er verbeugte sich leicht mit einer Hand vor der Brust. Dann kletterte er wieder auf den Stuhl mit dem Kissen. »Sie waren gerade mein Blitzableiter. Verzeihen Sie mir. Wir sollten uns nicht zerfleischen. Damit würde unser Untergang beginnen. Mit Entzweiung beginnt das Unglück, das lehrt uns schon die Geschichte. Und ich versichere Ihnen, meine Sekretärin ist in Ordnung. Ich lege meine Hand für sie ins Feuer. Keine wird genauer kontrolliert als sie.«

Mit einer Miene des generösen Verzeihens schaute der kleine Mann seinem Gegenüber in die Augen. Selbst Jesus hätte jetzt neben dem Kleinen wie ein übler Mafia-Boss ausgesehen, so jovial gab er sich.

Beide schlürften nachdenklich ihren Kaffee. Der kleine Mann las in dem Artikel über den Doppelmord weiter. Er öffnete nebenbei ein Papierröhrchen mit Zucker, schüttete diesen in seinen Kaffee. Mit dem kleinen Löffel rührte er um.

»Das Schloss ist also für längere Zeit für die Öffentlichkeit gesperrt, steht hier, bis alle Spuren von der Polizei gesichert sind, für alle Besucher gesperrt. Davon gehe ich aus.«

»Das trifft zu. Wenn wir einen anderen Zugang zu der Grotte hätten, von der wir annehmen, dass sie existiert ...«

»Wenn der Hund nicht geschissen hätte, hätte er den Hasen erwischt. Schminken Sie sich das ab! Wir haben das doch schon genug besprochen. Wir können doch nicht den ganzen Berg ringsum mit Versuchsbohrungen löchern. Wäre ein bisschen zu auffällig. Es gibt nur einen Zugang zu der Grotte. Und dazu brauchen wir den gesamten dreiteiligen Code.«

»Ich habe mich informiert. Es gibt hervorragende Geräte, um Hohlräume ausfindig zu machen.«

»Zu umständlich. Zu viel Aufwand. Wir müssten einen Tunnel bauen. Wie stellen Sie sich das vor, ohne dass wir gesehen werden?«

»Wir müssten uns tarnen.«

»Als was denn?«

»Als Archäologen, Mineralogen oder Erdbebenforscher.«

»Ha! Erdbebenforscher im Allgäu? Das ist mir zu abenteuerlich. Damit riskieren Sie unser ganzes Unternehmen. Wenn wir dabei auffliegen, ist alles aus. Sie glauben doch nicht, dass wir unsere Grabung vor der Schlösserverwaltung verbergen könnten? Eine Bohrung im Berg würde selbst der unbedarfteste amerikanische Tourist bemerken und dann haben wir zumindest Angestellte im Schloss auf der Pelle, die eine offizielle Grabungsgenehmigung sehen wollen.«

Der Kleine sah in seine Kaffeetasse. »Und selbst wenn diese Genehmigung gut gefälscht wäre, könnte jemand auf die Idee kommen dort nachzufragen, wo sie angeblich ausgestellt wurde. Wir müssten Leute bestechen, das würde weitere Mitwisser schaffen. Und dann fliegt alles auf. Wusch!«

Erregt knallte der Kleine die Zeitung auf den Tisch. Es war zu erkennen, dass er über eine solche Aktion schon öfters nachgedacht und sie verworfen hatte.

»Wir müssen eine Versammlung der Nibelungen einberufen«, meinte sein Gegenüber. »Es muss geklärt werden, ob wir nach dem bisherigen Plan weitermachen können.«

»Schnellstens sogar. Ich werde das veranlassen. Und Sie informieren mich, sobald die Polizei das Schloss wieder für die Öffentlichkeit freigibt. Und, ich hoffe, Sie bleiben sauber!«

Mit widerwärtiger Miene betrachtet er seine Kaffeetasse mit dem viel zu süßen Inhalt. Manchmal ist es nicht gut, in einer Sache zu lange herumzurühren, ging es ihm durch den Kopf.

»Ich schwöre. Bei Odin!« Zu diesen Worten legte schwörend den Zeige- und Mittelfinger seiner rechten Hand auf den kleinen silbernen Hammer am Revers seiner Anzugjacke. Eines Tages, dachte er sich, wird mich dieser giftige Gnom nicht mehr demütigen, dann werde ich diesem Zwerg vor mir die Befehle erteilen. Er blickte aus dem Fenster des Cafés. Draußen, im Auto des Zwerges, saß sein blondes Monster und wartete.

Unsere Seelen sind in einem Punkte, dem Hasse gegen das Niedrige, das Unrechte verwandt …

König Ludwig II.

5. Kapitel

Der nächste Tag war ein verhangener Sommertag. Der Kommissar hatte Wally, die unter ihrer karierten Jacke ein weißes Männerhemd über ihren ausgewaschenen Jeans trug, in seinem Auto mitgenommen. Die verklebte Tastatur hatte sie bereits entsorgt und eine neue an ihrem Computer angeschlossen. Dolling hatte seinen Kollegen Walter Angermaier dabei. Ein kleiner fülliger, recht schweigsamer Mann. Die beiden Kommissare wirkten auf Wally wie Dick und Doof. Aus dem Gespräch zwischen den beiden bekam Wally mit, dass sich inzwischen schon das bayerische Innenministerium und das Justizministerium in den Doppelmord auf Schloss Neuschwanstein eingeschaltet hatten. Man hatte bis jetzt auf eine Sonderkommission verzichtet, damit nicht noch mehr Staub aufgewirbelt würde. Wenn aber nach vier Wochen keine verwertbaren Ergebnisse vorlägen, dann würde eine Sonderkommission die Arbeit von Dolling und Angermaier unterstützen.

»Helfend begleiten, so hat das dieser Staatssekretär ausgedrückt«, ereiferte sich Dolling. »Walter, du weißt, was das bedeutet.«

»Wir haben dann nichts mehr zu melden«, brummelte Angermaier grimmig.

»Genau!«, sagte Dolling. »Aber so weit lasse ich es nicht kommen.« Er blickte in den Rückspiegel, blinzelte Wally übermütig mit einem Auge an und grinste, »aber schließlich haben wir eine Glücksfee dabei.«

»Aha«, brummte Angermaier. »Immer gut.«

»Haben sie dem König einen guten Platz gegeben?«, fragte Dolling Wally.

»Auf meiner Kommode im Hausflur. Er ist bis jetzt nur einmal heruntergefallen.«

»Welchen König?«, wolle Angermaier wissen.

»Wir waren gestern beim Kegeln, da hat sie als unsere Glücksfee den Kegel-König bekommen. Stell dir vor, Angermaier, wir haben die Favoriten geschlagen. Wir könnten dieses Jahr endlich auf den ersten Platz kommen.«

Dolling begann heiter zu pfeifen.

»Sie sind doch die Touristenführerin, die im Schloss die beiden Toten gefunden hat«, drehte sich Angermaier zu ihr um. »Wie fühlen sie sich heute?«

»Ich fühle mich wie die aus dem Schloss flüchtende Cinderella, wenn der Königssohn, der auf Brautsuche ist, ihre wahre Identität entdecken will.«

»Cinderella?«, zog Angermaier fragend seine dichten Augenbrauen hoch.

»Sie kennen Cinderella als Aschenputtel oder Aschenbrödel. Das arme Mädchen, das von der Stiefmutter und ihren Stiefschwestern schlecht behandelt wird. Und nach einer Ballnacht auf dem Schloss mit dem Prinzen muss Aschenputtel vor Mitternacht fliehen.«

»Wieso eigentlich?«, kam die Frage von Dolling.

»Hat das auch was mit dem König zu tun?«, meldete sich Angermaier.

»Sonst verwandeln sich Cinderellas goldene Kutsche und ihre schönen Pferde in einen Kürbis, vor den nur Mäuse gespannt sind.«

»Verstehe, der Prinz würde dann herausbekommen, dass sie nur eine Hochstaplerin ist«, grinste Angermaier. »Das würde ihm nicht gefallen, vermutet sie.«

»Bei der Flucht verliert sie aber was, womit der Prinz einen Gegenstand in der Hand hat, um sie suchen zu können, weil, er hat sich in sie verknallt, als er mit ihr tanzte«, erzählte Wally.

Kommissar Jakob Dolling räusperte sich.

»Soso«, meinte Angermaier »Ein Prinz ist aber kein König.« Er schaltete ab, blickte zum Autofenster hinaus, wo grünblättrige Bäume vorbeihuschten. Das war ihm alles zu versponnen. Außerdem fühlte er, dass er zu den beiden nicht richtig dazugehörte. Die verstanden sich zu gut. War ihm egal. Der geschwätzige Dolling war nicht sein Lieblingskollege. Der machte ihn oft völlig diffus, mit seinen hunderttausend Spuren und ständigen Querdenkereien. Diese Wally, eine nette Person, sicherlich, aber wieso musste Dolling sie gleich einsetzen wie eine Hilfskommissarin und auch noch mit ihr herumschäkern? Angermaier war lieber mit Hauptkommissar Neuwirth unterwegs. Der verfolgte eine Spur konsequent von Anfang bis Ende. Dann kam die nächste Spur dran. Aber Neuwirth lag leider im Krankenhaus.

»Sie müssten als Kommissare doch leicht herausbekommen, was Aschenputtel verloren hat. Es geht um ein Kleidungsstück, von dem man immer zwei Teile anzieht«, bohrte Wally.

»Ich liebe Rätsel«, schwärmte Dolling.

»Aha, deswegen liegen hier auf dem Rücksitz Rätselhefte«, sagte Wally.

»Was soll man machen, wenn man ewig jemanden beschatten muss.«

»Ich finde beschatten aufregend«, meine Wally.

»Schon, aber nach einer Stunde wird's langweilig. Vor allem nachts, wenn keine Menschen unterwegs sind. Mein Rätselfavorit sind Silbenrätsel«, verriet Dolling.

»Meine Sudoku. Also, was hat Aschenputtel bei ihrer Flucht aus dem Märchenschloss verloren?«, bohrte Wally weiter.

»Die Handschuhe …«, meldete sich Angermaier ins Gespräch zurück.

»Nein! Das war's nicht, aber schon nahe dran«, reagierte Wally.

»Jetzt sind Sie bitte mal kurz still, ich muss meinem Kollegen etwas Wichtiges mitteilen zur Mordermittlung.«

»Was denn?«, fragte Dolling.

Er merkte, dass Wally von Angermaiers etwas barschen Ton verwirrt war. Angermaier war nicht sein Lieblingskollege. Das war Neuwirth, aber der lag leider gerade im Krankenhaus. Mit Neuwirth konnte er sich auch über gewagte Verdachts-Kombinationen unterhalten. Neuwirth brachte selbst seine verrücktesten Vermutungen auf einen geordneten Pfad. Angermaier war ein fantasieloser Brummbär, mit dem man sich am besten über Kochrezepte unterhielt.

»Die Blutspuren auf den Stoffhandschuhen, die neben den beiden Toten lagen, sind nur von diesem Bill Loomis. Hat mir das Labor mitgeteilt. Und auf dem Speer wurden keinerlei Fingerabdrücke festgestellt«, äußerte Angermaier.

»Hat man Fingerabdrücke von diesem Hoteldirektor gefunden?«, wollte Dolling wissen.

»Ja, die fanden sich auf dem Gürtel von Loomis, aber auch an dem Fotoapparat.«

»Danke Kollege! Hmm. Was können wir mit diesem Wissen anfangen?«

»Wally, was würden Sie daraus schließen?«

»Ich werde heute Nacht lieber in einem Hotelzimmer schlafen«, antwortete Wally.

»Wieso denn das?«, erkundigte sich Dolling, der an einer roten Ampel halten musste.

»Wenn der Hoteldirektor mit dem Speer Bill getötet hätte, dann müssten seine Fingerabdrücke darauf sein«, beugte sich Wally zu Dolling vor. »Er trug ja keine Handschuhe. Für mich bedeutet das, dass auf jeden Fall ein dritter Mann, also der Mörder, frei herumläuft.«

Jetzt erzählte Wally auch hastig den staunenden Kommissaren von ihren nächtlichen Erlebnissen in ihrer Wohnung, die ihr Angst gemacht hatten.

»Tja, ich muss ihr Recht geben, das klingt nicht sehr gut«, meinte Dolling. Er machte ein besorgtes Gesicht. »Walter, wir müssen uns was zum Schutz unserer Zeugin überlegen«, fuhr er fort. »Ich will das nicht als Einbildung abtun. Wissen Sie, Wally, uns ist Ihr Vertrauen wichtig.«

»Meine Tante hat eine Pension«, deutete Angermaier einer Unterbringungsmöglichkeit an. »Da könnte ich sie sogar unter einem falschen Namen unterbringen.«

»Gute Idee Walter, darüber reden wir später noch.« Dolling fuhr exakt die vorgeschriebene Geschwindigkeit.

»Wir müssen also eine geheimnisvolle dritte Person suchen«, steuerte Dolling zur Auffahrt des Schlosses Neuschwanstein. »Einen oder gar mehrere Täter, von denen wir nicht wissen, ob sie beide Tote auf dem Gewissen haben, oder aber nur einen.«

»Und warum sie das getan haben, das Motiv sollten wir auch kennen«, vollendete Angermaier. »Wenn man das Motiv kennt, findet man den Täter leichter.«

»Was meinen Sie, Wally, gibt es im Schloss Neuschwanstein Geheimtüren?«, erkundigte sich Dolling.

»Edgar Wallace lässt grüßen«, meinte Angermaier etwas sarkastisch.

»Davon habe ich bisher noch nichts gehört«, meinte Wally. »Aber vorstellen könnte ich es mir schon. Vielleicht gibt es Geheimpläne? König Ludwig II. hat sich da alles Mögliche reinbauen lassen. Er mochte technische Spielereien.«

»Aha, siehst du Walter. Das Mädchen blickt durch. Wenn der König eine Geheimkammer hatte, dann doch nur, damit er sein Opium in Ruhe genießen konnte«, meinte Angermaier.

»Du überraschst mich Walter, das ist mir neu, dass der Ludwig ein Rauschgiftsüchtiger war«, grinste Dolling. »Man stelle sich vor, wir würden den König wegen ein paar Gramm Opium verhaften müssen.«

»Allein schon seine immer schlechter werdende Zähne sind für mich ein klarer Hinweis, dass Ludwig II. Opium zu sich nahm. Er hatte schließlich die besten Zahnärzte weit und breit.«

»Eine arme einsame Sau war er, unser Märchenkönig, da wäre es kein Wunder, wenn er zu Drogen gegriffen hätte«, murmelte Dolling.

Wally verzichtete auf die richtige Antwort ihres Aschenputtel-Rätsels.

Sie hielten auf dem Parkplatz des Restaurants vor dem Schloss, dann gingen sie zum Eingangstor hoch, wo zwei

Polizisten postiert waren. Angermaier blieb bei ihnen, um aktuelle Geschehnisse durchzugehen. Dolling und Wally liefen über die Innenhöfe ins Schloss. Vor dem Eingang am rechten Rand der Palas-Fassade kam ihnen auf der Treppe der Hausmeister entgegen.

»Hallo Erwin«, begrüßte ihn Dolling. »Wir müssen wieder ins Schloss. Gibt es was Neues?«

Erwin Jansch schüttelte verneinend den Kopf.

»Du hast es mir ja schon gestern gesagt, also, die beiden, der Hoteldirektor Lukas Basse und der Sänger Bill Loomis waren vorgestern Abend da oben zum Fotografieren. Du hast gesagt, es war ein merkwürdiges Geräusch, wegen dem du die beiden verlassen hast, um nachzuschauen.«

»Richtig«, antwortete Jansch.

»Dann hat dich ein Unbekannter in ein Verlies gesperrt?«

»Nehme ich mal an. Jedenfalls hat mich jemand trickreich mit Geräuschen von Basse und Loomis weggelockt. Wie ein Gespenst mit Ketten, die es auf den Stufen nachschleift, so klang das. Nach unten. Bis zum Verlies. Ich wunderte mich, dass die dazugehörige Tür offen stand. Jemand schupste mich hinein, sperrte die Tür zu und weg war ich. Keine Ahnung, wer's war.«

»Hm, damit hatte der Mörder dich ausgeschaltet«, dachte Dolling laut nach.

Wally beobachtete heimlich das Spiel der Falten im Gesicht des Hausmeisters. Für Wally hatte er bisher ein durch und durch ehrliches Gesicht besessen. Ihr Misstrauen war nun hellwach. Konnte man ihm glauben? War da nicht ein merkwürdig schiefer Zug um seine Mundwinkel? Würde Dolling auch denken wie sie, die darüber spekulierte, dass Jansch das wohl nicht beweisen konnte, dass er in diesem Verlies eingesperrt war, wo man ihn erst am nächsten Tag herausgelassen hatte, als Wally bereits auf die Leichen gestoßen war und nach dem Hausmeister gesucht wurde.

»Das wurmt mich wahnsinnig«, grollte Jansch. »Wenn ich du wäre, würde ich mich glatt auf die Liste der Verdächtigen setzen.«

»Du sagst es, lässt sich wohl nicht vermeiden«, meinte Dolling. »Zeig uns doch mal dieses Verlies.«

Es war eine enge Kammer im Keller des Schlosses, nicht weit von den Räumen, in denen früher die Köche des Königs die Speisen aufbewahrten. Abgeschlossen mit einer dicken Holztür. »Das war früher eine Zelle für unbotmäßiges Personal, das hier eingesperrt wurde, bis es vor Gericht kam«, erläuterte Jansch. »Ist mir ein Rätsel, wie jemand dazu den Schlüssel haben kann. Das ist ein ganz eigener Schlüssel, nämlich noch der alte. Der hängt bei mir im Schlüsselkasten. Den habe ich nicht dabei. Diese Tür kann ich also nicht mal mit dem Generalhauptschlüssel aufsperren.«

»Wartet!« Kommissar Dolling ging in das enge Verlies. »Er schloss die Tür hinter sich. Dann klopfte er von innen dagegen. Es war nur ein dumpfes Klopfen zu hören. Das so leise war, dass es aus diesem Keller sicher nicht hinausdrang.

»Nur meine Tochter Daniela weiß noch, wo sich der Schlüssel zu diesem Verlies befindet. Sie hat mir ja auch die Tür aufgesperrt. Könnte das ein Beweis für meine Unschuld sein? Ich kann mich ja nicht selber reinsperren und dann den Schlüssel wieder in den Schlüsselkasten hängen, oder«, wollte Jansch von Dolling wissen.

»Außer du hast noch einen zweiten Schlüssel«, meinte Dolling.

»Auf die Idee bin ich auch gekommen«, sagte Jansch mit einem Finger am Kopf, »als ich da drin eingesperrt war. Damit man erkennen kann, dass ich keinen zweiten Schlüssel besaß, habe ich mich bei meiner Befreiung von einem Polizisten am ganzen Körper absuchen lassen.«

»Stimmt«, nickte Dolling. »Das wurde mir berichtet. Sie haben nichts bei dir gefunden. Für mich bist du damit aus dem Schneider. Außer …«

»Was meinst du?«, wurde Jansch blass.

»Du hast den zweiten Schlüssel hier im Verlies versteckt«, grinste Dolling ziemlich unverschämt, als er sah, wie Jansch ein gequältes Gesicht machte.

»Natürlich habe ich die Polizisten aufgefordert das gesamte Verlies gründlich zu untersuchen.«

»Stimmt auch«, nickte Dolling. »Sie haben keinen Schlüssel gefunden.«

»Na also«, atmete Jansch auf.

»Tja, dann werde ich sicherheitshalber noch meine Luchsaugen herumschweifen lassen«, öffnete Dolling noch mal die Tür des Verlieses und ging hinein. »Nimm mir das nicht übel.«

»Überhaupt nicht. Ich finde es beruhigend zu sehen, wie gründlich unsere Polizei ihre Arbeit macht«, äußerte sich Jansch mit etwas Ironie.

Durch zwei vergitterte Fenster, an denen sich Spinnweben befanden, drang Sonnenlicht herein, das auf den steinernen Boden fiel. In dem kerkerartigen Raum befand sich eine Pritsche aus Holz, die an den Enden mit Ketten an der Wand befestigt war. Von einer Wand hingen Ketten, an denen Handschellen angebracht waren.

»Was macht man hier, wenn man muss?«, stellte der Kommissar an Jansch eine Frage.

»Ich konnte es mir verbeißen«, erwiderte dieser. »Sonst würde man es ja riechen«, grinste er müde.

»Richtig«, stimmte der Kommissar zu, der mit den Händen die untere Einfassung der Fenster abfingerte.

»Du glaubst mir ja wirklich nicht«, beschwerte sich Jansch.

»Ums Glauben geht's hier nicht«, brummelte Dolling. »Ich muss jede Aussage überprüfen. Das ist meine Arbeit.«

»Verstehe«, nickte Jansch.

Dolling bückte sich und sah unter die Pritsche.

»Das wär's dann, alles in Ordnung, gehen wir«, wandte er sich an Wally, die draußen gewartet hatte.

Bei dem Gespräch zwischen dem Kommissar und dem Hausmeister bekam Wally mit, dass die Leichen der beiden toten Männer gestern abgeholt worden waren. Die Spurensicherer der Kripo waren schon zum zweiten Mal da gewesen. Und vor ein paar Minuten hätten sie das Schloss verlassen.

Jansch händigte dem Kommissar einen Gruppenschlüssel für einen Gang durch das Schloss aus. Auf die Frage, wie lange das Schloss noch für den Publikums-Verkehr geschlossen bliebe, bekam er die Mitteilung, dass es schon noch einige Tage dauern könne.

Er hätte zwar schon verdächtige Spuren, meinte der Kommissar, aber bis diese alle gründlich untersucht wären, das konnte dauern. Die Schlösserverwaltung wisse Bescheid. Das gälte auch für die hartnäckigsten Reporter.

»Macht es Ihnen was aus, wenn Sie mir eine private Führung geben«, fragte Dolling mit einem freundlichen Lächeln zu Wally. Ohne den breiten Schatten seiner Nase sah er wirklich einnehmend aus. Kein smarter Typ, aber sehr herzlich. Seine lange Gestalt beugte sich beim Laufen ein wenig nach vorn, als wollte sein Kopf schon vor dem Rest seines Körpers am angestrebten Ort sein. Während sie vom schwierigen Bau dieses Schlosses berichtete, lief er neben ihr her. Seine Jacke hatte er über die rechte Schulter geworfen. Mit dem Daumen durch die Schlaufe für den Kleiderhaken. Wally trug ihre Lieblingsjacke, T-Shirt, Bluejeans und Chucks. Und trotzdem freute sie sich über jeden Lufthauch, der aus den Wäldern kam, und sie über die Schlossmauer hinweg erreichte.

»Auf diesem Berg hier befand sich eine von vier Burgruinen rund um Hohenschwangau«, begann Wally ihre Führung, für den Kommissar Dolling.

Angermaier hatte sich auf einen Wink von Dolling mit dem Hausmeister in den Souvenir-Shop getrollt.

Im Sängersaal zeigten Kreidestriche auf dem Boden den Ort, wo die beiden Toten und die Federn in Pfeilform gelegen hatten. Wally lief dem Pfeil nach und stellte sich vor das Bild mit dem Knaben Parzival und dem roten Ritter.

»Der Kreidepfeil zeigte auf das Bild mit Parzival«, meinte Dolling. Er stellte sich hinter den Pfeil. »Warum wohl? Haben Sie dazu eine Idee? Und wer könnte diesen Pfeil aus den drei Federn aus welchem Grund platziert haben?«

Wally sah sich um. Sie schüttelte verneinend den Kopf.

Das Handy des Kommissars dudelte eine Melodie.

»Das passt, Wagner, Walkürenritt«, grinste Wally.

»Servus Max! Ist es wichtig? Wo? Was Furchtbares? Am Alpsee? Ich bin im Schloss Neuschwanstein.« Dolling ging mit dem Handy zum Fenster des Sängersaals. »Verrückt, ja, ich seh dich!«

Wally schaute auch zu dem Fenster hinaus.

»Ein rotes Tuch? Ja, jetzt sehe ich dich winken. Gut, wir kommen gleich. Nein, ich bin nicht allein.«

Wally sah weit unten an dem See ein rotes Tuch hin- und her wedeln. Der Kommissar und sie eilten, nachdem sie Angermaier, der sich im Souvenir-Shop mit des Hausmeisters Tochter über die baldige Geburt ihres Kindes unterhalten hatte, so schnell wie möglich zum Alpsee. Dorthin, über einen schmalen Wiesen- und Waldweg, war nur zu Fuß zu kommen.

»Er hat was entdeckt, der Max. Ich glaube, Sie kennen ihn. Erinnern Sie sich, sie haben sogar mit ihm getanzt. Gestern nach unserem Sieg gegen die Kugelhelden.« Dolling hatte eine gute Kondition. Wally aber auch. Sie hatte ein Abo im Fitness-Klub. Außerdem täglich zwei Führungen über Hunderte von Stufen.

»Der nette Förster, der mir dauernd auf die Zehen gestiegen ist?«

»Ein guter Tänzer ist er nicht, aber ein guter Kegler. Und ein guter Förster. Wenn er nicht immer so schrecklich übertreiben würde. Bei dem ist immer alles furchtbar. Wenn ein Edelweiß umgeknickt ist, wenn eine Gämse ein Bein verstaucht hat, wenn ein Hund in einen Ameisenhaufen geschifft hat. Der übertreibt ständig. Bin gespannt, was er diesmal Furchtbares zu vermelden hat.«

»Hierher!« Max stand direkt am Ufer des Alpsees. Er steckte sein rotes Halstuch ein. »Ihr seid aber schnell. Respekt, Respekt!«

»Wo liegt der zusammengetretene Borkenkäfer? Welchen perversen Tier-Killer muss ich verhaften?«

Wally musste lachen. Ein bayerischer Kommissar hatte eben sein Herz auf dem rechten Fleck.

»Dir wird der Spaß gleich vergehen. Ich habe noch nie so etwas Brutales gesehen.«

»Wo liegt die Leiche?«, sah der Kommissar zu Wally und verdrehte seine Augen.

»Hinter dem Busch!« Max führte Wally und den Kommissar hinter einen Holunderbusch, der am Ufer wuchs, von dem einige Zweige und Blätter in die Wellen des ruhig daliegenden Sees hingen. Der Himmel war aufgerissen. Die Sonne schien. Die Schwüle war fast verschwunden. Vom See kam ab und zu ein angenehmer Windhauch.

»Ein Schwan«, erkannte Wally das weiß schimmernde Tier, das hinter dem Busch lag.

»Ein toter Schwan«, erklärte Max.

»An was ist er gestorben? Altersschwäche oder Herzverfettung? Die werden doch hier von den Touristen gefüttert wie blöd.«

Max warf einen missbilligenden Blick auf Kommissar Dolling. Dann kniete er sich neben den Schwan. Als er mit der rechten Hand den Hals des Schwanes hochhielt, besaß dieser keinen Kopf. Der Hals schloss mit einer blutig verkrusteten Schnittstelle ab. Die obersten Halsfedern waren mit getrocknetem Blut beschmutzt.

»O Gott«, fasste Wally voller Schreck den Ärmel des Kommissars und zog ihn an sich heran, ließ ihn aber gleich wieder los, als sie merkte, dass sie wie ein kleines Mädchen Schutz bei ihrem Vater suchte.

»Sauerei!«, stieß der Kommissar hervor. »Wer war das?«

»Bin ich der Kommissar oder du?«

»Du bist der Förster. Ich glaube, damit bist du für die Tiere in dieser Gegend zuständig!«

»Da täuschst du dich aber gewaltig. Das ist Tierquälerei. Ich mache bei dir – im Moment – eine mündliche Anzeige wegen Tierquälerei!« Max plusterte sich auf.

»Jetzt hör mal her, alter Kugelbursche! Ich habe wirklich Wichtigeres zu tun, als einen toten Schwan zu untersuchen.«

»Musst du nicht. Ich habe ihn schon untersucht. Er wurde mit einem Beil hingerichtet. Außerdem wurde sein Flügel brutal beschädigt, ich nehme an, der Täter hat ihm einige Federn herausgerissen.«

»Federn?« Dolling wurde hellhörig. »Sagtest du, der Täter hat dem Tier Federn herausgerissen?«

»Sagte ich. Außerdem habe ich die Tatwaffe entdeckt.«

»Wo ist sie?«

»Sie liegt im Wasser. Es ist ein Beil.«

»Wo liegt das Beil? Spann mich nicht auf die Folter. Die Sache ist wichtig!«

»Sagte ich doch.«

»Da liegt es!« Wally war zum nahen Ufer gegangen. Das Beil war leicht zu entdecken. Seine Schneide blinkte aus dem Wasser hervor, weil sie von den Sonnenstrahlen getroffen wurde. Wally bückte sich auch.

»Halt! Nicht anfassen! Das muss ich mir genauer anschauen.« Der Kommissar blickte zu dem Beil hinunter.

»Wie kann ein Mensch so brutal sein«, sagte er so laut, dass er auf jeden Fall von Max gehört wurde.

»Endlich hast du es begriffen, werter fantastischer Kugelbruder. Hier läuft eine unmenschliche Bestie durch die Gegend. Ein verabscheuenswerter Tierschlächter. Ich hoffe du kannst ihn bald fassen.«

»Das hoffe ich auch«, nickte Dolling. »Ich müsste vorher nur noch schnell einen Doppelmord aufklären.« Er wandte sich an Wally: »Könnten Sie das für mich aufzeichnen? Wie das Beil hier im Wasser liegt? Ich habe keinen Fotoapparat dabei. Ich habe vorhin bemerkt, dass sie wohl Rembrandts Tochter sind«, grinste er sie an. Er reichte ihr seinen Stift und seinen Notizblock. »Dann brauchen wir unsere Spurensucher nicht herhetzen. Die sind seit den letzten Tagen sowieso schwer überarbeitet.«

Der Kommissar ging zum Förster und klopfte ihm auf die Schulter. »Ein Schwan ist ein schönes Tier. Wenn ich den Mörder des Schwans erwische, dann erwische ich auch den Mörder von König Ludwig und seines Leibarztes.«

»Hast du noch alle?« Max starrte seinen Kegel-Kumpel fassungslos an. Hatte ihn der Tod des Schwans derartig mitgenommen, dass er alles durcheinander brachte? Selbst die junge Frau, die am Ufer des Sees mit dem Zeichenblock kniete, schaute verwundert zum Kommissar. »König Ludwig wurde ertränkt. Außerdem im Starnberger See und nicht hier im Alpsee. Vor weit über hundert Jahren war das, bitteschön.«

»Beruhige dich, ich hin schon noch bei Verstand. Ich meine den nachgebauten König Ludwig aus dem Musical und den Hotelier, die wir im Schloss tot aufgefunden haben, weswegen ich dir doch die Schwanenfeder gezeigt habe.«

»Jetzt kommt's mir. Die sind von diesem massakrierten Schwan. Das meinst du.«

»Genau. Das meine ich. Und wir werden das mit deiner Hilfe auch noch exakt feststellen können. Du wirst den Schwan heute noch zu unserem Labor bringen. Du weißt ja, wo das ist. Wo du vor ein paar Tagen diese tollwütige Wildsau hingebracht hast, die auf diesen Touristen losgegangen ist. Die bekommen auch die drei Schwanenfedern von mir. Dann dürfte das kein Problem sein.«

»Der Schwanenkopf?«, mischte sich Wally ein.

»Ja, wo ist der?«, fragte auch Dolling.

»Ihr seid gut. Woher soll ich das wissen?«, schaute der Förster in die Runde. »Was soll ich nun machen? Zuerst den Schwanenkopf suchen, oder den Schwan ins Polizeilabor bringen?«

Dabei begutachtete der Kommissar das Beil, das für den fehlenden Schwanenkopf verantwortlich war. »Spuren sind da keine mehr zu finden. Vielleicht können wir den Käufer ermitteln. Das wird etwas schwieriger, als den Schwanenkopf zu finden.«

Der Kommissar verabschiedete sich vom Förster.

»Wenn Sie wollen, dass man Sie nach Hause fährt, dann lasse ich Sie vom Kollegen Angermaier fahren«, sagte Dolling zu Wally.

»Und Sie?«

»Ach, ich muss mir noch die Stelle anschauen, wo ein Schlüssel landen könnte, wenn man ihn aus dem Fenster des Verlieses im Schloss werfen würde.«

»Sie sind ja hartnäckig«, meinte Wally. »Glauben Sie Janschs Geschichte nicht?«

Ihr Handy meldete sich. Wally lauschte atemlos. Sie schaute sorgenvoll und nickte dauernd. Dann steckte sie ihr Handy wieder ein.

»Daniela, sie bekommt ihr Kind!«

»Welche Daniela?«, fragte der Kommissar.

»Die Tochter von Erwin Jansch, dem Schloss-Hausmeister.«

»Ach so. Ja so was«, meinte der Kommissar zu der Nachricht.

»Ich muss mit ihr ins Krankenhaus. Die Wehen haben eingesetzt.«

»Sie? Wieso? Kann sie nicht ihr Vater zur Entbindung bringen?«

»Nein. Der hat keinen Führerschein.«

»Stimmt. Den haben sie ihm neulich gezwackt, zu viele Promille«, meldete sich der Förster, der noch bei ihnen gestanden ist.

»Rufen Sie nach dieser Fahrt bitte bei mir an. Sie sollten jetzt gleich heimfahren und sich ausruhen. Ist alles sehr anstrengend, ich will nicht, dass Ihnen was passiert«, rief der Kommissar der davoneilenden Wally nach.

Vielleicht hätte ich Angermaier mit dem Entbindungsexpress beauftragen sollen, schaute Dolling nachdenklich den Förster an. Oder Angermaier und ich? Nach dem Schlüssel hätte ich morgen auch noch suchen können. Obwohl, dann könnte ihn Jansch verschwinden lassen, wenn er irgendwo am Fuße des Felsens lag, überlegte Dolling. Er schaute auf seine Armbanduhr. Zudem musste er noch in einer Stunde mit so einen Fuzzi aus dem Innenministerium den Fall erörtern.

Dollings Handy meldete sich: »Stell dir vor Erwin, der Schlüssel vom Verlies ist wieder da, genau dort wo er sein soll. Ich kann's nicht fassen.«

Erwin Jansch war dran.

»Wo?«

»Im Schlüsselkasten. Im Souvenir-Shop.«

Jetzt öffnet sich uns der olympische Zauberberg
und zeigt uns seine Wurzeln.

Friedrich Nietzsche

6. Kapitel

Als Wally im Souvenirshop eingetroffen war, saß Daniela schon gekrümmt da. Den Kopf mit dem runden Gesicht und den hellbraunen Haaren hatte sie in die Hände genommen. Wally nahm die mädchenhafte Daniela, die gleich groß war, am Arm für die Schritte zum Auto. Leise vor sich hinstöhnend hockte sie sich dann auf dem Rücksitz des silbernen Audis ihres Vaters. Wally klemmte sich sofort hinter das Lenkrad. Das wachsbleiche Gesicht von Daniela, die ihre Augen geschlossen hielt, macht ihr den Ernst der Situation klar. Wally, schon ziemlich geschafft, bekam durch dieses Bild vor sich, einen Kraftschub.

»Der Zündschlüssel steckt schon«, hatte ihr Danielas Vater mitgeteilt. »Die Wagenpapiere liegen im Handschuhfach.«

»Wo muss ich hin?«, wandte sich Wally an Daniela.

»In Füssen in die Kreisklinik, Stadtbleiche 1, bitte, bitte«, quetschte diese zwischen den blassen Lippen hervor.

Wally nahm Daniela am Arm. Sie gingen zum Auto, stiegen ein. Wally klemmte sich hinters Steuer. Daniela setzte sich hinten rein.

»Ich sage den Kollegen bei der Absperrung Bescheid, die werden sie problemlos durchlassen«. Angermaier hatte zu dieser Meldung seinen runden Kopf mit Sonnenbrille durch das Seitenfenster zu Wally hineingesteckt. Er zog ihn schnell wieder zurück, als Wally das Fenster per Knopfdruck hochfahren ließ. Jansch war gestikulierend auf Angermaier zugekommen und zog ihn mit zum Schlüsselkasten im Souvenir-Shop.

Die Polizisten bei der Absperrung winkten sie durch. Wally kannte den Weg zur Klinik ganz gut. Danielas Stöhnen wurde lauter.

»Durchhalten! Wir sind gleich da!« Was Besseres fiel Wally nicht ein, um Daniela Mut zu machen. Schließlich war Wally keine Hebamme. Sie war noch nie bei einer Geburt dabei gewesen. Sie wusste nicht, was zu tun war, wenn Daniela im Auto das Kind auf die Welt bringen würde. Dieser Film über eine Geburt, den Wally mal gesehen hatte, das war schon einige Jahre her. Sie dachte die nächsten Jahre noch nicht an Kinder. Das durfte nicht sein. Der Audi stotterte, als sie auf der Straße Richtung Füssen fuhren. Er blieb einfach stehen. Im gleichen Moment wurden sie von einem dunklen Auto überholt. Es wurde langsamer. Es hielt und fuhr zu dem Audi zurück. Gerade als Daniela einen herzerweichenden Schrei auf dem Rücksitz losließ, erkannte Wally, dass es sich bei dem dunklen Auto um einen schwarzen Mercedes Kombi handelte, das Fahrzeug einer Bestattungsfirma.

»Es geht gleich los! Die Wehen!«, streckte sich Daniela halbwegs auf dem Rücksitz aus. Schweiß stand ihr auf der Stirn. Ihre Hände glitten über ihren hochgewölbten Bauch. Ihre Zähne bohrten sich in die Unterlippe.

»Auch das noch!« Wally wirkte zum ersten Mal in ihrem Leben total hilflos. Sie fummelte nach ihrem Handy. Wen sollte sie anrufen? Die Kreisklinik? Eine Hebamme?

Woher sollte sie jetzt die Telefonnummern bekommen? Dazu verwirrte sie der Bestattungswagen, der nur einen halben Meter neben ihrem Ausstieg, angehalten hatte. Eine schwarzgekleidete Gestalt kam heraus. Wally ließ die Fensterscheibe herunter. Sie hatte eine Idee.

»Haben Sie einen Reservekanister dabei?«

»Wie? Eigentlich wollte ich Sie was fragen«, beugte sich die dunkle Gestalt mit einem eingedellten Zylinder zu ihr herab. »Ich glaube schon, haben wir immer dabei, wenn wir auf Tour sind. Man weiß ja nie.«

Wally warf einen Blick nach hinten zu Daniela, die mit geschlossenen Augen ziemlich laut und ruckartig stöhnte. Dann stieg Wally schwungvoll aus. Die dunkle Gestalt wich zurück, sonst hätte ihn Wallys Autotür an den Kniescheiben erwischt.

»Ich nehme an, unser Benzin ist aus. Ich habe eine Schwangere im Auto, wir müssen sofort in die Geburtsklinik. Wo ist der Reservekanister?«

»Au weia!«, öffnete die dunkle Gestalt die Tür an der Rückseite des Mercedes.

Er reichte Wally einen schwarzen Benzinkanister mit einem Totenkopf drauf.

»Was ist da drin?«

»Benzin, was sonst?«

Wally öffnete den Tankdeckel des Audi. Dann schüttete sie den Inhalt des Kanisters in den Tank. Durch das offene Autofenster drang Danielas Stöhnen. Es war heftig geworden. Sehr heftig. Die Geburt konnte jede Sekunde losgehen. So klang das. Wally warf den leeren Kanister der dunklen Gestalt zu. »Danke! Bis zum nächsten Mal!« Sie hatte sich wieder gefangen. War wieder einigermaßen Herrin der Situation.

»Ja, hoppla, ich wollte eigentlich wissen, wie wir zum Metropol-Club kommen«, beugte sich die dunkle Gestalt zu Wallys Fenster. Wally saß schon hinter dem Steuer und drehte den Zündschlüssel um. Der Audi gab spotzende Geräusche von sich. »Wir spielen dort heute Abend!«

Jetzt blickte Wally durch. Das war ein Musiker! »Einfach mir nach!« Sie trat aufs Gaspedal. Danielas Stöhnen tat ihr körperlich weh. Mein Gott, sie musste rechtzeitig zur Klinik kommen. Sie musste! Der Audi beschleunigte. Die rote Tachonadel zog schnell auf 30, 40, 50, 60 km/h hoch. Dann fiel sie wieder zurück. Der Audi blieb wieder stehen. Der Mercedes hinter ihr konnte gerade noch bremsen, bevor er auffuhr. Wally haute mit beiden Händen auf das Steuer.

»Schaffen wir's?«, brachte Daniela zwischen ihren Wehen hervor.

»Ich hoffe, lieber Gott hilf!« Wally war verzweifelt. Sie stieg aus. Der Kommissar konnte die Nummer von der Kreisklinik haben. Wie war die Notfall-Nummer? 110? Die würde sie anrufen. Sofort! Sie suchte aufgeregte nach ihrem Handy.

»Kann ich helfen?«

»Mein Handy, ich finde mein Handy nicht. Das Kind kommt! Die Frau muss in die Klinik. Sie müssen Daniela sofort in die Klinik fahren!«

»Ich? Negativ! Wie soll das gehen? Ich kenn mich hier null aus.«

»Erst helfen Sie mir, die Schwangere in ihr Auto zu bringen, dann zeige ich Ihnen den Weg.«

»Sie haben unverschämtes Glück, dass ich nur die Gitarren und die Schlafsäcke transportiere«, sagte die dunkle Gestalt, als er die rückseitigen Türen des Mercedes öffnete. Über seiner Schulter lag der rechte Arm von Daniela. Der linke lag über der Schulter von Wally. So schleppten und trugen sie Daniela mehr zur Rückseite des Mercedes, als sie lief. Das schien ihr sogar gut zu tun. Sie stöhnte kaum. Schnell legte Daniela in dem Mercedes einen Schlafsack aus. Dann kletterte sie auf die Ladefläche, auf der normalerweise der Sarg beim Transport stand. Sie räumte die Gitarren auf die Seite und zog Daniela an der Schulter auf den Schlafsack. Die dunkle Gestalt griff Daniela unter die Kniekehle und schob. Nachdem Daniela auf dem Schlafsack lag, setzte sich Wally neben sie und hielt ihre Hand. Sie wollte die Schwangere nicht allein lassen. Danielas vor Schmerzen tränende Augen hatten darum gebeten. Die dunkle Gestalt setzte sich ans Steuer. Durch eine kleine Luke, die einen Schieber hatte, mit der sie geöffnet werden konnte, gab Wally dem Fahrer die Anweisungen, damit er zur Kreisklinik fand. Danielas Wehen kamen wieder. Ihr Gesicht glänzte vor Schweiß. Ihr ganzer Körper bebte. Sie zog die Füße an. Streckte sie wieder aus. Unterdrückte Schmerzensschreie kamen über ihre Lippen. Die Geburt schien sehr nah zu sein. Da tauchte endlich die Klinik auf.

»Am besten zur Notaufnahme!«, sagte Wally zum Fahrer.

Er hielt mit der Rückseite des Wagens vor der Notaufnahme. Dann sprang er aus dem Auto und lief hinein.

Daniela schüttelte sich am ganzen Körper. Sie biss sich in das Handgelenk. Trotzdem schnappte sie nach Luft und schrie in kürzer werdenden Abständen. Wally öffnete die Rücktüren, damit Daniela sofort abtransportiert werden konnte. Ein Arzt und eine Hebamme kamen im Eiltempo. Wally hob Danielas Kopf etwas hoch, damit sie sehen konnte, dass ihr jetzt von Fachleuten geholfen wurde.

»Es kommt! Es kommt!«, brachte Daniela mühsam gepresst hervor.

Die Hebamme zerrte Danielas Schlüpfer an den Beinen herunter. Der Arzt gab einer Krankenschwester, die bei ihm stand, Anweisungen.

»Holen Sie alles Nötige für eine Geburt!« Die Schwester flitzte davon.

»Da kommt schon der Kopf!« Die Hebamme sprach mit dem Arzt und Daniela zugleich. »Ich glaube, das wird eine schnelle Geburt.«

Jetzt zog sich der Arzt Gummihandschuhe über und kümmerte sich um Danielas Nachwuchs, dessen schleimig-blutiger Kopf bereits zwischen den Schenkeln der Mutter vollständig herausschaute. Dann drückten sich die Schultern durch und Danielas Kind flutschte ohne große Hindernisse in die Hände des Arztes. Die Hebamme holte aus dem aufgeklappten Koffer der Krankenschwester die Schere, mit der sie die Nabelschnur durchschnitt.

»Es ist ein Sohn«, kam die Hebamme in Danielas helles Zimmer, wo Wally und der Fahrer des Bestattungsautos saßen. Sie legte Daniela, die ihr mit einem Kissen unter dem Rücken glücklich lächelnd entgegensah, ihr Kind in die Arme. Der Arzt kam auch noch hinzu. »Und ich dachte schon, wir müssten eine Leiche zum Leben erwecken, als ich das Bestattungsauto sah«, grinste er. »Eine solche Geburt habe ich noch nie erlebt.« Er schüttelte den Kopf. »Ich gratuliere Ihnen ganz herzlich zu ihrem Sohn! Ach ja, Ihren Mann haben wir jetzt erreicht. Er wird bald bei ihnen eintreffen.« Dann ging er zusammen mit der Hebamme weg.

»Na, dann kann ich ja auch gehen«, meinte der Fahrer des Bestattungsautos. Wally schaute ihn sich jetzt näher an. Ein junger Mann, der schwarze glatte und glänzende

Lederhosen trug. Über einem schwarzen Hemd mit Rüschen trug er einen langen schwarzen Lackmantel, den er auch im warmen Krankenzimmer nicht ausgezogen hatte. An seinen hohen Schnürstiefeln waren viele glänzende Metallteile.

»Das war so lieb von Ihnen, wie kann ich Ihnen nur danken?«, reichte ihm Daniela zum Abschied die Hand.

»Ist schon alles okay«, sagte er. »Ich müsste nur noch wissen, wie ich zum Metropol komme. Wir müssen dort unsere Anlage aufbauen.« Er schaute auf seine Uhr. »Die anderen sind vielleicht schon dort.« Er versuchte, seine Band-Kollegen mit dem Handy zu erreichen. Das klappte nicht. »Die Nummer vom Metropol habe ich leider auch nicht.«

»Ich zeichne Ihnen das auf«, sagte Wally. Das tat sie. »Wie heißt denn ihre Band?«

»Loveley Hades.«

»Was, Sie sind Musiker?«, staunte Daniela. »Mit so einem Geburtshelfer müsste mein Kind doch recht musikalisch werden.«

»Ich hoffe es«, sagte der junge Mann und sah auf das Baby, das mit schmatzenden Geräuschen an der Brust seiner Mutter nach der Milch spendenden Brustwarze suchte.

»Wie heißen Sie eigentlich?«, wollte Daniela wissen.

»Charon.«

»Heißen Sie wirklich so?«

»Ist mein Künstlername als Musiker. Bin Sänger bei der Band.«

»Jüdisch?« Wally dachte an den israelischen Präsidenten.

»Nein, der Name ist griechisch.«

»Also, lieber Charon, vielen herzlichen Dank. Gibt es von Ihrer Band eine CD und woher bekomme ich sie?«

»Wir haben schon drei herausgebracht. Sie können sie in jedem Plattenladen kaufen, und wenn es sie da nicht gibt, besuchen sie uns einfach auf unserer Homepage, da können Sie alles von uns bestellen.«

Daniela streckte ihm die reche Hand entgegen, während ihre linke den Kopf ihres Babys sanft an die Brust drückte.

Charon schüttelte ihre Hand. Dann wandte er sich an Wally.

»Würde mich freuen, wenn Sie heute Abend zu unserem Konzert kommen würden«, streckte er ihr einen Programmzettel hin. »Wenn ich das meiner Band erzähle, was mir mit Euch passiert ist, das glauben mir die nie. Dann müssen Sie mir als Zeugin beistehen. Schreiben Sie mir noch zu der Wegskizze Ihren Namen dazu. Ich lasse ihn auf unsere Gästeliste setzen. Damit haben Sie freien Eintritt.«

Charon machte sich daran, das Zimmer zu verlassen. Die Metallteile an seiner Kleidung klimperten bei seinen Schritten hell.

»Was dem seine Band wohl für Musik macht?«, rätselte Daniela.

Die Tür öffnete sich. Ein blonder, hochgewachsener smarter Typ mit blauen Augen im weißen Boss-Anzug und einem flotten Strohhut kam herein. Wallys Gehirnzellen gingen in den Erinnerungs-Modus. Sie hatte dieses Gesicht erst vor ein paar Tage gesehen, aber wo?

»Hallo Daniela, mein Mauseschatz, das ist jetzt aber blitzschnell gegangen«, freute sich Sonja, Danielas Schwester, die mit ihrem Mann ins Zimmer gekommen war. Obwohl Ottokar Schmelzing fast zwei Meter groß war, konnte man sehen, dass Sonja kaum einen Kopf kleiner war und auch eine recht stattliche Person war. Ihr Gesicht war knochig wie bei Hochleistungssportlerinnen üblich.

»Tut mir leid, aber es ging plötzlich los.«

»Hauptsache Kind und Mutter geht's gut.«, meinte Sonja. Ihr Mann, der strahlte, als wäre es sein Baby, nickte dazu.

»Ich gehe jetzt lieber gleich mit Charon mit«, räusperte sich Wally.

Daniela richtete sich auf. Ihr Kind war eingeschlafen. Sie hielt es an der Brust fest.

»Das sind Wally und Charon. Ohne die beiden ging's Mutter und Kind bestimmt nicht so gut. Ich habe Euch ja schon von Wally erzählt. Oder? Sie macht Führungen in unserem Schloss und arbeitet im Tourismusbüro. Charon hat uns seinen Wagen zur Verfügung gestellt.«

»Hallo Wally, schön Sie kennenzulernen«, gaben Schmelzing und seine Frau ihr die Hand. »Sagen Sie Ihrem Chef einen schönen Gruß von mir. Vom Schmelzing Ottokar«, schüttelte er auch Charon die Hand, was auch seine Frau tat. »Vielen Dank für Ihre Hilfe bei meiner Schwester«, sagte sie. »Wenn ich mich erkenntlich zeigen kann, dann lassen Sie es mich bitte wissen.« Dabei sah sie Charon und Wally in die Augen.

»Wissen Sie was, ich fahre mit Ihnen mit, damit Sie schnellstens zum Metropol kommen«, sagte Wally zu Charon, als die beiden das Zimmer verlassen hatten.

Ich halte das nicht lange mehr aus,
besonders da ich keinen Groschen mehr in der Tasche habe.

Richard Wagner

7. Kapitel

Die anderen Musiker bauten mit ihren Roadies schon die Anlage und das Mischpult auf, als Charon und Wally ankamen. Charon erzählte kurz den Grund des Zuspätkommens und zeigte auf Wally als Zeugin. Er schleppte die Gitarren zur Bühne. Wally rollte die Schlafsäcke zusammen. Dann schaute sie eine Weile dem emsigen Treiben im Metropol zu. Eine Metropol-Mitarbeiterin, die für das Wohl der Musiker abgestellt war, stellte ihr eine Tasse Kaffee auf die Theke. Die Aufregung fiel langsam von Wally ab. Ihr Handy meldete sich. Es fand sich in ihrer Jackentasche. Danielas Vater war dran, wollte wissen, wie es seiner Tochter ging. Wally erzählte ihm von der erfolgreichen Geburt, dass er jetzt Großvater sei. Erwin Jansch freute sich.

»Ihr Audi steht übrigens an der Schwangauer Straße, kurz vor Füssen, da gab er seinen Geist auf, ich weiß nicht warum.«

»Kein Problem. Da schicke ich unseren Techniker vorbei. Der repariert das.«

»Gleich ist alles für den Soundcheck fertig«, ertönte eine Stimme.

»Charon, bitte ans Mikro. Die Zeit wird knapp. In einer Stunde werden die Leute eingelassen.«

»Ich komme!«

Er trank den kalten Kaffee aus.

Charon nahm den Mikroständer kurz wie einen Speer in die Hand, schüttelte ihn in Richtung Wally. Sie winkte ihm. Dann machte sie eine Geste, damit er wusste, dass sie jetzt gehen wollte.

»Bis später!«, sagte er durchs Mikro. »Du stehst auf der Gästeliste!«

Auf dem Weg zu ihrer Wohnung ging Wally beim Sushilmbiss vorbei. Sie bestellte sich eine japanische Suppe. Taka bediente sie. Seine Schwester fuhr einige Bestellungen aus. Der Vater schaute kurz aus der Küche.

»Wie kommt das Plakat hierher?«, wollte Wally von Taka wissen.

Entgeistert hielt sie beim Suppenlöffeln inne. Vor ihr an der Wand sah sie Charon. Mit den anderen Musikern von Loveley Hades.

»Ich bin ein Fan der Band. Die spielen heute im Metropol. Ich gehe hin.«

»Du magst diese düstere Musik?«

»Wir Japaner lieben den tragischen Sound der deutschen Klassik. Beethoven! Mahler! Wagner! Was machst du heute Abend? Gehst du mit? Meine Schwester geht auch mit. Der Eintritt ist nicht besonders hoch.«

»Ich käme umsonst rein.«

»Du? Wirklich?«

»Ich stehe auf der Gästeliste!« Wally erzählte dem staunenden Taka von der Begegnung mit Charon.

»Ich glaube, ich gehe nicht hin. Ich bin so was von fertig.« Wally gab die leere Schüssel mit dem Löffel zurück.

»Da versäumst du aber was.«

»Außerdem habe ich nichts zum Anziehen. Ich weiß doch, wie die da alle rumlaufen, blass geschminkt, mit ihrer Gruftikluft.«

»Wenn's nur das ist. Yui kann dir was leihen, ist doch so?«

»Was leihen?«, kam Yui durch die offene Tür in den Sushi-Imbiss. Sie trug leere Essensbehälter. »Wem soll ich was leihen?«

»Wally würde mit uns gerne zum Konzert von Loveley Hades gehen. Stell dir vor, sie steht sogar auf der Gästeliste. Aber sie hat nicht die richtigen Klamotten dafür, sagt sie. Leihst du ihr was aus deinem Kleiderschrank?«

»Gerne! Ich glaube, Wally hat meine Größe.«

»Zuerst schlafe ich mich aus«, sagte Wally mit müder Stimme. »Wenn ich dann rechtzeitig aufwache, komme ich vorbei. Wie lange seid ihr hier?«

»Bis zwanzig Uhr, dann fahren wir zum Konzert los«, sagte Taka. »Ich würde mich freuen, wenn du kommst.«

Als Wally zuhause durch den Hausflur wankte, dann in ihr Wohnzimmer, warf sie die Jacke einfach auf den Stuhl vorm Computer. Aus der Tasche fiel eine Dose mit dem Bild eines schwarzen Schwanenkopfes. Sie steckte sie wieder ein.

»Ach, die muss ich ja auch noch ins Fundbüro bringen«, murmelte Wally, die sich erschöpft aufs Sofa legte. Sie stellte ihren Wecker auf 19.30 Uhr.

*Da ging der Dummling hinab zu der dicken Itsche und sprach:
Ich soll die schönste Frau heimbringen.*

Brüder Grimm

8. Kapitel

Nach dem Konzert von Loveley Hades stieg noch eine Party. Die Leute vom Metropol luden die Musiker zu einer nächtlichen Kutschenfahrt ein. Charon hatte Wally, Taka und Yui gebeten noch mitzukommen. Wally fühlte sich in den schwarzen Klamotten von Yui ganz gut. Es waren drei offene Kutschen, die zu St. Kolomann fuhren. Zu einem alten Bierkeller, der in einen Berg mit allen Schikanen ausgebaut worden war. In dem Gewölbekeller standen Bänke und Tische aus Holz. Kerzen brannten. Mächtige Lautsprecher sorgten für fetten Sound.

»Gehört dir das Metropol allein, oder hast du Partner?«, baute Wally ein Gespräch mit Susanne auf.

»Ich mach das allein.«

»Ihr Vater ist übrigens eine wichtige Person«, mischte sich Taka grinsend ein.

»Vergiss es«, winkte Susanne ab, »mir wäre es lieber, ich wäre nicht die Tochter von Schmelzing, dem Herrscher von Füssen. Zudem rühre ich noch von seiner ersten Ehe her. Ich denke, er will mit mir nicht so viel zu tun haben. Meine Mutter ist mir wichtiger.«

»Ihre Mutter hatte die Brauerei, zu der dieser Keller gehört«, erklärte Taka.

»Sag mal, bist du Privatdetektiv, oder warum weiß du solche Angelegenheiten?«, fragte Wally den jungen Japaner.

»Susanne gehört zu unseren besten Kunden. Über unsere Kunden muss ich informiert sein, verstehst du?«

Charon legte im Partykeller Platten auf. Yui stand neben Charon. Nah. Er legte seine Hand um ihre Schulter. Sie strahlte ihn an. An der Kellerbar gab's Cocktails für alle.

»Du sprichst hervorragend Deutsch«, meinte Wally.

»Meine Schwester und ich sind in Deutschland geboren worden. In Düsseldorf. Wir sind zweisprachig aufgewachsen.«

»Wie ich«, lächelte Wally.

»Schön, da haben wir ja mindestens eine Gemeinsamkeit. Mein Vater arbeitete in Düsseldorf in einer Handelsagentur. Als meine Mutter starb, hat er sein Leben geändert. Er wollte wieder mit seiner Hände Arbeit Geld verdienen. Mit Sushi zubereiten und verkaufen. Er hatte genügend Geld gespart.«

»Hat dir und deiner Schwester die Idee Eures Vaters gefallen?«

»Ja, wir wollten gerne in den Süden, in die Berge. Wir helfen ihm gern, seinen Traum zu verwirklichen. Meine Schwester hatte ihre Kunstschule abgeschlossen. Ich meine Ausbildung als Lehrer für japanischen Kampfsport.«

»Kampfsport? Welchen?«

»Aikido, Kendo, Judo und Karate.«

»Wo unterrichtest du das?«

»Noch nirgends, ich bin gerade auf der Suche nach geeigneten Räumlichkeiten. Solltest du was in dieser Richtung hören, lass es mich wissen.«

»Gern. Und warum habt gerade ihr in Füssen einen Sushi-Imbiss eröffnet?«, wollte Wally von Taka wissen. »Wegen der vielen japanischen Touristen, die sich auf Schloss Neuschwanstein tottrampeln?«

»Ach, da kommen nicht so viele zu uns zum Essen. Wir können schon von den Einheimischen leben. Wir sind aber auch wegen einer wichtigen Familienangelegenheit hierher gezogen«, erzählte Taka.

»Wie das?«

»Schuld ist unser Urgroßvater Shimasuki. Er traf auf der Weltausstellung in Paris, im Juli 1867, König Ludwig II. von Bayern. Mein Urgroßvater gehörte dort zur japanischen Abordnung. Jeden Tag hatte er seine Erlebnisse in Briefen nach Hause gesandt. Diese Briefe sind unser Familien-Heiligtum geworden.«

Taka zog für Wally ein altes Foto aus seiner Brieftasche, auf dem Shimasuki mit König Ludwig II. zu sehen war.

»Siehst du, hier, mein Urgroßvater Shimasuki, als Samurai gekleidet. König Ludwig interessierte sich damals für einen japanischen Teesalon. Mein Urgroßvater war der Angehörige einer berühmten japanischen Samurai-Schule. Nach der Weltausstellung besuchte er König Ludwig II. später auf der Roseninsel im Starnberger See, wohin ihn der bayerische König eingeladen hatte.«

»Erzähl, davon habe ich noch nichts gelesen.«

»Mein Urgroßvater Shimasuki hatte eine Geisha dabei, die dem bayerischen König eine japanische Teezeremonie vorführen sollte. König Ludwig liebte fremdartige Sitten. Er kaufte sich auf der Pariser Weltmesse einen marokkanischen Pavillon, verkleidete sich als Sultan, rauchte mit seinen Bediensteten, auf Teppichen ruhend, Wasserpfeife.«

»Warum hast du die Geisha erwähnt?«

»Festhalten, jetzt wird's dramatisch! Die Geisha hatte damals die große Ehre für zwei berühmte Männer Tee aufzugießen.«

»Für wen?«

»Für König Ludwig II., für Richard Wagner und natürlich auch für Shimasuki eine Kanne Lotusblüten-Tee. Wagner soll, nach den Briefen meines Urgroßvaters, dabei von seinem großen Opernprojekt Rheingold, Walküre, Siegfried und Götterdämmerung, dem Ring des Nibelungen, erzählt haben. Dabei kam die Sprache auch auf Siegfrieds Schwert Nothung. Ein scharfes Schwert mit magischer Kraft.«

Wally steckte das Röhrchen suchend in die Reste ihres Cocktails. Ihr interessierter Blick ließ Taka weitererzählen.

»Shimasuki präsentierte bei dem Thema Nothung sein Samurai-Schwert. Unter vielen Rosen schnitt er mit einem großen Schwung nur eine Rose ab, die mitten unter den anderen blühte. Eine Tat, die unmöglich erschien. Die Rose überreichte die Geisha dem staunenden König.«

»Ich habe schon lange keine Rose mehr bekommen«, seufzte Wally.

»Kann nicht sein«, grinste Taka.

»Doch. Aber erzähl weiter!«

»Shimasuki erzählte Wagner und dem König von seiner Samurai-Schule in Japan. Sein Schwert schilderte er als einzigartiges, schönstes, bestes und wertvollstes. Wenn er es entweihen oder verlieren würde, dann müsste er sich töten. Harakiri.«

»Stimmt das?«

»Ja, früher herrschten strenge Sitten bei den Samurais. Wagner war fasziniert, schrieb unser Urgroßvater. Wagner war damals auch an einer exotischen Oper mit einem asiatischen Thema dran. Er war voll begeistert vom Bericht meines Urgroßvaters. In sein Buddha-Projekt wollte er sofort eine Samurai-Rolle hineinschreiben und -komponieren.«

»Von dieser Wagner-Idee habe ich ein bisschen was gelesen.«

»Jedenfalls sollte Shimasuki noch einige Tage bleiben, damit er Wagner alles erzählen könne. Die Geisha spielte ihnen auf der Koto, einer japanische Zither, die mit Seidenfäden bespannt ist, das Stück Rokudan no Shirabe vor. Dem König gefiel Wagners Opern-Idee mit der Samurai-Szene. Besonders als er hörte, dass auf Japans Bühnen auch Männer Frauenrollen spielen.«

»Ein komischer Kauz war er schon dieser bayerische Märchenkönig«, kicherte Wally. Takas dunkle Augen faszinierten sie.

»Der König und Wagner erfuhren von meinem Urgroßvater über die Rolle der Geishas in Japan. Als der König hörte, dass die anwesende Geisha auch eine Schauspielerin war, lud er sie am nächsten Tag zu einer Fahrt ein. Während sich Wagner auf der Terrasse seines Hauses am Starnberger See mit Shimasuki unterhielt, nahm der König die Geisha in seiner Kutsche mit. Sie hatte auf seinen Wunsch hin ihren Schminkkoffer dabei. Sie fuhren zu seinem Tempel über den Kaskaden im Schloss Linderhof. Wagner und Shimasuki sollten bei nächster Gelegenheit nachkommen. Im Tempel ließ sich der König von der Geisha als Frau schminken. Er bekam von ihr sogar einen echten Seidenkimono.«

»Darüber könntest du ja ein Buch schreiben«, meinte Wally zu Taka.

»Das macht schon meine Schwester«, zeigte Taka zu Yui. »Der König soll damals hocherfreut gewesen sein. Die Geisha führte dann die Teezeremonie durch. Dazu zeigte sie einen Tanz aus dem Geisha-Haus. Unvermutet tauchte ein Reh vor dem Tempel auf. Weil ein königlicher Beamter mit seiner Unterschriftsmappe daherkam, ging die Geisha zu dem Reh. Es fraß aus ihrer Hand.«

»Wie schön, wie romantisch.«

»Als das Reh zum Wald lief, berichtete mein Urgroßvater, folgte ihr die Geisha. Es war wohl ein merkwürdiger Schrei, der den König, der geschminkt vor dem Spiegel posierte, etwas verunsicherte. Der Beamte mit der Unterschriftenmappe war bereits verschwunden. König Ludwig II., der immer noch im Kimono war, bekam große Augen, als die Geisha zurückkam. Sie schleppte sich in zerfetzten Kleidern zu ihm in den Pavillon. Sie war vergewaltigt worden. Das war zu erkennen. Sie wimmerte nur. Sie schüttelte den Kopf, als er von der Polizei sprach, die die Männer suchen sollten, die ihr das angetan hatten.«

»Oh Gott, das ist wirklich sehr dramatisch. Und gemein.«

»Am nächsten Tag war der Geisha der schreckliche Vorfall nicht mehr anzumerken. Als Wagner und mein Urgroßvater Shimasuki in Schloss Linderhof ankamen, bereitete die Geisha wieder feierlich den Tee zu. Eine Geisha zeigt dabei nur positive Gefühle. Dazu wird sie ausgebildet, das ist ihr Los.«

»Ich mag es nicht, wenn Frauen nicht selbst über ihr Schicksal entscheiden können.«

»Am nächsten Tag fuhren sie zu dritt nach Schloss Neuschwanstein. Der König nahm sie mit zur Marienbrücke. Von dort aus sollten sie das Schloss betrachten. Dann erst in das Schloss gehen. Auf der Brücke kamen ihnen drei Männer entgegen. Bauernburschen. Sie trugen Sensen und Rechen. Die Geisha erstarrte. Sie zeigte auf die drei Männer und verriet meinem Urgroßvater in unserer Sprache, dass die drei sie geschändet hätten. Shimasuki zog blitzschnell sein Samurai-Schwert. Er sprang auf die drei Männer zu.«

»Er hat sie getötet?«

»Selten war jemand schneller tot, hat er meinen Vorfahren geschrieben. Es nützte den Bauernburschen nichts, dass sie sich mit der Sense wehren wollten. Sie waren zu langsam. Das Samurai-Schwert zerlegte die Männer, die die Geisha vergewaltigt hatten, in einen unförmigen Haufen aus blutendem Fleisch. Die Gedärme quollen aus den aufgeschlitzten Bäuchen, überdeckten die Glieder und die Köpfe.«

»Wie grausam.«

»Auge um Auge, Zahn um Zahn. Das Gitter der schmalen Marienbrücke soll nach dem Bericht meines Großvaters, die Eingeweide der Hingemetzelten zusammengehalten haben, konnte aber nicht verhindern, dass das Blut der Abgeschlachteten in die Schlucht hinuntertropfte, in das Wasser des Gebirgsflusses, der sich rot färbte. Mein Urgroßvater schrieb noch einen langen letzten Brief, dann ging er noch mal auf diese Brücke. Dort stürzte er sich in sein Schwert. Harakiri!«

»Wahnsinn. Grausam.«

»Der ganze Vorfall wurde vertuscht, habe ich von meinen Großeltern erfahren. Die Leichen wurden schnell in Särgen verstaut. Die Toten als Opfer eines Bergunfalls ausgegeben. Auch Shimasuki. Aus diesen Gründen wurden alle Unterlagen mit den Plänen für einen japanischen Teepavillon vernichtet. Auch die Dokumente über den Besuch von Shimasuki und der Geisha beim bayerischen König. Die Geisha wurde mit einer hohen Abfindung des Königs und von ihrer Botschaft zum Schweigen verpflichtet. Die Leiche von Shimasuki wurde verbrannt und seine Asche nach Japan, in seine Heimat überführt.«

»Stimmt das wirklich, oder?«

»Seine Urne steht in der Schule seines Samurai-Clans. Für fantastische Geschichten ist meine Schwester zuständig.«

»Darum seid ihr hier?«

»Ja, denn Shimasukis Geist wird keine Ruhe finden. Das Schwert des Samurais«, erläuterte Taka, »muss bei seiner Urne sein. Es ist nach dem Unfall nicht mehr aufgetaucht. Die männlichen Nachkommen des Samurais haben die Verpflichtung, das Schwert zu finden. Vorher könnte ich zum Beispiel kein Samurai werden«, grinste Taka die staunende Wally an.

»Willst du einer werden?«

»Ja. So einer wie Ogami Itto!«

»Hast du das Samurai-Schwert schon gefunden?«

»Nein. Noch nicht.«

»Wo könnte es sein? Wo hast du bisher gesucht?«

»Alles wurde von den verschwiegensten Vertrauten des Königs gemanagt. Es gibt keinerlei offizielle Aufzeichnungen darüber.«

»Wie bist du dann draufgekommen?«, wollte Wally wissen.

»Erst durch Joe, den Kutscher, habe ich mehr erfahren.« Taka zeigte mit den Augen in die Richtung eines Mannes mit einem weißen Bart, an dem Tisch an dem die gut gelaunten Kutscher saßen und Bier tranken. Wally kannte diesen Joe, der eigentlich Joseph hieß. Mit seiner Kutsche war sie noch nie gefahren. Aber sie war ihm schon öfters vor Schloss Neuschwanstein begegnet, wenn bei seiner Kutsche Touristen ein- oder ausstiegen. Dann zog er vor ihr stets freundlich grüßend seinen breitkrempigen Hut mit Gamsbart.

»Was wusste Joe?«

»Angeblich hat er das echte Tagebuch von König Ludwig II.«

»Ich dachte, das wurde ihm von einem Kammerdiener gestohlen und dem Irrenarzt, diesem Doktor Gudden übergeben?«

»Joe behauptet, das Buch, das dieser Gudden bekommen habe, sei ein Fälschung gewesen. Joe sagt auch, er habe das original Tagebuch über Umwege erhalten. Darin wäre die Geschichte mit meinem Urgroßvater aufgezeichnet. Er hat mir eine Kopie davon gemacht. Daher kenne ich die wahren Hintergründe des angeblichen Unfalls. Joe darf dafür in unserem Imbiss lebenslang gratis essen. Er hat ja dauernd irgendwelche Geldprobleme.«

»Hier wimmelt es ja von geheimen Botschaften«, grinste Wally. »Diese Tagebucheinträge würde ich gerne mal sehen.«

Taka holte ein zusammengefaltetes Blatt, eine Kopie, aus seiner Brieftasche und strich es auseinander.

»Hier, schau, das ist die Handschrift von König Ludwig II., ich habe es mit anderen Dokumenten verglichen«, zeigte Taka auf das Blatt. »Sie ist nicht leicht zu lesen. Joe hat sie mir erklärt. Jetzt habe ich schon Übung beim Lesen.«

Er las daraus vor: »Grässliche Geschichte. Japaner zerhaut die üblen Burschen. Marienbrücke blutig. Wie Siegfried gegen Fafnir. Es ist so grausam. Nun weiß ich, wie entsetzlich es ist, wenn Menschen getötet werden. Ich habe es geahnt. Deswegen will ich keinen Krieg. Jetzt habe ich es gesehen. Gab Anordnungen alles ohne Zeugen zu erledigen. Kein Skandal darf sein. Wagner nahm das Schwert. Sah aus wie Siegfried mit Nothung. Er schleuderte es in die Schlucht. Entsetzliche Tage. Brauche viel Ruhe. Werde Medikament zur Beruhigung der Nerven nehmen.«

»Welche Schlucht meint er?«

»Ich nehme an, es ist die Schlucht unter der Marienbrücke«, sagte Taka.

»Vielleicht wurde das Schwert bereits von Wanderern entdeckt und mitgenommen. Ist ja schon eine Weile her«, meinte Wally.

»Die Tagebucheinträge sind in den ersten Augusttagen 1865 erfolgt. Wagner bereitete mit dem König zu dessen zwanzigsten Geburtstag eine Lohengrin-Aufführung auf dem Alpsee vor.« Taka zeigte auf das Datum auf der Kopie. »Das mit den Wanderern wird nicht der Fall sein, unterhalb der Marienbrücke laufen keine Wanderer.«

»Aber vielleicht etwas weiter weg. Kommt drauf an, wie weit das Schwert geworfen wurde.«

»Wagner war damals wohl schon ein älterer Mann.«

»Kann ich dir genau sagen. An dem Mann bin ich gerade dran. Richard Wagner wurde am zweiundzwanzigsten Mai 1813 in Leipzig geboren. Dann war er so kurz über fünfzig, als er deinen Urgroßvater traf.«

»Wieso kennst du dich mit Wagner so gut aus?«

»Auf Wagners Spuren durch Bayern. So heißt meine neue Tour als Fremdenführerin.«

»Ehrlich? Dann bist du die richtige Frau für meine Schwester!« Taka war begeistert. Er sprang zu Yui, redete kurz mit ihr. Er kam mit Yui zu Wally zurück.

»Ich plane gerade einen neuen Manga über König Ludwig II.«, sagte Yui zu Wally.

»Du bist Comiczeichnerin?« Wally kannte diese japanischen Comics, die man von hinten nach vorne und von rechts nach links las, die meistens schwarz-weiß illustriert waren.

»Ja, ich arbeite für einen großen Manga-Verlag. Mein neuestes Projekt, das ich gerade konzeptioniere, ist ein dreibändiger Manga über König Ludwig II. Der Verlag meinte, wenn ich schon so nah beim Schloss Neuschwanstein lebe, dann wäre das doch die richtige Arbeit für mich.«

»Stimmt ja auch. Deinen Manga werden sicher auch viele Touristen kaufen.«

»Na ja, manche vielleicht. Mein König-Ludwig-Manga ist nur für ein bestimmtes Zielpublikum gedacht. Dazu gehört nicht jeder Tourist.«

»Wieso?«

»Du musst wissen, dass es Mangas in ganz bestimmten Richtungen gibt. Vom Kleinkind bis zum Rentner. Für Frauen oder für Männer. Mangas für Fans von Sumo-Ringern, aber auch für Leute, die gerne kochen, für Tierfreunde und Sadisten. Da ist alles geboten von Action bis Pornografie. Mein neuer Manga, für den ich die Hauptfigur zeichnen darf, befasst sich mit berühmten Homosexuellen wie König Ludwig II.«

»Aha. Es war schlimm für einen bayerischen König, schwul zu sein. Er durfte es damals ja nicht zeigen. Das war undenkbar. Er hätte zum Schein heiraten müssen, wie schon viele vor ihm. Er hat es zwar versucht …«

»Darüber lese ich gerade. Er hat sich verlobt. Mit Sophie, der jüngeren Schwester von Sissi.«

»Das hat nicht lange gehalten.«

»Nein. Ein gutes halbes Jahr. Obwohl sogar die Erlaubnis vom Papst zur Hochzeit kam, weil die beiden ziemlich nahe Verwandte waren.«

»Ich bin gerade dabei, Bilder von der Hochzeitskutsche zu bekommen, damit ich sie zeichnen kann.«

»Davon weiß ich nichts. Wurde eine für Ludwig und Sophie gebaut?«

»Sie soll über eine Million Gulden gekostet haben.«

»Tragisch. Die arme Sophie. Für die muss es sehr schlimm gewesen sein.«

»Denke ich auch. Aber der König war durch seine starken Gefühle für das männliche Geschlecht nicht mal in der Lage mit ihr eine Scheinehe einzugehen. Vielleicht dachte er auch daran, dass er dann verpflichtet gewesen wäre, mit ihr einen Thronfolger zu zeugen.«

»Sophie wusste wohl über die Vorliebe ihres Verlobten Bescheid, immerhin begann sie schon ein paar Tage nach ihrer Verlobung mit dem König ein Verhältnis mit einem Kaufmann.«

»Könnte ein aufregender Comic werden, wenn man das alles berücksichtigt. Hast du davon schon Bilder gezeichnet?«

»Ja, Entwürfe.«

»Kann ich sie sehen?«

»Na klar, gerne. Besuch mich doch in den nächsten Tagen. Ich zeichne auch in unserem Sushi-Imbiss, wenn nichts los ist. Du musst mir dazu deine ehrliche Meinung sagen. Versprochen?«

»Natürlich!«

»Weißt du Wally, mein Vorbild ist der Mangaka Oda, er hat die Serie Dispersion geschaffen, mit einer Zwischenwelt von Tod und Leben, dazu eine wunderbaren Liebesgeschichte mit der in einem buddhistischen Diskurs der Sinn des Lebens erörtert wird. Muss ich dir mal leihen.«

»Klingt spannend.«

»Ist es auch. Vor allem, wenn man bedenkt, dass vor vielen Jahren das Schicksal unserer Familie für kurze Zeit auf das des Königs traf, habe ich recht Taka?«

Ihr Bruder zog langsam und genussvoll an einem Joint, den er sich gerade gedreht hatte. Im Hintergrund lief der Song *Boys Don't Cry* von The Cure.

»Sicher hast du Recht. Um was geht's?«

»Unser Urgroßvater hat König Ludwig II. getroffen.«

»Habe ich Wally bereits erzählt«, winkte er in Zeitlupe ab.

»Wie gefällt dir dieser Charon, der gerade auflegt?«, wandte sich Yui an Wally.

»Leckerer Happen«, grinste Wally.

»Finde ich auch. Ich werde mir von ihm jetzt einen speziellen Song wünschen.« Yui stand auf.

»Welchen?«, wollte Wally wissen.

»Vielleicht *Let's Go To Bed*«, ging Yui lachend zu Charon.

Wally sah sich um. Das Gewölbe mit den schwarzweißen Gestalten kam ihr wie ein Ball der Geister und Zombies vor. Mit dem bekifften Taka würde sie schlecht nach Hause kommen.

»Wann fahren Sie nach Füssen zurück?«, fragte sie Joe, den Kutscher.

»Hier geht's wohl nicht mehr lange«, sagte dieser. »Ich denke, wir könnten bald fahren. Soll ich Sie mitnehmen?«

»Ja, bitte.«

Wally blieb bei Joe am Tisch mit den Kutschern. Sie unterhielt sich bestens mit ihnen. Besonders mit Joe, der pausenlos Witze riss, aber auch viel über die Landschaft um Füssen und Schwangau wusste. Wally erzählte ihm von ihrem Erlebnis mit Daniela und Charon.

»Sie ist eine meiner Schwestern«, sagte Joe.

»So ein Zufall.«

»Jetzt arbeite ich für meinen Schwager, der mit Sonja, meiner anderen Schwester verheiratet ist.«

»Den habe ich auch noch kennen gelernt. Er kam gerade mit seiner Frau zu Daniela und ihrem Kind, als wir gingen.«

»Bin ich froh, dass alles gut geklappt hat. Ich verstehe nicht, warum sich Daniela schon während der Schwangerschaft von ihrem Freund, also dem Vater des Kindes getrennt hat. Da werde ich morgen gleich mit Blumen bei ihr auftauchen müssen. Sie hat mir immer die Stange gehalten, auch wenn ich das schwarze Schaf der Familie bin.«

»Was haben Sie angestellt?«

»Ich war mal glücklich verheiratet. Meine Frau brachte einen großen Bauernhof mit in die Ehe. Alles verzockt.«

»Oh je.«

»Geld weg, Hof weg, Frau weg. Selber schuld. Der Spielteufel hatte mich in den Klauen. Kann ich ruhig erzählen, die Geschichte kennt hier jeder.«

»Wie geht's dem Spielteufel jetzt?«

»Bin geheilt. Habe nur noch meine Pferde.«

»Die Kutschpferde?«

»Auch. Wir haben sogar für besondere Ausflugsfahrten prächtige Kutschen wie sie einst König Ludwig II. fuhr. Ich arbeite auf dem Pferdegestüt meines Schwagers. Dort müssen Sie mich mal besuchen.«

»Gern. Wo ist es?«

»Zwischen Schwangau und dem Tegelberg. Dort wohne ich auch.«

»Ich mag Pferde«, erklärte Wally. »Auf der Ranch meiner Eltern in den Staaten sind auch Pferde.«

Taka gesellte sich zu Wally und Joe. Sie unterhielten sich über Pferde. Bis Joe einen Anruf von seinem Stallknecht bekam. Ein Pferd fohlte gerade. Er musste sofort aufbrechen.

»Kann ich mitfahren?«, frage Wally. »Ich würde gerne das Gestüt sehen.«

»Klar«, sagte Joe.

Sie saßen in der offenen Kutsche. Der Mond schien hell. Das Hufgeklapper auf der Straße war das einzige Geräusch. Es war nach Mitternacht. Ab und zu rief Joe seinen Pferden was zu und knallte mit der Peitsche. Er hatte versprochen, sie später nach Füssen zu bringen. Er wollte nur schauen, ob er den Tierarzt rufen musste oder nicht.

Der Pferdeknecht wartete schon auf Joe. Das fohlende Pferd stand in einem Stall mit weiteren Pferden.

»Das ist heute schon die zweite Geburt, die ich erleben darf«, sagte Wally. »So langsam bekomme ich totale Bettschwere.«

Joe gab seinem Mitarbeiter die Anweisung den Tierarzt anzurufen.

»Wenn ich mit dem Tierarzt gesprochen habe, fahre ich Sie gerne heim«, wandte sich Joe an Wally, die das kleine Fohlen bewunderte. Er pfiff zufrieden vor sich hin.

»Der Brautchor aus Lohengrin«, sagte Wally zu ihm.

»Woher kennen Sie Wagner?«

»Ich mache eine Führung auf den Spuren von Wagner durch Bayern.«

»Aha. Interessant. Ich bin ein absoluter Wagnerianer. Ich besuche jedes Jahr die Festspiele in Bayreuth. Ein totaler Genuss!«

»Dieses Jahr werde ich mir das auch mal reinziehen. Aber nicht den gesamten Nibelungen-Zyklus. Das ist mir zu lang«, sagte Wally.

»Da täuschen Sie sich. Da vergeht die Zeit wie im Flug. Ein Tag Rheingold, ein Tag Walküre, ein Tag Siegfried und am letzten Tag Götterdämmerung. Ich liebe es. Ich bin süchtig danach. Das lasse ich mir nicht nehmen.«

Wieder Siegfried! Ich entkomme ihm nicht, dachte sich Wally.

»Was halten sie von Siegfried?«, fragte sie Joe.

»Von der Oper? Oder von der Figur?«

»Von der Figur. Was war das für ein Mensch?«

»Er war stark. Er war treu, tapfer und draufgängerisch, aber nie hinterlistig. Er war auch manchmal brutal. Dumm war er auch nicht. Dazu war er unverwundbar. Fast. Er war ein germanischer Held. Er hätte ein großer König werden können. Aber die Frauen brachten ihn zu Fall. Ich finde, die Hauptfigur in der Nibelungen-Sage ist gar nicht Siegfried.«

»Wer dann?«

»Es ist Krimhild. Sie ist der Dreh- und Angelpunkt in der Story.«

»Ich muss unbedingt mehr über die Nibelungen lesen.«

»Wenn Sie was brauchen. Ich habe viele Bücher über die Nibelungen. Sie können jederzeit was ausleihen«, sagte Joe.

»Darauf komme ich gerne zurück«, sagte Wally.

Ihr Handy ertönte.

»Sind Sie's?«, hörte Wally eine ältere Frauenstimme.

»Hier Wally Windheim! Wer ist dran?«

»Hier ist Frau Müller, ich glaube bei Ihnen ist heute eingebrochen worden …«

»Was? Wie kommen Sie darauf?«

»Die Scheibe in Ihrer Terrassentür ist kaputt. Wo sind Sie? Soll ich die Polizei rufen?«

»Warten Sie bitte, Frau Müller, bis ich gekommen bin. Ich muss mir das erst anschauen.«

Es war nicht das erste Mal, dass Wallys Vermieterin kriminelle Machenschaften vermutete. Wenn sie ihren Geldbeutel nicht gleich fand, dann war er gestohlen, wenn sie ein Schmuckstück nicht gleich fand, dann war das gestohlen. Wer weiß, warum die Scheibe wirklich kaputt gegangen war? Vielleicht habe ich die Terrassentür offen gelassen und der Wind hat sie derart heftig zugeknallt, dass sie in Scherben ging?, dachte sich Wally. Ich darf mich nicht verrückt machen lassen.

Versprechen, die man einem Toten gab,
sind doppelt heilig zu halten.

König Ludwig II.

9. Kapitel

Als Wally von Joe mit der Kutsche, kurz vor Morgengrauen, bis vor die Haustür gefahren worden war, eilte sie durch das dunkle Wohnzimmer zur Terrassentür, durch das ein wenig Mondlicht drang, um nachzusehen, was Frau Müller gemeint hatte. Tatsächlich, am Boden bei der Terrassentür lagen Glassplitter. Neben dem Türgriff war ein Loch in die Scheibe geschlagen worden. Frau Müller schien Recht zu haben, das sah nach Einbruch aus. Wally knipste das Licht an. Sie zitterte am ganzen Körper. War der Einbrecher womöglich noch hier? Was sollte sie tun? Sie sah sich um. Aus ihrem Schrank waren ein paar Schubladen herausgezogen. Auf dem Boden vor dem Bücherregal lagen Bücher durcheinander. Wally eilte zu Frau Müller hoch, klopfte an ihre Tür.

»Haben Sie Einbrecher in meiner Wohnung gesehen?«, wollte Wally von ihr wissen.

»Nein, ich habe nur Glas splittern gehört, als ich zum Garten rausschaute. Es war so ein schöner Abend und ich habe mich ans Fenster gesetzt. Am Teich sind die Libellen herumgeschwirrt …«

»Haben sie niemanden gesehen? Einen Unbekannten? In meiner Wohnung muss jemand gewesen sein, der was gesucht hat.«

»Davon habe ich nichts gemerkt. Als ich das Glas kaputtgehen hörte, bin ich gleich die Treppe runter zu Ihnen. Aber ich habe niemanden gesehen. Dann habe ich Sie gleich angerufen. Sie sollten besser die Polizei rufen.«

Das tat Wally auch. Sie wählte die Nummer von Dollings Visitenkarte.

»Was ist?«, hörte ihn Wally verschlafen murmeln.

»Hier ist Wally Windheim, tut mir leid, dass ich Sie aufwecke, aber bei mir ist eingebrochen worden.«

»Ach, Sie sind's. Das ist schon in Ordnung. In einer Stunde bin ich bei Ihnen. Lassen Sie alles, wie es ist!«

Wally schickte Frau Müller wieder in ihr Bett. Bis Dolling kam, setzte sich Wally an den Computer und sah nach, ob ein Fremder dran gewesen sein könnte.

»Ich will Ihnen keine Angst machen, aber merkwürdig ist es schon, dass man bei Ihnen einbricht«, meinte Dolling, als er sich die Unordnung in ihrer Wohnung ansah. Vermissen Sie irgendwas?«

»Bis jetzt nicht.«

»Ein Katze haben Sie nicht?«

»Nein.«

»Hm. Ich finde es sehr eigenartig, dass die Glasscherben vor der Terrassentür liegen.«

»Wieso?«

»Na ja, das sieht aus, als wäre der Einbrecher schon in der Wohnung gewesen. Er hätte es nicht mehr nötig gehabt, die Terrassentür einzuschlagen, damit er hineingreifen und sie öffnen konnte.«

»Worauf wollen Sie hinaus?«

»Es könnte sich hier um einen vorgetäuschten Einbruch handeln.«

»Warum sollte jemand bei mir einen Einbruch vortäuschen?«

»Das könnte mit dem Doppelmord auf dem Schloss zusammenhängen.«

»Sie meinen, man will mich einschüchtern, oder …?« Wally bekam große Augen. Dass man sie umbringen will, konnte sie nicht aussprechen, nur denken.

»Hoffen wir nicht das Schlimmste«, meinte Dolling. »Aber Sie sollten besser das Angebot von Angermaier annehmen und bei seiner Tante unter einem falschen Namen wohnen, bis wir den Fall gelöst haben.«

Er führte ein kurzes Gespräch mit seinem Kollegen. Dann wartete er auf den Rückruf, durch den er erfuhr, dass Angermaiers Tante in ihrer Pension noch ein Zimmer frei hatte.

»Nehmen Sie erst mal nur eine normale Tasche mit Kleidung mit. Ich bringe Sie gleich zu ihr. Den Rest holen Sie nach und nach, muss ja keiner wissen, dass Sie hier nicht mehr wohnen.«

»Was soll ich meiner Vermieterin oben sagen?«

»Nichts. Sie wohnen offiziell hier. Sagen Sie nur, die Polizei sucht den Einbrecher.«

»Kann ich die Wohnung aufräumen?«

»Selbstverständlich. Ich habe alles mit meiner Kamera festgehalten. Sollte Ihnen noch was Ungewöhnliches auffallen, dann lassen Sie es mich wissen. Auch wenn es vielleicht übertriebene Vorsicht ist, ich will nicht, dass Ihnen was passiert.«

»Ich könnte zu meinen Eltern in den USA fliegen, bis alles vorbei ist«, überlegte Wally laut. »Aber ich will unbedingt diese Wagner-Führung machen.«

»Na ja, ich könnte Sie gar nicht fliegen lassen, wie gesagt, ich brauche Sie noch als wichtige Zeugin.«

Angermaiers Tante wohnte auf der anderen Seite des Forggensees. Dolling fuhr sie hin.

Das menschliche Elend bei einer Meerfahrt ist schrecklich und doch eigentlich lächerlich …

Friedrich Nietzsche

10. Kapitel

Mit ihrer großen Kamera in der linken Hand und mit dem Stativkasten in der rechten Hand ging Edda auf Schloss Linderhof zu. Für eine Frau mit ihrer großen Statur war das keine Mühe. Der Weg führte durch einen französischen Park. Blumen blühten in allen Farben. Das Himmelszelt war ein unendliches Blau. Die Sonne strahlte in bester Laune. Ein wunderbarer Sommertag. Für Filmaufnahmen ideales Wetter. Besonders für Außenaufnahmen. Edda holte das Stativ heraus und baute es am Rande des Weges auf. Rechter Hand plätscherte das Wasser von den italienischen Kaskaden herunter zum Neptunbrunnen. Das war ein guter Platz für einen idealen Schwenk. Sie ließ sich Zeit. Einige Besuchergruppen kamen vorbei. Edda schob sich die große Sonnenbrille über den Kopf, der von einer silbernen Stoppelfrisur bedeckt war. Dann schraubte sie die Kamera auf das Stativ. Linkerhand tummelte sich ein Gärtner in den symmetrisch angeordneten Blumenbeeten. Er holte verblühte Blumen aus der Erde und pflanzte neue ein.

Der Gärtner, hinter dessen Rücken die helle Schlossfassade zu sehen war, nickte kurz zurück, als sie ihm freundlich zunickte. Der war das gewohnt, dass Linderhof mit und ohne ihn gefilmt wurde. Die alten Blumen warf er in einen Schubkarren. Die neuen befanden sich in Holzkisten auf der Ladefläche eines kleinen Elektrowagens. Bevor er sie einsetzte, schüttelte er ein wenig die Erde von den Wurzeln.

Edda stemmte ihre muskulösen Arme in die Hüfte und schaute auf den Neptunbrunnen vor der Wand, über die das klare Wasser die vielen Stufen herunterlief. Die Wassertreppe wurde am linken und rechten Rand von einer Mauer eingegrenzt, auf der sich große Steinvasen befanden. Am Abschluss dieser Begrenzung, über der Figur des Neptuns, vor dem sich wilde Pferde wie brausende Wogen erhoben, tummelten sich spielende Rokoko-Putten. In ihrer Heimat war sie schon als Kind auf Ponys geritten. Ohne Sattel, sich nur in der Mähne festhaltend. Noch vor einiger Zeit hätte Edda gedacht, bei diesen Figuren mit den Flügeln handele es sich um irgendwelche kleine Engel. Albert hatte mit ihr, neulich in seinem Bett, wo er sie am liebsten unterrichtete, einen Bildband über berühmte Schlösser durchgeblättert. Auch Schloss Linderhof. Albert war ein Kunstkenner. Er erklärte ihr an Beispielen den Unterschied zwischen Barock und Rokoko.

»Das hat König Ludwig II. gebaut, weil er den Franzosenkönig Ludwig XIV., genannt Sonnenkönig, stark verehrte«, erklärte Albert im seidenen Pyjama. Unter dem er nichts trug außer seinen geliebten langen Socken, die ihm bis zum Knie gingen. Er lag quer über dem Bett. Auf dem Bauch. Neben Edda. Daneben ein Schüsselchen mit Knabberzeug. Auf einem silbernen Tablett eine Flasche Burgunder, eine Wasser-Karaffe und zwei Weingläser. »Wenn man die anderen Ludwig-Schlösser betrachtet, ist Linderhof eher ein

Palais als ein Palast. Ludwig II. fühlte sich wie der Sonnenkönig von Versailles, dem die Zeremonien des Hoflebens manchmal derart auf den Sack gingen, dass er sich etwas abgelegen vom prunkvollen Versailles das Lustschloss Petit Trianon bauen ließ.« Sie schauten auf eine Doppelseite mit Bildern von Schloss Linderhof. Darunter eins mit dem Reiterstandbild des Sonnenkönigs, das sich im Vestibül des Schlosses befindet.

»Barock, das ist Bewegung, Kraft, Spannung, Barock löst die Grenzen zwischen Baukunst, Malerei und Skulpturen auf. Rokoko, das ist viel verspielter, da sind Arabesken, Muschelwerk, verschlungene Kurven, asymmetrische Kompositionen, irisierende Pastellfarben, Leichtigkeit, Heiterkeit.«

Albert versenkte seine Fingerspitze in den Spiegelsaal von Linderhof und fuhr dabei über die vergoldete Sessellehne, die mit hellblauem Stoff überzogen war. Dann über die dazugehörigen Hocker mit krummen Goldbeinen, hin zu den weißen Porzellanpferden vor einem großen Spiegel, der von wuchernden Goldpflanzen umrahmt war. Der ganze Spiegelsaal, überfüllt mit Dekoration, war in Gold, Hellblau und Weiß gehalten. Voucher, Fragonard, Asam, Zimmermann. Tolle Leute! Mussten für ein dekadentes Pack arbeiten. Für diese Pracht haben sie das Volk ausgesaugt. Das waren keine Märchen-Könige, das waren Grusel-Vampire. Aber schön ist es doch! Und ganz besonders schön ist Macht!« Bei der Aufzählung berühmter Rokoko-Künstler schob Albert eine DVD über die bayerischen Schlösser in das Abspielgerät. Ein zwei Meter breiter Bildschirm am Ende des Bettes zeigte auch Luftaufnahmen von Schloss Linderhof. Während Edda sich die Schlossanlage aus der Vogelperspektive einprägte, machte sich Albert unter ihrem Nachtrock zu schaffen.

Einwandfreie Situation! Keine Besucher im Park! Nur der Gärtner. Ich sollte zu filmen beginnen, dachte sich Edda.

Das im Sonnenschein glitzernde Kaskaden-Wasser sprudelte aus einer dunklen Öffnung unterhalb eines Pavillons. Mit den Außensäulen wirkte er wie ein kleiner Tempel. Neben ihm war ein Stück Glashaus zu sehen. Über dem Dach des kleinen Tempels ragten spitze und gespaltene Kreidefelsen hoch, die wie die Zähne eines Drachens aus einem grünen Zahnfleisch, den grünen Nadelbäumen, hervorstachen. Den Drachenkiefer bildete der schwach gebogene Rücken eines langen Bergzuges.

Edda schaltete ihre Kamera ein. Sie richtete die Linse auf Neptuns Harpune. Sie zoomte. Eine Menge Erinnerungen überfielen sie dabei. Edda verdrängte sie sofort. Sie drückte auf Recording. Dann fuhr sie mit dem Zoom zurück auf Weitwinkel. Eddas 180-Grad-Schwenk vom Neptunbrunnen zum Gärtner begann.

Der Gärtner hatte gerade eine blühende Pflanze an sich genommen. Als er sie mit beiden Händen vor seine Brust hielt, bog er seinen Rücken durch. Das war der Moment, als sich Eddas Kameraobjektiv auf ihn richtete. Er beachtete das nicht. Er sah direkt in den blauen Himmel. Das verschaffte ihm Lockerung. Die Hälfte der Blumen ist geschafft! In einer Stunde ist Feierabend, dachte er sich.

Edda fuhr mit dem Zoom auf den Gärtner zu. Seine Füße verschwanden aus dem Display. Sein Kopf verschwand. Der Blumenstock in der Bildmitte wurde größer und größer. Edda drückte auf den roten Knopf ihrer Kamera.

Pflopp!

Für sie war das immer ein angenehmes Geräusch, das ihr wollüstige Schauer über den Körper jagte. Der Gärtner sackte zusammen. Die Pressluftpatrone in der Kamera hatte den Giftpfeil in sein Herz gejagt. Der Mann war sofort tot. Das wusste Edda. Ihr Giftpfeil wirkte blitzschnell. Es gab kein gefährlicheres Gift. Es befand sich nicht nur auf der Spitze. Dazu explodierte der mit Gift gefüllte Pfeil nach dem Einschlag im Körper. Diese Giftmenge legte einen Elefanten innerhalb einer Zehntelsekunde um.

Sie sah sich um. Noch war keine Besuchertruppe zu sehen. Ihr sensibles Mikro auf der Kamera hatte ihr auch keine Geräusche von Menschen gemeldet, die sich im Umkreis von hundert Metern befanden. Der Gärtner fiel auf die Seite, zwischen die alten Blumen. Edda ging zu dem Toten. Sie durchsuchte ihn. Sollte er das Rätsel des Königs bei sich haben, wäre das ein Volltreffer. Edda hätte ihre peinlich Scharte ausgewetzt. Sie durchsuchte ihn. Er hatte nicht Wichtiges bei sich. Edda nahm seinen Schlüsselbund mit. Sie musste seine Wohnung untersuchen. Vorher schleppte sie die Leiche neben den Schubkarren. Dann kippte sie die alten Pflanzen über die Leiche. Gute Arbeit, Edda! Nur noch den Kopf und die Füße zudecken, lobte sie sich in Gedanken.

Nachdem der tote Gärtner in Rekordzeit beerdigt war, schob Edda ihre Sonnenbrille wieder über die Augen. Jetzt konnte niemand mehr sehen, dass sie nur ein echtes Auge hatte. Das andere war nur tätowiert. Dann baute sie ihre Kamera und ihr Stativ ab.

Erledigt!

Edda ging gelassen zum Ausgang. Sie ging zum Haus des Gärtners. Sie fand dort nur ein paar Dokumente, die interessant sein konnten. Aber kein Rätsel. Was würde Albert zu diesem Misserfolg sagen?

Albert hatte sie aus dem Feuer gerettet. In dem Flammenmeer hatte sie ihr Auge verloren. Fast ihr ganzes Gesicht war verbrannt. Eine Ansammlung von rötlichen Hautfetzen. Blasen und nacktem Fleisch. An manchen Stellen soll der Schädelknochen zu sehen gewesen sein. Die Hitze hatte ihr Gesicht verschmort. Die Ärzte mussten Haut von anderen Körperteilen schneiden, damit sie ihr Gesicht wieder menschlich machen konnten. Ihr rechtes Auge war durchgekommen. Ein paar Prozent weniger Sehschärfe, sonst war daran nichts zu bemängeln. Ihr linkes Auge, das hatten die Flammen aufgefressen. Damit sie sich eine unendliche Operation ersparte, erlaubte sie den Ärzten, ihr linkes Auge zuzunähen. Albert hatte die Idee gehabt, ein Auge darauf zu tätowieren.

Albert hatte es ihr erklärt. Diese Geschichte vom legendären Schatz, der einst angeblich im Rhein versenkt worden war. Vor drei Jahren hatte Albert sie das erste Mal mit in sein Bett genommen. Das war sein Platz, wo er schlief, wo er frühstückte, wo er las, wo er seine Pläne machte, wo er zu Abend aß, wo er die Nachrichten sah. Wo er mit seinen Leuten kommunizierte. Der Rhein floss in das Meer, woher sie kam. Das erinnerte sie an ihre Geschichte. Eddas Schiff war überfallen worden. Sie waren zum Walfang ausgelaufen. Von Island aus. Schon als kleines Mädchen war Edda bei den Walfängen ihres Vaters mitgefahren. Es war für sie ein archaisches Erlebnis, mit den Leuten ihres Vaters zwischen dem dampfenden Walfleisch zu sein. Schon mit 16 Jahren war sie der beste Harpunenschütze. Dann wurde ihr Bruder der Kapitän. Sie hatten eine Walherde verfolgt. In der Labradorsee. Reichlich Beute. Es waren aggressive Tier- und Umweltschützer, die Leuchtraketen auf ihr Schiff geschossen hatten. Irgendein Treibstoffkanister wurde von einer dieser Raketen entzündet. Das Feuer breitete sich aus. Das ganze Schiff brannte. Die Männer wollten über die Reling ins Meer springen. Auch ihr Bruder. Da explodierte ihr Schiff. Die Flammen hatten den Tank erreicht. Die Männer und ihr Bruder kamen dabei um. Sie wurde durch die Luft geschleudert. Sie wusste bis heute nicht, wie sie in die schwimmende Rettungsinsel kam. Nur an die höllischen Schmerzen in ihrem Gesicht konnte sie sich noch erinnern. Das Salzwasser tat ihren Wunden nicht gut. Wahrscheinlich hatten die Tierschützer die Rettungsinsel auf die Wellen geworfen, bevor sie von dem Unglücksort verschwanden. Vom Feuer auf dem Wasser, wo grauschwarzer Rauch aus einem versinkenden Wrack stieg. Der Ölteppich um das untergehende Schiff brannte noch längere Zeit.

Alberts Hubschrauber fand Edda. Er war von der südlichen Grönlandspitze gestartet. Auf der Suche nach einer sagenhaften Insel in der Labradorsee. Dort, wo der kalte Labradorstrom vom Nordpolarmeer herkommt und auf den warmen Golfstrom trifft. Nicht weit von den Grand Banks of Neufundland. An keinem Ort der Erde entsteht so viel Nebel, wie an dieser Stelle, wo sich warmes und kaltes Wasser vermischen. Albert suchte die Insel des legendären Nebelvolkes, der Nibelungen, den Kriegern Siegfrieds. Er fand Edda. Sie war ohnmächtig. Dem Tod nah. Er flog sie ins beste Krankenhaus. Nach ihrer Heilung blieb sie bei ihm.

Albert hatte neben dem alten Buch einen Bauplan ausgebreitet. Eine Kopie des Bauplans von Schloss Neuschwanstein.

»Das ist der Plan zu meinem Schatz«, sagte er zu Edda. »Was ist das für ein Buch?«

»Das ist eine alte Handschrift des Nibelungen-Liedes.«

»Wozu ist die gut?«

Albert öffnete das große Buch mit der alten Schrift.

»Diese Vignette, bei dem Text, der vom Zug der Nibelungen an Etzels Hof handelt, hat mir viel verraten. Siehst du, die Vignette zeigt Hagen, der zu einer Quelle gegangen war, an der er die Wahrsagerinnen traf, die ihm die Zukunft voraussagten.«

»Was haben sie ihm gesagt?«

»Den sicheren Tod. Ihm und allen Nibelungen, mit denen er zu Etzels Burg zog. Aber die Geschichte vom Tod, das war eine Lüge.«

»Eine Lüge? Wieso?«

»Hagen war nicht nur ein Meuchelmörder, sondern auch ein schlitzohriger Kerl, ein raffinierter Diplomat und Intrigant. Er wollte mit dieser angeblichen Weissagung der Wasserfrauen, die nach seinem Bericht über den Quellen schwebten, die Nibelungen zur Umkehr bewegen. Er hatte schließlich erreicht, was er wollte.«

»Wohin waren sie unterwegs?«

»Zu Krimhild, der Schwester seines Königs Gunther, die den Hunnenkönig Etzel geheiratet hatte. Nach dem Tod ihres Mannes Siegfried, ermordet durch Hagen, heiratete Krimhild den Herrscher der Hunnen, auch Attila genannt.«

»In Geschichte bin ich nicht so gut. Da musst du mir noch viel beibringen. Ich frage mich, was hat das alles mit deinem Schatz zu tun?«

»Laut der Nibelungen-Sage hat Siegfried den Schatz bei einem Drachen gefunden, der von Siegfried getötet wurde.«

»Und woher hatte der Drache den Schatz?«

»Da gibt es verschiedene Erklärungen. Ich habe darüber viel nachgeforscht. Das hat viele Jahre meines Lebens in Anspruch genommen. Dein Glück übrigens. Dabei bin ich auch auf dich gestoßen.«

»Ja, du warst und bist mein Glück.« Sie küsste Albert dankbar auf die heiße Stirne. »Ich lebe nur noch für dich!«

Er konnte sich bei solchen Vorträgen so wunderbar ereifern. Dann eilte er in seine Bibliothek, die durch eine offene Tür vom Bett aus zu erreichen war. Dort zog er Bücher aus dem Regal las ihr daraus mit eifrig bebender Stimme vor. Sie hörte aufmerksam zu. Albert wusste viel.

»Ist gut, ist gut.« Albert drehte sich auf den Rücken und starrte zur Decke. Dabei konnte er sich leichter konzentrieren. »Es war purer Zufall, dass ich alte Aufzeichnungen eines unbekannten Barden aus dem Mittelalter in die Finger bekam und dadurch die Spur des Schatzes wieder entdeckte, von dem alle glauben, er sei irgendwo im Rhein versenkt worden. Damals, um 400 nach Christi, als noch die Burgunder am Rhein lebten. Zwar hat Hagen den Schatz der Krimhild gestohlen, die ihn von Siegfried zur Hochzeit geschenkt bekam, aber …«

»Aber? In unseren Sagen gibt es auch einen Siegfried, der musste einen Drachen töten …«

»Unser Nibelungen-Siegfried auch. Doch es war kein Drache.«

»Was dann?«

»Erzähle ich dir gleich. Geduld. Damit alle glaubten, der Nibelungen-Schatz sei für immer im Rhein verschwunden hat ihn Hagen vor den Augen des Burgunder-Königs, dem Bruder von Krimhild, tatsächlich in den Rhein werfen lassen.«

»Hmmm. Schade. Da war sicher schöner Schmuck dabei.« Edda liebte Schmuck.

»Ja. Auch dieses Armband, das du gerade trägst.«

»Ehrlich?«

»Es stammt aus einem Fund, der gerade an einem unbekannten Ort restauriert wird.«

»Welcher Fund?«

»Kommt noch mein Täubchen. Eins nach dem anderen. Dieser Hagen von Tronje war doch ein raffinierter Fuchs. Allerdings gehörte er nicht zum Adel. Daher musste er sich mit List und Tücke durchschlagen. Ein durchtriebener Kerl, der mit allen Wassern gewaschen war. Das war mir schon immer klar. Bevor er den Nibelungen-Schatz, der mit zwölf großen Wagen ans Rheinufer transportiert wurde, bei einer tiefen Stelle im Rhein versenkte, hatte er dort kräftige Netze am Boden des Flusses ausgelegt.«

»Verstehe. Sehr schlau.«

»Genau. Der Schatz fiel in die Netze, die Hagen aus starkem Eisendraht anfertigen ließ. Nachts zog er mit seinen Leuten den Schatz wieder an Land. Das hat Wagner bestens recherchiert. Ich weiß nicht, woher er dieses Wissen hat, jedoch glaube ich ihm aufs Wort. Vor allem, wenn man weiß, was er damit machen wollte, wenn er den Schatz haben würde …«

»Hat er ihn bekommen?«

»Das erfährst du gleich. Willst du nicht wissen, woher der Nibelungen-Schatz stammt?«

»Aus einer Drachenhöhle? Siegfried hat den Drachen getötet, der den Schatz bewacht hat, dann hat er sich in seinem Blut gebadet und ist unverwundbar geworden. Das wäre ich auch gerne.«

»Jeder ist verwundbar. Jeder kann getötet werden. Siegfried war verwundbar, weil ein Lindenblatt auf seine Schulter fiel, als er sich im Drachenblut badete. Achilles Ferse war verwundbar, weil ihn da seine Mutter mit den Händen hielt, als sie ihn in den Styx eintauchte. Überhaupt, was ist mit Siegfrieds Augen? Die waren nicht im Drachenblut. Auch gegen Gift war er wohl nicht gefeit. Oder man hätte Siegfried eingesperrt und verhungern und verdursten lassen. Hagen hätte ihn auch erwürgen können. Der Tod kennt mehr Wege, als die Märchenschreiber uns wissen lassen.«

Albert drehte sich auf die Seite und nahm Eddas Gesicht zwischen seine Hände. »Ich möchte nur wissen, warum bei diesem Doppelmord in Schloss Neuschwanstein einer mit dem Speer abgemurkst wurde, wie Siegfried, und einer erwürgt wurde. Kannst du mir das erklären?«

»Keine Ahnung. Ich war nicht dabei.«

»Da will jemand den Verdacht auf die Nibelungen lenken. Das spüre ich. Aber wer? Einer von uns? Ein Verräter? Einer, der uns durch die Polizei aus dem Verkehr ziehen lassen will? Das gefällt mir überhaupt nicht! Bis jetzt haben meine Informanten nur gemeldet, dass die Polizei noch keine konkrete Spur hat.« Albert drehte sich wieder auf den Rücken. Er faltete die Hände über seinem Bauch. Dann holte er weit aus. »Das war kein echtes Drachenblut. Wagner hat das geschrieben. Das war nur Blut von Bäumen. Siegfried hat sich mit dem roten Harz der Drachenbäume eingeschmiert. Ein Ritual der Eingeborenen. Durch dieses Harz konnten sie sich flache Steine auf den Körper kleben. Das hat Siegfried mitbekommen. Er dachte sich, das könne er auch mit feinen Metallplatten machen, unter der Kleidung, dann sei er unverwundbar. Siegfried hatte eine Lehre bei einem Schmied hinter sich. Damit war er der Erfinder der kugelsicheren Weste. Damals gab es zwar noch keine Schusswaffen, allerdings wurden die Herrscher gerne mit Schwertern und Dolchen massakriert, wenn sie in Privatkluft gesellig mit Wein oder Bier mit anderen feierten, unter denen oft einer war, der dem Herrscher ans Leder wollte. Wenn da einer seine Waffe durch den Janker von Prinz Siegfried jagen wollte, dann war er blamiert.

Siegfrieds aufgeklebte Eisenplatten widerstanden dem Mordversuch. Damit galt er als unverwundbar, was sich damals natürlich schnell herumgesprochen hat.«

»Wo wachsen Drachenbäume?«

»Auf Inseln. Aber nicht auf so kalten Inseln wie dein Island. Auf den warmen Kanaren wachsen Drachenbäume. Siegfried hatte seinen Schatz in einer Vulkanhöhle auf Lanzarote versteckt. Dieser Siegfried hieß nicht Siegfried. Er hieß Arminius. Lebte um Christi Geburt als Cheruskerfürst zwischen Rhein und Elbe. Mit seinen Kriegern besiegte Arminius, auch Hermann der Cherusker genannt, um neun nach Christus den römischen Statthalter Varus im Teutoburger Wald. Er nahm Varus einen riesigen Schatz ab, den dieser aus Ägypten mitgenommen hatte, wo er unter Augustus Prokonsul war. Mit diesem Schatz wollte Varus Karriere machen.«

»Wie kam der Schatz nach Ägypten?«

»Durch Alexander den Großen.«

»Woher hatte er ihn?«

»Nach seinen Siegen gegen den Perserkönig Dareios ließ er sich von Ammun-Priestern zum Pharao krönen. Dann zog er mit seinem Heer über die Flüsse Euphrat und Tigris, wo er die Metropolen Susat und Babylon eroberte, in denen er riesige Schätze vorfand und erbeutete. Nachzulesen bei dem Propheten Daniel.«

»Daniel? Ich kenne nur den Daniel in der Löwengrube …«

»Das ist der Daniel, den ich meine.«

Albert eile zu seinem Regal. Er zog in Augenhöhe eine Bibel heraus. Damit setzte er sich zu Edda.

»Hör zu!« Alberts Finger stach in die Bibel. Bei der ersten Zeile des dritten Kapitels in dem der Prophet Daniel von seinen Erlebnissen in der Babylonischen Gefangenschaft erzählte. Der König Nebukadnezar machte ein Bild von Gold. Seine Höhe betrug sechzig Ellen, seine Breite sechs Ellen. Er richtete es auf in der Ebene Dura, in der Landschaft Babel.«

»Wie viel Gold mag das sein? Sechzig Ellen hoch und sechs Ellen breit?«

»Tja. Viel. Sehr, sehr viel. Eine Elle hat meistens fünfzig bis achtzig Zentimeter. Das Gold-Monument mit Nebukadnezars Porträt ist nach den biblischen Maßangaben mindestens dreißig Meter hoch und um die drei Meter breit.«

»Gigantisch!«

»Das ist nur ein kleiner Teil des Schatzes. Dazu kommen die Schätze aus vielen Raubzügen der Römer im gesamten Orient und in Afrika. Unvorstellbarer Reichtum. Der liegt seit dem neunzehnten Jahrhundert in einer Felsgrotte unter dem Schloss Neuschwanstein. Ich weiß es! Ich weiß es!«

Albert schlug mit seiner flachen Hand da auf die ausgebreitete Landkarte, wo Schloss Neuschwanstein zu finden war. Dann schloss er aufschluckend atmend die Augen. Seine gefalteten Hände verkrampften sich zu rechthaberischen Fäusten, bei denen die Knöchel hervorstanden. Sein Körper begann zu vibrieren. Er rollte auf die Landkarte, durch die jetzt vom Bodensee bis Passau ein Riss ging.

»Ich massiere dich.«

Edda trug Albert auf ihren Armen in den Baderaum. Dort legte sie ihn auf den mit Frottee überzogenen Tisch. Sie ließ Wasser in den großen Whirlpool laufen. Nebenbei zog sie ihn aus. Er schaute sie aus starren Augen an. Sie konnte ihm bis in die Seele schauen, durch die dunkle Wolken waberten. Dann setzte sie ihn nackt in den Whirlpool. Er begann, in den schäumenden Wasserwirbeln, wieder zu leben. Sie stellte sich erst hinter ihn. Massierte mit ihren großen kräftigen Händen zart seine Schulter.

»Ich fasse zusammen«, sagte sie. Das mochte er, wenn sie ein wenig Ordnung in sein Chaos brachte.

»Korrigiere mich, wenn ich einen Fehler mache. Also, den Nibelungen-Schatz hatte zuerst Nebukadnezar, zumindest einen Teil, dann vermehrte ihn Alexander der Große, dann der Römer Varus, dann der Cherusker Arminius, dann Siegfried der Nibelunge, dann Hagen von Tronje und dann landete er nicht im Rhein, sondern in Bad Reichenhall im Salzbergwerk und schließlich und endlich unter Neuschwanstein. Und bald hast ihn du.«

»Ach, wenn nur alle Frauen deinen Verstand hätten«, wurde Albert wieder gesprächig.

»Genüge ich dir nicht?«

Sie rieb ihn mit einer roten Bade-Creme ein. Blutorange mit Mango. Ein guter Duft.

»Doch, doch. Ich meine nur grundsätzlich.«

»Wie willst du an den Schatz unter Neuschwanstein kommen?«

Edda setzte sich zu Albert in den sprudelnden Whirlpool, der sie an die kleinen Geysire erinnerte, in denen sie in ihrer Heimat gerne badete. Sie drückte ihre Fußflächen an seine. Zwei seiner Fußflächen gingen auf eine von ihr.

»Wenn dieser Doppelmord nicht gewesen wäre, dann wären wir heute bereits im Schlosshotel Neuschwanstein. Nur wenig von meinem Schatz entfernt.«

»Na ja, ein bisschen davon ist ja schon hier«, kraulte sie seinen Nacken übertrieben liebevoll und wusste was gleich kam.

»Du? Du bist doch nicht der Nibelungen-Schatz! Blödes Geschmalze! Wie kannst du so dumm daherreden? Liebe macht blöd!« Albert hämmerte mit seinen geballten Fäusten voller Wut in das schäumende Wasser. Edda ließ sich nicht beirren. Sie würde nicht nachgeben wie das Wasser. Sie hielt nur still. Wortlos duschte sie ihm die rote Creme vom Körper. Er beruhigte sich schnell. »Ich habe den Plan. Ich weiß, wo mein Schatz liegt. Aber ich komm jetzt nicht ran. Die Polizei ist dort.«

»Sie werden bald fort sein. Es wartet neue Arbeit auf sie.«

»Wenigstens das, sonst wäre der tote Gärtner nicht effizient. Schade, dass dieser die Dose nicht bei sich hatte. Was folgern wir daraus?«

»Jemand hat sie vor ihm geholt.«

»Das wird es sein. Wer könnte dieser Jemand sein?«

»Diese Fremdenführerin?«

»Hm. Kann ich kaum glauben. Aber wer sonst? Sie hat nach meiner Information Kontakt zur Polizei. Der tote Gärtner wird unseren Konkurrenten zeigen, dass sie Feinde haben. Was ist, wenn der Gärtner eine Kopie von diesem Rätsel angefertigt hat?«

»Daran habe ich auch gedacht. Aber ich habe seine Wohnung noch genau durchsucht und nichts gefunden. Selbst auf seinem Computer war nichts zu finden. Hoffentlich haben sich die Bullen noch nicht die Dose geschnappt.«

»Das wäre ideal. Dort ist einer meiner besten Informanten.«

Sein weißes iPhone meldete ihm die Ankunft einer Text-Nachricht.

»Wenn man vom Teufel spricht …«, zeigte Albert Edda das Foto auf seinem iPhone. »Mein Zuträger funktioniert. Wir sind wieder im Rennen. Wir sollten uns mal die Internetseite des Tourismusbüro in Füssen anschauen. Mein Informant schreibt, diese Wally wäre heute mit dem Bus als Führerin einer Reisegruppe nach Bayreuth gefahren. Sie könnte mehr wissen.«

Albert lehnte sich zufrieden zurück. Er genoss die warmen Wasserstrahlen der Dusche auf seiner Brust und seinem Bauch. Über seinen Schenkeln kniete Edda. Er mochte große Frauen. Seit er denken konnte. Er war davon fasziniert, große Frauen zu besitzen, die er mit seinem Intellekt beherrschte. Wie dieser winzige Mann, der die Formel 1 beherrschte. Alberts Mutter war auch eine große Frau gewesen. Über 1,90 Meter. Sein Vater war 1,95 Meter groß gewesen. Seine Eltern hatten nie verstanden, dass ihr Sohn nicht ihre Größe erreichte. Kein Arzt, keine Medizin, keine Klinik konnte helfen.

»Wenn nur dieses flaue Gefühl nicht wäre. Dieser Doppelmord, den ich nicht verstehe. Da will vielleicht noch jemand an den Schatz ran. Wer könnte das sein? Wer nimmt einen Mord auf sich, damit er an sein Ziel kommt?«

»Du!«

»Ich bin ein Nachkomme der Nibelungen. Mir steht der Schatz zu. Wer sich mir in den Weg stellt, muss wissen, was er tut.« Er legte seine Hände auf Eddas Schenkel. »Wir packen! Wir sollten möglichst bald in Bayreuth sein.«

Ja, eine Verwuenschte mag sie sein.

Gurnemanz

11. Kapitel

Dolling hatte Wally bis zur Pension von Angermaiers Tante in Waltenhofen begleitet. Ein Dorf am östlichen Ufer des Forggensees, auf der anderen Seite von Füssen. Dort stellte er sie als Touristin unter einem falschen Namen vor. Vom toten Gärtner im Park des Schlosses Linderhof hatte er ihr nichts erzählt. Er wollte ihr nicht unnötig Angst machen. Er konnte sich durchaus einen Zusammenhang mit dem Doppelmord auf Neuschwanstein vorstellen.

»Wer könnte Ihnen die Kleidung bringen?«, wollte er von Wally wissen. »Es ist jetzt wohl besser, wenn Sie sich in nächster Zeit nicht bei Ihrer Wohnung sehen lassen.«

»Meinen Computer bräuchte ich auch.«

»Wer könnte Ihnen das bringen?«

»Vielleicht Yui, die Japanerin.«

»Wo finde ich diese Yui?«

»In dem neuen Sushi-Imbiss in Füssen. Sie bekommt sowieso noch ein paar Teile von mir zurück.«

»Gut. Kenne ich. Gehe ich auch manchmal zum Essen hin. Ich organisiere das. Sie sagten, Sie hätten bald eine Wagner-Führung durch Bayern. Wann beginnt diese?«

»Morgen Nachmittag. Daher wäre es gut, wenn ich meine Kleidung hätte. Ich bin dann ja drei Tage unterwegs.«

»Wird heute noch erledigt.«

Wally sah sich in dem Zimmer im ersten Stock um, von dem aus sie auf den See blicken konnte. Es war einfach eingerichtet.

»Ich werde Sie anrufen, wenn ich oder ein Kollege von mir mit dieser Yui zu Ihnen kommt. Sie sollten diesen Ort bis dahin nicht verlassen. Haben Sie Ihr Handy dabei?«

»Ja, habe ich«. Wally zeigte dem Kommissar ihr Handy. »Das Aufladegerät brauche ich auch. Es liegt neben dem Computer.«

»Sollte Ihnen noch was Wichtiges einfallen, rufen Sie mich einfach an«, verabschiedete sich Dolling, bevor er mit einem Taxi losfuhr. Angermaier konnte ihn nicht abholen, dieser musste die Untersuchung der Schiffsexplosion leiten. Zu der auch Dolling stoßen würde.

Nach einer Stunde meldete sich Wallys Handy. Dolling war dran: »Also, der Bruder von Yui, ein gewisser Taka, bringt Ihnen Ihre Sachen vorbei. Er wird in ein paar Minuten bei Ihnen sein. Senden Sie mir eine SMS, wenn Sie morgen losfahren und wenn Sie wieder hier ankommen. Ich werde mich ab und zu bei Ihnen melden. Gute Fahrt und viel Erfolg!«

Taka kam mit dem Auslieferungs-Wagen des Sushi-Imbisses. Er hatte nicht nur ihre Kleidung und ihren Computer dabei, sondern auch einen Behälter mit Sushi.

»Ich dachte mir, das würde dir jetzt schmecken. Der Kommissar hat mir nur gesagt, dass ich nicht fragen soll, warum und wieso ich dir das bringe. Ist ja richtig geheimnisvoll. Hoffentlich nichts Schlimmes?«

»Hoffe ich auch nicht. Ich brauche die Sachen, weil ich morgen mit dem Bus die dreitägige Wagner-Führung durch Bayern mache.«

»Ach ja, das hast du mir erzählt. Magst du das Sushi jetzt gleich essen. Jetzt wäre es noch schön warm.«

»Gute Idee«, meinte Wally. »Ich weiß aber nicht, ob ich hier im Zimmer Besteck habe.«

»Wir legen immer Stäbchen dazu.«

Während Taka das Sushi für Wally auf den schmalen Tisch am Fenster stellte und auspackte, stellte Wally ihre Kleidertaschen in den Schrank.

»Hast du das Aufladegerät für mein Handy auch dabei?«

»Sicher. Darauf hat mich der Kommissar speziell hingewiesen.«

Er holte es aus seiner Umhängetasche und gab es ihr.

»Äh, Yui konnte nicht kommen, weil im Imbiss so viel los ist. Da bin ich eingesprungen.«

»Sie bekommt noch ein paar Kleidungsstücke von mir.«

»Das eilt nicht. Sie hat genügend zum Anziehen«, grinste Taka.

»Ich habe was im Auge«, griff Wally nach der Packung Papiertaschentücher in ihrer Jackentasche. Dabei stieß sie auch die Dose. »Ach, die hätte ich fast vergessen«, legte sie diese auf den Tisch, neben ihrem Essen. Sie wischte sich mit einem Taschentuch das Auge aus, zerknüllte das Taschentuch, warf es in den Abfalleimer und setzte sich zu Taka an den Tisch, der ihr aufmerksam zuschaute. Dann nahm sie die Stäbchen und machte sich über das leckere Sushi her.

»Die ist schön«, zeigte Taka auf die Dose. »Ist das die, die du im Schloss gefunden hast? Schau mal, ich habe ein Foto von dir auf meinem Handy.«

»Echt? Wo hast du das aufgenommen?«

Er zeigte ihr das Foto auf dem Handy-Display.

»Mein Gott, das ist ja bei meiner letzten Führung durch Neuschwanstein, da präsentiere ich ja gerade diese Dose, bevor ich dieses Ver…«, stockte sie kurz, »äh, diese Dose müsste ich eigentlich sofort dem Kommissar geben.«

»Welchem Kommissar? Hattest du bei der Führung nicht gesagt, dass du sie beim Fundamt abgibst?«

»Stimmt. Aber ich habe das vergessen. Jetzt liegt sie hier. Ich wollte nicht, dass die Leute wissen, dass ich sie der Polizei geben muss. Der Kommissar Dolling untersucht nämlich gerade eine Diebstahlsserie auf dem Schloss, was ja nicht jeder wissen muss«, log Wally.

»Was ist mit dieser Dose?«

»Sie könnte für den Kommissar wichtig sein.«

»Wieso?«

»Dazu darf ich leider nichts sagen.«

»Schauen wir sie uns zusammen an?«

»Na gut, das interessiert mich jetzt auch«, sagte Wally, der es nicht missfiel, dass sie Taka noch eine Weile bleiben würde. In den letzten Minuten waren seine Worte weniger geworden, aber seine tiefen Blicke mehr. Sie spürte Wärme in sich hochsteigen, wenn er sie so ansah.

Wally öffnete die Dose.

»Sie ist leer«, streckte sie Taka die Dose hin. »Kein königlicher Schnupftabak mehr drin.«

»Schade.«

»Tja.«

Dann sprachen sie viel miteinander. Wally hatte eine Kerze angezündet und auf den Tisch gestellt. Das Kerzenlicht, die romantische Stimmung, verführte sie zum Flüstern.

»Nanu!« Wally schreckte hoch. »Die Dose hat sich irgendwie bewegt.« Sie blickte auf die Dose, die sie die ganze Zeit in ihren Händen gehalten hatte. »Sie ist aufgesprungen. Schau mal!«

Taka nahm die Dose vorsichtig in die Hand.

»Hier! Der Boden hat sich geöffnet.« Er sah genauer hin. »Da steckt was drin, glaube ich. Hast du eine Pinzette?«

»Nein, leider nicht. Aber ich habe lange Fingernägel, lass mich mal ran!«

Sie fingerte ein Stück dünner Seide aus der Unterseite der Dose. Sie faltete es auseinander.

»Eine geheime Botschaft«, vermutete Taka. »Mit einer alten Handschrift.«

»Vielleicht. Mir kommt diese Handschrift bekannt vor.«

»Kannst du sie lesen?«

»Ja, das ist unglaublich, Joe hat mir genau so eine ähnliche Handschrift gezeigt. Sie soll von König Ludwig II. stammen.«

»Wirklich? Bist du sicher?«

»Total sicher nicht. Ich bin ja keine Handschriftenexpertin.«

»Kannst du es lesen?«

»Halbwegs.«

»Was steht da?«

»Irgendwas von einem riesigen Schatz unter dem Schloss Neuschwanstein, der einen zum reichsten Mensch der Welt macht, na ja, falls man ihn findet.«

»Wow! Und den hätte natürlich ich gern!«

»Was würdest du denn mit viel Geld machen?«

»Die modernste und beste Kampfsportschule bauen, für meinen Vater das tollste Sushi-Restaurant und meine Schwester bekäme einen eigenen Manga-Verlag.«

»Ist das alles?«

»Nein, für uns zwei würde ich ein Schloss bauen, noch schöner und größer als Neuschwanstein.«

Er beugte sich zu ihr. Er küsste sie. Sie schloss ihre Augen. Er kniete sich vor ihr hin. Seine Hände fassten nach ihrem Gesicht. Ihre Lippen fanden sich wieder. Wally umarmte Taka, zog ihn noch näher zu sich.

»Dann sollten wir diesen Schatz aber schnell finden, falls er existiert«, meinte Wally verlegen, aber auch erfreut mit glänzenden Augen. »Wahrscheinlich ist es nur so ein Scherz von einem Geotagger, oder wie man diese Typen nennt, die irgendwo irgendwas verstecken, das man mit GPS finden muss.«

»Wäre doch auch nicht so schlimm. Ich würde es gerne mit dir zusammen machen. Jede Sekunde mir dir zusammen ist mir mehr wert als Millionen.«

Jetzt küsste sie ihn.

»Die Anweisung ist ganz schön krass, wenn ich das richtig verstehe«, entzifferte Wally die Handschrift auf der Seide, »man soll einen Pfeil aus weißen Schwanenfedern auf den Boden des Sängersaals im Schloss Neuschwanstein legen.« Ihr versagte die Stimme.

»Was hast du?«, legte Taka seine Hand beruhigend auf ihre flache Hand auf dem Tisch.

»Ach, nichts. Wahrscheinlich kriecht schon das Lampenfieber in mich rein. Wegen morgen. Wegen meiner ersten großen Busfahrt, die ich zu betreuen habe.«

»Das ist normal. Du schaffst das!«

Wally las langsam weiter: »Lege den Pfeil aus zwei kurzen und einer langen Schwanenfeder bei der Wurzel der Erkenntnis ab, wo der Schwan das Band hält. Richte den Pfeil auf den Knaben, dessen Schicksal sich gerade entscheidet. Auf der Hälfte der Strecke bis zu dem Knaben ist im Boden des Saals der Sänger das Rätsel des Königs versteckt. Finde und löse es. Dabei ist auch ein Hinweis zum nächsten Rätsel des Richard Wagners.«

Wally kaute nervös auf ihren Fingernägeln. Taka erhob sich und stellte sich neben die sitzende Wally. Er legte ihr den linken Arm um die Schulter und betrachtete den mysteriösen Text aus der Dose. Wallys Handy klingelte. Sie schaute auf die Nummer des Anrufers, bevor sie sich meldete.

»Ja, hallo, Herr Jansch, was kann ich für Sie tun? Mein Gruppen-Schlüssel aus dem Schloss fehlt noch? Stimmt, jetzt fällt's mir ein, den habe ich noch. Gut, ja, ich bringe ihn morgen bei Ihnen vorbei kein Problem. Das tut mir leid. War die Aufregung, dass ich vergessen habe, ihn abzugeben. Ja, danke, bis morgen.«

Taka sah sie fragend an.

»Stell dir vor, ich habe noch den Schlüssel für die Führungen bei mir. Habe ich völlig verschwitzt, den abzugeben. Das ist mir noch nie passiert. Ich war so aufgeregt an diesem Tag.« Sie ging zu ihrer Jacke. Aus einer Tasche zog sie den Schlüssel an einer dünnen Kette und einem kleinen beschrifteten Schild. »Tatsächlich. Hier ist er.« Sie legte den Schlüssel vor sich auf den Tisch.

»War es die Aufregung wegen der gefunden Dose?«, grinste Taka.

»Nein, wegen dir, weil du mich bei der Führung immer so angestarrt hast«, grinste Wally zurück.

Taka fasste nach ihrer Hand auf seiner Schulter. Er schaute zu Wally hoch. »Darf ich was Durchgeknalltes sagen?«

»Was denn?«

»Könntest du mit diesem Schlüssel auch jetzt in den Sängersaal von Schloss Neuschwanstein kommen?«

»Ja, warum?«

»Fändest du es arg doof, wenn wir jetzt dort nachschauen würden, ob wir im Boden des Sängersaales ein Rätsel finden?«

»Lieber nicht. Das gäbe nur Ärger.«

»Ach was, das würde keiner merken. Willst du kein Märchenschloss von mir?«

»Ist mir zu gefährlich. Du weißt nicht, was in diesem Sängersaal schon passiert ist. Schlimme Dinge. Lassen wir es lieber sein.« Wally bekam einen Schüttelfrost. »Mir ist jetzt richtig kalt geworden.« Sie ging ins Schlafzimmer um sich eine Decke zu holen, in die sie sich einwickelte.

»Welche schlimmen Dinge?«

»Ich darf es nicht sagen.«

Jetzt meldete sich das Handy von Taka. Sein Vater war dran. Er solle bald kommen, mehrere Sushi-Auslieferungen werden fällig. Taka versprach Wally mit einem langen Kuss, morgen zum Frühstück vorbeizuschauen und sich von ihr zu verabschieden.

Jede wahrhafte, jede originale Musik ist Schwanengesang.

Friedrich Nietzsche

12. Kapitel

Wally dachte an Taka. Sie saß am Fenster und sah in die Dämmerung hinaus, zum Ufer des Forggensees. Ihr war klar, dass sie sich verknallt hatte. In Taka. Sie dachte an den Kuss, den er ihr vorhin gegeben hatte. Sie räumte ihre Tassen und dann die Teekanne auf. Dann legte sie sich alles für den morgigen Tag zurecht. Sie packte Ihre Aufzeichnungen und Klamotten für die dreitägige Busfahrt auf den Spuren von Wagner durch Bayern ein. Dann machte sie sich eine Liste für die Angelegenheiten, die sie morgen vorm Einsteigen in den Bus, vor der Begrüßung ihrer Reisgruppe, noch erledigen musste.

Erstens: Jansch den Schlüssel für die Führungen im Schloss zurückbringen!

Wo war der?

Hatte sie ihn nicht auf den Tisch gelegt, als sie ihn Taka zeigte? Sie hatte in wohl wieder eingesteckt. Sie durchwühlte die Taschen in ihrer Jacke. Sie fand ich nicht. Ein Verdacht kroch in ihr hoch. Sie wählte die Handy-Nummer auf Takas Visitenkarte, die er auf dem Tisch liegen gelassen hatte.

»Hallo, Taka, sag mal, hast du rein versehentlich meinen Schlüssel für das Schloss mitgenommen?«

»Nein, absichtlich.«

»Spinnst du?«, zischte sie übers Handy in sein Ohr.

»Jetzt beruhige dich, Wally, be cool, du bekommst den Schlüssel morgen zurück. Mir ist vorhin eine Idee gekommen. Du hättest mir nie erlaubt, das zu machen.«

»Was denn? Welche blöde Idee?«

»In dem Schloss nachschauen.«

»Wegen diesem dubiosen Schatz? Hast du noch alle?«

»In erster Linie wegen dem Samurai-Schwert meines Vorfahren. Deswegen bin ich ja auch bei deiner Führung mitgelaufen. Vielleicht finde ich es auf dem Schloss. Es könnte auch mit diesen Schwanenfedern zu tun haben. Ich werde das jetzt überprüfen.«

»Ja, aber, das ist es jetzt doch schon dunkel? Das bringt doch nichts. Geh doch bitte wieder raus. Wenn sie dich erwischen, bekomme ich wahnsinnig Ärger. Willst du mir das antun?«

»Nein, meine süße Wally, ich liebe dich doch. Mach dir keine Sorgen. Keiner wird mich hier sehen. Ich benutze nur meine kleine Taschenlampe am Schlüsselbund. Das bekommt niemand mit. Ich schwöre.«

»Bitte, Taka, sei vernünftig. Ich habe doch die Verantwortung für den Schlüssel. Außerdem, in dem Schloss ist erst vor ein paar Tagen was Furchtbares passiert. Ich habe auch Angst um dich. Komm sofort her und gib mir den Schlüssel, dann …«

Die Verbindung zu Taka brach ab.

»Oh, Gott«, murmelte Wally. »Was mache ich jetzt? Dieser Japaner ist total verrückt. Ich kann nicht mehr schlafen. Das wird höllisch morgen.« Sie versuchte alle paar

Minuten wieder Taka übers Handy zu erreichen. Erfolglos. Sie konnte nur auf seine Mailbox sprechen, was sie auch tat. Sie wünschte sich nun, sie hätte Taka zu einem Aufenthalt in ihrem Bett verführt. Warum war sie nur immer so zurückhaltend? Andere Mädchen hatten schon viel mehr erlebt als sie.

Da ich dich getroffen habe,
ist mein Orientierungssinn wohl doch nicht so schlecht!
You Higuri

13. Kapitel

Irgendwann in der Nacht, Wally lag angezogen auf dem Bett, schreckte sie aus ihrem Halbschlaf hoch. Ihr Handy hatte sich gemeldete. Eine SMS: »Mach dir keine Sorgen. Der Schlüssel liegt bereits im Briefkasten von Jansch. Dein Taka. Tausend und mehr Küsse!«

Sie stellte zufrieden seufzend die Alarm-Funktion in ihrem Wecker ab. Jetzt konnte sie tief schlafen. Bis mittags. Nach dem Aufstehen rief sie Jansch an, ob er den Schlüssel im Briefkasten schon entdeckt habe. Hatte er. Gut. Wally packte ihre Sachen. Dann fuhr sie mit dem Taxi zuerst zum Sushi-Imbiss.

Sie wollte Taka die Leviten lesen. Aber sie wollte ihn auch noch sehen, bevor sie ein paar Tage fort war. Yui war im Imbiss. Taka musste ausfahren. Wally bestellte sich Frühlingsrollen zum Mitnehmen. Nachdem Yui ihrem Vater in der Küche die Bestellung mitgeteilt hatte, holte sie ihre Zeichenmappe unter der Theke hervor.

»Wie gefällt dir das?«, zeigte sie Wally eine farbige Illustration auf der ein junger dunkelhaariger Mann mit offener blauer Jacke auf einem Thron mit einer Sonne saß. Auf seinen Knien hatte ein blonder junger Mann seinen Kopf angeschmiegt. »Das soll das Titelbild für den ersten Band meines Manga-Romans von Ludwig, dem Mondkönig werden.«

»Gefällt mir sehr gut«, äußerte Wally ihr Lob, das Yui strahlen ließ. »Wer soll denn dieser blonde Typ sein, der sich an König Ludwig ranmacht?«

»Ich dachte an einen gewissen Hornig, einen hübschen Stallmeister des Königs, der den Prinzen von Thurn und Taxis als Geliebten des Königs ablöste.«

»Sehr gewagt, sehr gewagt«, meinte Wally. Sie reichte ihr die Illustration zurück.

»Bei uns sind homosexuelle Mangas ganz normal«, erwiderte Yui. Dann packte sie für Wally die Frühlingsrollen ein, die sie ihr über die Theke reichte. »Mich hat auch der Name des königlichen Stallmeisters Richard Hornig auf die Idee gebracht. Du weißt doch, was horny auf englisch bedeutet?«

»Nein, was?«

»Sowas wie rattig, spitz, scharf, geil, sexuell erregt.«

»Aha.«

»Als König Ludwig II., noch keine zwanzig, schon drei Jahre König war, durfte ihn Hornig bei Spazierritten begleiten. Richard Hornig war ein hübscher Bursche. Dazu ein hervorragender Reiter und leidenschaftlicher Jäger. Auch er mochte die Musik von Wagner, was Ludwig sehr schätzte.«

»Ja, darüber habe ich auch schon gelesen«, sagte Wally, die die eingepackten Frühlingsrollen in ihre Tragetasche steckte. »Der Hornig wurde zu einem engen Vertrauten des Königs. Der König überließ ihm sogar seine Korrespondenz. Auch als Bauleiter für die Schlösser wurde Hornig eingesetzt.«

Wally sah auf ihre Armbanduhr. »Hm, die Zeit vergeht wieder zu schnell. Langsam wirds für mich stressig.«

Sie zog ein braunes Kuvert aus de Umhängetasche. »Kannst du das für mich hier aufbewahren, bis es ein Herr Dolling abholt?«

Yui nickte zustimmend. »Du meinst den Kommissar, der gestern Taka zu dir schickte? Ich konnte ja nicht weg.«

»Ja, genau. Dem muss ich noch was geben. Hab ich ihm versprochen. Ich schaff's jetzt nicht mehr bis zu ihm. Ich muss bald zum Bus. Du weißt schon, wegen der Wagner-Tour. Sonst wird's zu knapp. Ich sollte unbedingt eine Stunde vorher dort sein. Also in rund zehn Minuten.«

»Oje, dann habe ich dich jetzt zu lange aufgehalten«, meinte Yui.

Sie legte das Kuvert mit der Aufschrift »Für H. K. Dolling!« auf die Theke.

»Wird erledigt. Also, tschüss. Lass es dir schmecken. Schöne Fahrt und viel Erfolg.«

Ein Taxi brachte Wally mit ihren Taschen zum Reisebus. Sie begrüßte den Busfahrer, der sich über ihre Pünktlichkeit freute. Sie sprach sich mit ihm über die kommende Reise ab. Er zeigte ihr den Bus.

»Wenn diese Tour einschlägt, dann soll auf den Bus ein Kopf von Wagner kommen mit der Schrift: Die Wagner-Tour«, zeigte er von außen auf sein Fahrzeug.

Die ersten Mitreisenden kamen schon eine halbe Stunde vor der Abfahrt. Wally begrüßte sie vor dem Bus mit Handschlag, strich ihren Namen auf der Liste ab. Der Busfahrer half beim Verstauen des Gepäcks. Eine Minute, bevor der Bus losfuhr, kam Taka.

»Hat das mit dem Schlüssel geklappt?«, grinste er sie an.

»Ja. Ich hoffe nur, du hast in dem Schloss nichts Dummes angestellt«, versuchte sie ein Lächeln hinzubekommen. Sie freute sich, dass er sich von ihr verabschieden wollte. »Und hast du was gefunden?«

»Das erzähle ich dir gleich«, antwortete Taka auf Wallys Frage.

»Wir fahren jetzt, Wally, bitte einsteigen!«, rief der Busfahrer. Er hatte sich mit ihr auf ein freundliches Du geeinigt.

»Keine Zeit mehr. Wenn ich zurückkomme, dann«, streckte Wally die Hand zum Abschied von Taka aus. Ihr noch nicht ganz verdauter Ärger über Takas freche und illegale Aktion, brachte sie auf Distanz zu ihm, verhinderte bei ihr jegliche Umarmungsgeste.

»Nein, später, also, hernach im Bus«, grinste Taka. Er ging an ihr vorbei, stieg in den Bus.

»Wie? Was machst du da?«, folgte ihm Wally. Die Türen des Busses schlossen sich. »Du hast wohl zu viele Piratenfilme angeschaut.«

»Ich habe die Wagner-Tour gebucht. Ist doch erlaubt, oder?«, streckte ihr Taka das Ticket hin.

»Du bist total verrückt, worauf habe ich mich mit dir eingelassen«, schüttelte Wally den Kopf.

Sie ging zum Busfahrer, der ihr das Mikrofon zur Begrüßung der Fahrgäste reichte. Dann fuhren sie los. Wally erklärte auf der Fahrt aus Füssen hinaus, Richtung Bayreuth, wie der Künstler Richard Wagner, der Anarchist aus Sachsen, durch König Ludwig nach Bayern kam.

»Ich bin auf allen Vieren über den Boden im Sängersaal gekrabbelt«, erzählte Taka, als sich Wally später zu ihm setzte.

»Wie hast du den Sängersaal im Schloss gefunden?«, wollte Wally wissen.

»Na, ich habe einfach bei deiner Führung aufgepasst.«

»Ach so, ja. Klar. Und?«

»Ich habe zwar keine Schwanenfedern für einen Pfeil dabei gehabt, aber ich habe einfach mein Smartphone als Pfeil benutzt. Bei dem großen Landschaftsbild mit den Wurzeln der Bäume. Wegen den Wurzeln der Erkenntnis. Genau unterhalb des Schwanes, der ein rotes Band im Schnabel hält, mit dem er den Kahn von Lohengrin zieht. Dann habe ich mein Smartphone auf das Bild mit Parzival als Knaben gerichtet, der barfuß ist und mit einem Ritter spricht, denn Parzival will auch ein Ritter werden, wie du uns bei deiner Führung erklärt hast. Ich habe mich daran erinnert, dass ich auch schon seit meiner Kindheit das Schwert meines Urgroßvaters finden wollte.«

»Wie hast du das Rätsel noch gewusst?«

»Moderne Technik«, strahlte sie Taka an. »Als du die Decke aus deinem Schlafzimmer geholt hast, habe ich den Plan mit meinem Handy fotografiert.«

»Du Spion«, knuffte ihn Wally in die Seite. »Du hättest mich fragen müssen.«

»Habe ich leider vergessen« Taka zeigt ihr das Foto vom beschrifteten Seidentuch. »Hier, schau mal, das habe ich im Boden des Sängersaals gefunden«. Taka kramte in seinem roten Rucksack. Er hielt ihr eine Dose entgegen, auf dem ein Schwanenkopf zu sehen war. Im Prinzip die gleiche Dose, wie die, die Wally dem Kommissar übergeben hatte. Allerdings hatte die Dose von Taka einen Schwanenkopf in Orange und Blau.

»Was ist da drin?«, wurde Wally neugierig?

»Hoffentlich der Weg zu unserem Schatz.«

»Dann mach doch auf! Jetzt bin ich auch neugierig. Wie hast du übrigens diese Dose im Boden des Sängersaals gefunden? Ich habe da noch nie ein Loch gesehen.«

»Das ist auch keines. Man musste ein Brett im Parkett hochheben, das war mir klar. Mit Runterdrücken konnte es nicht funktionieren. Dann würde sich das Versteck schon öffnen, wenn jemand darüber lief. Das konnte nicht im Sinne des Erfinders sein. Das Parkett ist sehr glatt. Keine einfache Aktion. Mit den Fingern war das nicht zu bewerkstelligen.«

»Wie hast du es geschafft?«

»Ich wusste ja nicht haargenau, unter welchem Brett ich nachschauen musste, um das Rätsel des Königs zu finden.«

»Also, wie hat du es gemacht?«

»Mit dem Mund!«

»Wie? Du hast mit dem Parkettboden geredet? Na ja, zutrauen würde ich es dir«, grinste sie ihn an, »du würdest sogar Steine zum Reden bringen.«

»Danke für das Kompliment. Aber meine Methode war ohne Worte. Kennst du diese Sauger, die die Glaser verwenden, um Glasscheiben zu halten? Schau mal!«

Er nahm ihre Hand, legte sie an seinen Mund. Stark sog er die Luft ein. Ihre Hand klebte an seinen Lippen. Wie mit Sekundenkleber. Sie konnte sie nicht wegziehen.

»Siehst du, wie das geht«, sagte er, als er wieder ausatmete und der Luftdruck nachließ. »Solche Tricks gehören auch zu meinem Kampfkünsten.«

»Tja, es scheint sehr gefährlich zu sein, wenn man dich küsst.«

»Keine Sorge. Ich kann auch sehr sanft küssen, hast du es nicht gemerkt?«

»Doch.«

Nach drei Stunden Fahrt bekamen sie Hunger.

»Ich habe uns was eingepackt«, holte Taka zwei Styroporbehälter mit gebratenen Nudeln und Gemüse aus seinem roten Rucksack. Sie aßen mit den Stäbchen. Zwischendrin meldete sich Wallys Handy.

»Hallo, hier Kommissar Dolling«, hörte Wally »Kollege Angermaier hat mir diese Dose mit dem schwarzen Schwanenkopf aus dem Sushi-Imbiss gebracht. Gut, dass sie mir die Nachricht dazu auf der Mailbox hinterlassen haben. Was ist mit dieser Dose?«

Wally erklärte es ihm.

»Sie hat einen doppelten Boden, worin eine Botschaft versteckt ist?«, staunte Dolling. »Wie bekomm ich den auf?«

Wally erklärte es ihm.

»Dann werde ich das gleich versuchen. Die Dose liegt vor mir auf meinem Schreibtisch im Kommissariat ...«

»Sind Sie im Büro? Arbeiten Sie noch?«

»Wir müssen. Angermaier und ich machen gewaltig Überstunden wegen dem Doppelmord.«

»Ich halte Ihnen die Daumen.«

»Danke. Wir finden den Täter, keine Sorge. Wie ist Ihre Fahrt? Alles in Ordnung?«

»Alles bestens«, sagte Wally. »Keine Panne, nichts. Nette Leute hier im Bus. Wir sind gut in der Zeit. Wir werden bald in Bayreuth ankommen. Dann gehen wir ins Hotel.«

»Welches Hotel?«

»Goldener Hirsch.«

»Welche Zimmernummer haben Sie? Nur sicherheitshalber, keine Angst, ich besuche Sie nicht.« Er lachte.

»Zimmer 220 im zweiten Stock.«

»Ist notiert. Was machen Sie morgen?«

»Morgen schauen wir uns Bayreuth an, das wagnersche Festspielhaus und besuchen am Abend dann die Eröffnung der Wagner-Festspiele als Public Viewing.«

»Angermaier meint gerade, Sie sollten sich unbedingt das Jean-Paul-Museum anschauen, wenn Sie Zeit übrig haben.«

»Ist registriert.«

»Auf jeden Fall wünsche ich Ihnen viel Spaß! Wohin geht es nach Bayreuth?«

»Wir übernachten noch einmal im Goldenen Hirsch und fahren übermorgen nach München.«

Nach diesem Gespräch aßen Taka und Wally weiter. Wally erklärte Taka, dass es Kommissar Dolling war, der angerufen hatte.

»Der hat aber viel Interesse an dir.«

»Na ja, wegen dieser Diebstahlsserie auf dem Schloss. Er hat die Dose bekommen. Alles bestens.«

»Aha. Willst du gar nicht wissen, was sich in der Dose unterm Parkett befindet?«

»Doch! Was denn?«

»Das Rätsel des Königs. Ich hab's dabei. Bei dir ist es besser aufgehoben.« Er kramte in seinem Rucksack, fand die Dose, reichte sie ihr. Wally packte sie in ihren Rucksack. »Hier kannst du es auch sehen.« Taka zeigte auf das Display seines Smartphones.«

»Wieder diese Handschrift«, murmelte Wally, die sich leicht an Taka gedrückt über das Display beugte. »Hier steht: Ich schau zu den Sternen und seh' dein Gesicht, du hast zwei Köpfe, aber du bist es nicht«, las sie leise vor.

»Es könnte ein Sternbild gemeint sein.«

»Finde ich auch, aber welches?«

»Es wird langsam dunkel draußen, aber der Himmel ist verhangen. Noch sehen wir keine Sterne.«

»Weil ich ein braver und ehrlicher Typ bin, bekommst du von mir diese Dose. Die kannst du ja deinem Kommissar geben. Könnte auch mit der Diebstahlsserie zusammenhängen.«

»Danke, das ist nett von dir. Ein dicker Pluspunkt …«

»Kusspunkt?«, lächelte Taka sie an.

»Freudscher Verhörer. Der Dolling wird sich freuen, wenn ich ihm diese Dose überreiche. Hm. Er wird allerdings wissen wollen, woher ich sie habe. Was sage ich da? Ich kann ihm doch nicht erzählen, dass du sie unerlaubterweise aus dem Schloss geholt hast.«

»Ausgeliehen, könnte man auch sagen«, grinste Taka. »Nur kurz geborgt. Du bringst sie ja zurück.«

»Denk du dir mal eine harmlose Geschichte aus, warum ich plötzlich diese Dose besitze.«

»Da wird mir schon was einfallen.«

»Bin ich gespannt. Ich muss mich jetzt allerdings wieder um den Fahrer und die Mitreisenden kümmern«, entfernte sich Wally von Taka. »Wir kommen bald in Bayreuth an.«

Ihre starke Einbildungskraft wird sie vom ausgetretenen Pfad fortführen; sie hat einen inneren Dämon, dem sie entschlossen alles opfern wird.

Gräfin Marie d'Agoult

14. Kapitel

Wally und Taka waren durch das nächtliche Bayreuth spaziert. Zuerst zum Sterbehaus von Franz Liszt, dem Schwiegervater von Richard Wagner, der von der Idee seiner Tochter überhaupt nicht begeistert war, Richard Wagner zu heiraten. Schließlich war sie schon verheiratet. Mit dem Pianisten und Dirigenten Hans von Bülow, einem Schüler ihres Vaters, der auch als Kapellmeister von Richard Wagner arbeitete. Liszt war schwer verärgert, weil seine Tochter mit Wagner schon unter ihrer Ehe mit von Bülow ein Verhältnis hatte und außereheliche Kinder von Wagner bekam. Taka und Wally genossen die laue Sommernacht. Die Wolken am nächtlichen Himmel gaben langsam die Mondsichel frei. Sie waren vor dem angestrahlten Festspielhaus auf dem grünen Hügel gestanden. Ein dreiteiliges, verschachteltes Gebäude aus roten Ziegelsteinen.

»Schön beleuchtet, das Festspielhaus«, hatte sich Wally an Taka geschmiegt. »Ich freu mich schon auf die Wagner-Oper, morgen.«

»Sieht irgendwie eigenartig aus, nicht wie ein normales deutsches Theater mit protzigen Säulen vorne dort und so.«

»Wagner wollte auf einer schönen Wiese ein rohes Theater aus Brett und Balken. Hellenistische Romantik soll das sein. Ihm war die innere Ausstattung, die Technik und ein versteckter Orchestergraben, am wichtigsten. Das Grundstück dafür bekam er zwar von der Stadt Bayreuth geschenkt, aber die Baukosten musste Wagner selbst aufbringen. Sogar ein osmanischer Sultan soll ihm finanziell unter die Arme gegriffen haben.«

»Sieht ein bisschen aus wie eine große Bauernscheune für Volkstheater«, meinte Taka spöttisch.

»Das ist nicht so verkehrt. Wagner wollte, dass auch Normalos in seine Opern kommen und nicht durch einen Kulturpalast mit Logen für diverse Promis abgeschreckt werden.«

Dann näherten sie sich der Villa Wahnfried, erbaut auf einem Grundstück am Hofgarten.

»Hier lebten Richard und Cosima Wagner ab dem Frühjahr 1874. Schon am 22. Mai 1872 war die Grundsteinlegung für Wagners Festspielhaus, das vier Jahre später feierlich eröffnet wurde«, erzählte Wally.

»Was du alles weißt«, bewunderte sie Taka.

»Muss ich doch. Du bist jetzt meine Versuchsperson, morgen muss ich das meiner gesamten Reisegruppe vorbeten.«

Wally und Taka setzten sich auf eine Bank im Park beim Festspielhaus.

»Ich schau zu den Sternen und seh' dein Gesicht ...«, rezitierte Taka.

»Ah, das Rätsel des Königs!«

»Ja, schau, dort oben sind jetzt viele Sterne zu sehen.«

»Hm, wie geht's weiter? Ich seh' deinen Kopf doppelt ...«

»Moment, hier haben wir das.«

Taka holte das Rätsel aufs Display.

»Ich seh' deinen Kopf doppelt, aber du bist es nicht, tja ...«

»Merkwürdige Formulierung. Was kann damit gemeint sein?«

»Tja, was? Am Himmel sind ja Bilder.«

»Welche Bilder?«

»Sternbilder. Welche Sternbilder haben ein Gesicht?«

»Wassermann, Jungfrau, Schütze, auch die tierischen wie Steinbock oder Löwe, eigentlich alle bis auf Waage.«

»Du meinst die Sternzeichen?«

»Ja. Ach so, Sternbilder gibt es natürlich weitaus mehr als Sternzeichen.«

»Astrologie und Astronomie sind was Verschiedenes. Die westliche Astrologie beschränkt sich auf die zwölf Sternzeichen. Welches Sternzeichen bist du?«

»Zwilling.«

»Ah, das könnte ein Fingerzeig auf den doppelten Kopf sein.«

»Du meinst das Sternbild Zwilling hat zwei Köpfe auf einem Körper? Sozusagen als siamesischer Zwilling?«

»Ich hole mal Wikipedia her«, fummelte Taka an seinem Smartphone herum. »Hör zu, bei Wikipedia steht über das Sternbild Zwilling: In der griechischen Mythologie waren Kastor und Polydeukes unzertrennliche Zwillingsbrüder. Ihre Mutter, Leda, empfing Kastor von ihrem Ehemann, König Tyndareos von Sparta, und Polydeukes von Zeus, der sich ihr in der Gestalt eines Schwans näherte. Daher war Kastor menschlich und sterblich, Polydeukes dagegen von göttlicher Herkunft und unsterblich.

Die Brüder schlossen sich Jason und den Argonauten bei deren Suche nach dem goldenen Vlies an und erlebten zahlreiche Abenteuer …«

»Interessant. Aber wo ist da oben mein Sternzeichen, das Sternbild Zwilling?«

»Weiß du es nicht?«

»Keine Ahnung. Für mich ist sind die Sterne am Himmel nur unzählige leuchtende Tupfer, weiße und gelbe Sommersprossen im Gesicht des Universums.«

»Schön gesagt. Wir nehmen jetzt mal die neueste Technik zur Hilfe. Ich habe hier ein App auf meinem Smartphone. Das erklärt mir die Sterne am Himmel.«

»Ehrlich? Oder machst du Witze?«

»Nein, ich richte das Objektiv des Smartphones in den Himmel und dieses App sagt mir, welches Sternbild da oben zu sehen ist …«

»Kennst du den Satz: Mir schwant was?«

»Das bedeutet, du ahnst etwas Schlimmes, oder?«

»So in der Richtung. Auf der Dose ist ein Schwanenkopf, gerade war die Rede vom Sternbild Schwan. Kann uns dein Smartphone verraten, wo es sich über uns befindet?«

Taka hielt sein Smartphone mit dem Objektiv zum nächtlichen Himmel.

»Hier, super, wir haben Glück, der Schwan fliegt da oben durch die Galaxien.« Beide schauten gebannt auf das Display des Smartphones, das vier Sterne senkrecht mit einer Linie verband und sechs Sterne mit einer waagrechten Linie. Die beiden Linien kreuzten sich. »Dieses Kreuz, auch Sommerkreuz genannt, soll einen fliegenden Schwan mit einem kurzen Schwanz, einem langen Hals und ausgebreiteten Flügeln abbilden. Schauen wir uns doch mal das Gesicht, den Kopf des Himmelsschwans genauer an. Was wird uns darüber erklärt? Was weiß die Internetseite des Deutschen Museums?«

Wally las vor: »Der Kopfstern des Schwans, Albireo, ist ein Vorzeige-Doppelstern. Die beiden Komponenten sind schon in einem kleinen Teleskop getrennt zu sehen, dazu besitzen sie einen leicht unterschiedlichen Farbton: Der hellere Stern leuchtet orange, der schwächere bläulich ...«

Er legte die Hand um ihre Schulter. »Siehst du da oben einen doppelten Schwanenkopf?«

»Nein. Aber das könnte die Lösung sein. Warum heißt es in dem Rätsel du siehst meinen Kopf doppelt aber ich bin es nicht?«

»Vielleicht weil das Sternbild doch kein echter Schwan ist?«

»Hat dieser Doppelkopf-Stern einen Namen? Was sagt dein App?«

»Ja, dieser Schwanenkopf am Himmel besteht aus zwei Sternen und sie tragen den Namen Albireo.«

»Albireo? Woher kommt dieser Name?«

»Aus dem arabischen, oder dem griechischen, lese ich bei Wikipedia. Ist aber nicht ganz klar.«

»Könnte der Name Albireo die Lösung, das Wort sein, der uns die erste Tür zu dem sagenhaften Schatz unter Neuschwanstein öffnet.«

»Müssten wir ausprobieren.«

»Wenn wir wüssten, wo diese Tür sich befindet. Aber ich kenne auch eine wichtige Tür für uns.«

»Ach ja, welche? Die ins wagnersche Festspielhaus?«

»Morgen. Aber jetzt gehen wir besser zur Hoteltür. Ich bin richtig müde. Es geht langsam auf Mitternacht zu. Dieser Tag hat mich geschlaucht. Ich sollte morgen fit sein, wenn ich wieder meine Touristenherde führen muss.«

Sie gingen zum Hotel zurück. Ihre Einzelzimmer lagen nebeneinander.

»Unser Spaziergang durchs nächtliche Bayreuth war sehr schön«, flüsterte Wally vor ihrer Zimmertür zu Taka, der sich mit einem Kuss von ihr trennte, nachdem sie sich vergewissert hatten, dass kein Hotelgast zu sehen war. »Ich werde mich jetzt noch duschen, gute Nacht.«

»Schlaf gut«, ging Taka zu seinem Zimmer, dort blieb er stehen, schaute zurück, sah Wally in ihrem Zimmer verschwinden.

Sie zog sich aus, legte ihre Kleidung über die Stuhllehne, trat in die Duschkabine. Aus der Brause kamen nur ein paar Tropfen. Sie war verkalkt. Dazu war es nur kaltes Wasser. Sie hatte sich auf eine schöne heiße Dusche gefreut. Also schnappte sie sich ein großes Badetuch, wickelte es um sich wie, griff nach ihrem Duschgel und lief schnell vor Takas Zimmer. Dort klopfte sie leise an seiner Tür.

»Ja? Was gibts?«, öffnete er die Tür.

»Ich bins, kann ich kurz bei dir duschen? Meine Dusche funktioniert nicht.«

»Klar, komm rein.« Taka, der noch angezogen war, legte seinen Tablet-Computer beiseite, über dessen Touchscreen seine Finger geglitten waren.

Seine Dusche funktionierte einwandfrei. Wally genoss das heiße Wasser, das über ihre nackte Haut lief. Duschen gehörte zu ihren Lieblingsbeschäftigungen, seit sie als Mädchen mit sechs Jahren in den Schwimmverein ging. Sie liebte es, sich im Wasser zu bewegen. Sie trocknete sich im Badezimmer von Taka ab.

»Jetzt gehts mir gut«, stellte sie sich, wieder im Badetuch eingewickelt, vor Taka, der sich gerade seine Kleidung betrachtete, die er auf seinem Bett ausgelegt hatte.

»Ich schau gerade, was ich morgen anziehen kann«, blickte er zu ihr. »Deine Haare sind ja noch ganz nass«, grinste er. »Darf ich mal?« Er nahm einen losen Zipfel ihres Badetuches, das verrutschte und trocknete damit ihre Haare.

Ihre Lippen fanden sich. Es wurde ein langer Kuss. Ihre Hände wanderten über ihre Körper. Wally seufzte entspannt. »Bleib noch hier«, flüsterte er mit heißem Atem in ihr Ohr. Langsam rutschte ihr Badetuch zu Boden. Ihre Körper pressten sich zusammen.

»Psst! Hör mal!«, löste sich Wally von Taka.

»Wie? Wo? Was ist?«

»Da ist jemand!«

»Wo? Hier im Zimmer?« Taka öffnete verwundert seine Augen. Er setzte sich sofort auf.

»Nein, ich glaube in meinem Zimmer drüben ist jemand«, umklammerte Wally ängstlich Takas Schulter.

»Wie spät ist es denn? Womöglich sind schon die Zimmermädchen unterwegs? Vielleicht haben wir verschlafen und sollten schon längst aufgestanden sein?«

»Es ist erst vier Uhr in der Frühe«, flüsterte Wally. »Um diese Zeit sind keine Zimmermädchen unterwegs.«

»Hm. Dann ist das merkwürdig. Sei mal bitte still!« Er legte den Finger auf seine Lippen.

Taka legte sein Ohr an die geblümte Tapete unter dem abstrakten Gemälde.

»Du hast recht. Es klingt, als würde in deinem Zimmer jemand herumschleichen«, flüsterte Taka. »Ich schau nach.«

»Sei bitte vorsichtig!«, rief ihm leise Wally hinterher, als er schon wie ein Panther zur Tür rausschlüpfte.

Es klang nach einer kurzen aber heftigen Rauferei auf dem Gang. Jemand stöhnte auf. Wally saß erstarrt in ihrem Bett. Sie hoffte, dass Taka nicht nur ein Angeber war, der überhaupt kein Kampfsportler war. Er kam leicht gekrümmt zurück.

»Ich hab was abbekommen«, stöhnte er mit zusammengebissenen Zähnen. »Ich habe die Burschen nicht aufhalten können. Sie sind mir entkommen. Es sieht aus, als hätten sie was in deinem Zimmer gesucht. Wo hast du deine Brieftasche?« Taka atmete mühevoll.

»In der Fremde immer unterm Kopfkissen«, meinte Wally. Sie war blass geworden.

Taka versuchte regelmäßig und tief zu atmen. »Einer schaute aus deinem Zimmer. Er fühlte sich wohl gestört durch mich. Dann kam er heraus, auf mich zu und hinter ihm noch ein zweiter. Sie prügelten auf mich ein, bevor ich das Licht im Gang einschalten konnte.«

»Bist du verletzt?«, machte sich Wally Sorgen.

»Einer hat mich leider voll mit der Faust in den Magen getroffen. Bis ich wieder Luft bekam, waren sie über alle Berge. Die wollten sich in keinen Kampf verwickeln lassen, die wollten nur schnell weg. Aber einen habe ich auch erwischt. Dem habe ich sein Schienbein ramponiert.«

»Was wollten sie in meinem Zimmer? Taka, ich habe Angst.«

Wally drückte sich an die Brust von Taka, der sie fest umschlang.

»Beruhig dich. Keine Gefahr mehr. Die sind schon weg. Schauen wir rüber. Komm mit!«

Taka zog Wally, die schnell ein langes T-Shirt von seinem Bett genommen und sich übergezogen hatte, hinter sich her. Sie hatten den Inhalt des Trollys und Rucksacks auf den Boden geleert.

»Ich habe sie wohl zu früh gestört«, meinte Taka. »Wo ist deine Brieftasche?«

Wally hob das Kopfkissen ihres Bettes hoch und zeigte Taka ihren Geldbeutel: »Gott sei Dank, er sich noch anwesend!« Sie versuchte, ihre flapsige Bemerkung mit einem Grinsen zu unterstreichen.

»Schön, schön, aber schau mal hier noch nach, ob was fehlt«, zeigte Taka auf die durchwühlten Sachen auf dem Boden.

»Was können sie nur gewollt haben?«, überlegte Wally, während sie wieder ihre Sachen im Rucksack verstaute. »Ich glaube, es fehlt nichts.«

»Ist die Dose aus dem Schloss noch da, du weißt schon, die ich dir gegeben habe«, fragte Taka.

Wally griff in eine Außentasche des Rucksacks. Sie fingerte ergebnislos darin herum.

»Scheiße! Sie ist weg.«

»Dann ist klar, was sie wollten«, meinte Taka. »Das Ding scheint doch wertvoller zu sein, als wir dachten. Wer macht schon so einen Aufwand, um sie zu bekommen? Und wer weiß überhaupt, dass du sie hast?«

»Keine Ahnung. Mir wird mulmig. Wer beobachtet mich?«

»Vielleicht hat uns jemand im Bus beobachtet?«, überlegte Taka leise »und hat gesehen, wie ich dir die Dose gab und wo du sie verwahrt hast.«

»Was sollen wir machen?«, frage Wally.

»Lass uns erst überlegen, was wir jetzt am besten tun.«

»Im Hotel Bescheid sagen?«

»Dann wird vielleicht die Polizei eingeschaltet und es gibt Ärger und Probleme«, überlegt Taka laut. »Ich weiß nicht, ob das gut für deine erste Touri-Reise ist.«

»Wahrscheinlich nicht, aber du wurdest überfallen und angegriffen. Das ist strafbar.«

»Na ja, das war schon kriminell, stimmt. Ist nur dumm, dass diese Dose nicht mein Eigentum ist. Das ist ein Problem. Gut, ich mein, wir müssen ja niemand sagen, wo ich sie gefunden habe. Ich würde erklären, dass ich sie auf einem Flohmarkt gekauft habe.«

»Soll ich diese Lüge bestätigen?«

»Nein. Du müsstest nur sagen, dass ich dir diese Dose geschenkt habe. Aber wir müssten Aussagen machen, Protokolle würden verfasst und du könntest vielleicht deine Gäste nicht mehr durch Bayreuth führen.«

Wally setzte sich auf den Rand des Bettes. Sie dachte mit den Händen vor ihrem Gesicht nach. »Vielleicht sollte ich mit Kommissar Dolling reden? Ich habe ein ungutes Gefühl.«

»Vergessen wir es einfach. Ich spüre schon fast nichts mehr.«

»Meinst du wirklich? Sollten wir nicht irgendwas unternehmen?«

»Ja. Wir schlafen jetzt weiter. Du musst morgen für die Führung durch Bayreuth und den Besuch im Festspielhaus fit sein. Wir denken morgen darüber nach.«

»Ich kann in meinem Zimmer nicht mehr schlafen, Taka, ich habe Angst.«

»Das Bett in meinem Zimmer ist groß genug für uns beide. Du darfst bei mir schlafen«, grinste er sie unverschämt an.

Sie schlüpften in Takas Bett. Wally drückte sich mit ihrer Brust an seinen Rücken.

»Hast du sie erkannt?«, flüsterte sie.

»Wen? Die beiden, die in deinem Zimmer waren?«

»Ja, die.«

»Irgendwie haben sie mich an die zwei Männer erinnert, die im Bus genau hinter dem Fahrer saßen. Einer hatte fast die ganze Fahrt Kopfhörer auf und der andere las pausenlos Comics. Für mich sahen die nicht unbedingt aus wie typische Kultur-Touristen.«

»Stimmt. Ich konnte diese Zwei, die aussahen wie frisch aus dem Fitness- und Sonnenstudio, auch nicht einsortieren.«

»Wir schauen sie uns morgen genauer an.«

»Hast du abgesperrt?«

»Sicher – und der Schlüssel steckt von innen im Schloss.«

Er drehte sich um zu ihr. Sein Gutenachtkuss auf ihre Stirn war sehr zart.

Wer von Tronje den Hagen mir schlüge
und sein Haupt als Gabe her vor mir trüge,
mit rotem Gold füllt' ich ihm Etzels Schildesrand ...

Krimhild

15. Kapitel

In der Nacht wirkte der Anblick einer sehr großen Frau mit einem sehr kleinen Mann nicht so merkwürdig. Edda und liefen nach Mitternacht durch Bayreuth. Auch im Park vor dem Festspielhaus.

»Ich hätte nicht gedacht, dass wir in dem Hotel so einfach fündig werden. Dieses schnelle Glück macht mich misstrauisch«, meinte Albert zu Edda als sich nach Mitternacht durch Bayreuth spazierten.

»Wir hatten Glück, dass wir so leicht an den Zimmerschlüssel kamen. War ein gutes Ablenkungsmanöver an der Rezeption. Hätte diese Fremdenführerin ihn mitgenommen, wäre es etwas schwieriger geworden. Ich hoffe, sie ahnt nicht, dass wir ihren Rucksack durchwühlt, das Rätsel gefunden und abfotografiert haben«, meinte Edda zu Albert.

»Wie sollte sie auch? Die Dose haben wir ja wieder rein. Die Tür abgeschlossen und den Schlüssel wieder unauffällig bei der Rezeption untergebracht.«

»Das Rätsel des Königs können wir später lösen, aber das Rätsel von Richard Wagner sollten wir in die Hände bekommen. Wegen des Hinweises, wo das dritte zu finden ist.«

»So ist es. Wir zwei, und sonst niemand.«

»Aber wo finden wir es?«

»Laut dem Hinweis beim Rätsel des Königs ist das des Richard Wagners bei seiner Gattin zu finden.« Er schaltete die Beleuchtung seines Smartphone-Displays ein. Er las vor: »Suche das Rätsel von Richard Wagner bei Cosima.«

»Wo starb Richard Wagner?«, wollte Edda wissen.

»In Venedig. Im Februar 1883. Er wurde mit einem Sonderzug von König Ludwig II. zur Beerdigung nach Bayreuth gebracht.«

»Wie ist das gemeint, ewige Cosima? Und was könnte dieser duftende Gruß sein?«

»Tja, Cosima wurde sehr alt. Sie erlebte noch einige Jahre im 20. Jahrhundert. Aber auch sie lebte nicht ewig. Sicherlich hat sie das Versteck ausgewählt. Sie war für die praktischen Dinge in der Ehe mit dem Genie Wagner zuständig.«

Albert und Edda näherten sich der Villa Wahnfried, erbaut auf einem Grundstück am Hofgarten. Hier lebten Richard und Cosima Wagner ab dem Frühjahr 1874. Schon zwei Jahre vorher war die Grundsteinlegung für Wagners Festspielhaus, das vier Jahre später feierlich eröffnet wurde.

»Wo würdest du das Rätsel verstecken, wenn du Cosima wärst?«, fragte Albert. »Und wenn du es wieder finden musst.«

»Habe ich mir auch gerade überlegt. Cosima war keine gewöhnliche Frau. Also versteckte sie nichts zwischen der Wäsche oder in der Zuckerdose.«

»Wo dann? Könnte der duftende Gruß mit einer Blumenvase zu tun haben.«

»Klingt so, aber glaube ich nicht. Wäre zu banal. Außerdem geht eine Blumenvase leicht kaputt. Wahrscheinlich ist das Rätsel an einem Platz, den sie stets bequem erreichen konnte.«

»Sie war die Tochter von Liszt. Sie spielte auch gut Klavier. Wo lässt sich in einem Klavier etwas verstecken?«

»Da gibt es viele Möglichkeiten. Früher gab es Schreiner, die konnten an jeder Stelle wunderbare Geheimfächer mit Geheimtüren machen.«

Sie setzten sich auf eine Bank. Die Sterne standen als leuchtende Funken am Himmel. Die hellen Punkte von unzähligen Ausrufezeichen, die hinter einer Antwort standen.

»Vielleicht hat ein hohles Pedal am Klavier anfertigen lassen?«

»Dann hätte Sie sich bücken müssen. Glaube ich kaum, dass sie das gerne tat. Sie war eine stolze Frau, die Frau eines musikalischen Gottes, also keine Frau, die sich gerne bückte. Auch nicht, wenn es um viel Geld ging.«

»In der Tastatur? Eine hohle Taste, die zum Herausnehmen ist?«

»Schwierige Angelegenheit. Außerdem, was war, wenn das Haus abbrannte? Sie dachte an alles.«

»Wir können leider nicht nachträglich in das Gedächtnis von Cosima Wagner schauen. Selbst wenn wir sie aus dem Grab holen.«

»Wo ist sie eigentlich beerdigt?«

»Bei ihrem Mann. Aber ein Wagner liegt nicht auf irgendeinem Friedhof.«

»Wo dann?«

»Im Garten seiner Villa. Dort haben ihm König Ludwig II. und Cosima eine Gruft errichten lassen. Ein Privileg. Franz Liszt, Cosimas Vater, der in Bayreuth verstarb, der Wagner oft aus der Patsche geholfen hatte, muss sich mit einem Grab auf dem städtischen Friedhof begnügen.«

»Komische Frau, diese Cosima.«

»Viele glauben, sie wäre nur die demütige Helferin ihres genialen Gatten gewesen. Das halte ich für eine Täuschung. Sie hatte das ganze Unternehmen Wagner im Griff. Sie war es, die bestimmte, welche Geliebte ihr Mann haben durfte, die ihr nicht gefährlich werden konnte. Cosima hat beim Tod ihres Mannes in Venedig ihre eigenen Haare abgeschnitten und ihrem Göttergatten mit in den Sarg gelegt. Diese trug sie meist als Zopf züchtig hochgesteckt. Mit einer Haarspange befestigt.«

»Und Sie glauben?«

»Früher versteckten manche Frauen in ihrem Ring oder sonst einem Schmuckteil das Gift, mit dem sie eine lästige Rivalin beseitigten. Ja, sie könnte das Rätsel in einer Haarnadel versteckt haben.«

»Das traue ich ihr zu. An dieses Versteck wäre sie auch jederzeit hingekommen. Wir müssen zu Wagners Grab, als Grabräuber.«

»Wagner scheute ja auch nicht davor zurück, ein Grab zu öffnen. Es war das seines halb verwesten Hundes Pohl. Wagner gefiel es nicht, dass sein geliebter Hund schlicht in der Erde vergraben war. Pohl bekam eine Kiste gezimmert, die mit Heu gefüllt wurde. Der Hund wurde mit Halsband und Pelzdecke in die Kiste gelegt, dann ordentlich neben dem Haus in ein Grab mit Grabstein versenkt.«

»Ich habe meine Haustiere auch im Garten beerdigt. Viele Menschen haben mit Tieren mehr Mitleid als mit seinesgleichen.«

»Wagners Grab ist kein normales Grab. Es ist eine Gruft. Seine Knochen liegen in einem Sarkophag. Den müssen wir aufbrechen. Das ist alles.«

»So einfach ist das nicht. Dazu brauchen wir das nötige Werkzeug.«

»Das besorgen wir uns.«

»Wann?«

»Zuerst schauen wir zu Wagners Sarkophag, damit wir sehen, welches Werkzeug wir benötigen, um ihn zu öffnen. Ich habe einiges im Auto. Hast du die Stirnleuchten dabei? Diese Aktion muss uns gelingen, sonst ist alles verloren. Ohne Wagners Rätsel sind wir aufgeschmissen.«

»Ja, habe ich.«

Fasziniert studierte Albert neben Edda auf dem Bett öfters die Angebote der neuesten Taschenlampen im Internet. Wenn er eine interessante entdeckte, ließ er sie sich schicken. Er hatte einen ganzen Glasschrank mit diesen tragbaren Lichtbringern, die ohne Kabel und Steckdose mit Batterien, Akku, Dynamo oder Solarzellen funktionierten. Man konnte Albert nicht nachsagen, dass er in die Technik grundsätzlich vernarrt war. Aber für Geräte, die mit Licht zu tun hatten, besaß er eine Vorliebe. Wenn er eine neue Taschenlampe auspackte, schaltete er im Zimmer das Licht aus. Dann erklärte er ihr die Wirkung der Taschenlampe, wobei er sie fast zärtlich streichelte, obwohl er sonst kein Technikfanatiker war. Eines seiner Prachtstücke war die Surfire Invictus für über 700 Euro, deren technische Daten er im feierlichen Ton runterbetete: »22,6 Zentimeter lang, Kopfdurchmesser 6,5 Zentimeter, 430 Gramm Gewicht und bei hellstem Lichtstrahl auf einen Entfernung über 300 Meter über 90 Minuten lang Brenndauer. Bei gedimmten Licht gute drei Tage pausenlos. Ausgestattet mit Nylon Gürteltasche, Karabinerhaken und Handschlaufe.« Er liebte spezielle Taschenlampen für Feuerwehr, Polizei, Militär, Jäger, Angler, Objektbewacher, Camper, Nachtwanderer, Taucher oder Höhlengänger. Und über einen kaputten Einschaltknopf an der Taschenlampe konnte er sich furchtbar aufregen.

»Eine Taschenleuchte ist für mich so was wie ein Zauberstab«, schwärmte Albert Edda vor. »Hast du gewusst, dass die elektrische Taschenleuchte erst einige Jahre nach dem Tod von König Ludwig II. oder Richard Wagner, aber vor Nietzsches Ableben erfunden wurde?«

»Ich denke dabei eher an die Lichtschwerter bei Star Wars«, meinte Edda.

Albert bevorzugte Taschenleuchten, wie er sie nannte, im stabilen Metallgehäuse die er durch Drehen des Lampenkopfes ein- und ausschalten konnte. In Internetforen für Taschenlampen-Fans debattierte er fleißig mit. Ab und zu, aus Trainingszwecken, machten Albert mit Edda Urlaub an Orten, wo sie mit Ausrüstung durch dunkle Höhlen gehen konnten. Dann bevorzugte er natürlich Stirnlampen, die mit einem Gummiband am den Kopf befestigt werden konnten, weil damit die Hände frei waren. Neulich hatte er ihr stolz seine neueste Errungenschaft, eine Taschenleuchte mit Local-Flash, präsentiert. Diese gab ständig in einstellbaren Abständen schwache Lichtsignale ab, sodass man sie besser finden konnte, im Dunkeln, wenn man sie verlegt oder verloren hatte.

Als sie vor Wagners Gruft standen, setzten sie sich die Stirnlampen auf. In ihrem Lichtkegel schaute sich Edda nach einem Brecheisen um. In einer Mauerecke lehnte ein Kreuz aus Eisen. Edda nahm es. Es sah stabil aus. Es war ein altes geschmiedetes Kreuz. Sie steckte das Kreuz durch die Gittertür, die Wagners Gruft verschloss. Ein kurzer Druck mit dem Kreuz von innen gegen das Gitter, schon sprang es mit einem hohen Quietschen auf. Edda und Albert schlichen in die Gruft. Es war dunkel. Das Licht des Mondes drang nicht bis zu Wagners Sarkophag vor.

»Grabräuber sollen etwas Licht dabei haben, das habe ich schon bei Edgar Allan Poe gelesen«, grinste Albert.

Der Lichtstrahl seiner Stirnleuchte richtete sich auf den Sarkophag am Ende der Gruft. Links und rechts standen große Vasen mit frischen Orchideen. Der schwere Blumenduft füllte den Raum.

»Sie haben die Gruft für die Festspiele hergerichtet«, meinte Edda.

Sie bohrte den eisernen Querbalken des Kreuzes zwischen den Deckel des Sarkophages und den unteren Teil. Es gelang ihr, den Deckel ein paar Zentimeter zur Seite zu wuchten.

»Was wird von Wagners Leiche zu sehen sein?«, flüsterte Albert.

»Kommst du schon in den Sarkophag?«

»Nur mit einer Hand. Der Deckel ist schwer. Ich muss ihn noch mehr zur Seite schieben, damit ich hineinsehen kann.«

»Du hast in der Gruft hoffentlich nicht eingeatmet?«

»Nein. War nicht nötig.«

»Wie willst du die Haarspange finden?«

»Ich leuchte hinein, suche ihre Haare beim Schädel, dort wird sie sein.«

»Falsch, Sie hat ihre Haare zu seinen Füßen gelegt.«

»Das würde meine Arbeit erleichtern.«

Sie holte wieder Luft. Der Lichtstrahl ihrer Stirnlampe wanderte durch den Sarkophag. Manche Stellen an Wagners Beinknochen schimmerten zwischen dem Staub, Moder und Spinnweben leuchteten im Strahl der Lampe. Cosimas Haare glänzten wie frisch abgeschnitten. Die türkisfarbenen Steine ihrer Haarspange blinkten wie neugierige Rattenaugen. Edda fasste blitzartig und mit sicherem Griff danach.

»Ich habe die Haarspange! Soll ich sie gleich öffnen?«

»Um Himmels Willen, nein! Erst später in Ruhe. Dazu brauche ich mein Werkzeug.«

Ein fremder Lichtstrahl traf Eddas Körper, erfasste ihre Hand, mit Cosimas Haarnadel, an deren Ende sich auf einer Verdickung ein Schmuckstein befand.

Boamm! Boamm! Boamm!

Die Schüsse klangen voll. Zwei schwarze Silhouetten waren am Eingang der Gruft aufgetaucht. Sie standen breitbeinig da. Aus ihren Händen drangen die Lichtkegel von Taschenlampen zu Albert und Edda durch das Dunkel die das Gesicht wegdrehten, um nicht geblendet zu werden. Edda schleuderte das Kreuz gegen die Silhouetten, packte Albert und warf sich mit ihm hinter den Sarkophag. Dabei verlor sie die Haarklammer. Die Schüsse hatten sie verfehlt. Ihr Kreuz hatte einen der Angreifer getroffen. Ein Fluch, in dem der Klang eines Schmerzes lag, folgte. Eine Lampe fiel zu Boden und wurde schnell wieder aufgehoben. Die Lichtstrahlen wirbelten wie die Strahlen der Suchscheinwerfer bei einem Bomberangriff durcheinander. Edda zog ihre Pistole aus dem Schulterhalfter. Die pausenlosen Schüsse der beiden Männer, die sich langsam näherten, ließen ihr aber nicht die Chance, ihren Kopf hinter dem Sarkophag vorzustrecken, damit sie auf die Männer zielen und schießen konnte. Sie wartete mit der Pistole vor dem Gesicht ab. Albert atmete heftig. Edda registrierte, dass er nervös an einem seiner großen Jackenknöpfe drehte. Sie hielt einfach die Pistole ums Eck des Sarkophags, zog den Abzug ihrer 9-mm-Halbautomatik durch und hoffte aus Zufall zu treffen. Die beiden Männer, die Zentimeter für

Zentimeter links und rechts an dem Sarkophag entlang gingen hatten in jeder Hand eine Pistole. Die Mündungsflammen der Pistolen zuckten durch die Dunkelheit wie Thors Blitze. Die Schüsse klangen in der Gruft ziemlich dumpf. Waren draußen kaum zu hören. Querschläger surrten wie angriffslustige Hornissen. Gefährliche Sache. Querschläger konnten in dem engen Raum jeden treffen.

Albert drehte weiter an seinem Jackenknopf, als würde er gerade bei einer mündlichen Prüfung seines Lehrers hartnäckig nach einer Antwort suchen. Er wird nachdenken, wie wir aus dem Schlamassel kommen, aber diesmal wird das nicht gelingen, dachte sich Edda.

Sie fasste ihre Pistole mit zwei Händen. Wenn die beiden Männer auftauchten, würde sie sich über Albert rollen und feuern. Das Licht ihrer Stirnlampe traf auf die Kappe eines Männerschuhs, neben dem eine suchende Hand auftauchte. Alberts Lampe wurde vom Männerschuh zertreten, der gegen seinen Kopf zielte. Ihr Licht verlosch. Noch lagen Albert und Edda im toten Winkel für die Lampen der Verfolger. Ihre Lichtkegel kreisten suchend auf der Rückwand der Gruft.

Der Knopf, an dem Albert gedreht hatte, löste sich von der Jacke. Albert steckte ihn hastig ein. Dann drückte er mit dem Daumen der rechten Hand auf den untersten Knopf der Jacke. Eddas Körper spannte sich. Die Schritte der beiden Männer klangen schon sehr nahe. Wenn sie ein gut eingespieltes Team sind, dann habe ich keine Chance. Sie werden gleichzeitig um die Ecke kommen und uns erledigen. Ich kann dann nur einen erwischen.

Ein Zischen ertönte aus Alberts Jacke. Sie plusterte sich auf. Wie eine Luftmatratze, in die Luft gepumpt wurde. Albert holte aus der Innentasche zwei Tücher. Er presste sich eines vor den Mund. Er schob Eddas Pistole ein wenig auf die Seite und hielt ihr das andere Tuch vor den Mund.

Sie begriff. Mit der linken Hand presste sie das Tuch auf den Mund. Mit der rechten hielt sie die Pistole, die kaum zitterte. Wo der abgelöste Knopf gewesen war, drang aus Alberts Jacke ein dünner Rauchstrahl.

»Gift! Nicht atmen!«, zischte Albert in ihr Ohr. »Wir müssen ganz schnell raus!«

Edda verhielt sich wie unter Wasser. Auch durch die Nase atmete sie nicht mehr. Sie war eine gute Taucherin. Sie war mit dem Meer aufgewachsen. Es brannte immer stärker in ihren Augen. Die beiden Männer, die einen Meter vor dem Ende des Sarkophags standen, stoppten. Sie griffen sich an den Hals. Wie bei einer einstudierten Choreografie ließen sie ihre Lampen fallen. Sie rangen nach Luft. Ihre Lunge nahm keine mehr auf, sie begann innerlich zu bluten. Alberts Gift wirkte. Einer der Männer hielt sich am Sarkophag fest. Er glitt mit einem Röcheln zu Boden. Er war getroffen worden. Der andere konnte sich mit dem Ärmel der linken Hand vor dem Mund nach draußen retten.

Albert quälte sich hoch. Er winkte Edda zu mitzukommen. Er stieg über die ausgestreckte Hand des Mannes, deren Finger sich öffneten. Die Pistole rutschte heraus. Die Finger der anderen Hand hatte er in den Mund gesteckt. Er wollte verzweifelt das brennende Zeug herausholen, das in seiner Atemröhre und in seiner Lunge glühte. Albert und Edda eilten aus der Gruft. Sie holten beide tief Luft, während das Winseln des sterbenden Mannes verklang. Kurz, nachdem die Männer zum Wagner-Sarkophag gekommen waren, war draußen ein Gewitter ausgebrochen. Es regnete dicke Tropfen. Albert und Edda gingen zu einer nahen Baumgruppe.

»Was war das, was hast du gemacht?«, frage Edda.

»Meine letzte und wirkungsvollste Verteidigung.«

»Davon hast du mir nie etwas erzählt.«

»Ein bisschen Überraschung bringt Würze in das Leben. Ich bin nicht so stark und flink wie du. Ich muss mit Tricks kämpfen. In der Jacke ist ein spezielles Futter eingenäht, eine Luftkammer. Durch den Druck auf den Knopf wird eine kleine Pressluftpatrone geöffnet. Sie vermischt sich mit dem Zeug in der Luftkammer und wird zu einem wahnsinnig wirksamen Giftgas, das dann ausströmt.«

»Die Lunge ist dann nur noch rote Grütze«, grinste er zufrieden. Sein Haar klebte nass auf dem Kopf.

Edda fuhr mit der Hand über ihr nasses Stoppelhaar. »Wir haben Glück. Das Gewitter verwischt unsere Spuren.«

»Das schon, aber hast du Cosimas Haarspange?«

»Hm, nein, Momento, die müsste noch drin liegen. Am Boden neben dem Sarkophag.«

»Das ist dumm. Wegen ihr sind wir ja hier.«

»Wie lange hält sich das Gift?«

»Normalerweise ist es im Freien nach ein paar Minuten verflogen. In der Gruft wird es länger dauern.«

»Ich gehe jetzt rein!« Edda holte ein paar Papiertaschentücher aus der Jackentasche, befeuchtete sie im Regen, hielt sie sich vor den Mund und verschwand mit eingeschalteter Stirnlampe in der Gruft.

»Ich habe die Haarspange. Und noch was«, kam sie zu Albert zurück.

Sie hatte dem Toten die Brieftasche und ein Smartphone aus der Jacke gezogen. In dessen Hosentasche fand sie die Dose mit dem Schwanenkopf, die sie sofort einsteckte. Eigentlich benötigten sie diese nicht mehr, aber er war ein Sammler. Digitale oder virtuelle Dinge machten ihn nicht glücklich. Außerdem konnte ein Bild auf einem Computer oder Smartphone gelöscht werden. Nur was Albert anfassen konnte, war für ihn erstrebenswerter Besitz. Sie reichte ihm Smartphone, Brieftasche und die kleine Dose, was er mit einem zufriedenen Lächeln seiner schmalen Lippen quittierte. »Hier, die habe ich auch am Boden gefunden. Sie hat local flash«, gab sie ihm noch eine Taschenlampe.

»Gut ausgestattet unsere Gegner«, nickte Albert anerkennend. »Gleichwertige Konkurrenz macht das Rennen spannender.«

Sie standen ein paar Meter vor der Gruft unter dem Blätterdach einer Baumgruppe das den Regen zurückhielt. Sie standen mit dem Rücken am mächtigsten Baumstamm.

»Und das hier habe ich auch noch auf dem Boden gefunden.«

»Was denn?«

»Ein Comic-Heft.«

»Komisch. Auf jeden Fall bin ich sehr erleichtert, dass wir einen wesentlichen Schritt weitergekommen sind.«

Die eigentliche Wahrheit des Herzens
liegt doch im Traum der aufleuchtenden, schönen Poesie.

You Higuri

16. Kapitel

Wally setzte sich zum Frühstück an den Tisch mit dem Busfahrer. Taka kam später in den Frühstücksraum. Er setzte sich an einen anderen Tisch. Am Frühstücksbüfett trafen sie sich mit dem Teller in der Hand bei der Platte mit dem Käse.

»Hast du die beiden Männer schon gesehen, von denen wir vermuten …«

»Nein. Ich rede jetzt mal mit dem Busfahrer, ob der was von denen weiß.«

Wally setzte sich mit ein paar Scheiben Käse und Brot an ihren Tisch. Sie unterhielt sich mit dem Busfahrer. Der wusste nichts Besonderes von den beiden. Nach dem Frühstück ging Wally zur Rezeption. Taka setzte sich in der Lounge in einen Sessel und las die neuesten Meldungen auf seinem Tablet-Computer.

»Für Sie habe ich eine Nachricht«, meinte die Frau an der Rezeption. »Sie sind doch die Reiseführerin von Wagner in Bayern, oder?«

»Bin ich. Welche Nachricht?«

»Ein Herr namens Jens Kronbein ließ hier aufnotieren, dass er mit seinem Freund Hans Hackner die Reise mit Ihnen abbrechen muss. Es ist ein privater Notfall dazwischengekommen. Hier ist der Zettel.«

»Aha. Gut, danke.« Wally steckte den Zettel ein.

Dann ging zu Taka und erzählte ihm schnell, dass die verdächtigen Männer nicht mehr kommen würden. Sie strich die Namen der beiden von ihrer Liste.

Um fünf vor zehn Uhr kamen drei Gästeführerinnen des Tourismus-Büro Bayreuth an die Rezeption. Dann gingen drei Gruppen los, um die Sehenswürdigkeiten zu besuchen. Taka und Wally waren zusammen in einer Gruppe, die zuerst zur Markgräflichen Oper ging. Die Gästeführerin erzählte vor dem Markgräflichen Opernhaus gerade davon, dass dieses alte Gebäude eines der schönsten Barocktheater Europas sei.

Wally und Taka liefen am hinteren Ende ihrer Gruppe, damit sie sich unterhalten konnten.

»Mir ist das nicht geheuer. Ich würde am liebsten den Kommissar Dolling anrufen«, meinte Wally zu Taka.

»Na ja, wenn mir nicht klar wäre, dass die beiden Typen von dir überhaupt nichts wollten, sondern nur hinter der Dose her waren, würde ich dir auch dazu raten. Ich denke du bist nicht in Gefahr. Wenn mich nur ein Hauch von Vermutung streifen würde, dass jemand dich belästigen will, würde ich dir auch sofort zum Gang zur Polizei raten. Aber so? Ich bitte dich, noch eine Weile zu warten. Wir sollten unterwegs noch darüber reden, bis wir besser Bescheid wissen.«

Nachdem die Führung vorbei war, bekamen alle ein paar Stunden zur freien Verfügung in Bayreuth.

Ihr sollt auch Herrin werden, über manchen werten Mann.

Markgraf Rüdiger zu Krimhild

17. Kapitel

Sie musste in sich hineingrinsen. Sie lag mit einem bunt gestreiften Bikini am sommersonnigen Strand von Nizza und las die Biografie von Friedrich Nietzsche. Dieser melancholische deutsche Philosoph, dessen glühendes Hirn irgendwann durchgebrannt ist, dessen Bart ihn wie ein Walross aussehen ließ. Gierige Männeraugen starrten auf ihren großen wohlgeformten Körper, den mächtigen Busen einer nordischen Blondine. Frauenaugen huschten an ihr vorbei. Wie kleine Fische zwischen Korallen. Neugierig, neidisch oder missfällig. Sie war nicht die einzige Blondine im Bikini an dem Strand, wo Filmsternchen ihren Produzenten finden wollten. Aber keine lag so selbstzufrieden auf ihrer Liege wie sie. Lesende Strandbesucher hatten hier normalerweise Klatschzeitungen mit Berichten über Adel und Neureiche in den Händen.

Sie erinnerte sich an Alberts Zornfalten vor ein paar Tagen, nachdem ihre Aktion in Bayreuth halbwegs erfolgreich verlaufen war: »Verflucht, wir hätten schneller sein müssen. Jetzt weiß unsere Konkurrenz auch Bescheid«, hatte Albert einige Tage vorher in Anwesenheit von Edda geknurrt. »Sie haben nicht nur das Wagner-

Rätsel, sie werden auch jemanden losschicken, der sich das Nietzsche-Rätsel schnappt.« Vor Aufregung und Empörung hatte Albert rote Flecken ins Gesicht bekommen. »Allerdings wird unser Gegner durch einen gewissen Ausfall wahrscheinlich einen Engpass in seiner Personalplanung haben«, äußerte er zähneknirschend. Ein schadenfrohes Lachen misslang ihm. »Diese Schwäche sollten wir ausnutzen.«

Albert hatte die alte beschriftete Seide vor sich liegen. Mit einer weichen Kleiderbürste hatte er sie ausgebreitet und zur Schonung eine Scheibe aus Glas darüber gelegt.

»War ja fast klar, Noten«, murmelte Albert sinnierend über der Seide, «Wagner schrieb seine Noten herrlich schön.« Mit einer Lupe untersuchte er den Stoff und die Schrift darauf. Er holte sein Keyboard und legte es neben das Glas mit der Seide. Albert spielte die Noten. »Klingt komisch, ja falsch«, hörte er abrupt auf. »Hier stimmt was nicht. Ich versteh das nicht. Es ist keine Musik, die ich von Wagner kenne. Aber die handgeschriebenen Noten müssen von Wagner sein. Es gibt nur wenige Menschen, die so schöne Noten schreiben können.«

»Wird auch verraten, wo wir das nächste und letzte Rätsel finden können?«, wollte Edda wissen.

»Ja, da ist ein Hinweis.«

»Und welcher?«, wollte Edda wissen.

»Hier steht es in der Handschrift des Königs: ›Die Wahrheit kann ein Stachel sein. Viele Wahrheiten haben viele Stachel. Das Ende ist entscheidend. Verdopple es, um den Zauber-Ort zu finden!‹« Albert schaute Edda nachdenklich in die Augen. »Stachelige Sache. Wer hat außer der Wahrheit noch Stachel? Und warum ist das Z bei Zauber-Ort eingekreist?«

»Bei den Tieren Stachelschwein, Skorpion und Igel, bei den Pflanzen Rose und Kaktus …«

»Wahrscheinlich war Nietzsche in Cosima Wagner verliebt. Aber sie war für ihn wie ein Kaktus, sie ließ ihn nicht an sich rankommen.«

»Kommt öfters vor. Manche Beziehungen klappen von Anfang an nicht.«

»Wider den Stachel löcken«, fällt mir ein. »Weißt du, was das bedeutet?«

»Nein, nicht genau.«

»Gegen einen Trend sein. Nietzsche schwamm allzu gerne gegen den Strom der damaligen Philosophie. Das hatte sogar der bayerische König bemerkt, der eher Mythen als Philosophie mochte. Ich gebe in die Suchmaschine mal Nietzsche und Stachel ein«, meinte Albert. Er klickte mit der linken Maustaste auf die vielversprechendsten Links mit der Kurzbeschreibung ihres Inhalts. »Das passt zu uns, liebe Edda, hör zu, was der deutsche Philosoph uns wissen lässt: Wir sind wirklich in kurzen Augenblicken das Urwesen selbst und fühlen dessen unbändige Daseinsgier und Daseinslust; der Kampf, die Qual, die Vernichtung der Erscheinungen dünkt uns jetzt wie notwendig, bei dem Übermaß von unzähligen, sich in's Leben drängenden und stoßenden Daseinsformen, bei der überschwänglichen Fruchtbarkeit des Weltwillens; wir werden von dem wütenden Stachel dieser Qualen in demselben Augenblicke durchbohrt, wo wir gleichsam mit der unermesslichen Urlust am Dasein eins geworden sind und wo wir die Unzerstörbarkeit und Ewigkeit dieser Lust in dionysischer Entzückung ahnen …«

»Aber nun wissen wir auch nicht mehr über den Stachel, bei dem das Nietzsche-Rätsel versteckt ist. Welches entscheidende Ende ist gemeint? Wie sollte uns das zu einem Ort führen?«

»Ich habe eine Idee«, überlegte Albert laut. »Nehmen wir einfach mal an, ein Ort mit Z ist gemeint. Welcher Ort fällt dir dabei als erstes ein?«

»Hm, Zürich in der Schweiz.«

»Gut, damit hätten wir ein Zett am Anfang und eins am Ende. In der Schweiz trafen sich Nietzsche und Wagner oft. Der Komponist war in die Schweiz geflüchtet, nach Tribschen, Nietzsche hatten damals in Basel einen Lehrauftrag.«

»Wo liegt Tribschen?«

»Bei Luzern. Ah, auch ein Zett drin. Das erste Mal begegneten sich der Meister der Musik und der des Wortes und Geistes, übrigens auch in einer Stadt mit einem Zett, nämlich Leipzig. Ich habe die Lebenswege der beiden verfolgt.«

»Woher stammt eigentlich Zarathustra?«, fragte Edda.

»Meinst du den historischen Zarathustra? Den Erfinder der Lehre vom Widerstreit des Guten und Bösen? Das weiß keiner genau, wo Zarathustra geboren wurde. Aber, Moment, du bringst mich mit deiner Frage auf etwas. Fällt dir auch auf, dass der Buchstabe Z im Zusammenhang mit Wagner und Nietzsche oft auftaucht?«

»Der letzte Buchstabe im Alphabet.«

»Das Zett könnte es sein. Und in Nizza ist es doppelt zu finden. Damit bestimmt es den Ort und ist das entscheidende Ende.«

Edda zog mit der Fingerspitze ein Z dicht über der Glasscheibe, wie es Zorro gerne mit der Peitsche auf der Stirn seiner Feinde tat.

»Fast hätte ich es vergessen, wir haben dieses Smartphone, des Toten aus der Gruft, wir sollten mal die Nummern darauf anpeilen. Vielleicht haben wir Glück?«

Außer der Nummer des Touri-Büros in Füssen und der bayerischen Schlösserverwaltung, befanden sich nicht viele Nummern darauf. »Es ist wohl neu«, sagte Albert. Nach einigen angepeilten Nummern, deren geografischen aktuellen Aufenthalt Albert über ein spezielles Programm im Internet aufspürte, rief er erfreut: »Bingo! Das hier ist in Nizza! Nizza und Nietzsche, das ist nicht nur sprachlich ähnlich. Nietzsche war in Nizza. Sie haben wohl schon einen hingesandt. Aber wen?«

Er holte auf seinem Laptop am Ende des Bettes die Google-Map von Nizza her. Dann Streetview von Nizza. Mit einem weiteren Fenster öffnete er Wikipedia mit dem Text über Nietzsche.

»Stell dir vor, da gibt's einige Zusammenhänge. 1868 starb der abgedankte bayerische König Ludwig I. in Nizza«, erzählte Albert. »Der Mann, der Lola Montez, eine attraktive Tänzerin, bis zum Narrentum hörig war. Der Großvater von Ludwig II. Das konnte dem Enkel nicht passieren, zumindest nicht mit einer attraktiven Frau«, kicherte Albert. Er rieb sich die Hände. Sein Wissen trug der Zwerg gerne vor, während er den kleinen Behälter auf dem eine große Perle saß, am oberen Ende Haarspange von Cosima, öffnete und das Stück Seide mit einer Pinzette vorsichtig herauszog. Edda war eine gute Zuhörerin. »Und Nietzsche, der Philosoph, der Gott sterben ließ, war 1884 in Nizza gewesen. Der Nihilist hat hier den dritten Teil seines Werkes Zarathustra geschrieben.«

Albert hüpfte begeistert auf dem Bett herum wie Rumpelstilzchen persönlich, das sich wie ein perverser Pädophiler auf das Kind der Müllerstochter freute.

Er schickte Edda los an die Mittelmeerküste, nach Nizza.

Nun lag sie also im Bikini in einem Liegestuhl am Mittelmeerstrand von Südfrankreich an der Grenze nach Italien. Der Sonnenschirm warf einen Schatten auf ihr Gesicht, vor das sie das Buch hielt. Wie eine Maske. Um sie herum standen Liegestühle und Sonnenschirme in langen Reihen. Kinder schaufelten mit Müttern und Vätern im Sand. Frauenabstauber tänzelten mit einem Ball durch die Reihen. Zombiehafte Witwen, bräuner als braun, die ihr Geld zum Schönheitschirurgen trugen, hoben ihre Sonnenbrille hoch und lächelten mit angespannten Lippen, als ihre jungen Galane ein Eis oder einen Cocktail anschleppten. Hinter ihr war die Mauer der Promenade des Anglais. Ihr Strand gehörte zum Grandhotel Negresco. Hier ließen sich die Reichen in der Sonne grillen.

Sie hatte sich einen schönen Tag gemacht. Das Negreso mit der großen Kuppel befand sich nur hundert Meter hinter ihrem Rücken. Dazwischen ein paar Palmen. Sie war erst jetzt, kurz vor dem Sonnenuntergang, an den Strand gegangen. Sie war nicht scharf auf einen Sonnenbrand. Sie hörte endlos Charly Parker, Stan Getz, Thelonious Monk und Big Mama Thornton auf ihrem iPhone. Ein bisschen Lust zwischen den Beinen erzeugte das. Konnte nicht schaden. Jazz war spontan, überraschend und machte kreativ. Sie fühlte sich als Gottesanbeterin. Noch extremer. Sie würde die Männchen schon töten.

Weit vorne schoben sich die Ausläufer des Meeres auf den Strand. Der Schaum zerplatzte Bläschen für Bläschen zwischen den Sandkörnern. Sie hatte ihr Ohr hingehalten. Der Schaum zischte. Wie eine Schlange, die auf einen Feind gestoßen war. Elemente trafen sich. Wer war Gewinner? Wer Verlierer? Nietzsche, der Nihilist, hatte sie schon infiziert. Ein Junge und ein Mädchen sprangen aufjauchzend in die Wellen. Händchen haltend. Selbst von hinten sahen sie verliebt aus. Sie liebte Albert nicht. Nicht so. Sie war seine Dienerin. »Erfüllerin« nannte er sie. Das traf es noch besser. Das war Sinn und Zweck ihres Lebens.

Fand Albert sie hübsch? Erotisch? Auf jeden Fall würde er wieder bespringen, wie ein Floh den Hund, wenn sie erfolgreich zurückkam. Mit fast tierischer Lust. Die Sonne versank hinter den Wellen des Mittelmeeres. Langsam verließen die Leute den Strand. Die Scheibe der Sonne versank hinter dem Horizont. Abendessen. Dann herausputzen für das Nachtleben.

Götterdämmerung oder Götzendämmerung?

Albert hatte ihr erklärt, warum Nietzsche, Wagner und der Märchenkönig, diese Personen, die im 19. Jahrhundert lebten, zusammengehörten. Er hatte ein kleines Regal in seiner Bibliothek nur mit Tagebüchern gefüllt. Einst waren Tagebücher die persönlichen Chroniken, wie heute Blogs im Internet. Sie waren alt, rochen muffig. Er hatte sie über seinen Antiquar in London bekommen, den er mit der Suche nach diesen Schriften beauftragt hatte. Natürlich besaß er auch die echten oder glaubhaften Kopien der Tagebücher von Cosima Wagner, Friedrich Nietzsche, König Ludwig II. und eins von einem gewissen Hubert von Grashey.

»Du lebst ja nur das Leben deiner Tagebuchschreiber«, spöttelte Edda, als er wieder eines aus dem Regal holte.

»Für mich stellt sich das Geschehen im Jahre 1869 folgendermaßen dar, wenn ich die Einträge der Tagebücher der Wagners, des Königs und das von Nietzsche zusammenfließen lasse«, sagte Albert. »Nachdem Cosima Wagner den Nibelungen-Schatz entdeckt hatte, schaffte man ihn unter das Schloss Neuschwanstein. Mit den Bauarbeitern von Schloss Neuschwanstein, die nur verschlossene Kisten zu transportieren hatten. Das fiel während der Bauarbeiten nicht auf. Das konnte Werkzeug oder Baumaterial sein.«

»Aber wer hat den Schatz in die Kisten verpackt?«

»Cosima Wagner machte es. Sie ging schlau ans Werk, was ich bei ihr nachgelesen habe. Sie hat den riesigen Schatz ganz allein in Kisten gepackt. Einige Wochen lang. Stück für Stück. Dann hat sie die fest verschlossenen Kisten nach und nach abtransportieren lassen. Damit es nicht auffiel. Das war ihre Idee. Sie hat das wohl auch als Buße für ihren sündigen Ehebruch angesehen.«

»Wenn ich mir Fotos von Cosima Wagner anschaue, sieht sie darauf nicht wie eine Frau mit enormen Kräften aus.«

»Das nicht. Aber sie war zäh. Unglaublich zäh und voller Energie. Das zählt. Sie wurde fast hundert Jahre alt und überlebte den König, Nietzsche und auch ihren Richard um viele Jahre.«

»Ob sie sich von diesem Schatz auch etwas abgezweigt hat?«

»Glaube ich nicht. Wenn der König draufgekommen wäre, hätte er sie samt ihren Gatten verstoßen. Das konnte sie sich nicht leisten. Natürlich war es verlockend mit dem Verkauf von Stücken aus diesem gigantischen Schatz, den Bau des Festspielhauses und das verschwenderische Leben ihres Gatten zu finanzieren. Der mietete ganze Paläste in Venedig. Cosima kannte den Seitensprung-Charakter ihres Mannes, der auch nicht billig war. Aber er würde sie nie verlassen, wenn sie seine Finanzen in der Hand hätte, das war ihr klar. Es wäre zu verdächtig gewesen, wenn die Frau eines stets finanziell maladen Komponisten uralte, seltene, höchst wertvolle antike Stücke verkauft hätte. Das wäre bald aufgefallen. Sie wusste ja auch nicht, ob sie der König überwachen ließ. Aber sie wurde dafür vom

König reichlich mit Bargeld entlohnt, dass die Wagners in ihre Projekte steckten. Zudem war nicht sicher, wem dieser Schatz eigentlich gehört.«

»War der König nicht Eigentümer des Schatzes, da er doch auf bayerischem Boden gefunden worden war?«

»Na ja, er hätte eigentlich dem Land Bayern gehört. Der König wollte nicht, dass der Schatz in die öffentliche Staatskasse kam und für profane Dinge wie zum Bau von Straßen, Schulen oder Gehälter für Beamte verwendet wurde. Das betrachtete er als entwürdigend für diesen einmaligen Schatz. Seine Pläne dafür sahen anders aus. Nach seinen Aufzeichnungen wollte er für sich eine riesige unterirdische Grotte einrichten, die mit dem Gold, Silber und Edelsteinen des Nibelungen-Schatzes ausgeschmückt wurde. Wie die Höhle im Kyffhäuserbergs, wo Kaiser Barbarossa seit Jahrhunderten schläft, der eines Tages erwachen soll, um sein Reich zu retten. Es sollte für Königs Ludwig II. der schönste unterirdische Palast werden, der je existierte. Vielleicht sollte das sein neues Reich werden?«

»Hat er darüber nichts in sein Tagebuch geschrieben?«

»Nur Andeutungen. Es kam ja anders, als er gedacht hatte.«

»Weil er im See ertrank?«

»Als die bayerische Regierung zu überlegen begann wie sie ihren verschwenderischen und immer skurriler werdenden König, dessen ominöse Liebe zu Stallburschen und Schauspielern als verbotener Klatsch kursierte, loswerden könnte, musste er handeln. Das oberirdische Schloss und noch weniger das unterirdische waren im Mai 1886 beendet, als er davon hörte, dass man ihn bald absägen will. Er hatte die drei Rätsel auf der Seide bei sich verwahrt. Ihm war klar, dass man sie finden würde, wenn man ihn nach seiner Entmündigung in Gewahrsam nahm und seinen Besitz durchsuchte.«

»Was konnte er tun?«

»Er musste also die Rätsel schneller verstecken als geplant. Vorher versah er sie persönlich mit den Hinweisen, wo eines nach dem anderen zu finden war. So konnten weder Wagner noch Nietzsche den gesamten Neuschwanstein-Code finden.«

»Ich glaube, der König war der einzige, der wusste, wo alle drei Rätsel versteckt waren. Auf der Seide mit dem Wagner-Rätsel, ist mit der Handschrift des Königs zu lesen, wo wir das von Nietzsche finden können.«

»Und warum befinden sich auf Wagners Rätsel-Seide zwei Handschriften?«

»Der Text zum Rätsel ist die von Richard Wagner, eindeutig. Der Hinweis, wo das Nietzsche-Rätsel zu finden ist, wurde vom König verfasst. Aber erst wenn wir das Nietzsche-Rätsel besitzen, wissen wir, ob meine Vermutung stimmt. Wenn auch darauf Hinweis mit der Handschrift des Königs zu lesen ist.«

»Warum hat der König überhaupt einen Hinweis auf diesen Schatz gegeben? Es würde mich nicht wundern, wenn er ihn für immer verschwinden hätte lassen.«

»Für ihn war er der neue Gral. Nur ein Auserwählter sollte und musste ihn finden. Das war für ihn ein höheres Gesetz.«

»Er ist durchs Land gefahren und hat die Rätsel irgendwo versteckt?«

»Aus Cosimas Aufzeichnungen konnte ich erfahren, dass der König unangemeldet vor ihrer Tür stand und erklärte, dass sie das Rätsel von Richard Wagner an einem speziellen Platz verstecken müsse. Er sagte zu ihr, dass sie sich wieder sehen würden, wenn Schloss Neuschwanstein fertig gebaut wäre. Dann würden sie mit dem Neuschwanstein-Code, bestehend aus den drei Rätsellösungen, den Schatz aufsuchen. Sie könnten dann mit ihm seine neue unterirdische Gralsburg einrichten. Und auch dort leben. Ich denke, so hat er es auch mit Nietzsche gehalten.«

»Wenn ich Cosima gewesen wäre, hätte ich den König für wahnsinnig gehalten.«

»Das hat sie auch, wie bei ihr nachzulesen ist. Sie fand auch diese Rätsel-Methode für Humbug. Aber sie hat auch geschrieben, dass sie das Rätsel des Königs, wie von ihm gewünscht, versteckt habe. Er habe sie dafür wieder mit einer schönen Summe belohnt, die sie gut brauchen konnte, denn ihre Kasse war schon wieder leer.«

»Leider starb der König, bevor das Schloss fertig war, hast du mir erzählt.«

»Ja, so ist es. Daher blieben die Rätsel in ihrem Versteck, wo wir sie aufspüren müssen. Es kam nie mehr zu diesem vereinbarten Treffen mit dem König beim Schatz.«

»Und wohin genau kamen diese Schatzkisten, die von Cosima verpackt worden waren?«

»Unter das Schloss Neuschwanstein, nach den Aufzeichnungen von Cosima. Durch eine Öffnung, an der Oberseite des Felsens, die bei den Bauarbeiten zum Schloss von einer Sprengung freigelegt wurde. Sie führte in eine größere Höhle unter dem Schloss. Das Schloss steht ja auf einem felsenartigen Berg. Mit modernster Technik wurde das Versteck gegen unbefugte Eindringlinge abgesichert. Mit drei dicken und doppelten Eisentüren, nur schwer zu sprengen, die mit raffinierten Sicherungen gegen ungewolltes Öffnen geschützt wurden.«

»Wer hat das bewerkstelligt?«

»Entwickelt wurden diese Spezialschlösser von einem Hubert Lorot, dem technisch hochbegabten Ingenieur des Königs. Sie konnten nur mit bestimmten Codes geöffnet werden.«

»Welche Codes?«

»Es war nach der Uraufführung der Wagner-Oper Parsifal im Sommer 1882, da setzten sie sich verschwörerisch zusammen und dachten sich die aus. Der König, Richard Wagner und Nietzsche sollten je ein Rätsel für eine Tür entwickeln. Sie schrieben es mit Tinte und Feder auf feine Seide, die man gut in kleinen Behältern unterbringen konnte und lange haltbar ist.«

»Kannte jeder das Rätsel des anderen?«

»Nein, keiner durfte das Rätsel des anderen wissen. Nur der König. Er wollte den Schatz für immer bewahren.«

»Ein merkwürdiger Wunsch. Warum hat er nicht den Schatz dazu verwendet, um seine Schlösser zu bauen?«

»Da war er in einem starken Konflikt. Das kann man bei ihm nachlesen. Aber für den König war dieser Schatz der Nibelungen ein Heiligtum. Er hätte davon heimlich seinen Opium-Bedarf finanzieren können. Aber dieser einmalige, ja heilige Schatz sollte erhalten bleiben, jedenfalls nach seinen Aufzeichnungen. Und wenn man mehr davon liest und mit der Wirklichkeit vergleicht, dann hat er sich nicht immer an seine Vorsätze gehalten. Doch er fühlte sich als Bewahrer und Behüter des Schatzes.«

»Dachte der König an einen Schatz, wie einen, der vom Drachen bewacht wird?«

»Wahrscheinlich war das die Idee des Königs, der Sagen und Märchen liebte. Vielleicht glaubte er sogar daran, dass von diesem Schatz eine Kraft ausgehen würde, die ihm auch wieder die Macht über sein Land zurückgeben konnte. Wie vom Gral. Vielleicht träumte er sogar davon, durch diesen Schatz unter seinem Schloss zum Herrscher über die ganze Welt zu werden?«

»Aber?«

»Keiner wusste also vom anderen welches Rätsel und welche Lösung ausgedacht worden war. Nur ein genialer Übermensch, wie ihn Nietzsche propagierte, sollte diesen Schatz bekommen, wenn er durch die drei Türen kam und ihn fand. So hat das der König in seinem Tagebuch geschildert, für den dieser Übermensch nur ein edler Ritter wie Lohengrin oder Parzival sein konnte, in die er sich verwandeln wollte. In seinen letzten notierten Worten im Tagebuch gesteht er sich selbst, dass er immer daran gezweifelt hatte, dass er dieser Gralsritter sein konnte, der den Schatz der Nibelungen bewachte. Ein anderer musste das sein, den der Himmel dazu bestimmt hatte.«

»Aber selbst ein genialer Übermensch kann diesen Schatz nicht entdecken, wenn keiner was davon weiß, oder?«

»Du hast recht. Darum ließ der König drei gleiche kostbare Schnupftabakdosen verziert mit einem schwarzen Schwanenkopf anfertigen, in denen auf einem Stück Seide die Nachricht von diesem Schatz durch Text und Illustration zu sehen war.«

»Was hat er mit diesen Dosen gemacht?«

»Ludwig II. wollte diese Botschaft verbreiten. Es sollte wie bei einem Gottesurteil funktionieren. Das Schicksal sollte den einzig richtigen Empfänger auswählen. Eine Botschaft der drei Rätsel, des Neuschwanstein-Codes. Das Schicksal sollte entscheiden, wer eine dieser Dosen in die Hand bekam und wer dann der Schnellste und Klügste war.«

»Wem gab der König diese Dosen?«

»Zwei Jünglingen, die seine sexuelle Wünsche erfüllten.«
»Und die dritte Dose?«
»Nach meinem Wissen wurde sie dem König in den Sarg gelegt. Doch da ist sie nicht mehr.«
»Wer hat sie?«
»Es sollen die Guglmänner gewesen sein, die in Bayern wieder ein Königreich errichten wollen. Sie haben angeblich den Sarg des Königs ausgeplündert. Und wie wir herausbekommen haben, arbeiten sie in dieser Sache sogar mit dem deutschen Geheimdienst zusammen.«
»Warum das?«
»Dieser Geheimdienst könnte den Schatz gut gebrauchen. Es würde ihn mächtig machen. Es soll darin Leute geben, die mehr vorhaben als nur zu spionieren.«
»Mehr? Was wäre das?«
»Zum Beispiel die Regierung stürzen. Nicht mit Gewalt, sondern mit Geld. Dann bestimmte Leute in höheren Posten einsetzen. Die jetzige Regierung ist ihnen viel zu links und zu wenig national. Es gibt auch Pläne die wichtigsten Industrieposten der globalen Banken und Konzerne zu besetzen.«
»Warum sollten die Guglmänner mit dem Geheimdienst zusammenarbeiten?«
»Den Guglmännern ist klar, dass sie nicht die richtigen Verbindungen haben, um ihre Ziele durchzusetzen. Die Geheimdienstler sollen den Guglmännern über die neue Regierung ein unabhängiges Bayern versprochen haben, das sie zu einem Königreich ausbauen könnten.«
»Das ist Politik. Davon verstehe ich nicht viel. Aber was machten die beiden Jünglinge, als sie die Aufzeichnung über den Schatz in der angeblichen Schnupftabakdose entdeckten?«

»So einfach ging das nicht. Der König hatte die Dosen mit einem doppelten Boden anfertigen lassen, in dem er die Aufzeichnung versteckt hatte. Davon wussten die Beschenkten nichts.«

»Aha. Aber gefunden wurden eine oder mehrere dieser Aufzeichnungen, sonst wüsstest du ja nicht davon.«

»Korrekt, meine Liebe.«

»Verrate es mir, wie hast du das entdeckt?«

»Du weißt ich interessiere mich für Schwäne. In jeglicher Hinsicht. Bis hin zum Sternbild Schwan. Ich ersteigerte eine dieser Dosen, von denen man annahm, dass sie einst im Besitz von König Ludwig II. waren.«

»Und du hast den doppelten Boden mit dem Inhalt entdeckt?«

»Ja, habe ich.«

»Wie denn?«

»Mein hartnäckiges Interesse kam mir zur Hilfe. Diese Dose untersuchte ich mit der Lupe. Lange. Sehr lange. Wohl lange genug, bis meine Hand, in der ich sie hielt, die Dose genügend erwärmt hatte. Da sprang der doppelte Boden auf. Die Seide mit der aufgemalten Nachricht heraus. Der Öffnungs-Mechanismus funktioniert nämlich durch Ausdehnung infolge von Wärme. Wenn die gesamte Dose eine gewisse Temperatur angenommen hat, erst dann öffnet sich das geheime Fach.«

»Raffiniert.«

»Ich habe mich schlau gemacht, meine Liebe. Schon ägyptische Priester nutzten das Geheimnis der sich bei Wärme ausdehnenden Materie. Wie von Geisterhand öffneten sich schon vor tausenden Jahren durch von Feuer erhitzte Stangen die Türen der Tempel, ohne das sichtbare zutun von Menschen. Das ließ die Ägypter an eine Gottheit glauben, mit denen ihre Priester in bester Verbindung standen.«

»Zeigst du mir diesen Plan auf Seide?«

Albert hob das Tagebuch von König Ludwig II. hoch. Darunter lag eine Dose mit dem schwarzen Schwanenkopf.

Er drückte sie Edda in die Hand.

»Halte sie fest umschlossen! Ich habe es gemessen. Die Dose muss genau eine Körpertemperatur von 36,5 Grad besitzen.«

Nach rund fünfzehn Minuten spürte Edda, wie der Boden der Dose in ihrer Hand aufsprang.

»Zieh die Seide heraus!«

Sie zog das zusammengefaltete Stück Seide vorsichtig aus dem doppelten Boden der Dose.

»Breite sie aus! Diese Seide ist stabil!«

Edda faltete die Seide auseinander und strich sie mit dem Handrücken auf der Schreibtischplatte glatt.

»Na, was siehst du?«, fragte Albert.

»Ich kann die Schrift nicht entziffern.«

»Es ist die Handschrift von König Ludwig II. Hier steht, dass ein unglaublich großer Schatz unter dem Schloss Neuschwanstein wartet, der seinen Besitzer zum reichsten Menschen der Welt machen kann, wenn man der richtige ist. Man findet ihn hinter drei stählernen Türen, aber nur wenn du die drei Rätsel dazu hast und auch lösen kannst, womit die Türen geöffnet werden können. Ich nenne das den Neuschwanstein-Code.«

»Wo wurde das erste Rätsel vom König versteckt?«

»Es findet sich im Sängersaal auf Schloss Neuschwanstein. Man muss drei weiße Schwanenfedern wie einen Pfeil auf den Boden legen, der auf eine Gestalt zeigt, die von dem Menschen getötet wurde, der einst den Schatz beiseite schaffte. So steht es hier. Genau in der Mitte zwischen dem Pfeil aus Schwanenfedern und dieser Figur findet sich im Boden das erste Rätsel zu dem Schatz, das Rätsel des Königs. Beim ersten Rätsel ist auch ein Hinweis, wo das zweite zu finden ist. Und beim zweiten Rätsel ist dann zu erfahren, wo das dritte zu finden ist. So ist das aufgebaut.«

»Haben sich der König, Wagner und Nietzsche je wieder getroffen, um diesen Schatz anzuschauen, oder zu verkaufen?«

»Sie haben nie wieder gemeinsam diesen Schatz unter Schloss Neuschwanstein betrachten, oder gar nutzen können. Der König starb unterwartet früh.«

»Und dann?«

»Richard Wagner verstarb auch bald darauf unerwartet in Venedig. Nur Nietzsche, der als Wahnsinniger von der Mutter in Naumburg gepflegt wurde, lebte länger. Aber nicht so lange wie Cosima, die noch viele Jahre im Zwanzigsten Jahrhundert das Werk ihres zweiten Gatten vermarkten konnte.«

»Aber der Mann, der Mechaniker, der die speziellen Schlösser an die drei Türen anbringen musste, der hätte doch ihr Geheimnis wissen können, um sie zu öffnen und den Schatz an sich zu nehmen? Oder wurde er getötet, wie das früher so üblich war, wenn einer zu viel wusste?«

»Er wurde nicht getötet.«

»Sondern?«

»Der König war nicht dumm. Er ließ den Mechaniker, es war Hubert Lorot, beschatten. Außerdem durfte sich Lorot in dieser Zeit nur in seiner Werkstatt und in der Höhle unter dem Schloss bei den drei Türen aufhalten. Sonst nirgends. Sein Helfer musste dem König täglich vom Fortgang der Arbeit berichten. Manchmal kam der König persönlich.

Lorot musste in dieser Zeit sogar in der Werkstatt wohnen. Er bekam auch kein Papier mehr als die Pläne fertig waren. Das alles, damit er keine Kopie der Pläne beiseite schaffen konnte. Die Originalpläne musste er vor den Augen des Königs verbrennen. Und sicherheitshalber ließ der König auch die Werkstatt niederbrennen. Zudem wusste nur der König, wo alle drei Rätsel versteckt waren.«

»Wieso verstarb der König so früh?«

»Er ist ertrunken. Im Starnberger See. Oder ertrunken worden, wie die Guglmänner vermuten. Man weiß es nicht genau. Mit ihm ertrank der Professor Dr. Gudden. Vielleicht im Kampf mit dem König.«

»Wie kam es dazu?«

»Die bayerische Regierung wollte König Ludwig II. absetzen. Der renommierte Psychiater Dr. Aloys Bernhard von Gudden musste den König für geisteskrank erklären und ihn mit einer sogenannten Fangkommission festnehmen. Gudden hatte schon Ludwigs geisteskranken Bruder Otto in Verwahrung.«

»Warum machten sie das? Es war doch ihr König. Durften sie das überhaupt?«

»Es war eine List der bayerischen Minister, um den bauwütigen König und seine Millionenschulden, die immer mehr wurden loszuwerden. Außerdem hatten sie Angst vor einem homosexuellen und opiumsüchtigen König, den sie nicht mehr unter der Kontrolle hatten. Er musste weg. Der König hatte durch seine selbst gewählte Isolation keinen Draht mehr zum Machtapparat, der ihn schützen hätte, können.«

»Als diese Fangkommission zum Schloss Neuschwanstein kam, hatte der König gerade einen Blick auf seine geheime Bibliothek geworfen.«

»Welche geheimen Bücher hatte der König?«

»Von Marquis de Sade, schwarzer Magie, bis hin zu Nietzsches Schrift vom Antichrist. Ein Privatdruck. Den hatte der König über Richard Wagner erhalten. Der König sammelte auch viele Bücher, die mit Homosexualität zu tun hatten.«

»Wo ist diese Bibliothek jetzt?«

»Leider in alle Winde verstreut. Einige Werke habe ich erstehen können. Es muss dieser Grashey gewesen sein, der die verbotenen Bücher des Königs verkauft hat. Wahrscheinlich auch Tagebücher des Königs. Er brauchte Geld für eine eigene Nervenklinik.«

»Tragisch für einen König, wenn er schwul ist.«

»Ja. Die Hölle auf Erden. Es war Ludwigs Homosexualität, die ihm das Christentum verleidete, weniger Jesus, als die nachfolgende Kirche. Mit ihren Strafen gegen Männer, die Männer liebten. Besonders die katholische Kirche, die in Bayern wie eine Staatsreligion auftritt. Diese Kirche verdammte die Homosexualität. Warum hatte ihm Gott diese Veranlagung gegeben, wenn sie sündig war? Im 3. Buch Moses der Bibel wird die Todesstrafe für den Beischlaf zwischen Männern gefordert. Er konnte es nicht verstehen. Er musste damit leben. Ein glänzender Herrscher, der sich durch seine Erotik in den Schmutz zog und sich mit Opium-Träumen darüber hinwegtröstete.«

»Wer ist eigentlich dieser Grashey?«

»Ein Psychiater wie dieser Gudden. Der Mann von Guddens Tochter. Kein schlechter Kerl eigentlich. Er wollte damals die Situation der geistig Kranken verbessern. Dazu brauchte er ein eigenes Sanatorium. Die Genehmigung dafür bekam er von den bayerischen Ministern, weil er mit Gudden den König außer Gefecht gesetzt hatte.«

»Der Judaslohn.«

»So ähnlich.«

»Die Fangkommission hatte den König im Schloss Neuschwanstein erwischt. Nachdem ihm Dr. Gudden die Kollegen, Hubrich, Grashey und Hagen vorgestellt und ihm das Gutachten über seine Nervenkrankheit vorgelesen hatte, führten sie ihn ab. Oh, Gunther, hast auch du deinen Hagen von Tronje mitgebracht?«, soll der König deklamiert haben.

Alfons Weber, der letzte und treueste Diener des Königs, versuchte, seinen Herren zu befreien. Er warf sich auf die weiß gekleideten Männer, die seinen König festhielten. Es gab ein Gerangel. Der König schaute nur zu. Weber unterlag.«

»Was geschah noch?«

»Als der König sah, dass Dr. Gudden ihn wirklich ins Irrenhaus bringen wollte und er nichts dagegen tun konnte, versprach ihm der König einen Anteil an dem riesigen Schatz unter dem Schloss. Viel mehr als er von der Regierung für die Entmachtung des Königs bekommen würde. Allerdings wüsste nur er, der König, den Zugang zu dem unterirdischen Versteck.«

»Wie hat Gudden wohl auf dieses Angebot reagiert?«

»Er könnte zu gierig gewesen sein. Meine Theorie ist, er wollte dem König den Neuschwanstein-Code entreißen, um an den ganzen Schatz zu kommen. Der drückte den König im See unter das Wasser, ein frühes Waterboarding sozusagen, damit Ludwig II. den Weg zum Schatz verriet.«

»Hielt der König dicht?«

»Wir wissen es nicht. Sie kamen beide im Wasser um.«

»War Gudden so ein starker Mann?«

»Auf jeden Fall war der König größer als Gudden. Aber ich nehme an, Gudden hat ihm vorher eine Dosis Opium zukommen lassen. Diese Tat lege ich unter Unfall bei der Folter mit Todesfolge ab.«

Edda erinnerte sich an die Erzählung von Alberts Drogentheorie bei König Ludwig II. und schob sich am Strand von Nizza die Sonnenbrille ins Haar. Sie blinzelte in die Sonne. Albert hatte überall seine Leute sitzen, dachte sie. »Nie sollst du mich befragen«, hatte er ihr geantwortet, als sie wissen wollte, wie er das alles finanzierte. Er hatte ihr auch nie etwas aus seiner Vergangenheit erzählt. Sie war oft versucht gewesen, seine Vergangenheit auszukundschaften. Es war nicht leicht, mit einem Mann zusammenzuleben, dessen Geschichte man nicht kannte. Für eine Frau eigentlich unmöglich.

Frauen wollen die Herkunft des Mannes, seinen Weg, seinen Werdegang wissen, um ihn voll genießen zu können. Sie wollten ihn wachsen sehen. Nachträglich. Mit ihren Augen. Mit ihren Empfindungen. Albert hatte die These vom unbekannten Ideal-Menschen. »Nur der liebt wirklich, der nichts weiß von dem, den er liebt!«

Albert nahm an, dass der Killer, der beim Überfall in der Wagner-Gruft überlebt hatte, im Auftrag des deutschen Geheimdienstes Nietzsches Rätsel in Nizza suchte. Er würde die Chance bekommen, die Scharte von Bayreuth wieder auszuwetzen. Das war bei denen so üblich.

Nachdem die Polizei aus Schloss Neuschwanstein abgezogen war, war Edda sofort hingereist. Es war für sie kein Problem nachts in Schloss Neuschwanstein einzudringen. Sie kletterte mit ihren Geräten für Extremkletterer an der Außenmauer hoch. Sie brach eine winzige Öffnung in ein Fenster des Sängersaals, um hineinzukommen. Ein kleines Loch in der Scheibe, das man nicht so schnell finden würde. Mit ihrem Werkzeug öffnete sie das Fenster nach innen. Und sie musste zugeben: Albert hatte mal wieder die richtige Ahnung. Im Sängersaal konnte sie durch das geöffnete Fenster eine Person beobachten, die mit einer Taschenlampe den Boden ableuchtete. Sie hörte, wie er ein unzufriedenes Grunzen ausstieß.

Er darf mir nicht zuvorkommen, hatte sich Edda gedacht.

Geräuschlos kletterte sie durch das Fenster. Der Lichtkegel dieser unbekannten Person war verschwunden. Wo war der Kerl? Hatte er sie gehört? Sie musste ihn finden. Sie hatte bisher noch jeden Auftrag von Albert perfekt erledigt. Es war dunkel im Sängersaal. Sie holte ihre Taschenlampe hervor und schaltete sie ein. Der Lichtstrahl wanderte im Kreis umher. Er traf auf den Rücken der Gestalt, die gerade mit der rechten Hand eine Tür öffnete und durchschlüpfte. Edda sprang zu der zugeschlagenen Tür, riss sie wieder auf. Der Lichtstrahl ihrer Lampe fand in dem dunklen Gang die Gestalt nicht mehr. Wohin war sie verschwunden? Edda erblickte zwei Treppen. Eine führte nach oben. Eine nach unten. Wohin sollte sie? Normalerweise flüchtet man nach unten, zum Ausgang, dachte sie sich. Nur wenn der Kerl ein Profi war, würde er vielleicht nach oben verschwinden, sie beobachten und vielleicht ausschalten. Ihm musste klar sein, dass sie wusste, was er hier suchte. Natürlich, das wusste sie, würde der Lichtstrahl verraten, wo sie sich befand. Sie schaltete ihre Lampe aus, steckte sie ein. Sie horchte in das Dunkel. Atem? Schritte? Ein schmerzender Schlag, der wohl für ihren Kopf gedacht war, traf ihre Schulter. Mit ihren Händen bekam sie einen Jackenärmel zu fassen. Ihr linker Fuß traf mit voller Wucht ihren Gegner im Dunkel, von dem sie einen Aufschrei hörte. Er keuchte. Plötzlich hielt sie nur noch die Jacke in den Händen. Ihr Gegner war hinausgeschlüpft. Edda warf es dadurch auf den Boden. Sie erhob sich blitzschnell. Aber der Gestalt war die Flucht gelungen. Sie fand ihn nicht mehr. Edda suchte mit ihrer Taschenlampe den Boden ab, auf dem drei weiße Schwanenfedern zu einem großen Bild an einer Wand zeigten. Ein Stück aus dem Parkett war entfernt worden. Der Mistkerl hat das Rätsel des Königs, ärgerte sich Edda.

Wieder unterhalb des Schlosses angelangt, untersuchte sie die Jacke. Sie fand eine Brieftasche. Darin waren zwei Ausweise. Ein Personalausweis und ein Ausweis, der besagte, dass sein Inhaber als Gärtner der bayerischen Schlossverwaltung die Zutrittserlaubnis zum Schloss Linderhof hatte.

Ich habe eine üble Zeit hinter mir, die nun allerdings einem recht angenehmen Zustande zu weichen scheint.

Richard Wagner

18. Kapitel

Das Smartphone mit dem dazugehörigen Besitzer bewegt sich auffällig oft beim Hotel Negresco, das wäre mal der erste Zielpunkt in Nizza für dich«, hatte Albert vor Eddas Abreise gesagt.

Bald hatte sie einen Mann im Negresco ausgespäht, der dem Killer in der Gruft ähnelte, der fliehen konnte. Er hieß Ken McHulmes. Zumindest hatte er sich unter diesem Namen im Negresco angemeldet. Mit aufgesetzter Sonnenbrille und einer Langhaarperücke beobachtete sie ihn beim vormittäglichen Frühstücken auf der Terrasse beobachtete, sah sie ihn ein Comic-Heft lesen. Sie saß einige Tische von ihm entfernt. Als er kurz auf die Toilette verschwand, ging sie schnell zu seinem Tisch. Dort lag neben dem Frühstücksteller ein »Bone«-Comic von Jeff Smith. Gezeichnete Geschichten der knubbeligen Geschöpfe, die aus ihrer Heimat Boneville vertrieben, in einem fremden Tal landen, bewohnt mit sprechenden Tieren und anderen bizarren Wesen. In dem Comic »Mitsommernacht«, den sie in der Wagner-Gruft gefunden hatte, hatte sie geschmökert während Albert im Internet recherchierte. Der Titel hatte sie an ihre Vergangenheit im Norden erinnert.

»So ein Quatsch«, hatte er kommentiert, als sie ihm erzählte, dass in diesem Comic ein betrügerischer Bone als Drachenjäger sein Unwesen treibt, der eigentlich nur absahnen will, was sie lustig fände. »Lies lieber Gogol! Mit etwas Fantasie holst du dir nur mit Text die schönsten Bilder in den Kopf!«

Sie vermied es, in dem Comic, der sie stark vermuten ließ, dass sein Besitzer der Überlebende aus der Wagner-Gruft war, auf der Terrasse des Hotels zu blättern.

Hätte dieser Ken McHulmes dieses Rätsel von Nietzsche schon gefunden, wäre er schon längst aus dem Hotel verschwunden, dachte sich Edda. Sie wäre ihm gefolgt. Sie hätte sie ihm abgenommen. McHulmes war ein James-Bond-Typ. Den Kerlen ziemlich ähnlich, von denen sie in Bayreuth einen in der Wagner-Gruft erledigt hatten. Vielleicht war er stärker oder geschickter als sie. Sie hatte allerdings den Vorteil, dass er nichts von ihrer Anwesenheit nichts wusste. Hoffte sie jedenfalls. Sie zog sich in Nizza sehr weiblich an. Beim Kampf in der Wagner-Gruft hatte sie männliche Kleidung getragen.

Edda zog sich um, schminkte sich und ging als attraktive Lady vor der Hotelbar an die Rezeption. Von der Frau an der Rezeption erfuhr sie, dass McHulmes nach Eze fahren wollte. Wann, das wusste die Frau nicht. Edda würde ihn dauernd im Auge behalten müssen. Sie sprach darüber mit Albert am Telefon. Als er diesen Ortsnamen gehört hatte, klingelten bei ihm die Alarmglocken. Er erzählte ihr, dass Eze über der Corniche liegt, der malerischen und kurvenreichen Küstenstraße. Rund vierhundert Meter hoch über den Klippen, kurz vor Monaco. Ein Dorf mit mittelalterlichen Gassen. In Eze schrieb Nietzsche an seinem Werk.«

Albert hatte ihr gleich daraus vorgelesen: »Unheimlich ist das menschliche Dasein und immer noch ohne Sinn. Ich will die Menschen den Sinn ihres Seins lehren: welcher ist der Übermensch, der Blitz aus der dunklen Wolke Mensch.«

Sie hatte den Verdacht, Albert hielt sich für diesen Übermenschen. Zarathustra war nur ein Vorläufer, ein Verkünder, ein Prophet, so versuchte Albert ihr die Gedankengänge von Nietzsche zu erklären. Aber einer mit unglaublich progressiven Ideen. Gebete, Gotteshäuser und Gottesbilder wurden von Zarathustra nicht verlangt. Auch nicht das Opfer von Menschen, Tieren oder Pflanzen an einen Gott. Was zählte, war nur die Eigenverantwortung des Menschen. Das wurde belohnt: Mit Himmel für gut oder mit Hölle für böse.

Der Übermensch, meinte Nietzsche, laut Albert, entstehe aus der Selbstüberwindung des sogenannten alten Menschen. Das einzig Gute am jetzigen, überflüssigen Menschen sei, dass er bald untergehen werde. Bei diesem Untergang wird er aber den Übermenschen erschaffen. Moral, Gewissen, Religion und solche Mätzchen hätten dabei nichts verloren, predigte ihr Albert. Als sie ihn leicht verwirrt fragte, wie denn die germanischen Nibelungen mit dem orientalischen Zarathustra zusammenpassen, bekam er zuerst Zornesfalten auf der Stirn. Dann legte er sich neben sie und belehrte sie. Nietzsche hoffte wohl, erklärte Albert, dass sein Wagner die unchristlichen Germanen mit den unchristlichen Griechen auf einen Nenner bringen würde. Die Wiedergeburt der griechischen Antike aus deutschem Geist. Als Wagner dann seinen

»Parsifal« in Bayreuth als Bühnenweihespiel präsentierte, war Nietzsche schwer enttäuscht. Parsifal, der Ritter, der den wundertätigen Kelch mit dem Jesusblut suchte, sollte die Brücke von den heidnischen Germanen zum Christentum sein.

Edda hatte diesen Ken McHulmes beobachtet, der an der Rezeption einige Prospekte durchlas. Einen las er länger. Er steckte ihn wieder in das Fach zurück, als er zum Aufzug lief. Nachdem er gegangen war, zog Edda diesen Prospekt über einen Ort namens Èze heraus. Sie setzte sich damit in einen Sessel in der Hotellounge. Das Städtchen Èze wurde als romantischer Ort an der Küstenstraße beschrieben. Mit mittelalterlichen Gassen. Von einem Kakteengarten auf einem Berg ist ein spektakulärer Blick auf das Mittelmeer geboten. Das ist der stachelige Ort!, schoss es Edda durch den Kopf. Sie fand sogar, dass ihr dieser Nietzsche wie ein stacheliger Kaktus vorkam, der keinen gerne an sich ranließ.

Am Abend, im Übergang der Dämmerung zur Nacht, war McHulmes losgefahren. Edda fuhr ihm nach und überholte ihn. Sie musste ihn nicht beschatten. Sie wusste, wo er hinfahren würde. Sie war schon beim nächtlichen Kakteengarten von Éze, da traf er ein. Seine Scheinwerferlichter erloschen. Ihr Auto hatte sie nicht auf dem Besucher-Parkplatz beim Kakteengarten abgestellt. Das wäre diesem McHulmes womöglich aufgefallen. Sie hatte sich für den belebten Dorfplatz entschieden. Durch den Kakteengarten führten schmale Wege. Zum Glashaus mit den exotischsten Pflanzen, Vögeln und Echsen. Auch davon hatte sich Nietzsche bei seinem südlichen Winteraufenthalt inspirieren lassen. Oft saß er in diesem Glashaus, abgeschottet von der Welt, in einer feuchtwarmen Atmosphäre. Sie brachte die Gedanken in seinem Gehirn zum Gären. Ungehörige Gedanken. Provokante Gedanken. Blasphemische Gedanken, die er gerne in Steine verzaubert hätte, um sie aus dem Glashaus zu werfen. Jeder Glassplitter eine gefährliche Idee.

Nachdem Edda, die nun mit Männerkleidung und ohne Langhaarperücke ausstaffiert war, hinter einer Felsengruppe ihre Stirnlampe aufgesetzt hatte, beobachtete sie, wie sich McHulmes mit Taschenlampe und Werkzeug am Eingang des Glashauses zu schaffen machte. Es war mit Schloss und Kette nach am Feierabend vom Aufseher abgeschlossen worden. Es dauerte nicht lange, bis McHulmes die Kette samt Schloss entfernt hatte. Dazu hatte er einen Bolzenschneider benutzt, den er in einem Busch verstaute, bevor er mit der eingeschalteten Taschenlampe in der Hand in das Glashaus ging. Sicher war er schon vorher hier gewesen, um sich dieses Glashaus anzuschauen, dachte sich Edda. Genau wie sie. Edda grinste. Er machte einen Fehler. Er hatte nur eine Hand frei. Er erwartet also keine Gegner, dachte sich Edda. Die Tür aus Eisen und Glas öffnete sich. Sie quietschte in den verrosteten Angeln. Die Luft war vom Gezirpe der Grillen erfüllt. Selbst das Abfeuern einer Kalaschnikow wäre dagegen nicht angekommen. Millionen von Grillen-Männchen rieben in der lauen Mittelmeerluft ihre Flügel aneinander. Der Lampenstrahl wanderte im Glashaus hin und her. Was suchte er? Dann richtete er den Lichtstrahl auf die Heizungsrohre. Sie schlängelten sich wie die Schlange bei der Laokoongruppe durch das Glashaus. Wie konnte ein Philosoph seine geheimste Aufzeichnung in einem Heizungsrohr verstecken? Ohne die Kenntnisse eines Installateurs? Und wenn, konnte es nur ein stillgelegtes sein, dachte sie. McHulmes hatte nichts dabei, mit dem er es aufschrauben konnte. Das gebündelte Licht der

Lampe hatte ein Brett erfasst. Ein glatt geschliffenes Brett, wahrscheinlich eine Schiffsplanke. Darauf lagen Versteinerungen. Verstaubt. Als würden sie hier schon liegen, seit sie angefangen hatten, sich zu versteinern. Fossilien von Trilobiten, Ammoniten, Farnen, Muscheln, Schnecken, Knochen, Zähnen, Fischen. McHulmes wusste, was er wollte. Er griff nach einem versteinerten Fisch.

Sie hatte sich hinter eine Holzbank geduckt. Ein Messingschild bekundete mit eingravierter Schrift, dass hier einst der deutsche Philosoph Friedrich Nietzsche gesessen hatte. Sie hatte sich mit ihren Händen am Rückenbrett der Bank eingekrallt. Ganz fest, das gab ihrem Körper Stabilität, damit sie in der Dunkelheit völlig ruhig abwarten konnte. Sie spürte an ihren Fingerspitzen das Messingschild. Eine verrostete Schraube in der linken oberen Ecke des Schildes lockerte sich. Fiel heraus. Das Schild schwang mit einem kratzenden Geräusch nach unten. Kaum hörbar. McHulmes schien es gespürt zu haben. Er drehte sich blitzartig um. Sein Lichtkegel zuckte auf das Messingschild, das hin- und herschaukelte. Wie das Pendel in Edgar Allan Poes Geschichte mit dem Mann in der Grube. McHulmes zog sofort eine Pistole aus dem Achselhalfter.

Und schoss.

Die Kugeln drangen in die Bretter der Bank. Edda bemerkte, dass die Kugeln die Hartholzbretter der Bank nicht durchschlagen hatten. Sie hob die Bank hoch und schleuderte sie ihm entgegen. Er konnte ausweichen. Die Bank krachte durch das Glashaus. Dabei schlug sie McHulmes die Pistole aus der Hand. Er sah, dass sie direkt vor ihre Füße schepperte. Edda griff danach. Sie rechnete damit, dass er versuchen würde, die Pistole vor ihr zu erreichen. Er war ein durchtrainierter Bursche. Die Pistole schlüpfte in ihre Finger.

McHulmes sprang durch die zerborstene Wand des Glashauses ins Freie. Sie musste ihn erwischen. Vor allem den Fisch. Darin war der Nietzsche-Code. Sie feuerte ihm hinterher. Nach zwei Schüssen war wieder nur das grelle Konzert der Grillen zu hören. Die Pistole war leer. Die Lampe war aus. Der Mond erleuchtete den Kakteengarten vor ihr. Wie Finger, in die unzählige Nägel geschlagen waren, so sahen die schwarzen Kaktusarme vor dem Mond aus.

Sie schlüpfte ebenfalls durch die Öffnung in der Glaswand. Sie war sich vorgekommen wie Brunhild, die ihren Speer auf Gunther geworfen hatte, als er um sie warb. Sie schlich durch den schmalen Weg im dichten Wald aus Kakteen. Die meisten waren bis zu zwei Meter und höher gewachsen. Ihre Stacheln bis zu zwei, drei Zentimeter lang. Sie hastete durch den schmalen Gang, den sie bildeten. Eine Wolke schob sich vor den Mond. Es wurde dunkel in dem Wald aus Kakteen. Sie rechnete jeden Moment damit, dass ihr Gegner hinter einer Ecke lauerte. Oder er flüchtete sich mit dem versteinerten Fisch in sein Auto, aber auf welchem Weg? Der Weg zum Glashaus in der Mitte des Kakteengartens war labyrinthartig angelegt. Bei dieser Dunkelheit würde sie auch Ariadnes Faden nicht so schnell zum Ausgang bringen. McHulmes war der Minotaurus, den es zu besiegen galt.

Charlie Parker spielte Bebop. In ihrem Kopf. Dagegen konnten Grillen-Gesänge nichts ausrichten. Der schnelle Jazz. Sie zog den Gürtel aus ihrer Hose. Im Leder des Gürtels steckte ein zusammengelegter Stahldraht. Sie konnte ihn auf die zweifache oder dreifache Länge des Gürtels bringen. Den zog sie heraus. Ein Stück Leder blieb als Handgriff an dem Draht. Sie stellte auf dreifache Länge ein. Die schwere Gürtelschnalle, ein Saxofon, spannte den Draht, wenn sie ihn über dem Kopf schwang. Damit hatte sie schon einige Gegner geköpft. Der scharfe Draht durchschnitt jeden Hals wie eine Guillotine. Sie begann, den Draht über ihrem Kopf zu drehen. Immer schneller, bis er durch die Luft pfiff. Heller als jedes Zirpen. Dann lief sie im Dunkeln geduckt vorwärts. Die Wolkendecke war noch dichter geworden. Selbst die gleißenden Punkte der Sterne waren verschwunden. Der Stahldraht, der sich schräg nach vorn über ihrem Kopf drehte, köpfte sämtliche Kakteen, die am rechten Rand ihres Weges standen. Im Labyrinth ging sie immer an der rechten Wand entlang. So kam sie hinaus. Wenn McHulmes auf sie wartete, würde es ihm leidtun um seine Frisur. Schöne schwarze Locken, die sich um ein smartes Gesicht mit blauen Augen rankten. Sein Gesicht war allerdings auch gefährdet. Sie würde den versteinerten Fisch hoffentlich in den nächsten Minuten in ihren Händen halten. McHulmes hatte auf sie gewartet. Der Draht war über ihn hinweggepfiffen. Er war ein Profi. Wie sie vermutet hatte. Er war nicht geflüchtet. Er wollte einen Gegner weniger haben. Er stürzte sich auf sie. Sie warf sich auf die Seite. Kakteenstacheln zerkratzen ihr Gesicht. Einige drangen durch ihr Haar in die Kopfhaut.

Hoffentlich bleibt mein Auge verschont, dachte Edda.

Sie spürte Blut über ihr Gesicht rinnen. Sie kam sich vor wie Jesus mit der Dornenkrone. Der sausende Draht hatte sich verlangsamt. Er verfing sich in den Füßen von McHulmes. Er brüllte. Der Draht war bis zu den Knochen in sein Fleisch gedrungen. Er wusste nicht, was es war. Er spürte nur einen Schnitt. Er knickte ein. Sie warf sich auf ihn. In der rechten Hand hielt er die Versteinerung. Er versuchte, sie irgendwo zwischen die Kakteen zu werfen.

Sie drückte seine rechte Hand, die anfangs ausweichend hin und herzuckte, samt Inhalt auf sein Gesicht. Mit der linken Hand hielt sie seine linke Hand fest. Ihr Blut tropfte von ihrem Gesicht auf seine Augen. Er kniff sie zusammen, konnte nichts mehr sehen. Er schnaufte und stöhnte.

Er hat verloren! Ich habe den Fisch! Albert wird mich loben, dachte sich Edda.

Sie versuchte, seine Finger aufzubiegen, damit er den Fisch verlieren würde. Mit einem schnellen Schnappen seiner Lippen schluckte er den versteinerten Fisch, würgte ihn hinunter.

Sie schlug ihm verärgert an den Kopf.

»Spuck's aus! Spuck's aus! Los! Spuck's aus!«

Der Blutverlust an den Beinen schwächte ihn. Es waren ihre Schläge, die seinen Kopf hin und herwarfen als würde er nein! sagen.

Du großes Gestirn! Was wäre dein Glück,
wenn du nicht die hättest, welchen du leuchtest!

Zarathustra

19. Kapitel

Sie schaute sich um. Im Süden ragte Schloss Neuschwanstein vor den hohen Bergen auf. Wally war mit Kommissar Dolling auf dem Ausflugsdampfer, der durch die Wellen des Forggensees pflügte. Im Westen lag der Hopfensee, im Osten der Bannwaldsee. Im Norden schloss der Illasberg den Forggensee ab. Einem Stausee, gebildet vom Gebirgsfluss Lech.

Sie war in Gedanken bei Taka. Es machte Wally ziemlich nervös, wenn sie daran dachte, was er vorhatte. Sie erinnerte sich an die Zeit mit ihm in Bayreuth.

Am Nachmittag des zweiten Tages in Bayreuth waren Wally und Taka auch zu der Gruft der Wagners gegangen. Es war Takas Idee gewesen. Doch sie konnten die Gruft nur aus einiger Entfernung betrachten. Die Polizei hatte sie weiträumig abgesperrt. Sie war umlagert von einer nachrichtengierigen Medien-Meute mit Kameras und Mikrofonen an langen Galgen.

»Jetzt weiß ich, warum du hierher wolltest«, zupfte Wally am Ärmel von Taka, der möglichst erstaunt dreinschaute.

»Mich interessiert eben Wagner.«

»Schon, aber am meisten hast du dich dafür interessiert, wie du an das Rätsel des Wagner kommen konntest.«

»Tja, und wenn, dann habe ich jetzt keine Chance mehr. Lass uns mal umhören, was hier passiert ist.«

Sie fragten einen Fotografen vor dem Absperrband, der ihnen erzählte, dass hier ein Toter in der Gruft gefunden worden war, der durch ein Verbrechen umgekommen sei. Mehr wisse er auch nicht. In den Nachrichten würde bald mehr darüber zu erfahren sein.

»Wenn ich eine Pessimistin wäre, würde ich jetzt sagen, das kommt davon wenn man merkwürdigen Rätseln nachjagt«, zog Wally Taka vom Absperrband fort, der sich ärgerte, dass er sein Smartphone im Hotel vergessen hatte und so keine Fotos vom Geschehen bei der Gruft machen konnte. »Ich bin am Überlegen, ob dieser Tote etwas mit den Männer zu tun hat, die in meinem Zimmer waren und diese Dose gestohlen haben.«

»Das überlege ich auch. In dieser Dose war kein Hinweis auf die Wagner-Gruft. Nur darauf, dass das Rätsel von Richard Wagner bei Cosima zu finden sei. Was noch lange nicht bedeutete, dass es in ihrer Gruft sein muss, oder?«

»Wie lautete der Hinweis, wie man dieses Rätsel finden kann?«

»Lass mal überlegen, ich glaube, es sollte in ihrem Kranz zu finden sein.«

»Da könnte der Kranz auf ihrem Grab gemeint sein.«

»Das können wir nun leider nicht mehr überprüfen.«

»Du hättest doch nicht ihr Grab geöffnet, um das herauszubekommen? Taka, schau mich an!«

Er schaute sie an. Dann schüttelte er den Kopf. »Was glaubst du nur von mir? Ich steig aus diesem Spiel aus.«

Ein fremder Mann? Ihn muss ich fragen.
Wer kam ins Haus und liegt dort am Herd?

Sieglinde

20. Kapitel

Der zweite Abend in Bayreuth hatte mit einem Besuch der Wagner-Oper »Das Rheingold« als Live-Übertragung aus dem Festspielhaus unter freiem Himmel auf dem Volksfestplatz als Public Viewing geendet. Es war die Eröffnung des Wagner-Festivals in Bayreuth. Am nächsten Tag waren sie im Bus weiter nach München gefahren. Einigen Leuten im Bus war es aufgefallen, dass die beiden Männer hinter dem Fahrer fehlten. Man unterhielt sich im Bus über die gestern gesehene Eröffnung der Wagner-Festspiele. Taka beschäftigte sich mit seinem Tablet-Computer. Er recherchierte im Internet, betrachtete Bilder und machte sich Notizen.

»Ich habe Cosima Wagner und Kranz bei Google als Stichwörter eingegeben«, sagte er zu ihr.

»Und?«

»Schau mal: Ziemlich weit vorn ist zu lesen: Die meisten der frühen fotografischen Porträts von Cosima Wagner zeigen ein schlankes Gesicht mit langer Nase und einem kunstvoll geflochtenen Zopf am Hinterkopf. Besonders das bekannte Foto mit Richard Wagner, das beide im Profil zeigt, wobei Cosima auch hier einen züchtigen Haarkranz trägt, wurde für die Inszenierung zum Synonym für die Unterordnung der demutsvoll aufblickenden Frau dem huldvoll auf sie herunterblickenden Genie gegenüber.«

Wally beugte sich zum Touchscreen des Tablet-Computers, um mitlesen zu können, was zu einer Fotoausstellung mit dem Titel »Verzopfungen« zu lesen war.

»Für mich ist das klar«, sagte Taka zu Wally, »die beiden, die unsere Dosen gestohlen haben, wollten auch das nächste Rätsel finden. Sie waren anscheinend schlau genug, um herauszubekommen, dass mit dem Kranz von Cosima nur ihr Zopf gemeint sein konnte, in dem das Rätsel irgendwie versteckt ist.«

»Vielleicht in einer Haarnadel?«

»Mag sein. Jedenfalls muss in der Gruft etwas Unvorhergesehenes passiert sein.«

»Womöglich. Und warum ist einer von denen tot?«

»Da waren womöglich noch andere, die das gleich wollten.«

»Wer?«

»Jemand, der auch hinter diesem Rätsel her war, um an den Schatz zu kommen.«

»Mein Gott, bin ich froh, dass wir nun nichts mehr damit zu tun haben und mit friedlichen Menschen auf dem Weg nach München sind.« Sie schaute erleichtert auf die grüne Sommerlandschaft, die vor dem Fenster vorbeizog.

»Die Frage ist, ob dieser Jemand, der den Toten in der Gruft auf dem Gewissen hat, nun das Wagner-Rätsel besitzt«, überlegte Taka weiter.

»Wenn wir richtig vermuten und die beiden Männer, die die Dose aus meinem Hotelzimmer geklaut haben, dann in die Gruft gingen, um das Wagner-Rätsel zu holen, konnte anscheinend einer von ihnen entkommen. Vielleicht hat er das Rätsel gefunden und mitgenommen?«

»Genau, falls es überhaupt gefunden wurde. Schade, dass ich es nicht kenne. Jetzt komme ich auch nicht mehr an die anderen ran. Ich hätte den Schatz gesucht, und falls er existiert, auch gefunden.«

»Du hast mir gestern Nacht hoch und heilig versprochen, dass du dich nicht mehr um diese gefährlichen Rätsel mit dem dazugehörigen Schatz kümmern willst. Kümmer' dich doch lieber um das Schwert deines Vorfahren!«

»Eben, das könnte sich ja bei dem Schatz befinden.«

»Oje, schlimm, ich habe mir einen Abenteurer geangelt«, seufzte Wally, die kopfschüttelnd ein paar Sitzbänke nach hinten im Bus ging, wo ein Gast eine Bestellung für ein Getränk bei ihr aufgeben wollte.

Ein leichter Wind kräuselte die Wellen auf dem Forggensee, als Wally an die Busfahrt von Bayreuth nach München dachte. An ihr Ohr drang die nahe Stimme von Kommissar Dolling: »Hören Sie mir eigentlich zu?«

»Ich? Jetzt gerade nicht. Was sagten Sie?«

»Ab morgen können wieder Führungen auf Schloss Neuschwanstein gemacht werden.«

»Ist die Polizei mit den Untersuchungen fertig?«

»Ja, seit gestern. Die Schlossverwaltung weiß Bescheid, das Tourismusbüro auch.«

»Haben Sie noch Hinweise zum Mord an Bill Loomis gefunden?«

»Keine neuen Spuren jedenfalls. Wir sind noch nicht viel weitergekommen mit unseren Ermittlungen. Auch nicht bei dem Mord von Schloss Linderhof. Muss ich leider zugeben. Aber alles dürfen wir der Öffentlichkeit auch nicht verraten.«

»Verstehe. Wissen Sie, was ich komisch finde? Im Schloss Neuschwanstein liegen zwei Leichen. In Bayreuth ist es eine Leiche.«

»So langsam können wir einen eigenen Friedhof eröffnen. Zwei Leichen im Schloss Neuschwanstein, eine in Bayreuth und eine im Schloss Linderhof. Bin gespannt, wann wir auf die nächste stoßen.«

»Hoffentlich nicht. Haben Sie schon herausbekommen, wer der Tote in Bayreuth war? Konnten Sie mit dessen Namen und den Telefonnummern was anfangen, die ich Ihnen gab?«

»Weder die Namen von ihrer Liste, noch die dazugehörigen Telefonnummern haben uns zu realen Personen geführt. Die Kollegen in Bayreuth schalteten auf oberste Geheimhaltung. Ich kann nicht klären, ob es sich um die gleichen Männer handelt. Gut, ich habe hier genug Tote, um die ich mich kümmern muss. Also, gehen wir mal davon aus, der Mord im Sängersaal hat was mit Macht und Eifersucht zu tun. Ein Musical-Sänger, selbst wenn er ein Star ist, was sollte er mit Macht zu tun haben?«, meinte Dolling.

»Schon eher mit Eifersucht.«

»Weitaus eher. Es dürfte kein Geheimnis sein, wenn ich ihnen erzähle, dass Bill Loomis homosexuell war.«

»Nein. Das erzählte er mit schon bei unserer ersten Begegnung. Aber auch bei Homosexuellen gibt es Eifersucht, oder?«

»Gewiss, gewiss! Und wie! Manche aus der Schwulenszene behaupten, dass Männer, die Männer lieben, noch viel schlimmer unter Eifersucht leiden, als es bei heterosexuellen Paaren der Fall ist. Besonders ältere Homosexuelle werden zu Furien, wenn sie von ihrem jüngeren Geliebten verlassen werden.«

Kleine Wolken zogen über den blauen Himmel.

»Ein Traumwetter«, seufzte Dolling. »Der Himmel ist gut gelaunt.«

»Im Himmel gibt es keinen Sex und auch nicht die dazugehörigen Probleme«, meinte Wally lächelnd. »Vielleicht hat deswegen König Ludwig II. oft und gerne verträumt in den Himmel geschaut?«

»Das mache ich auch. Wenn ich keine Lösung finde. Dann flehe ich den Himmel an. Unser V-Mann in der hiesigen Homo-Szene hat schon alle Antennen ausgefahren. Der Hotelier, der Tote neben Bill Loomis, ein gewisser Lukas Basse, war auch ein Schwuler. Mitten in den Bergen hat er ein Hotel aufgekauft, das er in eine Art Sadomaso-Wellness-Hotel verwandeln wollte. Auf psychoanalytischer Basis. Zur Behandlung von Perversionen sozusagen. Für Heteros und Nichtheteros. Sogar an Pädophile war gedacht.«

»Ich erinnere mich, mein Tourismuschef hat mir davon erzählt. Die Einheimischen haben dagegen protestiert und demonstriert. Da war ich noch nicht in Füssen.«

»Das ging durch die Weltpresse. Dieser Basse wollte wie König Ludwig II. in beleuchteten Grotten die harten Sex-Spiele abziehen lassen. Ein nackter König Ludwig sollte die Peitsche auf die Haut von Männern und Frauen klatschen, die sich erniedrigen wollen.«

»Zuerst haben die Behörden lange gezaudert mit der Genehmigung. Dann hat sich Lukas Basse unseren Schmelzing als Teilnehmer ins Boot geholt und die Genehmigung war kein Problem mehr.«

Jetzt schaute auch Wally in den blauen Himmel. Sie genoss die angenehme Brise, die über den Forggensee wehte.

»Gefällt Ihnen unsere Fahrt auf dem See?«

»Doch. Sehr. Ich bin noch nie über den Forggensee gefahren. Die Aussicht ist herrlich. Besonders auf das Schloss.«

Kommissar Dolling stand neben Wally an der Reling und ließ die weißen Türme des Märchenschlosses auf sich wirken. »Hier können wir uns ungestört unterhalten.«

»König Ludwig II. hatte auch ein Dampfschiff. Wissen Sie, wie er es genannt hat?« Sie schaute Dolling prüfend an.

»Nein, wie?«

»Tristan.«

»Tristan? Ich sollte mich mehr um die Geschichte unserer Gegend kümmern.« Der Kommissar machte ein beschämtes Gesicht. Wie ein Schüler, der bei Heimatkunde versagt hatte. »Aber mein Beruf frisst mich auf.«

Und die Kegelabende! Fügte Wally im Kopf hinzu.

»Der König war von Wagners Oper Tristan derart angetan, dass er sein Ausflugsschiff auf dem Starnberger See danach taufte«, erzählte sie.

»Alle Achtung. Sie blicken durch.«

»Nanu, was machen Sie hier?« Ein kleiner rundlicher Mann kam auf Dolling zu.

»Das könnte ich Sie auch fragen.«

»Ich will ein Buch über die bayerischen Schlösser schreiben.«

»Dann darf ich Ihnen dafür die Expertin für Schloss Neuschwanstein vorstellen«, zeigte Dolling auf Wally.

»Prima. Eine Expertin für Neuschwanstein kommt mir wie gerufen. Ich bin Dirk Leisser«, schüttelte der leutselige Literatur-Professor Wally die Hand.

»Wenn Sie dieser Dirk Leisser sind, den ich meine, dann habe ich ein Buch über König Ludwig II., das Sie geschrieben haben. Daraus habe ich einige Sachen für meine Schlossführungen entnommen. Ich hoffe, Sie haben nichts dagegen.«

»Ach was! Nur zu! Dafür ist es ja da.« Der Literatur-Professor ging mit ihr zum Heck des Schiffes.

Dolling und der kleine rundliche Mann waren sofort in eine intensive Unterhaltung eingestiegen.

»Sie können mein ganzes Buch bei ihren Führungen vorlesen. Ist ja gute Werbung. Was gefällt Ihnen daran besonders?«

»Ich hab's gerade gesagt. Vom Dampfschiff Tristan. Ich erzähle bei meinen Führungen auf dem Schloss auch ein wenig über das Verhältnis des Märchenkönigs zu dem Komponisten Richard Wagner. Wenn ich den Neuschwanstein-Touristen den Blick auf den Forggensee zeige. Sie beschreiben das wirklich feinfühlig. Die Fäden die Sie bei der Beziehung König-Komponist, zwischen Baumeister und Tonmeister, spinnen, die finde ich sehr verständnisvoll und einleuchtend. Auch wie Wagner erschrocken ist, als er hörte, dass der König mit dem Architekten Semper in München ein Festspielhaus für Wagner errichten wollte, das schildern Sie bestens.«

»Danke. Wussten Sie, dass Josephine Barbarino, die Architektin für das König-Ludwig-Musical-Gebäude, auf das wir gerade blicken, einige Ideen von Semper übernommen hat?«, erzählte Leisser.

»Nein. Ich weiß nur, dass es nicht einfach war, dieses Musical-Theater hier am Ufer zu bauen. Das wurde mir im Tourismus-Büro erzählt. Viele empfanden dieses moderne Musical-Gebäude als Entweihung der Königsschlösser«, meinte Wally.

»Ich finde es eine gelungene Mischung aus Beton. Holz und Glas. Unserem Kini hätte das gefallen. Auch wenn es viele nicht glauben, er war der modernen Technik gegenüber aufgeschlossen. Zum Bau von Schloss Neuschwanstein, das eigentlich eine mittelalterliche Romantik-Burg darstellt, eine Mischung aus germanischer Götterburg und christlicher

Gralsburg, wurden auch moderne Bauelemente wie Eisenträger verwendet«, schilderte Leisser seine Ansicht.

»Ja, die Schlossbesucher sind immer richtig verdutzt, wenn ich ihnen zeige, dass der König auf Neuschwanstein in allen vier Stockwerken fließendes Wasser hatte, ebenso eine zentrale Warmluftheizung für alle Räume des Palastes und Heißwasseraufbereitung für die Küche. Zwei Rufanlagen vom König zur Dienerschaft wurden mit Trockenbatterien betrieben. Obwohl das Schloss sehr einsam in den Bergen liegt, hatte der König eine moderne Verbindung in die Welt. Nämlich ein Telefon«, sagte Wally.

Zwei Schwäne flogen hoch, nachdem das Ausflugsschiff zu nahe kam. Da nützte es auch nichts, dass ihnen ein Kind Brotstückchen zuwarf. Die stolzen Tiere bevorzugten die Flucht vor dem Ungetüm. Mit ihren weiten weißen Schwingen zogen sie eine große Kurve durch die Luft, wurden kleiner.

»Der König hat vom Tassilo-Zimmer des väterlichen Schlosses Hohenschwangau mit dem Fernrohr die Entstehung seines neuen Schlosses ungeduldig verfolgt. Besonders beeindruckt hat ihn am Anfang das Absprengen der Felskuppe um etwa acht Meter«, erzählte Leisser. »Erzähle ich Ihnen etwas Neues, wenn ich Ihnen sage, dass bei den Sprengungen an dem Felsen auf den das Schloss Neuschwanstein gebaut wurde, ein Arbeiter umgekommen sein soll?«

»Davon weiß ich noch nichts«, sagte Wally. »Das ist ja interessant.«

»Eine Höhle hatte sich nach dieser Sprengung aufgetan. Ein Arbeiter wurde an einem Seil in die Tiefe gelassen, fiel aber in die Höhle hinunter. Man hat seine Leiche nicht gefunden. Ein unterirdischer Strom hat ihn mitgenommen. Die Höhle wurde verschlossen. Angeblich wurde das

Schloss darüber gebaut. Es gab Gerüchte, dass der König später heimlich einen Zugang zu dieser Höhle bauen ließ. Dürfte sogar stimmen, denn Ludwig II. war sehr vernarrt in Höhlen und Grotten.«

»Das ist mir neu, dieses Gerücht. Woher haben sie das? Das würde ich gerne meinen Touris erzählen. Das klingt sehr spannend. Wissen Sie mehr?«

»Das wird von Einheimischen erzählt. Das habe ich von einer Kollegin. Sie stellt gerade ein Allgäuer Sagenbuch zusammen. Sie hat von einem Geist gehört, der König Ludwig um Mitternacht auf Schloss Neuschwanstein aufgesucht haben soll. Deswegen habe der König des Nachts nicht schlafen können. Der Geist habe den König verflucht, weil dieser durch seine Sucht nach Pomp Schuld am Tod des verschwundenen Arbeiters sei.«

»Eine gruselige Geschichte. Die gefällt meinem Publikum sicher. Jetzt weiß ich auch, wie der Märchenkönig zum Mondkönig wurde.«

»Richard Wagner, für den der König das Schloss eigentlich erbaut hatte, war diese Geschichte zu Ohren gekommen. Er schlief aber nie auf diesem Schloss, das auch für ihn bestimmt war«, wusste Leisser.

Wally saugte die Worte auf. Konnte sie alles brauchen.

»Die bayerische Schlösserverwaltung hat mir auf Anfrage mitgeteilt, dass diese Höhle unter Neuschwanstein nicht existiert«, erzählte Leisser weiter. »Es war nur eine ehemalige Abfallgrube, sagen die, in die der Arbeiter fiel, aber wieder gerettet wurde. Diese wurde nach dem Unglück völlig zugeschüttet.«

»Schade. Es war aber schon verschwenderisch, was der König gebaut hat, finden Sie nicht?«, setzte Wally das interessante Gespräch fort.

»Das kann man so und so sehen. Seine geplagten Minister, die das Geld auftreiben mussten, hielten ihn natürlich für größenwahnsinnig. Aber die Handwerker und ihre Mitarbeiter, die dadurch Arbeit und Einkommen hatten, die waren beglückt über des Königs Baufieber.«

Aus der Richtung, in der die beiden Schwäne entschwunden waren, kam eine weiße Yacht. Sie glänzte in der abendlichen Sommersonne, die durch die klare Luft ein wunderbares Licht auf die Landschaft am Forggensee warf.

Schloss Neuschwanstein, erbaut aus 9.300 Zentnern Salzburger Marmor, 91.000 Zentner Nürtinger Sandstein 400.000 Ziegelsteinen. Am Reichsformat, 3.600 Kubikmeter Sand und 12.000 Zentner Zement strahlte in diesem Wunderlicht wie eine unerreichbare Burg der Engel. Ein Symbol der deutschen Romantiker. Keiner hätte gestaunt, wenn geflügelte Wesen auf den Zinnen aus silbernen Fanfaren eine Wagner-Melodie dargeboten hätten.

Die schneeweiße Yacht kam langsam über das Wasser auf das Ausflugsschiff zu. Die Gäste auf dem Ausflugsschiff machten sich gegenseitig auf das schöne Boot aufmerksam. Sie winkten mit Mützen, Käppis, Tüchern und den bloßen Händen hinüber.

»Da bist du ja Dirk, ich habe dich schon auf dem ganzen Schiff gesucht«, kam ein Mann zu Dolling, Wally und Leisser, schüttelte ihnen die Hände.

»Darf ich vorstellen«, sagte Leisser zu Wally, »das ist Manfred Zagel, der Chef der bayerischen Schlösserverwaltung. Herr Dolling kennt ihn sicher.«

»Ich bin der Meinung, die Polizei hält schon viel zu lange das Schloss Neuschwanstein besetzt. Uns gehen dadurch täglich tausende von Euros an Eintrittsgeldern verloren. Eine unangenehme Situation. Sie verstehen?«, klagte Manfred Zagel.

»Sie meinen, wir, die Polizei arbeitet zu langsam?«

»Nicht nur wir, auch das bayerische Innenministerium ist dieser Ansicht«, äußerte Manfred Zagel möglichst förmlich.

»Wir tun unser Bestes«, erwidert Dolling. »Sie wissen von nichts«, flüsterte er ins Ohr von Wally.

Dirk Leisser schnappte sich Manfred Zagel, um einige Informationen von ihm zu erhalten. Die weiße Yacht hatte sich dem Ausflugsschiff bis auf wenige Meter genähert. Die beiden Kapitäne riefen sich begrüßende Worte zu. Sie kannten sich. Der weiß gekleidete Kapitän auf der Yacht trug einen Strohhut.

»Kennen Sie den auch?«, sah Leisser Wally an.

»Ich glaube schon. Ja, das ist er. Ich war neulich dabei, als seine Frau ein Kind bekam.«

»Dem Ottokar gehört hier fast alles. Bestimmt auch das Schiff, auf dem wir gerade fahren. Ich soll für ihn einen Text über die Seilbahn erstellen, wie sie einst dem Märchenkönig vorschwebte.«

»Eine skurrile Sache. Ich habe darüber auch Leissers Buch gelesen. Der König wollte sich von einer Seilbahn mit Ballonen im Pfauenwagen von der Burg Hohenschwangau aus über den Alpsee hinauf zu Schloss Neuschwanstein ziehen lassen.«

Dirk Leisser hatte seinen Namen gehört. Er hatte sich daraufhin mit Manfred Zagel wieder Wally Windheim und Kommissar Dolling genähert.

»Sie haben mein Buch gelesen? Ja, das will nun der Schmelzing bauen. Das soll eine gigantische Tourismus-Attraktion werden. Das König-Ludwig-Musical war auch seine Idee. Der hat immer solche Wahnsinns-Ideen.«

»Und anscheinend auch das nötige Geld.«

»Zu seinem unerklärlichen Reichtum habe ich schon einige merkwürdige Dinge gehört«, flüsterte ihr Leisser ins Ohr. »Auch wenn der Schmelzing ein publicitygeiler Typ ist, der stets auf dem Strahlemann-Trip ist, möchte ich mit dem keinen Ärger. Entweder prozessiert er einen gnadenlos nieder, oder …«

Ein dumpfer Knall fuhr durch den See. Das Ausflugsboot wurde vom hochgeschreckten Wasser geschüttelt. Die Leute an der Reling schrien auf, riefen umher, schwiegen entsetzt oder hielten sich mit großen Augen an der Reling fest. Die weiße Yacht legte sich nach dem dumpfen Knall auf die Seite und begann zu sinken.

Die Legende von Buddha hat mich nun etwas
mit dem Neu-Buddhismus bekannt gemacht;
eine große Konfusion, wie mir scheint;
und wiederum scheint ein großes Wesen nur gestrahlt zu haben,
um die Köpfe um so verwirrter zu machen …

Cosima Wagner zu Houston Stewart Chamberlain

21. Kapitel

Wally stand am Fenster des Sushi-Imbisses. Taka brachte ihr süßsaure Suppe.

»Es könnte wirklich eine Höhle unter dem Schloss Neuschwanstein geben«, erzählte Wally von dem, was sie auf dem Schiff von Dirk Leisser gehört hatte.

»Hm. Ich verdränge das gerade aus meinem Kopf«, ging Taka hinter die Theke zurück.

»Dazu sage ich jetzt besser nichts.«

»Wann machst du eigentlich deine Führungen im Schloss wieder?«

»Ab Morgen.«

»Vielleicht weiß der Hausmeister des Schlosses was über einen Eingang zu dieser Schatzhöhle? Frag ihn doch mal so unverdächtig nebenbei …«

»Mal schauen. Mir ist die Sache nicht geheuer. Am Schluss geisterst du noch durch das Schloss.«

»Du kannst mich doch nicht im Stich lassen«, stellte Taka grinsend die gebratenen Nudeln neben Wally ab. »Keine Angst, vergiss es, ich habe diese Schatzsuche doch schon längst aufgegeben.«

»Das soll ich dir glauben?«

»Hm, wenn es nur nicht so wahnsinnig aufregend wäre«, meinte Taka. »So ganz lässt es mich nicht los, muss ich zugeben. Mich hat schon immer Schatzsuche fasziniert. Wohl deswegen bin ich auch auf der Suche nach dem Schwert meines Vorfahren. Oft findet man zwar das Gesuchte nicht, aber dabei zufällig etwas viel Kostbareres.« Er kam ihr näher. »Dich, zum Beispiel«, gab er ihr einen Kuss.

»Lenk nicht ab. Ich sehe dich schon nachts durch das Schloss schleichen, wenn mir der Hausmeister verraten würde, wo der Eingang zu dieser Höhle wäre. Das gefällt mir gar nicht. Nützt dir doch nichts, wenn du nur den Code zum Öffnen der ersten Tür kennst, oder?«

»Es gibt eine ganz einfache Methode an diesen Schatz unterm Schloss zu kommen«, meinte Taka, der mit Wally allein im Imbiss war.

»Aha, welche denn?«

»Das ganze Schloss Neuschwanstein wegsprengen!« Er machte eine weit ausholende Geste mit beiden Armen. »Nein, mach ich natürlich nicht, ich will niemanden gefährden. Im Ernst, ich müsste wissen, wer diesen Schatz holen will, müsste sie irgendwie beobachten und wenn sie ihn haben, dann müsste ich ihn denen abnehmen, verstehst du?«

»Sicher, das ist die allereinfachste Methode. Haha!«

Das Telefon klingelte. Taka ging ran, nickte und schrieb die Bestellung auf. Er gab sie an seinen Vater in der

Küche weiter. »Sieht aus, als müsste ich mal wegfahren. Tut mir leid. Meine Schwester ist nicht da. Die macht das sonst. Ist mit diesem Charon unterwegs. Da bahnt sich was an.«

Kunden drängten in den Imbiss. Bestellten Getränke und Essen. »Ich muss ein Taxi rufen, damit der Kunde sein Sushi bekommt«, sagte er hektisch geworden zu Wally.

»Wieso? Das kann ich dir auch hinfahren. Wer bekommt es denn?«

»Der Erfinder.«

Wally blickte ihn verständnislos an.

»Richtig heißt er Bruno Levi. Er wohnt unterhalb des Schlosses. Im Pöttlachweg. Ist das einzige Haus dort. Kannst du nicht verfehlen. Meistens hält er sich in der Werkstatt auf.«

Wally nahm das eingepackte Essen und fuhr los. Sie fand Bruno Levi in seiner Werkstatt, einem Holzschuppen neben einer Lagerhalle. Die Werkstatt war direkt an den Berg gebaut. Er war ein Mann von geringer Körpergröße. Durch einen kleinen Buckel, der aus seinem Rücken hervorragte, wirkte er noch kleiner, fast zwergenhaft. Auf seiner Glatze trug er eine Baskenmütze. Sein Gesicht war rund. Seine Augen neugierig. Über seiner Latzhose trug er einen weißen Kittel. Er sah eher nach einem Künstler als nach einem Handwerker aus.

»Nanu, eine neue Ausfahrerin«, staunte er Wally an.

»Takas Schwester kann heute nicht. Ich bin nur Aushilfe.«

»Ach so. Sie kommen mir aber bekannt vor.«

»Kann sein, oben im Schloss arbeite ich als Fremdenführerin.«

»Soso.«

Eine schwarze Katze sprang auf die Werkbank, auf der Levi sein Essen auspackte. Wally reichte ihm aus der Thermokiste noch ein Plastikbesteck und Servietten.

»Das Besteck können sie behalten. Ich nehme meins.«

Die rotbraun gefleckte Katze beäugte Wally. Levi streichelte sie.

»Das ist Leonardo. Mein Kater.«

Levi schenkte sich ein Bier ein.

Wally machte Anstalten sich zu verabschieden.

»Wollen Sie auch einen Schluck?«

»Nein, danke. Ich muss wieder zurück. Auf mich wartet noch Arbeit.«

»Was denn?«

»Na ja, ich muss meine letzte Aktion dokumentieren.«

»Darf ich fragen, was das war?«

Levi schloss immer dann die Augen vor Vergnügen, wenn er sich an ein Sushi-Teil heranmachte.

»Auf den Spuren Wagners durch Bayern.«

»Mmmmh. Das schmeckt. Wollen Sie auch was?«

»Danke. Ich habe vorhin schon gegessen.«

»Die machen das fein. Wenn ich bei einem Projekt nicht weiterkomme, dann bestelle ich mir Sushi. Ich bewundere nämlich den Erfindungsgeist der Japaner.«

»Was machen Sie denn gerade?«

»Ich? Eine Seilbahn.«

»Was? Eine Seilbahn? Sie allein?«

»Heute mussten meine Mitarbeiter zum Forggensee hinunter. Schmelzings Yacht ist untergegangen. Ein Unfall. Alle vier mussten da hin. Sind bei der freiwilligen Feuerwehr. Notfall. Ich hoffe, der Schmelzing ist nicht im See ersoffen, wie einst der Ludwig.«

»Ich habe ihn gesehen.«

»Sie? Wen?«

»Ich fuhr auf einem Ausflugsdampfer über den See. Schmelzing hat uns von seiner Yacht aus gewunken. Nur ein paar Meter vor unseren Augen ist sie gesunken.«

»Wie kann eine Yacht plötzlich untergehen, frage ich mich.«

»Das haben wir uns auch gefragt.«

»Vielleicht gegen einen Felsen gefahren?«

»Nein, es klang eher nach einer Explosion.«

»Hoffentlich ist dem Schmelzing nichts passiert. Wäre dumm. Ich habe für ihn gerade einen riesigen Auftrag auszuführen. In ein paar Tagen bin ich damit fertig.«

»Die Seilbahn?«

»Ja, aber es ist keine normale Seilbahn. Sie wird nach den Plänen meines Großvaters gebaut.«

»Klingt interessant.«

»Möchten Sie die mal sehen? Schmelzing will sie mit großem Tamtam präsentieren.«

Levi ging mit Wally in die Lagerhalle.

An der Decke hingen Ballone.

»Mit diesen Ballonen werden die Gondeln vom Schwanensee zum Schloss Neuschwanstein hochgezogen.«

»Verrückt!«

»Finden Sie? Die Pläne meines Großvaters sind perfekt. Er hat an alles gedacht. Wir müssen es nur nachbauen.«

Leonardo umschmeichelte Wallys Beine.

»Der mag sie. Das ist selten. Leonardo ist sehr misstrauisch.«

»Dann ist Ihr Großvater der geniale Ingenieur Hubert Lorot, von dem ich den Touris erzähle, wenn ich ihnen die technischen Errungenschaften im Schloss zeige, oder?«

»Sie haben's erraten. Das ist er. Die männlichen Nachfahren unserer Familie sind in seine Ingenieurs-Fußstapfen getreten.«

»Wir haben ihn nicht gefunden!« Levis Mitarbeiter kamen von ihrem Einsatz zurück.

»Der See hat ihn verschluckt.«

»Sie untersuchen bereits die Yacht. Scheint nicht alles mit rechten Dingen zugegangen zu sein.«

»Die Seilbahn können wir vergessen.«

Levi hob seine Baskenmütze ein wenig an. Er kratzte sich am kahlen Schädel.

»Dumme Geschichte. Was machen wir jetzt? Er hat erst die Hälfte bezahlt.«

»Das wäre doch eine einzigartige Touristen-Attraktion!« Wally blickte Levi und seine vier Mitarbeiter an. »Das muss gebaut werden!«

»Aber wie? Ich habe nicht die nötigen Mittel um die Seilbahn fertigzustellen«, meinte Levi etwas bedrückt.

»Ich sehe die bunten Ballone schon zum Schloss hochfliegen«, versuchte Wally die Männer aufzumuntern, die lange Gesichter machten. »Ich werde mit meinem Chef im Tourismus-Büro reden. Vielleicht hat der eine Idee. Ich denke, da müssten sich doch leicht Sponsoren finden lassen.«

Bei der Rückfahrt stieß Wally fast mit einer Pferdekutsche zusammen. Es war Joe.

»Wo gehts denn so schnell hin?«, rief er ihr zu.

»Nach Füssen! Wie gehts dem Fohlen?«

»Sie meinen das Fohlen, das neulich auf die Welt kam, als sie dabei waren?«

»Ja.«

»Dem geht's gut. Wo kommen Sie gerade her?«

»Aus der Werkstatt von Bruno Levi.«

»Sie waren bei dem verrückten Erfinder?«

»Er kam mir nicht besonders verrückt vor.«

»Hier nennen ihn alle so. Übrigens: Sie müssen dem Fohlen noch einen Namen gehen. Ich hoffe, Sie kommen dazu bald mal vorbei.«

Ein großer Sieg ist eine große Gefahr.

Friedrich Nietzsche

22. Kapitel

Das Fest der Nibelungen begann. In der Mitte des Bergkessels brannte ein hohes Feuer. Hohe rissige Kalkwände, von Gras und Sträuchern bewachsen, grenzten den Kessel ein. Die Dämmerung ging in die Nacht über. Nebelschwaden zogen über den Kessel hinweg. Dieser war nur durch einen höhlenartigen Tunnel zu erreichen. Die Alben hatten sich bereits mit Fackeln im Kreis aufgestellt. Trommler begannen einen monotonen Rhythmus. Die lang gezogenen Töne aus den Luren ertönten. Met wurde herumgereicht. Alte Gesänge wurden angestimmt. Giselher, Gernot und Hagen standen um Gunthers Thron. Die Boten des Hunnenkönigs Etzel waren eingetroffen. Sie überbrachten die Einladung ihrer Schwester Krimhild, die Etzel geheiratet hatte.

»Wir sollten nicht fahren, Gunther, ich rieche Unheil«, sagte der Mann in Schwarz, der Hagen spielte.

»Wir lassen unsere Seherin in die Zukunft schauen, dann entscheiden wir«, antwortete der Mann, der Gunther spielte.

Giselher und Gernot riefen zusammen: »Die Seherin möge kommen und ihre Arbeit tun!«

Eine Frau im wallenden Gewand und mit langen Zöpfen trat zu dem lodernden Feuer in der Kesselmitte. Zwei Helfer trugen ihr einen geflochtenen Korb nach. Sein Inhalt wurde von einem Tuch verdeckt. Sie stellten ihn neben einen großen Holzklotz. Ein Helfer, der mit roter Kapuze und nackter Brust wie ein Henker aussah, stellte sich dazu. Er hatte ein Messer in der Hand. Die Helfer entfernten das Tuch vom Korb. Sie hoben einen Schwan, der an den Füßen gebunden war, auf den Holzklotz. Der Schwan zuckte mit seinem Schnabel nach den Menschen um ihn herum. Er stieß kämpferische Laute aus. Der Henker packte den Hals des Schwanes. Mit einem Schnitt trennte er den Kopf des Schwanes vom Hals, aus dem ein Blutstrahl schoss. Der Hals bewegte sich noch ein paar Sekunden wie eine Schlange, die sich nicht entschließen kann, wohin sie will. Der Henker legte den Schwanenkopf auf ein silbernes Tablett, das eine Magd vor Gunthers Füße stellte. Jetzt zerschnitt der Henker den Strick, mit dem die Füße des Schwans gefesselt waren. Die Helfer hielten die Beine des Schwans weit auseinander. Einige Alben warfen Holz in das Feuer. Funken stoben in den dunkel gewordenen Himmel. Die Flammen wurden wieder heller.

Die Frau mit den langen Zöpfen nahm das Messer aus der Hand des Henkers. Sie schnitt den Bauch des Schwans auf. Dann zerrte sie die Eingeweide heraus. Sie betrachtete sie.

»Für uns kommt eine gute Zeit«, rief sie in die Runde. Sie schnitt das blutende Herz des Schwanes heraus, hielt es über ihren Kopf. »Ich sehe viele Feinde, die uns hindern wollen. Wir werden unseren Reichtum und unsere Macht erkämpfen müssen. Ein Feind ist nicht weit von uns. Er kann auch unter uns sein. Wir müssen gut aufpassen!« Der Nebel wirbelte in Fetzen von oben in den Kessel. Zu den Flammen der Fackeln kamen abgedämpfte Farben hinzu. Die Gestalten im Rund sahen sich an, wie die Jünger beim Abendmahl, die nach einem Verräter Ausschau hielten. Sie winkte einen Fackelträger herbei. »Ich werde bald klarer sehen«, verkündete sie. »Eine große Tat der Nibelungen steht bevor!«

Es regte sich beifälliges Gemurmel. Die Luren ertönten wieder. Sie klangen angriffslustig. Der Nebel zog sich aus dem Kessel zurück. Die Schicksalsfrau biss vom gerösteten Schwanenherz ab. Ein gemeinsamer Schrei der Zustimmung ertönte aus den Kehlen der 24 Versammelten. Sie reichte das Schwanenherz am Dolch weiter. Jeder durfte ein kleines Stück herunterbeißen.

Die Trommeln ertönten wieder.

Ein Mann trat zu dem Feuer. Er war unbekleidet.

Neben ihn wurde ein Eimer mit einer Flüssigkeit gestellt. Damit wurde er von zwei anderen Männern eingerieben. Es war eine rote Flüssigkeit. Nachdem sie fertig, waren, rollte er sich über ein grausilbernes Pulver, das die Schicksalsfrau aus dem nicht besonders großen, spiralförmig gewundenen Horn, das ein silberner Klappdeckel verschloss, auf ein ausgebreitetes Tuch geschüttet hatte.

»Um Mitternacht werden die Geister der Nibelungen uns schützen!«, rief sie.

Die Trommeln wirbelten. Vier Musiker traten vor. Mit Drehleier, Dudelsack, Schalmei, und Klangbaum ausgestattet. Mittelalterliche Musik vom Hof der Burgunder ertönte.

Die Schicksalsfrau hob die Arme hoch, als sich der Mann aus dem glimmenden Pulver erhob. Er sah aus wie in Rüstung. Alle schauten gebannt zu ihm hin.

»Der Staub des Schwanensterns macht den Nibelungen zum Göttlichen!«

Der Mann verschwand langsam. Er wurde langsam durchsichtig. Zuerst konnte man durch seinen Kopf hindurchsehen, dann durch seine Arme, Beine, Hüfte und Bauch. Am Schluss war seine Brust verschwunden und damit der ganze Mann unsichtbar.

Raunen im Rund.

Die Schicksalsfrau umkreiste die Stelle, an der der Mann verschwunden war. Sie rief germanische Worte aus dem Merseburger Zauberbuch in die Nacht.

»Ben zi bena
bluot zu bluoda
lid zu geliden
Sose gelimida sin!«

Nach einer halben Minute wurde der Mann wieder Teil für Teil sichtbar. Die Schicksalsfrau hängt ihm eine graue Kutte um. Er ging wieder an seinem Platz zurück. Dann erzählt die Frau die Geschichte der Nibelungen.

»Uns ist in alten maeren
wunders vil geseit,
von heleden lebebaren,
von grozer arebeit.
von fröuden. hochgeziten.
von weinen und von klagen,
von küener recken striten,
muget ir nu wunder hoeren sagen ...«

Als sie zu Siegfrieds Tod kam, trugen zwei Gestalten mit Kapuzen eine Bahre zu dem Feuer. Sie stellten sie neben den geöffneten Schwan. Ein Mann war auf der Bahre festgebunden. Sein Gesicht war mit einer römischen Kampfmaske bedeckt. Dem aufgebahrten Mann folgte eine kleine Gestalt in einer schwarzen Kutte mit einer Kapuze, die das Gesicht mit einem dunklen Schatten verbarg. Dahinter folgte eine weitaus größere Gestalt in einer grauen Kutte mit Kapuze. Ihr Gesicht war auch nicht zu erkennen. Der Festgebundene, auf der Bahre war nackt. Nur an seinen Beinen war ein Verband angebracht. Die Schicksalsfrau ließ sich wieder das Messer reichen, mit dem sie den Schwan aufgeschnitten hatte. Sie stellte sich neben die Bahre. Die Trommeln wurden heftiger. Die Luren gellten in die Nacht. Der Kessel warf die infernalischen Laute von den Wänden zurück. Die Arme und Beine des nackten Mannes auf der Bahre bewegten sich soweit es die Fesseln zuließen. Vor allem die Muskeln schwollen auf und ab. Die Schicksalsfrau stach nach einem Zuruf der kleinen Kapuzengestalt das Messer in die Brust des Gefangenen. Unter der Maske verhinderte ein Klebeband über dem Mund des Opfers jeden Laut. Die Schicksalsfrau war nicht stark genug mit ihrem Messer den Einstich in die Brust zu vergrößern. Sie hielt inne. Die große Gestalt trat dazu. Sie zog das Messer durch die Brust des Mannes, dessen Muskeln ein letztes Mal erbebten. Die kleine Gestalt stellte sich auf die andere Seite des Opfers. Sie blickte zu der geöffneten Brust, nachdem sie der Schicksalsfrau etwas zugeflüstert hatte. Diese stellte sich wieder vor das Rund der Versammelten. »Die Nibelungen werden ihren Schatz wieder finden! Alberich ist ihm auf der Spur. Dann schließt sich der Kreis. Die Macht kehrt zu den Nibelungen zurück!«

Die Luren steigerten den grellen Ton. Die Trommeln verwandelten den Gebirgskessel in das Herz eines gigantischen Wesens, aus dessen Nabel einst die Erde entstanden ist. Das Messer drang in den Magen des Opfers ein. Die linke Hand der großen Gestalt fuhr in den aufgeschnittenen Magen. Sie hielt der kleinen Gestalt einen versteinerten Fisch hin, der vom Mageninhalt beschmutzt war. Das triumphale Leuchten ihrer Augen unter der Kapuze war nur als ein leichter Schimmer zu erkennen. Die kleine Gestalt hob den versteinerten Fisch in die Hölle. »Das ist der Schlüssel zur Macht der Nibelungen!« Ein Geräusch, das nicht von Trommeln und Luren stammte, mischte sich in die begeisterten Rufe.

Von oben senkte sich ein Hubschrauber neben dem aufsteigenden Rauch des Feuers in den steinernen Kessel. Aus der Hubschraubertür schossen die Mündungsflammen einer Maschinenpistole. Getroffen brachen einige Menschen im Rund zusammen. Die Schicksalsfrau senkte ihre dramatisch erhobenen Hände. Sie duckte sich hinter den Klotz mit dem Schwan. Ein Mann sprang mit MP aus dem Hubschrauber, der einen Meter über dem Kesselboden schwebte. Ein riesiges Insekt. Der Lärm seiner Rotorblätter, die sich drehten, erfüllten den Kessel. Als er auf die kleine und große Gestalt zuging, auf sie zielte und abdrücken wollte, sprang die Schicksalsfrau hinter dem Block hervor. Aufkreischend stürzte sie sich auf den Mann mit der MP. Instinktiv schoss er auf sie. Sie brach getroffen zusammen. Das Horn in ihrer Hand fiel neben ihr auf den Boden. Nach einem weiteren Feuerstoß schnappte sich der Mann mit der MP das Horn mit einem Rest des Pulvers und den versteinerten Fisch, der vor der kleinen Kapuzengestalt lag.

Damit rannte er in den Hubschrauber zurück, der sich aus dem Kessel erhob.

Was das Hellsehen anbetrifft, so ist es gewiss, dass es besser ist,
mit Vernünftigen als mit Irrsinnigen zu verkehren.
Da aber das Phänomen da ist und absolut nicht zu leugnen,
so ist es dem Philosophen nicht zu verdenken,
wenn er sich es zu erklären versucht.

Cosima Wagner

23. Kapitel

Gottverdammt, wir sind verraten worden!« Albert stand zornig neben dem Bett. »Irgendjemand hat sich in unsere Nibelungen eingeschlichen. Wie hätten sie wissen können, wo wir das Fest abhielten?«

»Hast du einen Verdacht?« Edda schaute ihn fragend an.

»Wir waren kurz vor dem Ziel. Wir hatten den Fisch. Darin war der Code für das dritte Tor.«

»Richtig. Du musst dich aber nicht so aufregen.«

»Warum nicht? Wir haben versagt!«

»Geben wir den Plan auf?«

»Nein! Wir halten ihn ein! Mir fällt dazu schon eine Lösung ein.«

»Glaubst du wirklich, dass sich einer der Guglmänner oder vom Geheimdienst in unseren Reihen befindet?«

»Sieht so aus. Oder was noch viel schlimmer wäre, einer von uns ist der Verräter. Ich werde ihn suchen, finden und vernichten, das schwöre ich.«

»Wenn es die Schicksalsfrau war?«

»Nein. Wieso hätte sie sich dann erschießen lassen? Sie war unsere Rettung. Der Kerl wollte uns abknallen. Wieso hast du eigentlich nichts getan?«

»Ich hatte die Pistole in der Hand. Ich zielte schon auf ihn.«

»Und?«

»Ich schoss, aber ich traf leider nicht.«

»Bist du sicher?«

»Nein, wie auch? Bei dem Durcheinander. Vielleicht bin ich auch wo hängen geblieben.«

Albert überlegte.

»Du hättest ihn doch vorher aufschneiden sollen, das Rätsel herausnehmen und fotografieren sollen. Dann wieder rein.«

»Wollte ich ja. Du warst dagegen. Wegen der Mystik.«

»Ja, Schummelei hätte das Ritual entwürdigt. Wir hätten einfach besser aufpassen müssen.«

»Wenn ich versagt habe, dann bestrafe mich.«

»Störe mich nicht! Ich überlege.«

Er wischte ihre Hand von seinem Körper. Sie schien zu stören. Kommt sein Tobsuchtsanfall? Holt er seine Peitsche? Überlegt er sich eine schlimmere Strafe?, dachte sich Edda.

»Auf jeden Fall wirft uns das zurück!« Alberts Stimme wurde schneidend. »Wenn es nicht um die größte Sache ginge, würde ich vielleicht aussteigen. Wir haben einen Gegner, der nicht zu unterschätzen ist. Eine Maschinenpistole mehr und sie hätten uns alle erledigen können. Wie die Ratten hätten sie uns abknallen können.«

Er nahm ihre Hand und biss hinein. Sie unterdrückte ein Stöhnen. Das war seine Art, sich abzureagieren, wenn er wütend war.

»Ich hasse Fehlschläge. Meine Pläne müssen klappen.«

Sie wusste, was sie sagen musste, damit er keinen Tobsuchtsanfall bekam.

»Erkläre mir doch bitte ein wenig genauer, wie dieser Trick mit dem unsichtbaren Mann funktioniert.«

»Das ist kein Trick.«

»Das glaube ich nicht.«

»Wenn ich es dir sage, dieser Staub kann einen Menschen unsichtbar machen.«

»Aber wieso?«

»Dieser Staub, der dem Mann bei unserem Fest auf die Haut gebracht wurde, stammt von einem Meteoriten. Wenn die Sterne aus dem Sternbild Schwan am Himmel unserer Erde am nächsten stehen, dann bewirkt dieser Staub, dass der Mensch unsichtbar wird. Und das ist in diesen Wochen.«

»Das erinnert mich an die Geschichte von El Dorado. An den Mann, der von einem Priester mit Goldstaub eingerieben wird.«

»Ja, es gibt da mysteriöse Zusammenhänge. Manche bringen dabei auch Außerirdische ins Spiel.«

»Was glaubst du?«

»Ein Experte hat das Pulver untersucht. Es ist wirklich von einem Kometen. Völlig unbekannte Mineralien. Vielleicht hast du schon mitbekommen, dass einige Wissenschaftler daran arbeiten Gegenstände unsichtbar zu machen.«

»So wie Chamäleons oder Harry Potter im Film?«

»Das Phänomen Unsichtbarkeit hat schon immer die Menschheit fasziniert, weil man damit überall Zugang hat und Dinge machen könnte, von denen keiner weiß, wer es wirklich getan hat.«

»Ja, das ist faszinierend. Ich staune schon bei Chamäleons, wie die sich verwandeln, bis man sie nicht mehr sieht.«

»Chamäleons können sich hervorragend tarnen, dass man sie kaum noch erkennt. Durch veränderbare Pigmente nehmen sie bei Gefahr in ihren Hautzellen die Farben ihrer Umgebung an. Das wird Mimese genannt. Sie können ihrem Körper sogar die Form von Laub oder Ästen geben. Sie tarnen sich, aber richtig unsichtbar sind sie nie.«

»Wir haben doch diesen Typen in Kanada besucht, weil wir uns nach optimaler Tarnkleidung umschauten. Hat der nicht davon gesprochen, dass er an einem Kampfanzug arbeitet, in dem man vom Gegner nicht mehr gesehen wird.«

»Stimmt. Der arbeitete an einer Uniform für Soldaten, deren Farben sich durch Knopfdruck ändern. Oder noch besser mit Lichtsensoren im Stoff, die die Farben der Umgebung erkennen und die Farben des Stoffes sofort der Umgebung angleichen. Aber das ist wie beim Chamäleon auch nur Camouflage, nur Irreführung der Augen.«

»Dieser Typ in Kanada, der ganze Heere mit Tarnkleidung ausstattet, erwähnte was von Metamaterialien und Nanotechnologie.«

»Der kam mir manchmal unseriös vor, ein Großmaul, der mir einen Film gezeigt hat, auf dem er ein Mädchen verschwinden lässt. Bis auf den Kopf. Mal abgesehen, dass ich dazu keine moderne Technik brauche, sondern das auch die Schauspieler im Schwarztheater mit schwarzen Stoffen einfachst hinbekommen, oder Soldaten mit weißen Tarnanzügen in der Arktis, könnte das jedes Kind mit einem billigen Filmbearbeitungsprogramm.«

»Die Wissenschaftler wollen Dinge unsichtbar machen, indem sie das Licht um die Dinge herumleiten. Es soll schon mit bei einem kleinen Ring gelungen sein. Die Militärs sollen Interesse zeigen. Es wird hierbei von Quantum Stealth gesprochen. Aber ich glaube bei dem Schwanenpulver geschieht etwas anderes, was auch große Dinge wie Menschen für unsere Augen unsichtbar macht. Man sieht einfach durch sie hindurch. Irgendwas Unbegreifliches wirkt da. Normalerweise sieht man ja die Dinge, wenn das Licht auf sie fällt, und die davon reflektierten Strahlen von unseren Augen aufgenommen werden.«

»Wie bei Vampiren?«

»Na ja, bei Vampiren ist nur das Spiegelbild nicht zu sehen.«

»Aber man kann sie auch nicht fotografieren und filmen.«

»Dieser Aspekt Blutsauger-Legende hat Ähnlichkeiten mit der Tarnkappe der Nibelungen, das gebe ich zu. Allerdings kann man auch unsichtbare Menschen erkennen.«

»Wie das?«

»Erstens sind sie immer noch gegenständlich, also kann man sie fühlen. Man könnte sie aus Versehen im Straßenverkehr überfahren. Sie sind normal verwundbar.«

»Wenn man sie also aufspürt. Kann man sie durch Infrarot erkennen?«

»Ja, jedes Material mit einer Temperatur über dem absoluten Nullpunkt, der bei rund minus 237 Grad ist, kann durch Infrarot sichtbar gemacht werden. Übrigens sind nicht nur der elektrische Strom, abgeschossene Pistolenkugeln, ewig weit entfernte Galaxien, oder winzigste Bakterien für unsere Augen nicht sichtbar, sondern auch unsere Gedanken, sowie etwas ganz Lebenswichtiges.«

»Was denn?«

»Die Luft! Man kann sie nur als Wind spüren, sehen und hören.«

»Wie?«

»Indirekt, wenn sich das Laub im Wind bewegt und wenn er um die Ecken heult.«

»Luft kann man auch sehen wenn man sie mit Rauch versetzt.«

»Das ist eine gute Methode wie man unsichtbare Wesen erkennbar machen kann.«

»Ja, das weiß ich von Susan Richards.«

»Wer ist das? Du wirst doch keinem Fremden von unseren Plänen erzählt haben?«

»Nein. Susan Richards ist das invisibel Girl aus einer Comic-Serie.«

»Aha, diese Comic-Autoren scheinen Mythen, Märchen, Sagen und Legenden zu kennen.«

»Auch aus Schundheften, wie sie meine Eltern nannten, kann man was lernen. Superman zum Beispiel hat seine Superkräfte nur aufgrund der Strahlung unserer Sonne, da er ursprünglich von einem anderen Planeten im Universum stammt. Apropos Universum, woher weiß man, warum dieses Unsichtbarkeits-Pulver im Zusammenhang mit dem Sternbild des Schwans funktioniert?«

»Dieses Wissen stammt aus der Nibelungen-Sage. Aus der Urfassung eines Unbekannten. Diese wurde mir in die Hände gespielt. Sie ist keine der bisherigen Fassungen und wurde noch von keinem Wissenschaftler der Öffentlichkeit zugänglich gemacht.«

»Hängt es mit Siegfrieds Tarnkappe zusammen?«

»In einer Urfassung des Nibelungen-Liedes wird behauptet, dass Siegfried keine Tarnkappe, sondern ein Unsichtbarkeits-Pulver vom Zwerg Alberich erhielt. Er hat ihm auch gesagt, dass es nur wirke, wenn die Schwanensterne der Erde nahe sind.«

»Woher wussten die das früher?«

»Sie hatten sehr gute Astronomen. Vielleicht haben sie auch experimentiert? Siegfried bestäubte einen Finger mit dem Unsichtbarkeits-Staub, das auch Schwanenpulver genannt wird. Er sah, dass es wirkte. Wenn die Sterne günstig standen.«

»Aha.«

»Dieses Pulver hätte ich noch gebraucht, verflucht! Wurde durch den Überfall in alle Winde zerstreut. Ich habe nur noch wenig. Das dauert lange, bis ich wieder eine größere Menge habe. Diese Meteore, aus denen es gemacht wird, sind sehr selten.«

»Wieso wurde er dann bei dem Nibelungen-Fest verschwendet?«

»Das ist notwendig. Sonst glauben unsere Leute nicht an die Kraft der Nibelungen.«

»Das könnte ein guter Illusionist aber auch erreichen.«

»Wir arbeiten nicht mit faulen Tricks. Wir sind keine Entertainer. Wir sind die Nibelungen.«

Sie zweifelte an seinen hehren Worten. Das sagte sie ihm aber nicht. Sie hatte da andere Erfahrungen.

»Wir sollten auch Nietzsches Fisch zurückbekommen. Wenn es nicht so traurig wäre, dann müsste ich über diese Geschichte lachen. Sie erinnert mich an ein Märchen aus meiner Kindheit. An diesen Ring, den der König verliert und der im Bauch eines gefangenen Fisches gefunden wird«, meinte Albert.

»Schöne Geschichte. Wir können jetzt zwei Türen öffnen. Wie bekommen wir das dritte Rätsel? Wer hat es?«

»Wir müssen das dritte Rätsel ihm, oder ihnen abnehmen, die uns überfallen haben.«

»Leichter gesagt als getan.«

»Wir müssen ab sofort das Schloss Neuschwanstein beobachten. Diesen riesigen Schatz zu bergen, der unter dem Schloss liegen soll, ist auch ein logistisches Problem. Es geht ja nicht nur um drei goldene Tassen.«

»Ab sofort?«

»So isses. Wir fliegen noch heute los nach Füssen.«

»Wie fallen wir nicht auf beim Beobachten?«

»Das wird sehr schwierig werden. Gebe ich zu. Wir haben fast das ganze Schwanenpulver verloren. Ich muss zu meiner Notreserve greifen. Nur dann können wir schon am helllichten Tag im Schloss darauf warten, wer zu dem Schatz vordringt. Oder erst nachts, wenn keiner im Schloss ist.«

Albert streichelte sie. Das war seine großzügigste Liebesgeste. Sie hätte sich mehr gewünscht. Aber vielleicht war es gut so. Das muss mit seiner Vergangenheit zusammenhängen, dachte sie.

Er zerrte Edda mit zu seinem Flügel im Bibliotheks-Raum. Er legte Notenpapier auf den Notenhalter. Albert setzte sich an den Flügel. Edda stellte sich lauschend neben ihn. Er konnte total ausflippen, wenn er Wagner spielte. Zuerst ließ Albert seine Augen über die Noten gleiten, die einst Wagner komponiert hatte. Dann senkten sich seine Fingerspitzen krallenartig auf die weißen und schwarzen Tasten. Er spielte. Musik ertönte im Raum.

»Erkennst du es?«

Er wiederholte das Thema.

»Erkennst du es? Lohengrin!«

Edda hörte einfach zu.

»Gigantisch! Wagner!«

Dann sprach er zwischen der Musik.

»Nie sollst du mich befragen, noch Wissens Sorge tragen, woher ich kam der Fahrt, noch wie mein Name und Art!

Das sind die Noten. Wagner hatte Witz. Er machte auch mal Kopfstand auf seinem Sofa, zum Entsetzen seiner Gäste, die ihn schon als Heiligen verehrten.« Albert schwelgte in der Musik, in der Erzählung. Er hob die Hände in die Luft und sah zu Edda. »Wir haben bald den Schatz der Nibelungen! Er gehört bald uns! Ich spüre es!«

Dann spielte er die Noten von vorne und wieder und wieder. Immer schneller und lauter. Nach einem infernalischen Chaos aus Tönen stoppte er.

Edda setzte sich an den Computer und ging ins Internet. Die Homepage von Schloss Neuschwanstein informierte darüber, dass die Burg auf dem Felsen wieder für Besucher zugänglich war.

Mir ist nichts geschehen!
Lasst mich aus dem Hause mit eurem Frieden gehn.

Dietrich von Bern

24. Kapitel

Wally und Dolling trafen sich im Café des Musical-Hauses. Sie konnten von ihrem Tisch aus auf den Forggensee blicken. Die Plakate kündigten ein neues König-Ludwig-Festival an. Die »Sehnsucht nach dem Paradies« war abgesetzt worden. Finanzielle Probleme. Neue Investoren. Das Musical hatte einen neuen Titel »Der Mythos lebt!«

Wally hatte sich Kaffee bestellt. Kommissar Dolling machte sich über Weißwürste mit Weizen her.

»Entschuldigen Sie, aber ich habe heute noch nichts gegessen«, sagte er.

»Guten Appetit«, sagte Wally. »Sie wollten mit mir reden?«

»Sie haben mir ja schon viel geholfen. Ich habe hier Fotos von dem Toten im Park von Schloss Linderhof dabei. Wieder waren drei Schwanenfedern als Hinweis ausgelegt. Diesmal zeigten sie auf kein Gemälde. Sie zeigten zu dem Brunnen.«

»Konnten Sie an dem Brunnen was Ungewöhnliches erkennen?«

Angermaier kam an ihrem Tisch. Er setzte sich zu ihnen.

Wieso nimmt der Kerl seine Sonnenbrille nicht ab, dachte sich Wally.

»Es war ein Torpedo. Ein richtiges Torpedo«, ließ Angermaier wissen.

»Angermaier ermittelt wegen der untergegangenen Yacht …«, erklärte Dolling.

»… von Schmelzing, genau, der übrigens mit Brandverletzungen im Krankenhaus liegt«, hängte sich Angermaier dran.

»Ein Torpedo? Wer soll im Forggensee einen Torpedo auf eine Yacht schießen, das geht doch nur mit einem U-Boot, oder?«, wunderte sich Dolling. »Wie tief ist der Forggensee eigentlich?«

»Bis zu rund fünfunddreißig Meter an der tiefsten Stelle«, wusste Angermaier. »Ist ja ein Stausee aus Lechwasser. Benannt nach einem Weiler, der darin unterging.«

»Könnte für ein kleines Einmann-U-Boot reichen«, meinte Dolling. »Oder kann auch ein Taucher ein Torpedo abschießen?«

»Sie meinen wie ein Infanterie-Soldat eine Panzerfaust?«, wellte Angermaier seine Stirn.

»So ungefähr. Könnte man das von einem Boot aus im Wasser sehen?«

»Ich glaube, man kann im Sommer im Forggensee ungefähr bis zu sechs Meter tief sehen. Im Winter, übrigens, wird der See abgelassen, dann liegt ein Großteil von ihm trocken, dann könnten wir vielleicht entdecken, wo ein U-Boot liegt.«

Wally staunte: »Das wird immer fantastischer!«

»Das werden wir dem Innenministerium melden müssen. Das ist ein paar Nummern zu groß für uns.« Angermaier rutschte aufgeregt seine Sonnenbrille auf den Ohren hin und her.

»Das machen Sie Angermaier! Am besten gleich!« Angermaier holte ein Handy hervor und ging damit vor das Lokal.

Dolling sah auf den Forggensee, der unschuldig vor ihren Augen lag. Nur sanfte Wellen kräuselten sich auf der Oberfläche.

»Ich fasse es nicht. Wo soll hier ein U-Boot herkommen?«

»Wenn der Märchenkönig noch leben würde. Dann fände ich das gar nicht so unmöglich«, meinte Wally.

»Das müssen Sie mir näher erklären.«

»König Ludwig II. interessierte sich für die neueste Technik.«

»Ich dachte, er interessierte sich nur für alte Burgen und Schlösser?«

»Ja, aber in Verbindung mit moderner Technik, merkwürdigerweise. Er besuchte die Weltausstellung in Paris, wo die allerneuesten Maschinen gezeigt wurden. Er wollte sogar eine dampfbetriebene Seilbahn bauen.«

»Was Sie nicht sagen. Ich dachte, das wäre eine Idee vom Schmelzing?«

»Es gibt darüber alte Aufzeichnungen. Auch Briefe von König Ludwig, in denen er den Bau der Seilbahn wünschte. Er hätte heutzutage nicht nur ein Schwanenboot, sondern vielleicht auch ein U-Boot, mit dem er einsam und allein am Grund des Forggensees durchs Wasser fahren würde«, erklärte Wally.

»Ich verstehe. Aber unser Kini wurde ja ein Opfer des Wassers. Ist ja bis heute nie richtig geklärt, ob es ein Unfall war, der bei einem Kampf geschah, oder ob es ein Mord war«, sagte Dolling zu Wally.

»Darüber habe ich auch schon einiges gehört«, sagte Wally. »Es war Bill Loomis, der mich neulich bei einem Gespräch wissen ließ, dass er mehr zum Tod von König

Ludwig II. wisse. Auch eine faszinierende Verschwörungs-Theorie.«

»So? Und wie lautet diese Verschwörungs-Theorie?«

»Wahrscheinlich kennen Sie diese schon.«

»Lassen Sie mich hören, es gibt da viele Verschwörungs-Theorien. Vielleicht kenne ich diese noch nicht!«

»Bill erzählte mir, dass er von einem unbekannten Verehrer etwas ziemlich Geheimes erfahren habe. Von einem Brief des Psychiaters Bernhard von Gudden, der König Ludwig II. auf Wunsch der bayerischen Minister für verrückt erklären musste, damit sie ihn absetzen konnten. Die hatten ja Angst, dass der König das Land finanziell ruinierte mit seiner Bauwut und den Zuschüssen für Wagner.«

»Ja, das weiß ich, und weiter, wo bleibt die Verschwörungs-Theorie?«

»Nun, Bill erzählte mir, er hatte da schon was getrunken, unter dem Siegel des Vertrauens, dass in diesem Brief von Gudden an seinen Schwiegersohn, Hubert von Grashey, der übrigens auch ein Psychiater war, zu lesen war, dass sich im Schloss Neuschwanstein ein ungeahnter Reichtum befinden soll. Mit diesem könnte er spielend leicht die modernste und größte Nervenklinik in der Schweiz, ja ein ganzes Zentrum mit Hotel, Park, Theater und einem Hallenbad bauen. Mit Schulungs- und Wohngebäuden für hervorragende Ärzte und bestes Personal, nicht diese Folterknechte, wie man sie damals in den Irrenhäusern einsetzte.«

»Interessant, diese Geschichte kenne ich noch nicht.«

»Gudden schrieb in diesem Brief auch, dass er vermute, dass nur der König wisse, und einen Plan habe, wie man an diesen Schatz kommt. Er, Gudden habe nämlich bei der Festnahme des Königs im Schloss Neuschwanstein beobachtet, wie ein Vertrauter des Königs eine kleine Dose mit dem Befehl erhielt, diese zu verstecken.«

»Sehr interessant. Ist das alles?«

»Nein, Bill erzählte mir noch, dass in diesem Brief auch steht, dass Gudden davon berichtet, dass ihm der König angeboten habe, eine gewisse Summe in Gold zu bezahlen, wenn er ihn für geistig völlig gesund erklären würde.«

»Wenn das stimmt, dann könnte ich mir auch vorstellen, dass Gudden mit Ludwig im Wasser kämpfte, um an dieses Gold zu kommen. Ist wirklich eine neue Verschwörungs-Theorie, die ich nicht kenne. Muss ich zugeben.«

»Glauben Sie Bills Geschichte? Ich habe sie fast schon vergessen, kam mir zu unwahrscheinlich vor, obwohl Bill kein großer Flunkerer war. Aber manchmal kniete er sich wahnsinnig in eine Rolle hinein, bis er glaubte, er sei die Person, die er darstellte. Er begann ja auch damit alle möglichen Dinge über König Ludwig II. zu sammeln.«

»Diese Sachen hätte ich gerne mal gesehen. Das Hotelzimmer von Bill Loomis in Füssen haben wir natürlich schon untersucht. Da war nicht viel von ihm. Und solche Dinge, wie Sie sie jetzt beschrieben haben, habe ich nicht gesehen.«

»Seine ganz privaten Sachen hatte er in einem Wohnwagen«, verriet Wally. »Wie viele Amerikaner liebte er das Leben im Wohnmobil. Früher, als er noch kleinere Rollen und wenig Honorar bekam, war das für ihn ein billiges Quartier.«

»Wo steht dieser Wohnwagen? Können Sie ihn mir zeigen?«

»Natürlich. Im Gewerbegebiet, nicht weit von hier.«

»Die haben ganz schön geschluckt. Sie schicken uns Terror-Experten her«, sagte Angermaier. Er hatte sein Gespräch mit dem Innenministerium beendet.

»Wann?«

»Morgen. Sie melden sich bei uns.«

»Unsere Leute sollen trotzdem heute schon damit anfangen, sämtliche Bootsschuppen rund um den Forggensee zu untersuchen.«

»Wegen des U-Bootes?«

»Was sonst? Hetzen sie gleich ein paar Polizeistreifen los. Wir sollten versuchen die Fäden in der Hand zu halten. Besonders wenn diese Terror-Experten aus München kommen. Was glauben die? Will Al Kaida das Schloss Neuschwanstein sprengen?«

Angermaier hörte nicht mehr zu. Er organisierte bereits die Polizeistreifen.

»Ich habe von Bill ein Gerücht gehört«, sagte sie.

»Welches?«

»Der tote Hotelier, im Schloss, neben Bill, der soll Probleme gehabt haben. Einige. Vor allem Geldprobleme. Ich habe von Bill erfahren, dass ihn dieser Hotelier für sein Hotel engagieren wollte. Als singenden Märchenkönig. Das wäre eine Attraktion für seine schwule Klientel gewesen. Ein Schlager sozusagen, der viel Geld in die Kassen spülen sollte.«

»Sonst noch was?«

»Ich habe auch von Bill gehört, dass eine Gesellschaft der Nibelungen das Hotel Edelweiß kaufen wollte.«

»Auch so eine Verschwörungs-Theorie?« Angermaier schielte über seine Sonnenbrille zu Wally.

»Mag sein. Ich erzähle ja nur, was Bill mir gesagt hat.« Wally schwieg jetzt.

Dolling spürte, dass Angermaiers Gegenwart nicht besonders erwünscht war. Wally kam mit ihm nicht klar.

»Ist eigentlich jemand auf der Yacht gestorben, die vor unseren Augen untergegangen ist?«, erkundige sich Wally.

»Nein. Der Besitzer, also Ottokar Schmelzing, hat sich bei uns bald gemeldet. Er konnte sich fast unverletzt retten. Er sagte, er wäre der Einzige auf der Yacht gewesen. Er hat bei uns eine Anzeige gegen Unbekannt deswegen gemacht.«

»Wissen Sie was, Angermaier? Sie schauen zu Schmelzing. Den fragen Sie, ob er schon mal mit dem Edelweiß-Hotelier Kontakt hatte und wieso.«

»Wann soll ich das machen?«

»Am besten gleich! Rufen Sie mal rum. Aber bitte draußen, wo Sie keiner hört.«

»Ich hock mich ins Auto«, schnappte sich Angermaier ein Handy vom Tisch, dazu die Schachtel Zigaretten daneben und ging raus.

Dolling war wieder mit Wally allein.

»Entweder ist ein verrückter Mörder am Werk. Dazu noch ein Trittbrett-Täter im Schloss Linderhof. Oder bei mir verstärkt sich der Verdacht, man will uns mit falschen Spuren an der Nase herumführen«, äußerte sich Dolling

Er zuzelte seine letzte Weißwurst aus der Haut. Er bestellte sich noch ein Weizen. »Wenn ich ganz normal eins und eins zusammenzähle, dann gibt es für mich folgende Erkenntnis …«

Der Kommissar legte die leere Wursthaut zu der anderen am Tellerrand. Er putzte den süßen Senf mit der Breze auf.

»… Bill Loomis hatte die Hauptrolle in dem Musical. Der neue Investor ist Ottokar Schmelzing. Der ermordete Gärtner arbeitete früher im Pferdegestüt von Schmelzing. Und Schmelzing wollte das Edelweiß-Hotel des erwürgten Hoteliers kaufen. Der hat sicher einige Feinde. Alle Wege führen nach Schmelzing. Bin gespannt, was der Angermaier herausbekommt. Kennen Sie eigentlich Ottokar Schmelzing, den Krösus von Schwangau und Füssen?«

»Sogar persönlich. Durch seine Schwägerin, der ich zufällig bei der Geburt ihres Kindes helfen durfte. Aha, ich verstehe. Aber wer sollte den beiseite räumen wollen und wieso? Von dem hängen doch hier einige Leute ab. Der Mann ernährt doch die halbe Gegend, wenn ich das richtig verstanden habe.«

»Vielleicht sollten wir uns seine Vergangenheit genauer anschauen?« Dolling zog sein Notizbuch hervor. »Ottokar Schmelzing wurde am 28. August 1957 geboren. In Kempten. Volksschule. Realschule, Kaufmannslehre und dann Angestellter im Immobilienbüro. Seine erste Lebensgefährtin war die Tochter seines Chefs, ich glaube sie hieß Petra. Dadurch stieg er schnell auf. Wurde Geschäftsführer in der Firma ihres Vaters.«

»Wie kam er zu seinem jetzigen Reichtum? Durch die Tochter seines Chefs?«

»Nein. Die verließ ihn sogar, weil er zu oft den Spielcasinos Besuche abstattete, wo er viel Geld ließ. Er lernte beim Reiten diese Sonja Hingsen kennen. Die Tochter des Inhabers einer hiesigen Privatbank. Die Hingsens sind steinreich mit viel Landbesitz. Die Sonja und der Ottokar, die beiden reiten gerne. Er besaß plötzlich das größte Pferdegestüt weit und breit. Man munkelt Schmelzing hat's bei einer längeren Pokernacht von einem gewissen Josef Ranke gewonnen. Beide sind Zocker.«

»Sprechen Sie von Joe, dem Pferdekutscher?«, wollte Wally wissen.

»Exakt. Schmelzing versucht die gesamte Gegend in den Griff zu bekommen. Ich kenne den Vater von Sonja und Daniela. Aus dem Schützenverein. Der hat mir verraten, dass er seinem Schwiegersohn keinen Kredit mehr gibt. Nicht nur, weil seine Großzügigkeit gegenüber Ottokar Schmelzing schon viel Kritik erregt hat. Er misstraut dessen größenwahnsinnigen Geschäften.«

Zwischen den Segelbooten paddelten Ausflügler mit ihren Ruderbooten. Auch bunte Tretboote waren auf dem blauen Forggensee zu sehen. Ein Sommertag, wie ihn sich das Tourismusbüro nur wünschen konnte.

»Ich habe gehört, er will die Seilbahn des Königs Ludwig II. bauen.«

»Soso. Woher wissen Sie das?«

»Hat mir dieser Erfinder erzählt, der das bauen soll. Ist das verdächtig? Habe ich was Schlimmes getan?«

Dolling lächelte. »Ich traue Ihnen ja einiges zu. Aber gewiss keinen Mord. Ich würde Ihnen das sonst nicht alles erzählen. Ist aber nichts Geheimes.«

Wally bestellte sich ein Stück Torte.

»Mögen Sie keine Weißwurst?«

»Ich bin Vegetarierin.«

»Aha. Angermaier übrigens auch. Sie können ihn nicht besonders leiden, habe ich Recht?«

Wally nickte nur.

»Angermaiers Frau bringt ihr Auto immer zum Erfinder zum Reparieren …«

Wie kann so ein Mann eine Frau haben?, dachte sich Wally.

»… dort hat sie die Seilbahn gesehen. Der Bürgermeister hat mir auch schon bestätigt, dass Schmelzing bereits bei ihm war, wegen diesem Projekt. Und jetzt noch Sie.«

»Den Erfinder habe ich neulich zufällig getroffen.«

»Sie könnten mir einen Gefallen tun.«

»Welchen?«

»Ich weiß nicht, wie ich anfangen soll. Ist mir unangenehm.«

Wally ließ sich die Torte schmecken. Sie wischte sich Brösel von den Lippen. Sie wartete ah.

»Wenn Sie Schmelzings Frau kennen. Äh, also, die könnten sie doch mal besuchen.«

»Was soll ich dort machen?« Wallys Augen wurden schmal. Sie war nicht gerne ein Spion.

»Äh, fragen, wie es dem Baby der Schwägerin geht, zum Beispiel.«

»Was noch?«

»Sie könnten als Fremdenführerin ja an der neuen Seilbahn interessiert sein. Oder bringen sie ein krankes Tier zu ihr, sie ist doch Tierärztin. Übrigens: Nachdem sich Sonja Schmelzing bei ihrem Sport, der Extremkletterei, was mit der Bandscheibe geholt hat, hat sie sich eine Praxis eingerichtet. Na ja, einfach mal schauen, wie bei den Schmelzings die Stimmung so ist.«

»Ich soll sie ausfragen? Niemals!« Wally schmeckte die Torte nicht mehr. Sie platzierte den Tortenlöffel wie ein Kriegsbeil neben dem Teller. Sie war empört.

»Beruhigen Sie sich. Bitte! Ich meinte doch nur. Einfach nur mit Schmelzings Frau reden. Mehr nicht. Manchmal erzählen die Frauen einige Dinge, die sie sich von der Seele reden wollen.«

»Wenn Schmelzing dabei ist?«

»Verhalten Sie sich ganz normal. Ein Besuch. Nicht mehr.«

»Und wenn ich Ihnen hinterher nichts darüber berichte?«

»Ist auch in Ordnung.«

»Gut, ich besuche sie.«

»Aber zuerst schauen wir zu Loomis Wohnwagen«, meinte Kommissar Dolling. »Sie haben für mich doch noch Zeit?«

»Na ja, schon«, meinte Wally, »ist ja nicht weit von hier.«

»Camper's Stop – der Stellplatz mit Aussicht heißt Sie willkommen!« verkündete ein Schild vor dem großen Parkplatz mit den Wohnmobilen. Tatsächlich, im Hintergrund waren mehr oder weniger bewaldete Berge zu sehen. Wally, winkte zum Bürofenster hin, lief mit dem Kommissar eine Reihe Wohnwagen entlang. Manche mit Fahrräder oder Surfbretter an der Heckseite. Vor einem Wohnwagen mit langer Schnauze über der Fahrerkabine hielten sie an. Auf dem Dach thronte eine Satellitenschüssel.

»Das hier ist Bills Wohnmobil«, erklärte Wally.

Dolling stellte fest, dass es verschlossen war.

»Ich habe dazu einen Schlüssel«, sagte Wally. »Bill wollte, dass ich nach seinem Vogel schaute, wenn er auf einer längeren Promoreise wegen des Musicals war.«

»Welchen Vogel?«

»Den sehen Sie gleich«, öffnete Wally die Tür zu Bills Wohnwagen.

Dolling stieg nach Wally hinein.

»Mir wird schlecht, lassen Sie mich hinaus, bitte!«, drängte sich Wally mit kalkweißem Gesicht am Kommissar vorbei ins Freie.

Dolling sah die Bescherung, die Wally geschockt hatte, auf dem kleinen Tisch des Wohnwagens. Auf Zeitungspapier lag ein Schwanenkopf auf einer blutigen Plastiktüte mit Werbung für das König-Ludwig-Musical. Daneben lag ein Kuvert und auseinandergefaltetes Blatt. »So könnte es dir auch gehen, mein Lieber!«, stand darauf. »Wenn du nicht kommst und nicht das mitbringst, wie vereinbart!«

Wahrscheinlich Laserdrucker, dachte sich Dolling, beim Betrachten der schwarzen Schrift auf dem Blatt. Er ging zur offenen Wohnwagentür und sah hinaus. Wally lehnte draußen gekrümmt an einem Baum. Mit der Stirn auf den verschränkten Armen an der Rinde. Vor ihren Füßen im Gras zwischen den Baumwurzeln lag das Erbrochene. Er sah nur ihren Rücken. »Alles in Ordnung?«, rief er ihr zu. »Kann ich was für sie tun?«

»Es geht schon wieder«, drehte sie sich um. »Schauen Sie bitte nach dem Vogel.«

Dolling sah sich im Wohnwagen um, der vollgestopft mit Dingen rund um König Ludwig II. war. Bilder, Büsten, Fotos, Plakate. In einer Ecke, etwas versteckt von einer hohen Pflanze, hing an einer Kette ein Vogelkäfig. Darin saß ein weißblauer Wellensittich. Er nahm den Käfig von der Kette.

»Was machen wir mit ihm?«, fragte Dolling Wally, nachdem er samt Käfig und Wellensittich aus dem Wohnwagen gekommen war, den er hinter sich absperrte, mit dem Schlüssel der noch steckte. »Wollen Sie ihn verpflegen?«

Ein Pritschenwagen fuhr auf den Platz, parkte gleich hinter dem Eingang, beim Büro, das an eine Halle angebaut war. Zwei Männer stiegen aus. Sie luden Presslufthämmer ab, die sie in einen der vier großen Umzugswagen schleppten, die hier standen. Dazu ein Kompressionsgerät.

»Mir wäre es lieber, Sie würden den Vogel nehmen«, sagte Wally zum Kommissar.

»Wie heißt er denn?«

»Können Sie es sich nicht denken?«

Der Kommissar schaute in den schwankenden Käfig, den er vor sich hertrug.

»Bist du der Ludwig?«

Der Wellensittich begann fröhlich zu pfeifen.

Ich bin so mächtig und hab so viel Gewalt,
dass ich meinen Feinden mag schaffen Herzeleid.

Krimhild

25. Kapitel

Im Supermarkt, beim Regal mit der Babynahrung, war Wally auf Daniela gestoßen. Sie hatte ihr Baby im Kinderwagen dabei. Sie unterhielten sich. Daniela lud Wally zu einem nachmittäglichen Besuch ein. Daniela äußerte dabei die Absicht, Wally als Taufpatin einzusetzen und das gleich mir ihr besprechen zu wollen.

»Schön, dass du gleich den Weg zu uns gefunden hast«, begrüßte Daniela nach dem Öffnen der Haustür Wally, die gerade das Messingschild an einem der zwei dicht nebeneinander liegenden Eingangstüren zu dem großen Haus im toskanischen Stil, studierte: »Tierheilpraxis Dr. Sonja Schmelzing«.

»Das ist meine Schwester«, zeigte Daniela erklärend auf das Schild. »Sie wohnt mit ihrem Mann im zweiten Stock. Ihre Tierarztpraxis hat sie im ersten Stock«.

Sie gingen in die Küche. Eine ältere Frau trocknete an der Spüle Teller.

»Das ist meine Oma Waltraud, sie hilft mir im Haushalt«, sagte Daniela.

Wally gab der Oma die Hand und stellte sich vor. Es war eine typische Oma mit silberfarbenen Haaren, einer

Küchenschürze und Filzpantoffeln. Ihre Augen waren munter.

»Oma, die Wally ist Fremdenführerin auf Schloss Neuschwanstein«, erklärte Daniela der älteren Frau, die den Trockenlappen zusammenfaltete.

»Aha«, sagte die Oma.

»Lasst uns auf die Terrasse sitzen, es ist so schönes Wetter«, meinte Daniela. Sie schob den Kinderwagen mit dem schlafenden Baby vor sich her nach draußen, wo in der Sonne Gartenmöbel und ein Sonnenschirm auf Steinplatten standen.

Eine junge japanischen Frau kam aus der Tür, die zur Tierärztin hoch führte. Sie trug einen Käfig, in dem eine Katze ganz ruhig lag.

»Darf ich vorstellen, das ist …«

»Yui Higuri, ich weiß …«, sagte Wally, die der Japanerin gleich ihre Hand reichte. »Takas Schwester aus dem Sushi-Imbiss. Die bekannte Zeichnerin von Mangas. Wie weit bist du schon mit deinem zeichnerischen Werk über unseren Märchenkönig?«

»Ich bin gerade mit dem zweiten Band fertig geworden, worin es um die Vision von Lohengrin, dem Schwanenritter geht. Dazu musste ich auch einiges über die Krise zwischen Bayern und Preußen lesen. Bismarck und den Krieg gegen die Franzosen habe ich auch erwähnt. Der bayerische König nahm nicht an der Feier zum Sieg über die Franzosen teil, was damals viele verblüffte und verärgerte, das will auch in meinem Manga erwähnen. Ich will es möglichst authentisch gestalten.« Yui Higuri nickte lächelnd und verbeugte sich.

»Manga was?«, fragte die Oma. Sie schob den Kinderwagen in den Schatten, den der große Balkon im ersten Stock auf die Terrasse warf.

»Das sind japanische Comics, weißt du Oma, so Bildergeschichten, wie sie Wilhelm Busch machte«, erklärte Daniela. »Nur liest man die Mangas von hinten nach vorn.«

»Ich lese die Zeitung auch immer von hinten nach vorn«, lachte die Oma.

»Wie geht's dem Kater?«, ging Daniela auf ein anderes Thema über.

»Er hat gerade eine Spritze bekommen. Es fallen ihm Haare aus. Und die Entzündung im Ohr macht ihm auch zu schaffen. Er kratzt sich da dauernd.«

»Seit wann hast du eine Katze? Die kommt mir irgendwie bekannt vor«, wunderte sich Wally, die sich zu der rotbraun gefleckten Katze gebückt hatte, die im Käfig auf einem Stuhl abgestellt war.

»Das ist nicht meine. Der Leonardo gehört dem Erfinder.«

»Ach so. Den kenne ich auch. Ich meine, ich kenne beide. Wieso bringt er seinen Leonardo nicht selbst vorbei?«

»Keine Zeit. Er ist wegen der Seilbahn total im Stress. Aber ich tue ihm gern den Gefallen.«

»Und was kommt nach dem zweiten Teil deines Mangas?«, erkundige sich Wally.

»Ich konzeptioniere gerade den dritten Teil. König Ludwig trifft auf Sisi, mit deren Schwester er sich ver- und entlobt. Ludwig kennt Sissi schon länger. Sie haben sich Gedichte geschrieben. Wobei sie sich als Möwe bezeichnete und er sich als Adler. Sehr romantisch. Ich hätte in meine Geschichte vom einsamen Märchenkönig gerne eine Sage eingebaut, eine aus dieser Gegend hier. Eine Sage mit einem Schwan wäre natürlich sehr gut.«

»Wir Allgäuer haben viele Sagen«, meinte Waltraud, die das krächzende Baby im Wagen mit einer Hand im Sitzen hin und her schob. »Es gibt eine Sage von Neuschwanstein, mit einem Mönch und einer Nonne.«

»Oh, spannend, erzählen Sie doch«, sagte die Japanerin im bittenden Ton.

»Dort, auf dem Felsen, wo heute das Schloss Neuschwanstein steht, war früher, vor vielen, vielen Jahren eine verfallene Raubritterburg namens Schwanstein, in der Eulen und Fledermäuse hausten. Eines Tages zog ein seltsames Paar in das alte Gemäuer. Ein Mönch und eine Nonne. Hier waren sie ungestört. Nur, dem eigenen Gewissen kann man halt die Tür nicht verschließen. Der Mönch war mit der Kasse seines Klosters geflohen. In einer Vollmondnacht stritten sich die beiden um das Geld. Dabei kamen sie beide um. Seit dieser Zeit sollen ein Mönch und eine Nonne in weißen Kutten bei Vollmond in dieser Gegend herumspuken.«

»Das ist eine aufregende Geschichte«, meinte Yui Higuri. »Vielleicht kann ich sie in meinen Manga einbauen«, sagte Yui Higuri, die mit der Katze im Käfig dazukam.

»Wollt Ihr Kaffee oder Tee?«, erhob sich die Oma, die nicht gerne untätig herumsaß.

Wally, Yui Higuri und Daniela einigten sich auf Tee. Die Oma ging in die Küche.

Die Tür zum ersten Stock öffnete sich. Eine schlanke, groß gewachsene sportliche Frau mit schulterlangen kastanienbraunen Haaren, kam in weißer Jeans und weißer Bluse daher. Sie schaute zufrieden in den Kinderwagen. »Ach, Daniela, ich muss unbedingt mal wieder zum Klettern, das macht meinen Kopf frei. Schade, dass du mich nach deiner Geburt nicht begleiten kannst«, begrüßte sie nebenbei Wally mit Handschlag. »Leonardo wird es sicher bald besser gehen, das kannst du seinem Herrchen sagen«, wandte sie sich an die junge Japanerin.

»Während sie Leonardo behandelte, durfte ich mir ihre Pokale anschauen, die sie beim Klettern gewann«, berichtete die Japanerin.

»Soll ich dir auch einen Tee bringen?«, wurde die sportliche Frau, die ihre Schwester überragte, von der Oma gefragt.

»Nein, danke. Für mich nicht. Ich muss jetzt zu meinem Mann im Krankenhaus.«

»Übrigens, das ist meine Schwester Sonja, die Tierärztin«, präsentierte Daniela die Frau in Weiß bei Wally. »Wie lange bleibt er denn da drin?«, wollte Daniela dann von ihrer Schwester wissen.

»Morgen darf er raus, haben die Ärzte gesagt. Deswegen muss ich ihm was zum Anziehen bringen. Übrigens, Yui, du kannst dem Erfinder ausrichten, dass mein Mann die Eröffnung der Seilbahn verschiebt. Ohne ihn geht's ja nicht. Hast du gehört, das kannst du dem Erfinder ausrichten«, blickte sie am Ende des Satzes Yui Higuri an, die versuchte, den Kater mit einem Finger durch das Gitter tröstend zu kraulen.

»Richte ich aus!«

Yui verabschiedete sich mit dem Katzenkäfig in der Hand.

»Ach ja, mein Mann kann keine Ruhe geben«, schüttelte Sonja mit gespielter Verzweiflung ihren Kopf. »Auch im Krankenzimmer plant er schon wieder die nächsten Projekte. Mir wird das zu viel. Er will der Größte sein. Er will es allen beweisen, was er kann. Ich will das gar nicht. Mir wäre es lieber, er wäre öfters zu Hause. Ich hätte gerne ein intensiveres Familienleben, besonders jetzt, wo wir unser Kind haben. Aber was soll ich machen? So ist er eben. Ich will meinen Göttergatten nicht mit Gewalt verbiegen.«

Waltraud ging in ihr Zimmer. Dieses Thema wollte sie nicht hören. Daniela nahm den Kinderwagen in die Hand.

»Nach der Seilbahn will mein bestes Stück zwischen dem Schloss Neuschwanstein und dem Musical-Haus noch eine mittelalterliche Erlebnis-Stadt bauen. Er sagt, das Mittelalter boomt. Ich kenne seine sämtlichen Projekte wahrscheinlich nicht alle. Wenn er so weitermacht, dann endet er wie König Ludwig II. mit Schulden und im Wahnsinn. Er sollte einfach mehr an uns denken.« Sie schwieg nachdenklich. »Auch wenn er behauptet, dass der Motor in seinem Boot schuld war, dass es brannte und unterging, weiß ich nicht, ob ich ihm das glauben soll.«

Sie machte eine Pause.

»Damit will er mich womöglich nur beruhigen. Diese Explosion auf seiner Yacht, das könnte auch ein Neider, ein Feind von ihm, verursacht haben. Ich habe schon einige Anrufe mit Todesdrohungen gegen meinen Gatten bekommen. Ich durfte es aber nicht der Polizei sagen. Wir haben jetzt eine Geheimnummer. Wir führen leider kein normales Leben mehr. Es stimmt schon. Geld allein macht nicht glücklich.« Sie schaute Wally mit tränenverhangenen Augen an. »Das bleibt aber unter uns?« Dabei legte Daniela eine Hand vertraulich auf den Arm von Wally.

»Natürlich. Ach ja, Daniela, bevor ich's vergesse, ich habe etwas für dein Baby mitgebracht.« Wally zog ein Spielzeug aus der Tasche.

So schnell wird man zu Judas! Was darf ich dem Kommissar aus diesem Gespräch erzählen und was nicht?, überlegte sich Wally.

»Ich hoffe, du machst Taufpatin?«, schniefte Daniela.

»Gerne. Auf welchen Namen wird der Kleine getauft?«

»Ich bin für Jonas. Mein Freund bevorzugt Maximilian. Wir müssen uns noch einigen.«

»Wann und wo ist die Taufe?«

»Ist auch noch nicht alles klar. Aber die Feier nach der Taufe, die hat mein Freund schon geregelt. So was organisiert er gern. Da ist er perfekt. Das wird nach seinen Worten ein unvergesslicher Event. Ich sage dir rechtzeitig Bescheid. Schreib mir doch deine Handynummer auf.«

»Wo soll denn die Feier nach der Taufe sein?«

»Wir dürfen in die Küche von Schloss Neuschwanstein.«

»Sensationell!«

»Ja, da freue ich mich auch schon darauf. Da zahlt es sich doch wieder aus, dass ich den Hausmeister ein bisschen besser kenne«, grinste sie.

In den Fluten wird der Ring geweiht geheiligt,
verleiht dem Träger Riesenstärke, Entsagungskraft.

König Ludwig II.

26. Kapitel

Albert und Edda hatten sich im Schlosshotel Neuschwanstein, nur ein paar Meter vor dem Schloss des Königs einquartiert. »In der Höhle des Löwen«, meinte Albert »sind wir sicher.«

Bei der Buchung, noch zuhause im Bett, mit dem Laptop, hatte er ihr die Homepage des Fachwerkbauhotels mit einem großen sechseckigen Erker, das auf dem Laptop-Bildschirm mit einer begrünten eingezäunten Terrasse und Sonnenschirmen vor einem weißblauen Himmel zu sehen war, gezeigt und vorgelesen: »Nur zwei Gehminuten bis zum Schloss Neuschwanstein entfernt. Schon zu Zeiten des Schlossbaus ein beliebtes Ausflugsziel, um den Fortschritt des prächtigen Baus aus nächster Nähe zu erleben, zog es Besucher und Neugierige zur einstigen Kantine der Handwerker, die am Bau tätig waren.«

Er las die Speisekarte des Schlossrestaurants aus, die als PDF-Datei im Internet angeboten wurde. »Zanderfilet kross gebraten auf mediterranem Gemüse mit Tomatensoße und Thymiankartoffeln«, das werde ich mir bestellen, leckte sich Albert über die Lippen.

Schon am Abend des nächsten Tages waren sie dort angekommen. Albert bestellte gleich an der Rezeption für den nächsten Tag Karten für eine Führung durch das Schloss. Von ihrem Hotelzimmer aus konnten sie Schloss Neuschwanstein ganz nah mit seinen Türmen sehen, das während der Dämmerung immer stärker im Nebel verschwand. Beim Frühstück im Restaurant des Schlosshotels lasen sie in der Tageszeitung, dass morgen, am Samstagabend, die neue Ballon-Seilbahn zwischen den beiden Schlössern in den Bergen eingeweiht werden würde.

»Das ist gut, das lenkt von unserem Vorhaben ab«, meinte Albert, bevor er zum Wirtschaftsteil weiterblätterte.

Sie präparierten sich mit dem Unsichtbarkeits-Pulver. Es gab zwei Möglichkeiten. Entweder die gesamte Kleidung samt Schuhe zuerst mit Klebstoff versehen und dann das Pulver darauf möglichst dünn und gleichmäßig zu verteilen, oder den Klebstoff direkt auf die Haut bringen und darauf das Pulver zu verteilen. Diese Methode war sehr unangenehm.

»Komisch, obwohl ich dann unsichtbar bin, widerstrebt es einem doch, nackt durch die Gegend zu laufen«, meinte Albert.

Das Präparieren ihrer Kleidung dauerte bis zum frühen Nachmittag.

»Die Eintrittskarten brauchen wir ja nicht als Unsichtbare, oder?« meinte Edda, die Albert im Hotelzimmer nicht mehr sehen konnte. Sie zeigte auf die beiden Karten, die neben dem Fernseher lagen. »Hätten wir uns die nicht sparen können? Was machen wir mit ihnen?«

»Wir mussten sie uns besorgen lassen, damit wir nicht auffallen. Wir sind normale Schlossbesucher. Wir sollten sie so verschwinden lassen, dass man glaubt, wir haben sie benutzt. Also nicht hier in den Papierkorb werfen.«

»In meinen Koffer packen?«

»Lieber nicht, wir sollten nirgendwo einen Hinweis lassen, wo wir waren. Wir stecken die Karten ein und werfen sie dann im Schloss weg.«

Vor Eddas Augen verschwanden die Karten in der Luft. Albert hatte sie genommen. Dann gingen sie los. Im Hotel mussten sie darauf achten, dass sie mit niemand zusammenstießen, um kein Aufsehen zu erregen. Auf der Straße vor dem Hotel liefen sie zum Schloss hoch, an einem runden Turm vorbei zum roten Tor mit einem Stufengiebel. Albert schloss sich mit der unsichtbaren Edda einer Touristengruppe zur Führung im Schloss an.

Vor dem Tor erzählte der Touristenführer einiges über die Bauarbeiten zum Schloss: »Hier standen noch ein quadratischer Turm und verfallenes Mauerwerk der einstigen Burg Vorderschwangau. Im Mai 1868 kündigte König Ludwig II. seinem geliebten Richard Wagner in einem Brief den Bau von Schloss Neuschwanstein als echte deutsche Ritterburg an. Wegen der Lage, der Aussicht und weil es ein würdiger Tempel für den verehrten Komponisten wäre. König Ludwig II. war vom Bauen fasziniert. Noch als Kind bekam er von seinem Großvater an Weihnachten einen Holzbaukasten geschenkt und baute damit sofort das Siegestor in München nach. Später zeichnete er gerne Burgen.« Der Touristenführer hatte diesen Text sicher schon oft auf seine Zuhörer losgelassen. »Sie können sich vorstellen, dass es nicht leicht war, auf diesem rund zweihundert Meter hohen Fels ein Schloss zu bauen. Man brauchte ein Straße zum Transport der schweren Steine. Es wurden angeliefert über neuntausend Zentner Marmor aus Salzburg, über neunzigtausend Zentner Sandstein aus Nürtingen, über vierhunderttausend Ziegelsteine, zwölftausend Zentner Zement, tausend Zentner Steinkohle und rund zweitausend Kubikmeter Gerüstholz.« Der Touristenführer ratterte die Zahlen herunter. »Ein Dampfkran, damals noch eine technische Neuheit, wurde für das Hochziehen der Baumaterialien auf einem Gerüst vor der Burg errichtet. Für das Wasser legte man eine Rohrleitung zu einer höher gelegenen Brunnenstube. Beim Tod des Königs war das Schloss teilweise immer noch eine Baustelle.« Der Touristenführer machte eine kleine Pause. »Aber schon beim Bau von Neuschwanstein starben einige Menschen. Ein Bauführer erschoss sich, zwei Zimmermänner stürzten vom Gerüst, ein Steinmetz wurde im Steinbruch vom Kalkstein erschlagen und ein Dachdecker fiel aus ungeklärten Gründen vom Schlossdach herunter und erlag seinen schweren Verletzungen.«

Sobald die Gruppe durch das Tor im Schloss war, trennten sie sich wieder von ihr. Nun sahen sie direkt vor sich die Türme, Gebäude und Dächer, die Schloss Neuschwanstein das berühmte Aussehen gaben.

»Wir müssen nach verdächtigen Leuten Ausschau halten«, hatte Albert zu Edda gesagt. »Wir haben das Rätsel von Wagner nicht, bei dem auch der Zugang zur Höhle mit dem Schatz erwähnt ist. Aber irgendjemand hat es und wird mit dessen Hilfe hier den Zugang bereits schon suchen, oder gefunden haben.«

Sie trennten sich von der Touristengruppe im unteren Hof von Schloss Neuschwanstein, dem Wendeplatz für Kutschen und Fuhrwerke, eine Treppe hoch zum oberen Hof. Hier war der Grundriss des Palas des geplanten aber nie errichteten Bergfrieds, normal der eigenständige Hauptturm zur Verteidigung der Burg, zu erkennen. Der obere Hof wurde im Uhrzeigersinn eingeschlossen von einem hohen und großen Viereckturm, dem Ritterhaus mit romanisch gebogenen Fenstern an dem sich die Stufen zum Eingang des Palas hochzogen. Dieser war das Hauptgebäude des Schlosses, an dessen schmalen aber hohen Vorderseite auf sechs übereinander befindlichen Fensterreihen ein Giebel saß, dessen zwei Seiten aus den Dächern von zwei Erkertürmen kamen.

»Im Palas befinden sich die Wohnung des Königs, die Dienerschaftsräume, die Küche, die Venusgrotte mit Wintergarten, die Kapelle sowie der Thron- und Sängersaal. Dann kam der Kemenatenbau, eigentlich gedacht für die Frauen der Ritter«, erzählte der Touristenführer beim Durchschreiten des unteren Hofes seiner Besuchergruppe. »Was sich aber bei des Königs Vorliebe für Männer erübrigte«, meinte Albert leise kichernd zu Edda.

An den Kemenatenbau, hinter dem der steile Berg Säuling pyramidenförmig hochragte, schloss sich eine brusthohe Mauer an, die sich zur Abgrenzung des Hofes am Rande des Felsens bis zum großen Viereckturm hinzog und in deren Mitte die Treppe zum unteren Hof war.

Im oberen Hof sahen Albert und Edda, dass vier Männer in der Kluft von Straßenarbeitern beschäftigt waren. Sie arbeiteten an dem sommerlichen Tag mit einem kleinen Bagger, Pickeln und Schaufeln. Albert zog Edda zu der Baustelle. Als sie eine Weile den Männer zugehört hatten, von denen sie nicht gesehen wurden, beobachteten sie mit ihrer Unsichtbarkeit einen Mann in Freizeitkleidung, der den Bauarbeitern Anweisungen gab. Albert und Edda bekamen mit, dass hier ein alter Brunnen geöffnet wurde. Der Mann in der Freizeitkleidung hatte einen Plan in der Hand, den er ab und zu betrachtete. Edda lauschte aufmerksam. Durch ihre große Figur konnte sie sogar einige Blick auf den Plan werfen, der ein Grundriss von Neuschwanstein war. Ein Pfeil war eingezeichnet, dessen Spitze auf einen kleinen runden Kreis zeigte, vor dem Eck des Kemenatenbaus.

Aus dem ehemaligen Brunnenschacht wurden größere und kleinere Steine, sowie Bauschutt, entfernt. Das häufte sich neben dem alten Brunnen. Man konnte schon rund fünf Meter in die Tiefe blicken. Der Mann in der Freizeitkleidung ging ein Stück beiseite, als sich sein Handy meldete. Edda ging mit. Er stellte in einen Torbogen, wo er dachte, er wäre ganz allein.

»Ja, wir hören pünktlich, wie normale Arbeiter, um siebzehn Uhr auf. Wie ganz normale Bauarbeiter. Sicher, der Hausmeister ist offiziell informiert. Ich schätze morgen Abend könnten wir am Grunde des Brunnens sein. Gut, ich lasse ihn heute Abend zudecken. Soll ich ihn bewachen? Zu verdächtig? Ja, sehe ich auch so. Gut, wird gemacht. Ja, morgen um acht Uhr früh machen wir weiter. Natürlich, bei besonderen Vorkommnissen melde ich mich sofort. Adios.«

Der Brunnen war mit Brettern abgedeckt worden. Wie bei einer Baustelle üblich, wurde um den geöffneten Brunnen eine rot-weiße Absperrung errichtet. Zurück in ihrem Hotel kam der schwierige Teil. Sie mussten auf ihrem Zimmer bleiben. Schlafen mussten sie derart, dass von ihrem Schwanenpulver möglichst wenig verloren ging. Also nicht im Bett, wo sie sich im Schlaf hin- und herdrehen konnten. Sie holten aus Eddas großem Koffer zwei Klappstühle. Die stellten sie im Hotelzimmer auf. Zuerst befestigten sie darauf Plastikfolien, bevor sie sich darin platzierten. So konnten sie es vermeiden, im Schlaf zu viel Unsichtbarkeits-Pulver von ihrem Körper abzureiben.

»Es ist nun klar, dass unsere Konkurrenz, durch den aufgegrabenen Brunnen im Schloss zur Höhle mit dem Schatz kommen will«, dachte Albert laut nach. »Es ist nur noch eine Frage der Tiefe, in der der Zugang zu dieser Höhle liegt.«

»Morgen wollen sie weitermachen.«

»Wir müssen dabei sein.«

»Wie werden sie den Schatz abtransportieren wollen, wenn sie ihn gefunden haben?«, fragte Edda.

Sie vermied es, mit der Hand nach dem unsichtbaren Zwerg neben ihr im Liegestuhl zu greifen. Die dünne Schicht mit dem Schwanenpulver durfte nicht zerstört werden, hatte ihr Albert eingetrichtert.

»Es sieht so aus, als würden sie mit der Schlossverwaltung zusammenarbeiten, sonst könnten sie nicht einfach so in dem Brunnen mitten im Schloss arbeiten«, meinte Albert. »Das bedeutet, dass sie den Schatz nachts, wenn keine Touristen durch das Schloss laufen, abtransportieren werden. Sie werden irgendwelche Transportfahrzeuge verwenden.«

»Sollen wir nicht einfach warten, bis sie den Schatz abtransportieren und dann zuschlagen?«, wollte Edda von Albert wissen.

»Das ist eine gute Idee. Hm, aber was ist, wenn sie den Schatz erstmal liegen lassen und irgendwann holen? Wie lange müssen wir dann warten? Jahre? Dann kennen wir den Weg zu ihm nicht. Wir sollten ihn aber kennen, wenn wir den Schatz haben wollen. Ich gehe davon aus, dass unsere Konkurrenz alle drei Lösungen, also den gesamten Neuschwanstein-Code, zum Schatz besitzt. Den will ich haben.«

»Und wie willst du den Schatz abtransportieren?«

»Das ist auch ein Problem. Wenn der Zugang zu der Schatzhöhle wirklich über den Brunnen geht, müssen wir ihn irgendwie vor der Öffentlichkeit verbergen. Womöglich müssen wir eine geeignete Öffnung durch den Felsen bauen. Meine Nibelungen stehen schon in Füssen auf Abruf bereit. Mit Werk- und Fahrzeugen auf einem angemieteten Gelände.«

Vielleicht mache ich einstens meinen Frieden mit der Erdenwelt, wenn alle Ideale, deren Feuer ich sorgsam nähre, zerstört sein werden.

König Ludwig II.

27. Kapitel

Schadenfreude ist nicht immer die schönste Freude, dachte sich Kommissar Dolling, als er das Krankenhaus verließ. Eigentlich hätten ihn die Spezialisten aus München begleiten sollen, wenn er mit Schmelzing sprach. Aber sie waren abgezogen wurden. Die Schießerei in Bayreuth war wichtiger. Schließlich war die Bundeskanzlerin dort anwesend gewesen. Es konnte eine terroristische Aktion sein. Was war dagegen ein versunkenes Schiff auf dem Forggensee? Eine schwerverletzte Bundeskanzlerin und ihr Gatte, einige tote Industrielle, blaublütige Fürstinnen und Fürsten und Film- und TV-Stars waren wichtiger. Ab einem gewissen Gesellschaftsgrad wurde ein Terror-Anschlag auch in einer Demokratie sehr ernst genommen. Dolling versuchte, seine Schadenfreude zu unterdrücken.

Wieso soll es nicht auch mal die höheren Herrschaften erwischen? Wir müssen immer unseren Kopf hinhalten, dachte er sich.

Dolling wunderte sich über Schmelzings Sturheit. Wieso wollte der nicht akzeptieren, dass sein Boot durch ein Torpedo oder eine Bombe versenkt worden war? Als Schmelzing merkte, dass Dolling auch Fragen stellte, die nur gestellt werden, wenn ein Versicherungsbetrug infrage kam, tobte er los, drohte mit Beschwerden über einen unhöflichen, instinktlosen, versagenden Ermittler bei dessen Vorgesetzten und höher hinauf. Ein Schutz durch die Polizei war für Schmelzing keine Option. Als Dolling den brüllenden Schmelzing mit den Erkenntnissen der Terror-Fahnder konfrontierte, die den vom Torpedo durchschlagenen Bootsrumpf untersucht hatten, folgte eine barsche Reaktion aus dem Krankenbett: »Das ist eine Verschwörung. Oder ein Verrückter? Ich bin kein Terror-Opfer. Ich hin für Terroristen nicht interessant.«

»Es bleibt unter uns, aber ich habe gehört, dass Sie früher für den Geheimdienst gearbeitet haben. Vor einiger Zeit. Auch im Irak und in Afghanistan. Vielleicht wollen sich deswegen einige an Ihnen rächen? Was haben Sie in diesen Ländern gemacht?«

»Das geht Sie einen feuchten Kehricht an. Niemand weiß etwas davon. Auch meine Familie nicht. Aber ich sage es Ihnen, damit Sie und ich Frieden haben. Ich war ein kleiner Botengänger. Ein ganz kleiner, unwichtiger. Vielleicht ein bisschen besser gestellt als der Brotzeitholer.«

»Wer sollte es sonst auf Ihr Leben abgesehen haben?«

»Niemand! Das bilden Sie sich doch nur ein. Am liebsten würden Sie eine Verbindung zu mir, meinem Unfall und den ungeklärten Morden von Neuschwanstein und Schloss Linderhof ziehen, wenn Sie könnten. Das war ein Unfall, der Tank ist explodiert. Aus welchen Gründen auch immer.«

Das Handy des Kommissars meldete sich. Ottokar Schmelzing ließ sich erschöpft in seine Kissen zurückfallen. Er versuchte den Worten des Kommissars, der auf einem Stuhl neben Schmelzings Krankenbett saß, einen Sinn abzulauschen. Meistens nickte Dolling nur mit »Ahas« und »Sosos.«

»Nicht nur …«, wandte sich der Kommissar an Schmelzing, der ihn misstrauisch anschaute. »… dass eine Verbindung von den Morden auf Neuschwanstein und Linderhof zu Ihnen existiert. Sondern auch zu einer Leiche, die jetzt im Bergkessel zwischen Latschen- und Brandershofen gefunden wurde. Sie führten mit Bill Loomis und dem Hotelbesitzer Verhandlungen. Es könnte da Streit gegeben haben. Haben Sie jemand über den Tisch gezogen, wie üblich? Gehören Sie auch zu diesen Nibelungen, von denen im Umkreis des Hotels gemunkelt wird?«

»Klar, ich bin ein Serienmörder. Meinen Sie das? Es reicht Herr Kommissar! Ich höre mir ihre Märchen nicht länger an. Haben Sie Beweise? Nein! Dann auf Wiedersehen! Ich muss jetzt wieder schlafen. Ich bin krank. Ich hätte Ihnen den Besuch gar nicht gestatten sollen. Ihre verrückten Mordtheorien können Sie erzählen, wem Sie wollen.« Schmelzing klingelte nach der Krankenschwester. Dann hatte er dem Kommissar mit einem unwilligen Brummen den Rücken zugedreht.

»Die aktuelle Leiche wurde grausam getötet«, beugte sich Dolling über den Rücken von Schmelzing. »Man hat sie womöglich lebendig ausgeweidet. Das Tal, in dem die Leiche aufgetaucht ist, ist nicht weit von dem Hotel, das sie gekauft haben. Ich glaube nicht, Herr Schmelzing, dass Sie ein Serienkiller sind. Aber ich glaube, dass Sie mehr wissen, als Sie mir sagen. Schließlich sind Sie unserer Gegend kein unwichtiger Mann. Ihre Zuträger haben Ihnen sicher das eine oder andere geflüstert. Vielleicht wissen Sie schon so viel, zu viel, über die Verbrechen und die Täter, dass man Sie aus dem Weg …«

Schmelzing hatte daraufhin die Decke über seinen Kopf gezogen.

Als Dolling am Freitag früh in die Klinik kam, lümmelte sich Ottokar Schmelzing in einer Sitzgruppe beim Empfang in einem Sessel. Er zeigt auf einen leeren Sessel gegenüber, nachdem er den Kommissar kommen sah. Dolling setzte sich.

Schmelzings Smartphone meldet sich. »Sie entschuldigen, Herr Kommissar, in zwei Tagen wird meine Ballon-Seilbahn« eingeweiht. »Es muss noch einiges organisiert werden. Morgen Abend ist die große Einweihung. Hier, Sie sind dazu natürlich auch herzlich eingeladen.« Er reichte Dolling einen Flyer, von dem Stapel das auf dem Tisch bei der Sitzgruppe lag. Dann sprach er hektisch in sein Smartphone.

»Mein Taxi kommt gleich«, klappte Schmelzing das Smartphone zu. »Was wollen Sie noch wissen?«

»Wo waren Sie eigentlich in der Nacht, in der der Doppelmord im Schloss Neuschwanstein geschah?«

»Ich habe jetzt keine Zeit und Lust mit Ihnen zu streiten, auch wenn ich es als große Unverschämtheit betrachte, dass sie mich, den größten Arbeitgeber weit und breit, als Mörder in Betracht ziehen. Ich war bei meiner Frau, wie ich das jede Nacht zu tun pflege, wenn ich nicht auf Reisen bin. Ich habe nämlich eine wunderbare Frau, und wenn Sie mir nicht glauben, dann überprüfen Sie mein Alibi und fragen Sie einfach meine Frau. Sie wissen ja, wo wir wohnen. Ich habe zu tun.«

Schmelzing erhob sich leicht verärgert und stieg in das Taxi ein, das angekommen war.

Der Wahn-Monolog ist vollendet und unsäglich schön.

Cosima von Bülow-Liszt

28. Kapitel

Nach dem Aufwachen zwängte sich Edda mühevoll aus ihrem Klappstuhl.

»Ich sehe dich nicht. Wo bist du? Bist du im Bad?«, fragte Edda in den Raum.

»Was soll ich im Bad?«, hörte sie Albert vom Fenster her. »Ich schaue hier, wie das Wetter wird. Übrigens, wir haben Glück.«

»Wieso, wie wird das Wetter?«

»Kein Regen in Sicht. Und was auch gut ist, wir müssen nichts ausbessern. Wir sind nicht zu sehen. Wir hätten dazu kaum noch Pulver gehabt.«

»Wann gehen wir los?«

»Möglichst bald. Wir gießen uns geschwind einen Kaffee auf, dann marschieren wir los. Wir nehmen keine Stirnlampen mit. Mit ihren Bändern benötigten sie zu viel Schwanenpulver.«

Albert steckte seine kleinsten Taschenleuchten ein, die man mit einem Ring auf einem Finger befestigen konnte. Sie mussten nicht präpariert werden, sie waren genügend nah am Körper.

Das unsichtbare Duo ging wieder in den Schlosshof. Sie sahen die Bauarbeiter, die bereits etliche Meter tiefer vorgedrungen waren. Mit einer Seilwinde holten sie nun den Schutt aus dem Brunnen. Dessen Schacht war schon rund zehn Meter tief ausgeräumt. Ein Arbeiter stand unten und schaufelte das Zeug in die Schütte, die von den anderen beiden Arbeitern mit einem Motor hochgeholt wurde. Ein runder menschengroßer Käfig befand sich neben dem Haufen mit dem Schutt aus dem Brunnen. Der Mann in Freizeitkleidung mit der Sonnenbrille im Gesicht stand wieder neben ihnen und gab ab und zu Anweisungen. Ein wenig abseits standen zwei weitere Männer mit Sonnenbrillen. Einer trug eine Schirmmütze. Sie unterhielten sich. Ab und zu zeigten sie zu dem Brunnen. Albert ging zu ihnen.

»Wie lange wird das noch dauern?«, sagte der mit der Schirmmütze.

»Der Brunnen soll über zweihundert Meter tief sein. Also wird's noch eine Weile dauern, vielleicht noch ein paar Tage. Kann uns nur recht sein, schließlich werden wir nach Stunden bezahlt.«

»Wenn ich das richtig verstanden habe, dann sollen wir erst rein, wenn der Boss da ist.«

»Genau. Wir rufen ihn an, wenn's soweit ist. Er treibt sich sicher hier in der Nähe herum. Aber er will da erst runter mit uns, wenn keine Leute mehr hier sind.«

Albert ging zu Edda, die im schattigen Toreingang beim Ritterhaus wartete. Er zupfte sie am Ärmel. Sie beugte sich zu ihm hinunter. Er informierte sie flüsternd über das Gespräch und den Fortschritt im Brunnen. Gerade als sie berieten, wie Edda die Wartezeit verbringen könnte, machte sich bei der Gruppe am Brunnen Unruhe breit. »Ich schau hin, du bleibst hier«, sprang der unsichtbare Zwerg zum Brunnen.

»Grab die Öffnung da unten ganz frei, dann holen wir doch hoch«, rief der Mann in der Freizeitkleidung in den Brunnen hinunter. Dann ging er zu den beiden anderen Männern.

Albert konnte über den Rand des Brunnens in die Tiefe schauen. Er sah unten nicht viel. Es war trotz des Lichts der Sonne an einem fast wolkenlosen blauen Himmels am Boden des Brunnens ziemlich dunkel. Er hörte wie da unten geschaufelt wurde, wie Trümmer in die Schütte fielen.

»Voll! Hochziehen! Das war's!«, rief eine Stimme von unten.

Einer der Arbeiter schaltete die Winde ein. Sie leerten zu zweit den Inhalt der Schütte auf den Schutthaufen. Die Schütte ließen sie liegen. Dann befestigten sie den Käfig an das Seil der Winde. Die drei Männer mit den Sonnebrillen kamen nun dazu. Albert ging einige Schritte auf die Seite. Aber er geriet irgendwie zwischen die Beine einer der Männer.

»Hey, was ist das?«, wunderte sich der Mann, dem fast die Sonnenbrille beim Stolpern über den Unsichtbaren von der Nase gefallen wäre.

»Was hast du denn?«, wunderte sich der Mann mit der Schirmmütze.

»Keine Ahnung. Da war mir was im Weg.«

»Was denn? Ich sehe nichts. Du spinnst.«

Die Winde quietschte, als sie den Käfig in den Brunnen runterließ.

Nach einer Weile stieg der Arbeiter aus dem Käfig. Die drei Männer mit Sonnebrillen gingen auf ihn zu.

»Kann man durch die Öffnung da unten?«

»Wenn man sich bückt, kommt man in einen engen und niedrigen Gang? Der eigentliche Schacht geht sicher noch tiefer, bis er da unten auf Wasser stößt.«

»Wohin führt diese Öffnung?«

»Zuerst geht's einige Stufen nach unten, dann scheint es um die Ecke zu gehen. Ich sollte ja nicht reingehen.«

Der Mann mit der Schirmmütze zog sein Handy heraus und sage. »Wir wären soweit. Der Gang am Boden des Brunnens ist freigelegt. Absperren, gut, wird erledigt. Wir warten, klar, die Arbeiter schicken wir jetzt heim, auch klar. Wann kommen Sie? In einer Stunde? Gut, bis dann.«

Die Arbeiter errichteten mit rot-weiß gestreiften Bändern eine Absperrung um den Brunnen. Der Käfig blieb an der Winde hängen, nachdem sie gingen. Die letzten Touristengruppen verließen über den oberen und unteren Hof den roten Torbau mit der ersten Wohnung des Märchenkönigs, von wo aus er einst den Fortschritt bei den Bauarbeiten zu seinem Schloss beobachtete. Der Hausmeister sperrte das Tor von außen ab. Nach einer Stunde kam ein Mann durch das Tor. Er hatte einen Schlüssel dazu. Er ging zu den drei Männern. Genauso der unsichtbare Albert. Edda hatte in dem Ritterhaus, das ein Verbindungstrakt zwischen Palas und großem Viereckstur war, einen Winkel gefunden, in dem sie nicht gesehen werden konnte. Der neu angekommene Mann ließ sich mit dem Käfig zum Boden des Brunnenschachts hinunterbringen. Es folgten ihm zwei Männer. Einer blieb bei der Winde am oberen Rande des Brunnens. Dieser musste zuerst sterben. Edda rammte ihm von hinten ein Messer durch das Herz. Er röchelte nur kurz. Sie hielt ihm eine Hand vor den Mund. Sie begrub sie ihn unter dem Schutthaufen. Dann ließ sie Albert im Käfig den Brunnenschacht hinunter, nachdem sie sich vergewissert hatten, dass die drei Männer da unten verschwunden waren.

Albert verließ den Käfig, als er unten ankam.

Jetzt darf ich keine Geräusche machen, dachte er sich. Sonst nehmen sie mich wahr. Er musste sich nicht bücken, um in den dunklen Gang zu kommen, der zuerst einige Stufen in Tiefe führte. Albert streifte sich die winzige Lampe am Ring über den Finger. Sie warf einen dünnen Lichtkegel. Er tastete sich vor. Der Gang machte geradeaus zwei Biegungen. Er war ziemlich eng. Albert konnte die Seitenwände links und rechts mit den Fingerspitzen ertasten. Der Gang war direkt in den Fels geschlagen. Ein Mann mit der Körperhöhe von 1,80 Meter musste sich hier gebückt fortbewegen. Albert konnte aufrecht gehen. Rund zwanzig Meter vor sich sah Albert die Lichtstrahlen von Taschenlampen. Er näherte sich den drei Gestalten und hörte zu. Nach rund hundert Metern führte der unterirdische Gang in kurzen Abständen von links nach rechts. Hätte man das als Plan skizziert, wäre er von oben gesehen im Zickzack verlaufen.

»Tatsächlich. Hier ist die erste Tür. Jetzt brauchen wir einen Code«, sagte eine dunkle Stimme.

Schlau gemacht, dachte sich Albert, da dieser Gang im Zickzack vor der Tür endete, konnte man die Eisentür schlecht mit einer Ramme gewaltsam öffnen.

»Welchen?«, fragte eine helle Stimme.

»Den richtigen«, meinte eine leicht quäkende Stimme.

»Ruhe! Ich kann jetzt keine blöden Kommentare brauchen«, zürnte die dunkle Stimme. »Beleuchtet diese Eisentür mal genauer. Es muss ja einen Anhaltspunkt geben, welcher Code hier angewandt werden muss, damit sich die Tür öffnet.«

»Hätten wir das nicht besser mit Werkzeug erledigt«, fragte die hellere Stimme.«

»War in der Überlegung, aber viel zu auffällig«, meinte die dunkle Stimme. »Bis wir hier alles runtergeschafft hätten, hätte es die ganze Welt gewusst, dass hier was Besonderes abläuft. Auch wenn wir die Schlösserverwaltung gut im Griff haben, so dürfen wir bei so einer gigantischen Sache null Risiko eingehen. Und wenn es diese Nibelungen-Heinis erfahren hätten, dann würde das für uns sehr gefährlich werden.«

Albert gefiel die Bezeichnung Nibelungen-Heinis nicht besonders. Er nahm sich vor, dafür Rache zu üben, wenn es irgendwie möglich war. Aber nun musste er sich auf die Lippen beißen, um nicht loszuschimpfen. Der schmale und niedrige Gang beförderte die Worte der drei Männer relativ klar an sein Ohr.

»Hier, da oben links in der Ecke, ist ein Buchstabe angebracht«, meldete sich die quäkende Stimme.

»Richtig, sieht nach einem großen goldenen L aus«, bestätigte die dunkle Stimme. »Dann gehen wir mal davon aus, dass es sich um den Code von König Ludwig handelt. Nun wird es sich herausstellen, ob unsere Experten was taugen.«

»Aber wie und wo geben wir diesen Code hier an der Tür ein?«, fragte die hellere Stimme.

»Tastet mal die ganze Türfläche ab«, forderte die dunkle Stimme.

»Da ist nur dieser Buchstabe, der auf der Tür angebracht ist«, meinte die quäkende Stimme.

»Kann man ihn bewegen, oder drücken?«, fragte die dunkle Stimme.

»Drücken nicht, aber er lässt sich mit viel Anstrengung bewegen. Zumindest ein paar Millimeter«, antwortete die hellere Stimme.

»Geb dir mehr Mühe!«, befahl die dunkle Stimme.

»Ah, jetzt, der Buchstabe lässt sich ein Stück drehen«, erklang die überraschte helle Stimme.

Ein grelles Quietschen ertönte von der eisernen Tür her. Eine alte Mechanik bewegte sich.

»Ah, ein Feld mit Buchstaben drauf, hat sich auf einer Konsole herausgeschoben«, sagte die dunkle Stimme. »Hm, darauf sind sechs Buchstaben A B E I L O R. Sind nach der Reihenfolge im Alphabet angeordnet, jetzt muss ich auf meinem Smartphone nachschauen. Habe die drei Codes darauf gespeichert.«

»Hoffentlich packt's der Akku noch«, meinte die quäkende Stimme.

»Schluss! Keine doofen Kommentare! Die Antwort zu dem Rätsel des Königs mit dem doppelten Sternenkopf lautet Albireo.«

»Wie viele Versuche werden wir haben«, fragte die hellere Stimme.

»Gehen wir mal davon aus, dass wir jeweils nur einen Versuch haben, die richtige Lösung einzugeben«, meinte die dunkle Stimme. »Ich nehme an die Buchstaben muss man drücken, wie bei einer alten Schreibmaschine. Ist ja hier auch so gestaltet wie die Tasten bei einer Schreibmaschine. Ich glaube, die war schon zu Lebzeiten von König Ludwig II. erfunden.«

Die Strahlen der Taschenleuchten richteten sich auf die Tasten mit den Buchstaben. Die dunkle Stimme sprach laut mit: »Ein A, ein L, ein B, ein I, ein R, ein E, und zum Schluss noch das O!«

Ich lasse sie machen, dachte sich Albert. Aber der Mann hat recht. Albireo ist der erste Code. Jetzt müsste was passieren. Ob sich die Tür wohl öffnet? Wer weiß, ob die Technik nach so langer Zeit noch funktioniert?

Sie funktionierte. Die eiserne Tür schwenkte langsam nach innen. Die Lichtbündel der drei Lampen leuchteten in den Gang hinter der Tür, der mit einer langen Rechtsbiegung weiterlief.

»Wahnsinn!«, meinte die quäkende Stimme.

»Es hat geklappt!«, schloss sich die hellere Stimme an.

»Gut. Dann auf zur nächsten Tür«, mahnte die dunkle Stimme zum Weitergehen. »Ist ja leichter als ich gedacht habe.«

Albert lief hinterher. Vorsichtig. Der Boden des Ganges war glatt. Ab und zu war er auch feucht, wenn es von oben durch die Risse im Felsen tropfte. Albert hatte dünne Sommerkleidung an, damit das Pulver auf seinem Körper die Unsichtbarkeits-Wirkung entfalten konnte. Um es auf die Kleidung aufzutragen, war eine größere Menge nötig, die nicht mehr vorhanden war. Ein spezielle Abteilung der Neuen Nibelungen arbeitete daran, neues Pulver herzustellen. Aber das war eine komplizierte Produktion und dauerte. Der Gang ging mit Stufen in die Tiefe, dann wieder mit der gleichen Stufenzahl nach oben, wo nach einem kleinen Absatz, auf dem gerade eine Person Platz hatte, die nächste Eisentür kam. Vor dieser, mit einem goldenen N, blieb das Trio wieder stehen und beriet, was nun zu tun war.

»Dann drehen wir dieses Mal das N von Nietzsche«, meinte die dunkle Stimme.

Wieder fuhr eine Konsole aus der Tür hervor.

»Der Code lautet bei dieser Tür nach Meinung unserer Spezialisten: Dionysos.«

Wieder leuchteten drei Lampen auf das Smartphone, dessen Display die Antwort auf das Nietzsche-Rätsel wiedergab. Albert hatte sich bis auf zwei Meter den Dreien genähert.

»Aber hier sind nur drei Symbole zu sehen«, meldete sich die helle Stimme. Das Wort Dionysos steht hier nicht.«

»Und drei Hebel, die zu den Symbolen zu gehören scheinen«, analysierte die dunkle Stimme ruhig, was er im Schein der Taschenleuchten vor sich sah.

»Nein, steht hier nicht«, wiederholte die quäkende Stimme. »Jetzt sind wir bestimmt aufgeschmissen, wenn wir am falschen Hebel ziehen. Hoffentlich ist die erste Tür nicht zugefallen, sonst kommen wir nicht mehr lebendig raus.«

»Jetzt macht euch nicht in die Hose«, beruhigte die dunkle Stimme.

»Er könnte aber leider recht haben«, wurde die quäkende Stimme leicht zittrig.

»Na gut, dann geht einer von euch zurück zur ersten Tür und schaut nach.«

»Ich gehe zurück. Aber mache ich, wenn sie zu ist?«, fragte die helle Stimme.

»Dann kommst du wieder her«, meinte die dunkle Stimme.

»Und wenn sie offen ist, was dann?«, fragte die helle Stimme.

»Mein Gott, dann kommst du auch wieder her«, meinte die dunkle Stimme. genervt.

Albert drückte sich mit dem Rücken ganz eng an die Wand, damit der Mann mit der hellen Stimme an ihm vorbeikam, der den Lichtstrahl der Taschenlampe in die Mitte des dunklen Ganges richtete.

»Ich sehe ein Dreieck, einen Kreis und ein Zeichen, das aussieht wie ein Kerzenleuchter. Was kann das bedeuten? Was hat dieser Dinoysus damit zu tun?«

Albert wurde nervös. Mensch, ihr Idioten, dachte er sich, das ist doch das einfachste der Welt. Das sind drei griechische Buchstaben. Das Dreieck ist Delta, das D, der Kreis ist Omikron, das O und der Kerzenleuchter ist Psi, das ist der dreiundzwanzigste Buchstabe des griechischen Alphabets, den man als Ps ausspricht, wie bei Psychologie, ihr Heinis!

»Moment, das haben wir gleich«, sagte die dunkle Stimme. »Wozu habe ich Internet?«

»Genau, die Symbole einzeln abfotografieren und im Internet auf Bildererkennung gehen«, freute sich die quäkende Stimme.

»Tja, wenn wir hier unten in ein Netz kommen würden, was leider nicht der Fall ist«, meinte die dunkle Stimme enttäuscht. »Aber ich habe noch eine Idee.«

»Welche?«

»Ich gehe im Menü meines Smartphones auf Sonderzeichen. Vielleicht ist da was zu finden.«

Ganz dumm ist der Knabe mit der dunklen Stimme nicht, dachte sich Albert.

»Mir fällt was ein«, räusperte sich die quäkende Stimme. »Ich war neulich beim Essen …«

»Ich schlag dich gleich tot, wenn du nicht mit dieser Scheiße aufhörst! Ich muss mich konzentrieren.«

»Warte doch, was ich sagen will, ich war in einem griechischen Restaurant, das hieß Dionysos, ist mir gerade eingefallen, und auf der Speisekarte war der Name des Lokals in lateinsicher und griechischer Schrift.«

»Ja, und?«

»Der griechische Name ging auch mit so einem Dreieck los.«

»Ah, super. Klar, ich schau mal bei den Sonderzeichen unter griechischer Schrift. Genau, hier, das Dreieck ist Delta, das D, steht hier.«

»Dann ziehe ich also am Hebel mit dem Dreieck, oder?«

»Ja, zieh!«

Es knirschte in den Angeln der eisernen Tür. Sie öffnete sich langsam. Aber dieses Mal nach vorne. Die beiden Männer traten überrascht zurück.

»Oh, verdammt, die hätte mich fast zerquetscht«, rief der Mann mit der hellen Stimme. Ihm war beim Zurückgehen die Taschenlampe aus der Hand gefallen. Sie knallte am Boden auf und verlöschte. Sie war auf Albert zugerollt. Albert, der auch ein paar Schritte zurückging, trat auf die runde Lampe. Er rutschte darauf aus. Mit einem unterdrückten Aufschrei fiel er hin.

»Was ist?«, fragte die dunkle Stimme. »Was hast du?«

»Ich? Du hast doch was gerufen, oder?«, meinte die quäkende Stimme.

»Nein. Ich war's nicht. Es war eine fremde Stimme. Verdammt sei mal still«, flüsterte die dunkle Stimme.

Albert war dumm hingefallen. Mit der Nase direkt auf den Boden geknallt. Sie tat höllisch weh. Er hoffte, dass sie nicht zu bluten anfing. Die beiden Männer ließen die Lichtstrahlen ihrer Taschenleuchten durch den dunklen Gang wandern. Am Boden. An den Wänden.

»Hier ist niemand«, meinte die quäkende Stimme. »Wir haben uns getäuscht.«

»Hm. Sehr merkwürdig.«

»Hallo, seid ihr da vorne wo?«, kam der Mann mit der hellen Stimme aus der anderen Richtung des Ganges. »Die Tür ist noch offen. Kein Problem. Wie weit seit ihr?«

Albert rolle auf dem Boden beiseite, um sich dann wieder aufzurichten. Jedoch trat der Mann mit der hellen Stimme dem Unsichtbaren voll ins Gesicht.

»Urrrghhh«, entfuhr es Albert, der die Hand zu spät auf seinen Mund legen konnte, um den Schmerzenslaut zu unterdrücken.

»Was ist hier los?«, rief die dunkle Stimme.

»Ich bin auf etwas getreten! Vielleicht eine Ratte?«, äußerste sich zweifelnd die helle Stimme.

»Das hat aber nicht nach Ratte geklungen, eher nach Mensch«, meinte die dunkle Stimme.

»Wo soll hier ein Mensch sein?«, richtete die helle Stimme den Lichtstrahl der Taschenlampe auf den Boden, wo er vermutete, dass er auf eine Ratte getreten war.

Albert kroch, die Zähne zusammenbeißend, ein Stück weiter weg. Er atmete dicht über dem Boden. Es gelang ihm, kein Geräusch zu verursachen. Dann erhob sich Albert mit dem Rücken an der Wand. Sein Gesicht schmerzte. Er durfte nicht ins Gesicht langen, damit das Pulver nicht abging.

»Hier stimmt was nicht«, sagte die dunkle Stimme. Er ließ den Lichtstrahl durch den Gang tanzen.

Plötzlich traf der Lichtstrahl auf ein menschliches Auge. Es war das Auge von Albert, das durch den Tritt des Mannes mit der hellen Stimme freigelegt worden war, nachdem einiges Pulver aus dem Gesicht abgekratzt worden war. Albert wurde vom Lichtstrahl ins linke Auge geblendet. Er kniff es zu, wandte sich schnell ab, mit dem Gesicht zur Wand. Er wusste nicht, welches Auge ihn verraten hatte. Er ging auf die andere Seite des Ganges mit dem Rücken zu den Männern, die an der offenen Tür standen.

»Da ist jemand!«, rief die dunkle Stimme. »Ich habe ein Auge gesehen!«

»Wo? Ich sehe nichts«, meinte die quäkende Stimme. »Es war sicher nur reine Ratte!«

Sie gingen weiter. Plötzlich teilte sich der Gang.

»Wo gehen wir jetzt hin?«, fragte die Quäkstimme.

»Sollen wir uns aufteilen?«, fragte die helle Stimme.

»Nein wir müssen zusammenbleiben«, meinte die dunkle Stimme. »Ich habe den dumpfen Verdacht, diese Weggabelung kann uns in eine Falle führen. Wir müssen die beiden Wege ausprobieren.«

»Hoffentlich geraten wir nicht über eine Falltür«, wurde die Quäkstimme ängstlich.

»No risk no fun«, meinte die helle Stimme ironisch.

»Welchen Gang geht man automatisch, wenn man nicht lange darüber nachdenkt, den linken oder den rechten? Ich sag's euch, Rechtshänder nehmen den rechten, Linkshänder den Linken. Da es mehr Rechtshänder gibt, würde ich sagen, wir nehmen den ungewöhnlicheren Weg, also den linken.«

Sie gingen in den linken Gang hinein. Wieder ging es im Zickzack, bevor die eiserne Tür kam.

»Wir sind richtig«, jubelte die helle Stimme. »Auf der Tür ist das W von Wagner!«

Sie drehten an dem goldenen W. Eine alte Mechanik quietsche fürchterlich laut, ging knirschend ins Grelle über. Von oben rutschte aus einem Schacht in der Decke des Ganges ein riesiger Felsquader auf die Männer. Er fiel schneller auf sie, als sie schreien konnten. Er zerquetsche sie wie Herkules einen Floh.

Vielleicht hat sich der Baumeister dieser Gänge und Türen von den Pyramidenbauern beeinflussen lassen, dachte sich Albert, der unwillkürlich zurückgeschreckt war, als der große Steinblock geräuschvoll herunterkrachte.

»Verdammte Scheiße«, hörte Albert den Mann mit der dunklen Stimme, den es nicht erwischt hatte: »Das darf nicht wahr sein. Es war wirklich eine Falle. Was mache ich jetzt?«

»Du solltest beten«, sagte Albert.

»Was? Wer ist hier?« Der Mann mit der dunklen Stimme, die nun verunsichert klang, suchte mit dem Lichtstrahl den Gang ab.

Albert beantwortete diese Frage mit seiner Pistole, die er eingesteckt hatte. Er zielte über den runden Lichtkegel, drückte ab. Mehrmals. Der Mann mit der dunklen Stimme brach getroffen zusammen. Seine Taschenlampe fiel auf den Boden. Albert ging vorsichtig an ihn ran. Sein Lichtkegel traf das Gesicht des Mannes am Boden. Er war tot. Eine Kugel hatte ihn durch die Stirn getroffen. Albert nahm ihm das Smartphone ab. Dann schaltete er die kleine Leuchte am Finger ein und lief zurück. Er rief durch den Schacht nach oben, zu Edda, dass sie herunter kommen sollte. Sie zog den leeren Käfig hoch, den sie auf die Seite stellte. Dann kletterte sie an dem Seil herunter, von dem sie die Schütte losgemacht hatte, das sie an die Winde geknotet hatte.

Albert erklärte ihr die Lage. Sie befestigte die kleine Lampe mit dem Ring am Mittelfinger, schaltete sie ein. Dann gingen sie in den Gang. Edda musste gebückt laufen. Bei der Gabelung des Ganges nahmen sie den rechten Gang.

Von seinem Bette blickt er her, nicht auf das Schwert,
nicht auf die Hand, er sah mir in die Augen.

Isolde

29. Kapitel

»Miau! Miau!«

Wally hing vierzig Meter über der Pöllat in der Felswand der Schlucht. Über ihr hingen Sonja und Taka. Sie konnte sie aber nicht sehen, sondern nur hören. Dichter Nebel hatte die Schlucht wie mit Watte gefüllt. Von unten kam das Tosen des hinunterstürzenden Gebirgsbaches, das durch die Wände der Schlucht verstärkt wurde. Ab und zu polterte ein Stein unter den Füßen der Kletterer in den Bach. Der Aufprall im rauschenden Wasser, das sich durch die engen graufelsigen, kaum von Moos, Gras und Büschen bewachsenen Schluchtwände in die Tiefe zwängte, war nicht zu hören.

Da ist eine Katze? Wie kann das sein?

Wallys Füße fanden zwischen den grünen Ästen eines dichten Busches, der aus der Felswand herauswuchs, einen Halt. Sie stand auf einem Felssims.

»Miau! Miau!« Der Ruf der Katze klang klagend. »Es hat sich verirrt, das arme Tier. Ich muss helfen!«

Wally wühlte sich mit den Händen durch den dichten Busch am Felsen. Darin war eine schmale Öffnung. Ein senkrechter dunkler Spalt. Der Eingang zu einer Höhle. Der Ruf der Katze kam aus der Höhle.

»Hier ist eine Katze, ich muss ihr helfen! Ich mache mich los!«, rief Wally nach oben, wo sie Sonja vermutete.

»Ich komme, warte!«, rief Sonja zurück.

Wally wartete nicht. Sie öffnete den Karabinerhaken, der sie mit ihrem Kletterseil verband. Sie zwängte sich in den Spalt. Sie wollte Sonja gleich die gerettete Katze zeigen. Das Ende ihres Seils hatte sie an einem starken Zweig befestigt. Taka sah unter sich, auf einem schmalen Felsvorsprung, etwas Längliches metallisch blinken.

»Da ist das Schwert meines Vorfahren! Ich muss es holen!«, rief er durch die Schlucht. Er ließ sich an seinem Seil zu schnell nach unten. Sonja, die sicherte, wurde durch die heftige Bewegung gegen den Felsen geschleudert. Durch ihren rechten Arm fuhr ein heißer Schmerz. Sie konnte ihn nicht mehr bewegen. Hilflos baumelte sie an dem Seil. Wally machte sich ganz schmal und drückte sich mit der rechten Schulter voraus durch die Felsspalte in die Höhle. Von der nebligen Schlucht drang durch den Busch kaum Licht in die Höhle. Wally schaltete die Lampe auf ihrem Helm ein.

»Miau! Miau!«

Der Lichtstrahl ihrer Helmlampe erfasste eine gefleckte Katze, deren Augen mit den dunklen ovalen Pupillen grün glänzten. Wally näherte sich der Katze. Der kleine schwarze Fleck an ihrer Nase und der noch kleinere Fleck an einem Auge im weißhaarigen Gesicht kamen Wally bekannt vor. Die Katze drängte sich an ihre Beine. Sie wusste, dass Wally ihre Retterin war. »Wie kommst du denn hierher?«, fragte Wally und nahm sie hoch. »Du bist doch Leonardo? Stimmt's? Wie kommst du denn in diese Höhle?«

Sie nahm Leonardo in ihre Arme, streichelte ihn beruhigend.

Es musste noch einen weiteren Zugang zu dieser Höhle geben, dachte sie. Die Katze ist sicher nicht über den Felsen hier rein geraten!

Wally drängte sich mit Leonardo im Arm durch die Felsspalte in die Schlucht. Der Nebel war noch dichter geworden. Sie konnte das Seil nicht mehr sehen, das sie an dem Busch befestigt hatte.

»Sonja! Sonja! Wo bist du?«, rief Wally in den Nebel.

»Ich bin verletzt, du musst sofort hochkommen! Taka hat auch Probleme. Ich kletter' zu ihm.«

»Taka, was ist mit dir?«

»Mein Seil hat sich verklemmt. Ich bin abgerutscht.«

Wally suchte mit der Hand im Nebel nach dem Karabinerhaken ihres Seils, den sie an einem Ast befestigt hatte. Sie fand ihn nicht. Sie spürte, dass der Ast abgerissen war, an dem sie es festgemacht hatte. Wally versuchte mit ihrem Handy Sonja und Taka zu erreichen.

Doch sie kam nicht in ihr Netz. Durch ihre Haare drang einen Regentropfen.

»Mist! Wir können jetzt keinen Regen gebrauchen! Lieber Himmel, verschone uns mit Regen!«, murmele sie durch die zusammengebissenen Zähne.

Die Regentropfen fielen dichter.

»Ich habe eine Höhle gefunden. Sie muss einen Ausgang haben. Ich schaue mir das an. Hörst du Sonja?« Der Regen schluckte ihre Worte. Keine Sonja und kein Taka waren zu hören. Der Regen klatschte laut gegen die Felswände der Schlucht. Schnell bildeten sich kleine Sturzbäche, die als anschwellende Wasserfälle an den Felswänden hinabschossen. Auch vor dem Spalt zur Höhle.

»Ich sollte schnell den Ausgang der Höhle suchen!«, dachte sich Wally. »Mit Taka kommt sie sicherlich klar. Sonja ist eine sichere Kletterin. Die Pöllatschlucht war ihre Kletterheimat. Sie hat uns zur Beruhigung die Sicherungshaken gezeigt, die sie in den Felsen geschlagen hatte. Schon die Vorbereitungen, heute früh, mit mir und Taka, führte sie perfekt durch.«

Damit sich Sonja keine unnötigen Sorgen machte, legte Wally in den Höhleneingang ein Stück Papier, das sie aus ihrem Notizbuch gerissen hatte. Darauf hatte sie geschrieben: »Suche mit Katze den Höhlenausgang! Versucht bitte öfters, mich auf dem Handy zu erreichen! Ich versuche es auch bei euch!« Wally schaute auf die Uhr. Sie schrieb die Zeit neben ihren Namen. Dann setzte sie Leonardo auf dem sandigen Boden der Höhle ab. Er sollte ihr vorauslaufen und sie zu dem Eingang führen, durch den er hierher gekommen war. Leonardo rieb sich schnurrend an ihren Beinen. Wally hob ihn hoch und lief dem Lichtstrahl ihrer Helmlampe nach. Sie stieß nach einigen Metern auf schmalspurige Gleise am Boden. Die Decke der Höhle wurde von Baumstämmen abgestützt. Neben dem Gleis lag eine umgekippte Lore. Alles deutete daraufhin, dass sie in einem alten Bergwerk war. Leonardo kuschelte sich zufrieden in ihre Arme. Ich brauche nur die Gleise entlang zu laufen, dann komme ich automatisch zum Eingang. Warum hatte sie bisher noch nichts von einem Bergwerk in dieser Gegend gehört? Was haben sie hier früher wohl abgebaut? Kohle? Erz? Silber? Gold?

Erleichtert lief Wally am Gleis entlang, das leicht in die Höhe führte. Nach ein paar hundert Metern kam sie an eine Weggabelung. Das Gleis teilte sich. Wally überlegte. Sie setzte Leonardo ab. Ohne zu zögern, lief der Kater in den Tunnel der linken Abbiegung hinein. Schon nach ein paar Minuten führte das Gleis in einen Haufen aus Gestein, der den dunklen Gang abschloss. Ihr Lichtstrahl traf auf schwarze Steine, durch die glänzende Adern liefen. Der Gang war verschüttet. Es ging nicht weiter. Sie musste zurück. Die andere Abbiegung weiter laufen. Was war, wenn diese auch verschüttet war? Bis jetzt hatte sich Wally durch die Hoffnung auf einen Ausgang sicher gefühlt. Nun kroch Angst in ihr hoch. Leonardo versuchte mit seiner Tatze ein Tier zu fangen. Eine Maus, eine Assel, oder einen Käfer. Das Tier entkam in die Steine.

»Komm, Leonardo, wir müssen zurück. Das bringt hier nichts.« Wallys Stimme war unsicher geworden. Leonardo begann mit seinen weißen Pfoten in dem Gestein zu wühlen. Von oben rutschten Steine nach. Wallys Lichtstrahl drang durch ein Loch. Sie vergrößerte es mit ihren Händen. Hinter dem Gestein fiel der Lichtstrahl von ihrem Helm in eine große Dunkelheit.

»Huhu!« Wallys Stimme rief ein dumpfes Echo hervor. Das Gleis ging noch zwei Meter weiter. Dann hörte es auf. Neben dem Gleis endete von der anderen Seite ein Förderband. Einige Steine lagen darauf. Daneben eine Schaufel mit einem abgebrochenen Stiel. Das Förderband verschwand in der Tiefe. Neben dem Förderband führten Stufen nach unten in das Dunkel. Der große Kegel ihres Lichtstrahls, der kaum noch Leuchtkraft hatte, traf auf eine schimmernde Fläche. Wally warf einen Stein hinunter. Es platschte. Dort unten war ein Gewässer.

Soll ich da hinunter? Mit Leonardo? Komme ich dann wieder hoch, wenn kein Weg ins Freie führt?, fragte sich Wally.

Schmiere! Schmiere! Jux! Dreck! Dreck! Dreck!

Richard Wagner

30. Kapitel

Dolling fuhr zu Schmelzings Frau. Bei ihr öffnete Waltraud, eine Schulfreundin seiner Mutter und die Mutter von Sonjas Mutter, die bei einem spektakulären Unglück in den Bergen ums Leben gekommen war. Dolling konnte sich erinnern. Er musste damals mit Angermaier und Neuwirth die Leiche begutachten, damit Mord und Selbstmord ausgeschlossen werden konnten.

»Grüß Gott! Ich möchte gerne Sonja Schmelzing sprechen. Ist sie da?«

»Nein, Jakob, die ist nicht hier.« Für Waltraud war der Kommissar immer noch der kleine Bub, der früher auf ihre Obstbäume geklettert war, da entfiel natürlich die formelle Anrede.

»Aha – und wo könnte sie sein?«

»Du wirst mir doch hoffentlich nicht wieder so eine schlechte Nachricht bringen, wie damals, als meine Tochter verunglückte.

Er schüttelte den Kopf.

»Na, Jakob, dann ists ja gut, so komm doch herein. Du kannst ja nichts dafür, was damals passiert ist.«

»Es geht nur um eine Nachforschung, bei der mir Sonja vielleicht helfen könnte.«

Sie ging mit dem Kommissar in das Wohnzimmer. Im Laufstall lag ein Baby. Es saugte mit schmatzenden Geräuschen an einer Milchflasche.

»Es geht um den Ehemann von Sonja, dessen Boot im Forggensee versenkt wurde.«

»Versenkt? Von wem? Von mir nicht!«

»Ach was, gegen Sie liegt doch nichts vor. Auch nicht gegen Ihre Tochter.«

»Der Wahnsinnige bringt meiner Tochter nur Unglück. Ich hätte nichts dagegen wenn …«, verschluckte sie die letzten Worte.

»Wenn?« Der Kommissar lauerte auf eine Antwort.

»Wenn meine Enkelin den Schmelzing erst gar nicht kennen gelernt hätte«, ergänzte sie geschickt.

»Aha. Wo die Liebe hinfällt. Tja, also, kommt Ihre Tochter bald? Kann ich auf sie warten?«

»Sie sollte schon längst zurück sein.«

»Wo ist sie hin?«

»Zum Klettern. Heute früh.«

»Hat sie ein Handy dabei? Haben Sie Sonja noch nicht angerufen? Soll ich das machen?«

»Ich habe sie schon hundertmal angerufen. Ich erreiche sie nicht. Ich hätte schon längst ihren Vater angerufen, wenn sie es mir nicht verboten hätte.«

»Wo ist Ihre Enkelin denn hin zum Klettern?«

»In die Pöllatschlucht. Heute. In aller Frühe. Ich habe noch geschlafen, als sie losging.«

»Allein?«

»Nein. Sie hat noch einen Japaner und eine junge Frau mitgenommen.«

»Wissen Sie ihre Namen?«

»Nur, dass die junge Frau mit Vornamen Wally heißt.«

»Wally? Nanu, ist sie schon wieder zurück? Sie wollte sich doch bei mir melden.«

Die Großmutter schaute den Kommissar verwirrt an. Er holte sein Handy hervor. Er konnte Wally nicht erreichen.

»Jetzt rufe ich doch mal Sonjas Vater an. Die Sache ist mir nicht geheuer.«

Wieder hatte der Kommissar keinen Erfolg. Er schüttelte missmutig den Kopf.

»Dann muss ich Sie jetzt verlassen. Ich lasse Ihnen meine Visitenkarte mit meiner Telefonnummer hier. Sollte Sonja hier eintreffen, dann ruft mich bitte sofort an.«

Eine ganz andere Frage: »Ihr seid ja sicher heute Abend auch bei dieser großen Feier zur Eröffnung der neuen Ballon-Seilbahn, oder?«

»Abend ist wohl nicht der richtige Ausdruck. Es geht erst um zweiundzwanzig Uhr in der Nacht los. Wenn es richtig dunkel ist«, meinte die Großmutter.

Unheil wohnt immer bei mir.

Mime

31. Kapitel

Das Funkgerät des Hausmeisters meldete sich. Er war gerade mit dem Erfinder im Technikraum des Schlosses. Ein Computer, der für die Elektrizität im Schloss zuständig war, war abgestürzt. Das konnten sie nicht brauchen. Morgen wurde die Ballon-Seilbahn eingeweiht. Da musste alles klappen. Das Funkgerät stand auf seinem Schreibtisch. Er hatte es als Mitglied der Bergwacht.

»Diese Wanderer! Wieder irgendwelche leichtsinnigen Stadtmenschen, die mit Turnschuhen in den Bergen waren und bei dem Regen nicht mehr herunterkamen. Immer das Gleiche«, meckerte er vor sich hin.

Der Hausmeister meldete sich am Funkgerät.

»Hallo Papa, bist du's? Bis du schon zu Hause? Hier ist Sonja. Ich hänge in der Pöllatschlucht. Es tut mir furchtbar leid, dass ich dich störe, aber ich habe Probleme, hier herauszukommen. Außerdem habe ich noch zwei Leute bei mir. Die Wally, die Fremdenführerin und den Sushi-Japaner. Wally ist in einer Höhle verschwunden. Hilf mir, bitte!«

»In der Pöllatschlucht? Ich komme gleich. Ich bin noch im Schloss.« Er ersparte es sich, ihr Vorwürfe zu machen.

Sie war kein leichtsinniges Mädchen. Wenn ihr Ottokar nicht gewesen wäre, wäre sie nach dem Unglück ihrer Mutter nicht mehr geklettert. Klettern gehörte in ihrer Familie dazu. Sie waren nicht nur Kletterer, sondern auch bei der Bergwacht. Er schnappte sich seine Ausrüstung.

»Halte hier mal die Stellung, Bruno, ich muss jemand aus der Pöllatschlucht holen.«

»Ich bin sowieso noch eine Weile mit dem Computer beschäftigt. Geh ruhig zu. Wer ist denn in der Schlucht?«

»Eine meine Töchter, die Sonja. Das ist aber weniger schlimm. Die kommt auch ohne mich heraus. Sie gehört zur zähen Sorte.«

»Wie der Vater«, grinste Bruno.

»Sie hat aber noch die Wally und einen Japaner dabei. Die Wally ist in einer Höhle verschwunden. Sag mal, wo ist da eine Höhle?«

»Dann aber schnell los. Ohne Sushi bin ich aufgeschmissen. Du musst den Mann sofort retten!«

»Was? Du futterst Sushi? Dieses komische Algenzeug? Du?«

Ohne eine Erklärung über Brunos Essgewohnheiten abzuwarten, stürmte der Hausmeister in den Regen hinaus. Auf einem schmalen Weg zur Marienbrücke lief er zur Pöllatschlucht. Seit der Regen begonnen hatte, war der Weg für die Besucher gesperrt. Bei schlechtem Wetter war die Unfallgefahr zu hoch. Der schmale Pfad war durch den Regen glitschig geworden. Erwin Jansch musste vorsichtig laufen, damit er nicht in die Schlucht abrutschte.

Der Kommissar ging ins Schloss, das ihm sogar im Regen wie Camelot, Arturs sagenhafte Gralsburg, hell entgegenstrahlte. Zwischen den Bergen sah er dichte Nebelwolken umherziehen. Der Seiteneingang zum Schloss war nicht abgesperrt. Dolling ging hinein. Bruno, der Erfinder, kam ihm hastig laufend entgegen.

»Ist Jansch hier?«, hielt ihn Dolling auf.

»Nein, der ist draußen, in der Schlucht. Im Einsatz. Bergrettung.«

»Wegen seiner Tochter?«

»Genau!«

»Wie erreiche ich ihn?«

»Am besten mit dem Bergwacht-Funk. Steht in dem Zimmer, aus dem das Licht kommt.«

Bruno ließ sich nicht länger durch weitere Fragen aufhalten. Er eilte zu seiner Werkstatt. Wie hat diese Wally die Höhle in der Schlucht entdeckt? Ich habe die Öffnung, die zur Schlucht führte, doch verschlossen? Hat sie der Regen freigespült?, dachte er und sah Ärger auf sich zukommen.

»Leonardo? Wo bist du? Komm her!« Kein Miauen folgte. Sein Kater war nicht in der Werkstatt. Der große Wandteppich wellte sich. Ein ungewohnter Anblick. Komischerweise stand die Tür zu dem alten Bergwerk leicht offen. Sie bewegte sich durch einen kräftigen Luftzug, der aus dem alten Stollen kam, hin und her. Bruno hatte den alten Eingang zum Bergwerk, in dem früher Eisenerz abgebaut worden war, hinter dem Wandteppich verborgen. Auf ihm waren weiße Schwäne in einem umwachsenen See abgebildet.

»Leonardo? Wo bist du?« Bruno rief in den dunklen Gang hinein. Er setzt sich seinen Grubenhelm mit Licht auf. Dann betrat er den Gang. Nach ein paar Metern begann das Gleis für die Transportwägen mit den Kippmulden, die das erzhaltige Gestein aus dem Berg transportiert hatten. Vor vielen Jahren. Das ehemalige Bergwerk, das sich mit seinen kilometerlangen Stollen vor allem unter den Gipfeln des Säulings dahinzog, hatte einige Ausgänge. Die meisten waren verschüttet. Viele Stollen waren zusammengebrochen oder waren gesprengt worden. Es gab keinen offiziellen Zugang mehr. Leonardo meldet sich nicht.

»Hoffentlich ist ihm nichts passiert?«, dachte sich Bruno.

Nach einigen Minuten des Weitersuchens, in der Mitte des Stollens, kamen ihm Leonardo und Wally entgegen.

Er führte sie in seine Werkstatt. Wally staunte. Sie hatte aber keine Lust, Bruno darüber auszufragen. Sie wollte lieber gleich mit ihm klären, was mit Sonja und Taka war. Bruno ging mit ihr durch den Regen zum Technikraum des Schlosses. Leonardo setzte er in seinen Korb, nachdem er die Tür zu dem Bergwerk fest geschlossen und mit einer Mechanik einen schweren Stein davor gerollt hatte.

»Die hat die Zugluft geöffnet«, grummelte Bruno dabei. »Wie bist du in das Bergwerk gekommen?«

»In der Schlucht war ein Spalt. Ich habe Leonardo gehört. Deswegen bin ich rein.«

Bruno bedankte sich für Leonardos Rettung. Wally wollte schnellstens zur Pöllatschlucht, wo sie bei der Marienbrücke zu dritt hineingeklettert waren. Das lehnte Bruno ab. Er hielt diese Aktion bei dem dämmrigen Abendlicht und dem dichten Regen für zu gefährlich. Er erzählte ihr von Sonjas Vater, der schon unterwegs zu Sonja und Taka war. Im Technikraum des Schlosses schaltete Bruno das stationäre Funkgerät der Bergwacht ein.

»Hier Bruno! Hier Bruno! Hörst du mich?«

»Ja, ich höre dich! Hier Joseph.«

»Was ist los? Wie weit bist du?«

»Sonja steht vor mir. Der Japaner auch. Sie waren fast schon aus der Schlucht, als ich angekommen bin. Meine Tochter muss eben alles alleine machen.« Es war nicht zu überhören, dass ein wenig Stolz in der Stimme mitschwang. »Wir suchen jetzt Wally.«

»Nicht mehr nötig, die steht direkt neben mir, sie trocknet sich gerade ab.«

»Ehrlich? Wie das? Bin ich froh!« Jubelrufe waren zu hören. »Wir sind froh. Das musst du uns gleich erklären. Wir kommen!« Das wasserunempfindliche Funkgerät wurde dem Hausmeister von seiner Tochter aus der Hand genommen.

»Wally! Bist du es wirklich? Ist alles gut?« Sonjas Stimme plärrte freudig erregt aus dem Funkgerät.

Im Hintergrund waren japanische Worte zu vernehmen. Taka redete mit sich. Verärgerte Worte. Er strich mürrisch eine glänzende Alufolie glatt, aus der amerikanische Touristen mächtige Sandwiches ausgepackt hatten. Matt grinsend legte er die Folie, die er in der Schlucht für das berühmte Samurai-Schwert seines Vorfahren gehalten hatte als Regenschutz über seine schwarzen Haare.

Er sah aus wie ein Clown. Wie ein heiliger Clown, auf dem ein glänzender Schein im Sonnenlicht schimmerte, das jetzt vom Himmel herab durch den Regen drang.

Glück und Glas, wie leicht bricht das.

Kaiserin Elisabeth

32. Kapitel

Bevor sie zur dritten Tür kamen, fiel Albert in ein gefülltes Wasserbecken im Boden. Es befand sich unmittelbar vor der Tür, war fünf Meter lang und nahm die gesamte Breite des Ganges ein. Von oben tropfte Wasser. Edda stieg hinein, griff sich den zappelnden, wieder sichtbaren Albert. Das Smartphone des Toten hielt mit dem Mund fest. Sie trug den nassen Albert durch das Wasser, das ihr bis zur Hüfte reichte. Wie ein Baby trug sie ihn auf ihren Händen durch das feuchte Hindernis. Albert nahm ihr das Smartphone aus dem Mund und hielt es über sich in die stickige Luft.

»Der Konstrukteur dieser Gänge und Türen hat sich wirklich was einfallen lassen, damit man nicht so leicht mit irgendwelchen Geräten an die Türen kommt«, erklärte er ihr. Bewunderung schwang dabei in seiner Stimme mit.

Das Pulver der Unsichtbarkeit war von ihrer Kleidung gespült worden. Jetzt sahen sie sich wieder, wenn sie sich mit den Fingerleuchten anstrahlten. Ihre Kleidung glänzte. Sie waren beide nass. Edda war zur Dame ohne Oberleib geworden. Albert war wieder gänzlich sichtbar, wenn ihn ihr Lichtstrahl traf.

»Du musst wenigstens dein Gesicht abwaschen, das ist zu blöd, wenn ich es nicht sehen kann«, meinte Albert, »Dein Unterleib so allein in der Gegend irritiert mich.«

Zwei Meter hinter dem Wassergraben war die letzte Tür, vor der sie standen. Albert fuhr mit einer Hand über die Oberfläche der Tür, die den Weg zum Schatz versperrte. Er drehte an dem Buchstaben aus Messing, auch einem großen goldenen W. nachdem er über sich die Decke misstrauisch abgeleuchtet hatte.

»Ganz schön hinterlistig«, sagte er zu Edda, »zwei gleiche Türen. Und wer denkt schon an eine tödliche Gefahr von oben?«

Wieder fuhr in der Mitte der Tür eine Konsole heraus. Darauf waren Klaviertasten zu erkennen. Schwarze und weiße. Albert fummelte an dem Smartphone des toten Mannes mit der dunklen Stimme herum, das er über den Kopf gehalten hatte, als sie vorhin durch das Wasser mussten.

»Verfluchte Kacke, wie schaltet man das ein? Hier ist der Code für die Tür drauf. Ich kenne mich mit diesem Mistding nicht aus. Versuchs du mal! Hoffentlich ist nicht der Akku leer.«

Er reiche das Smartphone an Edda. Sie schaltete es ein. Zur Begrüßung spielte es eine Melodie. Dann erlosch das Display das ihr Gesicht bläulich angestrahlt hatte.

»Apocalypse now«, sagte sie.

»Was redest du da? Weil der Akku leer ist? Weil wir nicht mehr an den Wagner-Code kommen?« Alberts Stimme bekam den Klang der Verzweiflung, die sich in den nächsten Sekunden in einem Tobsuchtsanfall Bahn frechen würde.

»Nein, ich meinte, das war die Musik, die auch ertönt, wenn in dem Film Apocalypse now, die Hubschrauber der US-Soldaten in Vietnam zum Angriff fliegen.«

»Kann sein. Es ist auf jeden Fall Wagner Walkürenritt! Bringt mich jetzt bitte nicht durcheinander.«

Albert holte Luft. Dann hob er die Finger über den Tasten.

»Soll ich wirklich diese komische Melodie mit den Noten spielen, die sich in Wagners Code befinden?«, überlegt er und sah Edda an.

»Hier sind zwei Ringe neben den Tasten eingraviert«, bemerkte Edda. »Und dabei stehen zwei Worte: bewahr Liebe.«

»Das ist aus dem Hochzeitsmarsch in Lohengrin, allerdings umgekehrt«, erläuterte Albert, als wäre er mit Edda zuhause auf seinem großen Bett und nicht in einem engen unterirdischen Gang, in dem ihr Leben ausgelöscht werden konnte, wenn er jetzt die falsche Melodie spielte.

»Unter uns könnte eine Falltür sein«, zeigte Edda mit ihrem dünnen Lichtkegel vom Finger aus auf die schmalen Ritzen im Boden. »Ich hoffe du spielst die richtigen Noten.«

Albert rieb sich die Hände. »Erste Szene. Der Vorhang geht auf, man sieht das Brautgemach auf der Bühne«. Er breitete seine Hände wie ein Dirigent aus, bevor das Orchester einsetzt. Er zitierte: »Treulich geführet ziehet dahin, wo euch der Segen der Liebe bewahr.« Er summte die Melodie, während er dazu einen nicht vorhandenen Taktstock schwang, als wäre die staunende Edda das Orchester. »Was ist das?«, rief Edda. »Der Boden unter uns senkt sich!«

Tatsächlich fiel der Boden unter ihren Füßen ruckartig um rund zehn Zentimeter in die Tiefe. Jetzt wurde die große Steinplatte deutlich sichtbar, auf der sie vor der Tür standen, die genau mit der Tür abschloss. Nur hinten konnte man von ihr runter.

Albert schien das nicht zu beeindrucken, dass sie ein Stück abgesunken waren. Er dozierte munter weiter: »Im

Hintergrund ist das Brautbett. Der Brautzug nähert sich unter Musik und Gesang«. Alberts Finger schwebten wieder über die Tasten.

Wieder senkte sich die Platte unter ihren Füßen zehn Zentimeter in einem Schacht nach unten.

»Jetzt spiel endlich, bevor wir in die Hölle fahren«, wurde Eddas Stimme warnend.

Alberts ernstes Gesicht wurde von einem schiefen Grinsen entstellt. »Wenn ich bedenke, dass Wagner manchmal ein durchgeknallter Scherzkeks sein konnte, dann wird mir klar, was ich spielen muss.«

Allerdings erreichten seine Finger nach einem neuerlichen Fall der Bodenplatte um weitere zehn Zentimeter kaum noch die Tasten.

»Ich sehe ich muss anfangen, das Ding ist wohl mit einer Zeituhr verbunden«, trennte sich Albert von seinen Betrachtungen, bei denen er in seinem Element war, die er gerne noch ausführlicher dargestellt hätte.

Die Platte senkte sich um weitere zehn Zentimeter. Alberts Finger erreichten nun die Tasten nicht mehr. Edda packte ihn um die Hüfte und hob ihn hoch. Albert überlegte. Er sah auf die Tasten vor sich. Die Falltür unter Eddas Füßen sank wieder tiefer.

»Willst du nicht zum Schatz der Nibelungen? Willst du lieber in das Reich der Toten?«, rief Edda nach oben.

Albert setzte einen seiner Finger auf eine weiße Taste. Dann begann er. Er spielte auf den Klaviertasten der Konsole den Beginn des Hochzeitsmarsches aus Wagners »Lohengrin«. Albert flüsterte: »Er hat die Noten umgedreht, der verrückte Kerl. Genauso wie die Worte. Ich musste nur die Noten rückwärts spielen.«

Die dritte und letzte Tür öffnete sich.

Zuerst kletterte Albert hoch. Dann folgte ihm Edda.

»Das war in letzter Sekunde«, sagte sie.

»Es war ein schweres Rätsel, dieser Wagner wollte wohl, das wir hier jämmerlich geendet hätten, wie sein Hagen in Götterdämmerung, den die Nixen töten.«

Edda wischte sich ein paar Schweißperlen von der Stirn. Sie schüttelt leicht die Arme, deren Muskeln sich durch die Anstrengung etwas verkrampft hatten.

»Darf ich nun endlich bitten«, konnte sie sich einen Scherz nicht verkneifen. Sie hielt ihm ihre linke Hand hin, wie der Bräutigam der Braut, bevor sie zur Vermählung an den Altar schreiten.

»Blödsinn!«, winkte Albert ab.

Sie gingen nach der offenen Tür weiter. Edda leuchtete in den Raum dahinter. Irgendwas glänzte am Boden golden im dünnen Lichtstrahl von Eddas Leuchte am Finger.

»Der Schatz! Der Nibelungen-Schatz! Wir haben ihn.« Albert war aus dem Häuschen.

Beide gingen in den Raum, der sich vor ihnen ausbreitete. Eddas dünner Lichtkegel suchte weiter den Boden des Raumes ab. Er heftete sich an einer goldenen Vase fest. Diese stand einsam und allein in der Mitte des Raumes. Daneben war eine alte Truhe. Sie gingen zu der Truhe. Edda richtete den Lichtstrahl hinein. Sie war leer.

»Das gibts doch nicht.« Alberts Worte zischten aggressiv. »Hier muss der Schatz sein!«

Edda ließ wieder den Strahl ihrer Lampe durch den Raum huschen. Er erfasste eine Öffnung in der Wand, einen schmalen Durchgang. Dort lag ein weiterer Gegenstand, der silbern glänzte.

»Dort!« Edda ging zu der silbernen Schale. Albert folgte ihr.

»Hier stimmt was nicht.« Albert bekam Zweifel. »Als wolle uns jemand wie mit einem Köder weiterlocken.«

»Das dachte ich auch gerade.«

»Was sollen wir machen?« Eddas Lampenstrahl hatte den nächsten Gegenstand erfasst, der wieder zehn Meter weiter lag und glänzte.

»Vielleicht ist es eine Falle?«

»Vielleicht.«

»Sollen wir zurück?«

»Nein! Wir gehen weiter. Ich will jetzt wissen, wer uns an der Nase herumführen will.«

Aus geheimnisvollem Grunde hineingeschleudert in dies All zu geheimnistiefen Zwecken haben wir bereits mehr als nur innere Ahnungen von einem fernabliegenden, hohen Ziel.

Elisabeth Ney

33. Kapitel

Wally sah sich in der hell erleuchteten Werkstatt um. Sie erblickte noch eine weitere Tür. Die war zu. An den Wänden hingen Werkzeuge, Schläuche und Eisenbänder. Unter der Werkbank drang ein Miauen hervor. Wally bückte sich. Sie sah eine Katze.

»Was machst du hier?«

Die Katze setzte langsam eine Pfote vor die andere und näherte sich. Wally streckte ihre Hand vor, damit die Katze daran schnuppern konnte. Dabei bemerkte sie nicht, dass sich eine Tür öffnete.

»Wenn mich nicht alles täuscht, dann bist du der Leonardo. Dann ist das hier die Werkstatt deines Herrchens. Stimmt's?«

Der Kater schlängelte sich durch Wallys Beine hindurch. Sein hochstehender Schwanz umringelte ihre Beine. Dann ging er zu der offen stehenden Tür, die nun auch Wally registrierte. Es sah aus, als würde sich Leonardo wieder zwischen Beinen durchschlängeln. Aber Wally sah keine Beine.

»Was machst du da Leonardo? Ist da jemand?«

Wally fuhr ein Schreck durch die Knochen. Sie dachte an die Situation, als sie von Dolling nach dem Kegeln nach Hause gebracht worden war, als sich an ihrer Haustür etwas Unerklärliches abgespielt hatte. Leonardo hob seinen Kopf und miaute hoch, als würde er da jemanden sehen oder vermuten. Dann kratzte der Kater in der Luft herum. Wally hörte ein Geräusch, das nur entstehen konnte, wenn Leonardos Krallen über einen Gegenstand kratzten. Aber da war nichts. Wally erstarrte. Wenn dieser Unsichtbare im Raum wäre, was dann? Würde er ihr etwas tun? Was hatte er vor? Wer war es? Auf jeden Fall schien Leonardo den Unsichtbaren zu kennen. War es sein Besitzer, der Erfinder? Leonardo sprang auf eine Werkbank, dann hüpfte er in die Luft und blieb in der Luft sitzen. Er schien auf einer Schulter zu sitzen.

»Leonardo, hör auf, du zerstörst mit deiner blöden Kratzerei mein Tarnnetz!«

Die Stimme kam Wally bekannt vor. Eine männliche Stimme. Neben dem Kater erschien plötzlich ein menschliches Gesicht. Das von Bruno, dem Erfinder. Der Rest des Körpers kam zum Vorschein, nachdem sich Bruno aus seinem Tarnnetz schälte. Eine türkisfarbener Umhang, der im Licht der Werkstatt schimmerte. Er hängte ihn sorgfältig über eine dafür vorgesehene Vorrichtung. »Er hat es geschafft. Dieses Tier ist unmöglich.« Bruno schob Leonardo mit einem Fuß beiseite und grinste Wally an. »Jetzt kennen Sie mein Geheimnis.«

»Waren Sie auch bei mir? Auch so unsichtbar?«

»Ja. Ich musste sie schützen. Es gibt Leute, die sind Ihnen nicht sehr wohlgesonnen.«

»Wieso? Wer? Wen meinen Sie?«

»Einige.«

»Sie wollen es mir nicht sagen.«

»Noch nicht. Es ist besser so.«

»Funktioniert das wirklich, dieses sich unsichtbar machen, oder ist es ein Trick?«

»Es ist ein uralter Wunsch der Menschheit. Aber er ging schon früher in Erfüllung, als viele glaubten. Die Ägypter, die Griechen, die Inder, die Kelten, die Iren und auch die deutschen Sagen berichten davon, dass sich Menschen unsichtbar machen konnten.«

»Wie soll das funktionieren?«

»Ganz genau kann ich es auch nicht erklären. Ich weiß auch nicht, ob die recht haben, die behaupten, das sei eine Fähigkeit, die Außerirdische auf unsere Erde gebracht haben. Andere wiederum sagen, das sei vor langer Zeit durch einen Zufall entdeckt worden. Irgendjemand habe einen Kometen in die Hand genommen und sei daraufhin teilweise oder ganz unsichtbar geworden. Jedenfalls hängt es nach meinen Erkenntnissen mit Kometen zusammen, die wahrscheinlich vom Sternbild des Schwans, genannt Cygnus, stammen.«

»Funktioniert das mit diesem Mantel, den Sie anhaben?«

»Ja. Es ist ein Umhang, der aus dünnen Plastikröhrchen gemacht ist. Die Röhrchen sind mit Kometenstaub gefüllt. Ich habe einen Kometen zu Staub verarbeitet und diesen Staub fülle ich in die Plastikröhrchen, damit er sich gut über den Körper verteilt und auch nicht verloren gehen kann, was beim Einfüllen in Stoff passieren würde.«

Wally sah zu dem Tarnkleid.

»Wenn ich nur einen Kometenstein in der Hand halte, reicht seine Kraft oft nicht, um den ganzen Körper unsichtbar zu machen. Hängt natürlich von der Größe des Kometen und des Körpers ab. Ich könnte den Stein auch zerpulvern und das Pulver auf meine Haut oder meine Kleidung auftragen. Ist aber eine sehr aufwändige Operation. Ich musste erst ein ganz spezielles Plastik entwickeln, das die Strahlen des Kometenstaubs bestens zur Wirkung kommen ließ.«

»Für was ist das denn gut, wenn Sie unsichtbar umherspazieren können?«

»Mein großer Traum war und ist es, die Welt von Verbrechern zu befreien. Das habe ich beim Tod meiner Eltern versprochen. Sie wurden das Opfer von Kriminellen, von korrupten Politikern und ihren Helfern – aber das ist eine lange Geschichte. Dabei meine ich nicht die kleinen Betrüger, sondern die Menschenschlächter.«

»Und? Ist es Ihnen schon mal geglückt?«

»Ja. Haben Sie vor ein paar Tagen gelesen, dass in Afrika ein Diktator in seiner Privatwohnung tödlich verunglückt ist?«

»Meinen Sie diesen Idi Mugaboko im Kongo?«

»Genau den. Er starb durch einen Stromschlag, als er seine Dusche einschaltete. Tja, das war ich.«

»Sie nehmen sich das Recht heraus, Menschen hinzurichten. Ist das nicht Lynchjustiz?«

»Nein. Ich bin der Einzige, der wirklich weiß, was die Menschen anstellen. Ich kann sie unsichtbar beobachten. Ich höre, wie sie ihren Untergegebenen Folter- und Mordbefehle geben. Und ich sehe dann auch, was in den Gefängnissen wirklich passiert. Es ist schauderhaft. Das würde einem oft kein Staatsanwalt und kein Richter glauben, welche Verbrecher in manchen Ländern herrschen.«

»Wissen Sie dann auch alles, was in diesem Schloss passiert?«

»Sicher.«

Bruno nahm eine Fernsteuerung in die Hand. Er drückte auf einige Knöpfe. Dann schob sich der vordere Teil einer Wand in seiner Werkstatt in die Höhe. Darunter kamen zwei Reihen mit je vier Bildschirmen hervor.

»Das sind meine Beobachtungs-Kameras im Schloss und in der Umgebung.«

»Es sind auch Mikrofone bei den Beobachtungskameras«, erklärte Bruno. »Sehen Sie, das ist die Schatzkammer. Hier war mal der Schatz der Nibelungen.« Bruno zeigte auf einen Bildschirm, auf dem ein Kellerraum zu sehen war, in dem leere Truhen gestapelt waren.

»Schatz der Nibelungen? Siegfrieds Schatz? Sagen Sie, hat das was mit dem Mord an Bill Loomis zu tun?«

»Indirekt schon. Auch wenn Loomis davon vielleicht nichts wusste. Aber leider wissen es andere Menschen. Zum Beispiel diese Gesellschaft der neuen Nibelungen. Deren Anführer ist mein ehemaliger Partner. Zu denen gehört, weiß ich auch durch meine Unsichtbarkeit, dieser raffgierige Schmelzing, der als Doppelspion auch mit den Guglmännern und dem Geheimdienst zusammenarbeitet. Wahrscheinlich hat er auch eigene Pläne. Schmelzing ist es irgendwie auch gelungen an Unsichtbarkeits-Pulver zu kommen. Ich habe ihn beobachtet, wie er sich damit präparierte, bevor er in einen Hubschrauber einstieg.«

Ein Bildschirm zeigte einen kleinen Mann und eine große Frau, die gerade einen Gegenstand betrachteten. »Das ist er!«

»Wer«

»Albert, mein ehemaliger Partner mit seiner Killerin.«

»Was wollen die?«

»Wie ich schon sagte, den Nibelungen-Schatz. Und meine Tarnkleidung.«

»Ist der in dieser Truhe?« Wally zeigte auf den Bildschirm mit der Truhe in der Mitte des Raumes, die von einem Taschenlampenstrahl erleuchtet wurde.

»Es waren mal viele gefüllte Truhen. Der Schatz der Nibelungen war wirklich ein bedeutender Schatz. Unermesslich. Jedes Stück bringt mir viel Geld.«

»Was machen Sie damit?«

»Ich habe mit dem Verkauf einzelner Stücke meine Technik finanziert. Ich komme durch eine Art Hintereingang, über einen jahrelang von mir ausgebauten Bergwerkstollen in die Schatzkammer hinein.«

»Ist es wirklich der Schatz der Nibelungen?«

»Es waren viele Schätze, die sich angesammelt haben. Aber es war bestimmt Hagen von Tronje, dieser schlaue Fuchs, der die Idee hatte, nach Siegfrieds Tod seiner Witwe Krimhild den Schatz zu entreißen und ihn dann in einem Salzbergwerk zu verstecken.«

»Welches Salzbergwerk?«

»Bad Reichenhall.«

»Aber behauptet die Nibelungen-Sage nicht, dass Hagen den Schatz im Rhein versenkt habe und die Nibelungen dann zur Etzelsburg in Ungarn gezogen sind?«

»Sage und Wirklichkeit sind mal mehr mal weniger verschieden. Die meisten Sagen enthalten einen Kern Wahrheit. Hagen war ein gerissener Bursche, der alle austrickste. Bei der Völkerwanderung einiger germanischer Stämme haben auch die Burgunder ihre Heimat an Ostsee und Oder verlassen. Sie waren von der neuartigen Salzsiedetechnik im Salzbergwerk von Bad Reichenhall, das von den Kelten errichtet worden war, schwer beeindruckt. Schon damals führten lange Gänge unter die Berge.«

»Davon habe ich gehört.«

»Das ideale Versteck für einen Schatz. Im Salzbergwerk herrscht stets eine ideale Luft und Temperatur. In Bad Reichenhall war auch eine Münzprägestätte. Diese konnte Silber und Gold einschmelzen und in Münzen umwandeln und keiner wusste hinterher, woher sie stammten. Eingefügte Edelsteine wurden speziell gesammelt. Deswegen hat Hagen den Nibelungen-Schatz zur Weiterverarbeitung in einem Salzstollen versteckt. Nicht im Rhein. Auch eine Methode um Geld, sprich Gold, zu waschen. Allerdings ging der Schatz irgendwie verschütt, bevor er zu Münzen wurde.«

»Woher wissen Sie das?«

»Hagen hatte sich davon Aufzeichnungen gemacht. Für seinen Erben. Einen Sohn, der vielleicht mal Anspruch auf das Königshaus der Burgunden hatte. Nach diesen Aufzeichnungen hatten Hagen und Krimhild verbotenerweise einen Sohn gezeugt.«

»Hatte Krimhild mit ihrem Siegfried keine Kinder?«

»Doch. Aber Hagen hatte vor, auch diese zu töten. Genauso wie er das Kind von Etzel und Krimhild mit seinem Schwert enthauptete.«

»Dieser Hagen war schrecklich.«

»Wie man's nimmt. Hagen war in meinen Augen so was wie ein Rebell. Er merkte eben, dass die adeligen Menschen keine höheren Wesen waren, wie sie es gerne dem Volk vorspiegelten, sondern mal mehr mal weniger unwürdige Herrscher, die nur ihr eigenes Interesse im Sinn hatten, statt ihrem Volk zu dienen. Dazu waren die meisten Herrscher in Hagens Augen weitaus dümmer als er. Er hatte den Sohn von ihm und Krimhild auf eine Klosterschule geschickt. Dieser sollte nach dem Tod der burgundischen Königsbrüder und ihrer Schwester der König der Burgunden werden.«

»Aber es kam anders, oder?«

»Ja. Hagen konnte seinen Plan nicht verwirklichen. Üblicherweise wurden die Leute, die mithalfen, einen Schatz zu verstecken, getötet, damit sie ihr Wissen nicht weitergeben konnten. Vielleicht wehrten sie sich und dabei starb auch Hagen? Oder Hagen wurde von einfallenden Bergwerksstollen verschüttet, nachdem er den Schatz versteckt hatte? Jedenfalls hat der Schatz bis zum Jahre 1866 im Salzbergwerk geruht.«

»Was geschah da?«

»Richard Wagner unternahm mit seiner Frau Cosima und König Ludwig II. einen Ausflug nach Bad Reichenhall. Dort trafen sie auch Friedrich Nietzsche. Sie machten zusammen einen Abstecher in das Bergwerk. Das gefiel dem König. Er liebte unterirdische Räume. Sie gingen mit Fackeln durch die Stollen. Ein Führer voraus, einer am Schluss. Es war Cosima, die mit ihrer Fackel gegen eine Wand stieß, worauf etwas Gestein herunterfiel. Dahinter entdeckte sie im flackernden Licht einen großen glänzenden Stein. Als die Männer den Glitzerstein zwischen den anderen Steinen herauszogen, wurde der Zugang zu einem Gang freigelegt, der auch dem Führer nicht bekannt war. In diesem Gang befand sich der Nibelungen-Schatz.«

»Was geschah dann?«

»Die beiden Führer mussten beim Leben ihrer Mutter dem König schwören, dass sie darüber kein Sterbenswörtlein verraten würden. Eine Belohnung sei ihnen dafür sicher. Solange das Geheimnis nicht unter die Menschen käme, würden sie eine monatliche Pension erhalten.«

»Schlau. Immerhin eine gewisse Sicherheit.«

»Ja. Cosima, die kühle und berechnende, war die Erste, die erkannte, dass mit diesem Haufen Gold und Silber sämtliche Finanzprobleme ihres ständig verschuldeten Richards gelöst wären und auch endlich der Bau eines Wagner-Theaters ins Auge gefasst werden konnte. Der König sah das etwas anders. Schließlich war der Schatz im bayerischen Boden gefunden worden, war also sein Eigentum.«

»Und dann?« Wally hing gespannt an den Lippen von Bruno.

»Man beriet, wie man diesen gigantischen Schatz, der einen zum reichsten Mensch der Erde machen konnte, ohne Aufsehen in ein besseres Versteck bringen konnte. König Ludwig II. befürchtete, bald in teure kriegerische Auseinandersetzungen hineingezogen zu werden. Der Schatz war für ihn wie der Gral. Unberührbar. Er fühlte sich als sein Wächter.«

Wally hatte den spannenden Worten gelauscht. Sie war in die Vergangenheit versunken.

»Wir sollten etwas tun!«, kam sie in die Gegenwart zurück. »Wir sollten endlich die Polizei holen, damit hier kein Verbrechen mehr passiert! Meinen Sie nicht? Ich könnte den Kommissar Dolling anrufen.«

»Warten wir lieber.« Bruno zeigte auf den Bildschirm, wo ein unterirdischen See zu sehen war, der von oben angestrahlt wurde. »Wir sind hier nicht in Gefahr.«

»Gleich werden hier Albert und sein Anhang auftauchen!« Bruno stellte sich in abwartender Haltung vor den Bildschirm mit dem See.

»Wer ist Albert?«

»Mein ehemaliger Partner. Er wollte mit mir den Nibelungen-Schatz heben und die Tarnkleidung entwickeln.«

»Aber?«

»Irgendwann merkte ich, dass er total größenwahnsinnig war. Er hat mir den Gutmenschen nur vorgespielt. Er hatte völlig andere Interessen als ich. Er war endlos gierig. Ihn interessierte nur Geld und Macht. Mit dem Schatz in den Händen hätte ungeahnten Einfluss auf die Politik, könnte Regierungen stürzen und einsetzen. Meine Ideen von Moral und Gerechtigkeit tat er hinter meinem Rücken als Naivität eines Geisteskranken ab. Ich habe mich von ihm getrennt.«

»Wieso ist er wieder hier?«

»Wegen des Schatzes und wegen der Pläne für die Tarnkleidung. Er ist außer mir wahrscheinlich der einzige Mensch, der einen Cygnus-Kometen besitzt. Ich habe ihm goldene Köder ausgelegt.«

Der Bildschirm zeigte zwei Personen am Rande des unterirdischen Sees. Bruno zoomte mit der Kamera auf die beiden. Es war zu sehen, dass sie etwas betrachteten. Dann drückte Bruno auf einen roten Knopf.

Nun war des Sehnens, des Verlangens, der Wonnen und des Elendes der Liebe kein Ende: Welt, Macht, Ruhm, Glanz, Ehre, Ritterlichkeit, Treue, Freundschaft, alles wie wesenloser Traum verstoben.

Richard Wagner

34. Kapitel

Albert und Edda bemerkten nicht, dass hinter ihnen eine Gestalt folgte. Die beiden erblickten auf dem Weg, der sich rechts an einer runden Felswand entlang zog, während sich links der Gang weitete, wobei der Weg zum eineinhalb Meter breiten Vorsprung an der Wand wurde, eine unterirdische Halle. Sie sah aus wie die Kuppel einer Kathedrale. Als wäre sie von Filippo Bruneleschi, dem Baumeister des Florentiner Doms Santa Maria del Fiore, errichtet worden.

Durch kleine Lichter, die in unregelmäßigen Abständen angebracht waren, war die Kuppel von mindestens fünfzig Lichterstrahlen erfüllt. Ein großer Lichtstrahl fiel auf eine steinerne Bühne, am Rande eines ovalförmigen Sees, der von einem Ufer aus dunklem Sand begrenzt wurde. Dort, wo das ungefähr zwei Meter breite Sandufer an die Wand der unterirdischen Kuppel stieß, wirkten aufstrebende Tropfsteine, die Stalagmiten, wie große Kerzen. Die herabhängenden Tropfsteine, die Stalaktiten, wie weiße Tränen von Riesen. Zwischen zwei großen Stalagmiten befand sich eine Bühne. Auf dieser stand ein weißer Flügel. Dieser wurde von zwei Strahlern hell erleuchtet. Als warte er auf den Spieler, der den Deckel über der Tastatur endlich hochklappen würde.

»Hier scheint jemand eine Show für oder mit uns inszenieren zu wollen«, wandte sich Albert an Edda. »Gehen wir hin!«

Edda schritt über eine Treppe die Stufen zu dem dunklen Sandstrand hinunter. Die Oberfläche des unterirdischen Sees lag völlig still in seinen Ufern. Wie ein Spiegel. Keine einzige Welle kräuselte seine Oberfläche. Edda war versucht, einen Stein hineinzuwerfen. Sie wollte wissen, wie tief dieser See wohl war. In der Mitte des Sees war eine Insel mit einem steilen zackigen Felsen, der nicht beleuchtet war.

Albert befühlte das weiße Klavier.

»Es ist der Flügel auf dem Wagner dem König vorgespielt hat.«

Albert fuhr mit seinen Fingerspitzen ehrfurchtsvoll über die goldenen Konturen in dem weißen Lack, die Schwäne darstellten, die um den Flügel herum zogen.

»Ich dachte, der König beherrschte kein Instrument?«

»Er hat ihn für Richard Wagner aufgebaut. Wir sind in seiner unterirdischen Gralsburg, wo er auf seinen Lohengrin wartete, der ihn erlösen würde. Und Richard Wagner sollte auf diesem Flügel die Melodien spielen, die den Schwanenritter herbeilockten.«

Steinchen rieselten vom Weg auf das Sandufer herunter. Die Blicke von Albert und Edda zuckten dorthin. Sie sahen nichts.

Albert fuhr fort: »Ich denke, der König wartete auf einen Mann, der seine Liebe erwidern konnte, mit dem er verwachsen konnte, zu einem eigenen Wesen wurde, ohne Geschlecht. Es ist schließlich kein Märchen, dass der bayerische König nur Männer liebte.«

Edda hob den Deckel über den schwarzen und weißen Tasten hoch.

»Wenn die weißen Tasten die Frauen sind und die schwarzen die Männer, und wenn sie richtig gespielt werden, dann entsteht daraus das Lied der Liebe«, flüsterte Albert.

Edda staunte über seine Romantik. Der Ort, die Stimmung, das schien den hartgesottenen Zyniker zu verwandeln. »Es muss für einen fantasievollen Mann schlimm sein, wenn er als Homosexueller ringsum durch das Theater, durch die Literatur, durch die Gemälde, durch die Skulpturen, durch die Religion, durch die Eltern mitbekommt, dass die wahre Liebe nur zwischen Mann und Frau existiert. Er fühlte sich von der Schöpfung, von Gott von der Welt verraten, im Stich gelassen. Kein Wunder, dass er wenig Bezug zu seiner Kirche hatte, die gleichgeschlechtliche Liebe als große Sünde verurteilt. Obwohl sie auch von Gott kommt, wo doch alles von Gott kommt.«

»Deswegen hat sich Ludwig II. von der Welt abgeschottet, hat, wie in dieser unterirdischen Grotte, sein Reich errichtet«, ergänzte Edda.

»Willkommen in Ludwigs Kirche, in der Königs-Kathedrale!«, erscholl von oben eine mächtige Stimme, die die gesamte unterirdische Kuppel ausfüllte. Ein Gott schien zu ihnen zu sprechen. Edda und Albert blickten nach oben. Die Stimme schien von überall her zu kommen. »Hier saß er einst mit Nietzsche, philosophiert mit Nietzsche über den Tod Gottes und lauschte den schönen Tönen von Richard Wagner.«

»Wer bist du?«, rief Albert zur Kuppeldecke hoch. »Ich bin Wieland, eures Glückes Schmied. Ich weiß, dass ihr den Schatz der Nibelungen rauben wollt. Wie einst Hagen. Doch das wird euch kaum gelingen. Ich gebe euch eine Chance. Wenn mein letztes Wort verklingt, öffnen sich über euch zwölf Fenster zum Himmel. Der Himmel ist aber traurig über eure Gier. Er wird weinen. Er wird den See der Melancholie auffüllen. Bis die Königs-Kathedrale vollständig gefüllt ist.«

Albert und Edda sahen das Gesicht nicht, das sich zwischen den Steinen auf dem Weg neugierig hob.

»Was willst du? Willst du uns ertränken?«, rief Albert zur Kuppeldecke hoch.

Edda legte ihre Hände erwartungsvoll auf den Flügel.

»Ihr habt eine Möglichkeit um den Wassertod zu überleben. Die Wasserklappen über euch können durch die Musik verschlossen werden. Durch Wagners Musik. Und wenn ihr eure Aufgabe meistert, dann kommt ihr in ein fernes Land. Immer wenn auf dem Flügel zehn Sekunden Wagner-Töne richtig gespielt werden, schließt sich eine Schleuse. Die Musik ist eure einzige Chance zum Überleben. Der Weg hinter euch ist verschlossen. Werdet scheußliche Quallen oder schwarze Schwäne. Viel Glück!«

Es klang wie ein Sturm, der über das Meer peitschte. Über dem unterirdischen See schossen aus zwölf gleichen Öffnungen Wasserfälle nach unten. Die auf der Seeoberfläche aufprallenden Wassersäulen wühlten den See auf. Wellen schwappten schäumend an das Ufer. Albert nahm die Herausforderung an. Er setzte sich an den Flügel. Seine Finger verharrten kurz in der Luft. Er bäumte sich auf. Wie Franz Liszt. Er warf seinen Kopf in den Nacken. Die Augen geschlossen. Edda war gespannt. Würde seine Musik etwas ausrichten können? Das Wasser von der Kuppeldecke rauschte gewaltig. Der See trat über sein Ufer. Zentimeter für Zentimeter schoben sich der Schaum und das nachfolgende Wasser über den dunklen Uferstrand. Der See schwoll an, fraß sich zu der Kuppelwand durch.

»Albumblatt As-Dur«, murmelte Albert. »Ankunft bei den schwarzen Schwänen, Wagner in Paris.«

Seine Finger stürzten sich wie Raubvögel auf die Tasten. Edda hörte gebannt zu. Schließt sich wirklich nach zehn Sekunden richtiger Tönen eine Öffnung? Wer macht sich die Mühe einer solchen unglaublichen Konstruktion? Alberts Feinde waren mächtig! Er hatte recht, sie wollten seinen Tod, dachte sie.

Alberts Finger kannten ihre Reise über die Tasten. Die Töne aus der Lohengrin-Oper schnellten durch die Wasserfälle, gleich einem silbernen Pinball durch einen Nibelungen-Flipper. Eine Öffnung an der Decke schloss sich. Edda war knapp davor gewesen, unsicher zu werden. Ein Wasserfall weniger! Die Stimme hatte nicht gelogen! Sie hatten eine Chance! Albert schien an diesem Duell Gefallen zu finden. Sein Gesicht bekam eine unheimliche Leidenschaft.

Das Wasser hatte bereits den unteren Rand der Bühne erreicht.

Edda sah, wie eine Wasserzunge des dunklen Sees nach ihrem Schuh leckte, sich um den Absatz ringelte. Albert warf sich in den Flügel. Er spielte um ihr Leben. Er wollte nicht mit Edda ertrinken. Er war kein Freund des Wassers wie Edda. Dieses Element war ihm unheimlich. Er konnte zwar schwimmen, aber er tat es nicht gern. Er spielte das Lied des Schwanenritters, der von seiner Heimat erzählte.

Albert dachte bei seinem Spiel an seine Heimat, an sein Zuhause. Er hatte reiche Eltern gehabt. Sie hatten eine Fabrik. Diese stellte Eisen und Stahl her. Mit Hochöfen. Als der Krieg begann, lieferten sie an die Rüstungsfirmen. Die Fabrik wurde größer und größer. Albert war mit seinem Bruder in einem ummauerten Park aufgewachsen, in dem die Villa seiner Eltern stand. Nicht weit vom Rhein. Seine Eltern gehörten zu den Stahlbaronen. Gelobt und geschmäht. Doch das bekamen die beiden Brüder nicht mit. Die zweieiigen Zwillinge wurden von einem Privatlehrer unterrichtet. Albert verstand nie, warum seine Mutter Alfred lieber mochte. Stets bevorzugte sie ihn. Seine Geschenke waren schöner, sie sprach öfters mit ihm, sie nahm ihn zuerst in die Arme, sie streichelte ihn hingebungsvoller. Ab und zu versteckte ihre Mutter Goldmünzen. Ihre Söhne mussten sie suchen. Sie durften die Münzen behalten, wenn sie diese gefunden hatten. Komischerweise fand meistens Alfred zuerst eine der beiden Münzen. Albert hatte den Verdacht, dass seine Mutter Alfred das Versteck verriet. Am liebsten fuhren Albert und Alfred in einem Ruderboot über den See in ihrem Park. Es war nach einem Weihnachtsfest. Alfred hatte die gewünschten Schlittschuhe mit Stiefeln, die neuesten Modelle, bekommen. Albert nur einen Schlitten. Alfred brach mit seinen neuen Schlittschuhen in dem See ein. Er ertrank. Keiner hatte bemerkt, dass Albert mit einem seiner Sprünge in das Eis gemacht hatte, die er mit Schnee überdeckte. Nach der Beerdigung seines Bruders hatte seine Mutter nur noch Albert. Er war nun ihr Favorit. Das tat ihm gut. Jetzt war er der Mittelpunkt ihres Lebens und er genoss es. Bis zu dem Tag, als seine Mutter herausbekam, dass er das Eis bearbeitet hatte, damit sein Bruder darin versank. Sie packte ihn bei den Schultern. Sie sah ihm in die Augen. Sie wusste, was er getan hatte.

Sie verstieß ihn.

Er hatte keinen Platz mehr in ihrem Herzen. Eines Tages sagte sie ihm, Alfreds Geist habe in einem Traum mit ihr gesprochen. Sie solle seinem Bruder eine Aufgabe stellen, wenn er diese löse, dann müsse sie ihm wieder ihre Mutterliebe schenken. Auch die Liebe des toten Sohnes. Alberts Mutter versteckte Alfreds goldene Halskette. Im Park. Nachts las Albert Geschichten und Märchen über vergessene, versteckte oder versunkene Schätze. Auch das Lied der Nibelungen. Wenn sein Privatlehrer weg war, durchsuchte Albert nachmittags den Park. Er grub zwischen Wurzeln, griff in Baumhöhlen, rollte Steine beiseite, um die Halskette seines Bruders zu finden. Er wollte die Liebe seiner Mutter zurückhaben. Wie hätte Hagen diese Aufgabe gelöst? Nur Hagen hatte die nötige Schlauheit!

Albert nahm seine gesamten Ersparnisse, er ging damit zu einem Goldschmied. Er ließ seine Kette nachbilden. Diese überreichte er seiner Mutter. Die sah sie nur kurz an, schlug sie ihm dann mit einer Verwünschung ins Gesicht. Sie hatte gemerkt, dass es nur eine Nachbildung war, dass es nicht die seines Bruders war, die er angeblich gefunden hatte. Daraufhin schickte ihn seine Mutter ins Internat und sprach nie mehr mit ihm. Albert wollte das nicht wahrhaben. Er verlegte sich auf die Suche nach Schätzen, die er seiner Mutter präsentieren wollte, und ihre Liebe zurückgewinnen. Der größte Schatz war der Nibelungen-Schatz. Er brach die Suche danach auch als Erwachsener nicht ab, als seine Mutter verstarb. Er würde den Schatz in ihrem Grab versenken. Noch im Tod sollte sie wissen, dass er um ihre Gunst gekämpft, die Bedingungen dazu erfüllt hatte.

Weitere Öffnungen schlossen sich über dem unterirdischen See. Das Wasser umspülte die Knöchel von Edda und Albert. Albert spielte wie in Raserei weiter. Als sich die zehnte Klappe schloss, hatte sich bereits der Flügel durch das ansteigende Wasser gehoben, das Albert und Edda bis zur Hüfte stand. Er schwamm davon. Albert konnte nicht mehr drauf spielen. Nun öffnete sich in der Mitte der Kuppel oben eine große Klappe. Eine Ballongondel, die mit Schwanenbildern bemalt war, senkte sich herab. Sie stoppte genau über dem Gipfel des zackigen Felsens auf der Insel im See.

»Ihr habt drei Minuten zum Einsteigen! Dann steigt die Gondel wieder hoch. Sie ist an einem Ballon befestigt.« Dies verkündete die Stimme, deren Besitzer nicht zu sehen war.

Albert und Edda schwammen zur Insel in der Mitte des Sees. Als sie die Insel betraten, gingen über ihnen Scheinwerfer an. Sie beleuchten den Felsen über dem die Gondel wartete. Es war ein Felsen aus Gold, Silber und Edelstein, an dessen Fuß schon die ersten Wasserzungen leckten.

»Mein Gott, es ist der Schatz«, murmelte Albert und griff nach einem goldenen Stück. Er zerrte daran. »Wir sind direkt auf ihm. Ich will ihn! Er gehört mir. Mir! Er lässt ihn untergehen, er ist total verrückt.«

»Wir gehen auch unter, wenn wir da nicht hochklettern«, packte Edda Albert am Arm. Sie wollte ihn wegzerren. Er ließ nicht los. Sie verpasste ihm einen Tritt gegen die Brust. Das steigende Wasser verfolgte sie. Albert war zu einem willenlosen Stück Fleisch geworden. Sie hob ihn in die wartende Ballongondel. Dann kletterte sie hinterher. Albert lag schwer atmend auf dem Boden der Gondel. Sie blickte nach oben und sah, dass sie durch einen Schacht mit langen Stricken an dem Ballon verbunden waren.

Vom Weg hinter der dritten Tür, den das Wasser des Sees schon erreicht hatte, kam ein Schrei: »Halt! Halt! Nehmt mich mit!«

Ein Mensch ruderte mit den Armen. Er sprang ins Wasser und schwamm zu der Insel. Er kletterte auf den Felsen aus Gold, Silber und Edelsteinen, um auch die Gondel zu erreichen. Es gelang ihm. Er fasst mit den Händen nach dem Rand der Gondel, damit er sich hochziehen konnte.

»Helft mir! Zieht mich rein! Ich will hier unten nicht ertrinken!«

Die Gondel ruckelte. Der Ballon wollte sie in die Höhe ziehen.

Edda biss in die Finger, die sich über den Gondelrand klammerten. Es war der Biss eines Raubtieres. Schmerzensschreie waren zu hören. Die blutenden Finger lösten sich. Die Gondel fuhr in die Höhe. Der Mensch, der vor Wut und Schmerz heulte, kullerte den Abhang hinunter ins steigende Wasser.

Als der Ballonkorb die Kuppel bereits in Richtung Himmel verlassen hatte, überstieg das Wasser den Schatz der Nibelungen auf der Insel, die nicht mehr zu sehen war. Ottokar Schmelzing war überrascht. Er dachte über einen Ausweg nach.

Es klang wie das Schmatzen eines Dämons. Aus dem See kam ein Gurgeln. In seiner Mitte bildete sich ein Strudel, der zum Malstrom wurde. Als hätte der Dämon am Boden des Sees den Stöpsel herausgezogen. Das Wasser rauschte mit der Insel und was auf ihr war in die Tiefe.

Es gibt die heilsamsten und segensreichsten Irrtümer.

Friedrich Nietzsche

35. Kapitel

Es war Nacht geworden. Schloss Neuschwanstein leuchtete im Licht der Strahler. Das erste Feuerwerk begann nach der Ansprache des Bürgermeisters. Die Raketen zischten in den sternenklaren Himmel. Dort breiteten sie mit Geknalle wie schnell erblühende Orchideen ihre Farben aus. Es roch nach verbranntem Pulver. Das Publikum war begeistert, als aus dem Schlosshof ein Ballon aufstieg. Sie riefen und winkten hoch. Es waren zwei Menschen in der Gondel zu sehen.

»Wenn Sie Glück haben, dann fliegen Sie mit dem Wind über die Berge und landen nicht im Gebirge«, sagte der Erfinder zu Wally. Ein Bildschirm zeigte den Ballon, der aus dem aufgeklappten Dach von Schloss Neuschwanstein emporstieg. Aus dem prunkvollen Thronsaal kommend, der durch den Tod des Königs keinen Thron mehr erhielt. Der Erfinder drückte einige Knöpfe. Die Steinplatten mit dem Mosaik das am Boden des prunkvollen Thronsaals Pflanzen und Tiere zeigte, schlossen sich wieder und dann das Teil des Daches über dem Thronsaal.

»Was ist mit dem Mann, der noch in dem unterirdischen See ist?«, wollte Wally wissen.

»Ich kann nichts machen. Sein Auftauchen war nicht vorgesehen.«

»Was heißt das? Er wird sterben, wenn er da nicht rauskommt.«

»Ist nicht meine Schuld. Es war die Gier, die ihn soweit gebracht hat.«

»Mir kam der Mann bekannt vor.«

»Mir auch. Ich denke, es ist Ottokar Schmelzing.«

»Sonjas Ehemann. Richtig. Sie müssen was tun! Ich bin die Taufpatin beim Baby ihrer Schwester.«

Der Ballon wurde auf dem Bildschirm kleiner. Sie sahen die Leuchtspuren der letzten Feuerwerks-Raketen, die in die Ballonhülle zischte. Die Rakete öffnete ihre heiße Blüte. Der Ballon fing Feuer. Er taumelte. Sein Aufstieg endete. Die Ballonhaut brannte lichterloh. Er sank. Die Gondel platschte neben dem großen goldenen Schwan ins Wasser. In dem Schwan standen die Sänger für die Lohengrin-Aufführung auf dem Alpsee. Wie einst von Richard Wagner zum Geburtstag seines großzügigsten Mäzens arrangiert.

»Schmelzing hätte den Tod verdient.«

»Wieso denn? Er hat doch nichts Schlimmes getan.«

»Doch, er hat Bill Loomis auf dem Gewissen.«

»Woher wollen Sie das wissen?«

»Ich habe es gesehen.«

»Aha, und wieso haben Sie nichts dagegen getan?«

»Schmelzing war nicht direkt der Täter. Aber durch seine Vorgehensweise wurde Loomis von diesem Hotelier ermordet.«

»Da komme ich nicht mit.«

»Der Hotelier, übrigens ein Guglmann, war ein Liebhaber von Loomis. Er hatte Loomis für Auftritte in seinem SM-Hotel gebucht. Doch Schmelzing warb Loomis ab.«

»Das ist kein Grund jemanden umzubringen.«

»Außerdem hatte Bill Loomis durch den Hotelier, der als Guglmann beste Beziehungen zum obersten Schlossverwalter hatte, der auch zu der ganzen homosexuellen Bagage gehört, die Aussicht, im Sängersaal von Neuschwanstein als Lohengrin aufzutreten. Das wäre sein internationaler Durchbruch gewesen. Die Welt blickt auf solche Ereignisse.«

»Was hat Schmelzing nun verbrochen?«

»Schmelzing ist nicht nur Inhaber des Musical-Gebäudes. Er ist auch Produzent des König-Ludwig-Musicals.«

»Das weiß ich. Das ist kein Verbrechen.«

»Das nicht. Allerdings hat Schmelzing seit einiger Zeit gewaltige Finanzprobleme. Seine Betriebe hatten Sand im Getriebe. Das Musical läuft nicht besonders gut. Auf seinem Pferdegestüt sind die besten Pferde gestorben. Der Hotelier war finanziell ein sehr potenter Mann. Er knüpfte bereits Fäden, um das Musical zu kaufen. Er hatte auch mit mir schon gesprochen, wegen der Seilbahnfinanzierung, falls Schmelzing das nicht mehr hinbekam. Aber das war für mich kein Problem. Ich hatte ja da unten genug Gold zur Verfügung. Ich ließ es einfach unter seinem Namen weiterlaufen. Mir lag dieses Projekt sehr am Herzen. Ich hatte es meinem Großvater gewidmet.«

»Hat Schmelzing sich das gefallen lassen?«

»Nein, das wollte Schmelzing alles verhindern. Er wäre dann in Füssen und Umgebung nicht mehr die Nummer eins gewesen. Er wollte den Hotelier vernichten. Schmelzing hat den adoptierten Sohn des Hoteliers auf dem Gewissen. Er hat das Hotel anzünden lassen, in dem der Hotelier mit seinem Adoptivsohn wohnte. Aber in dieser Nacht schlief nur das Kind im Hotel.«

»Das ist gemein. Das kann ich kaum glauben. Konnte niemand helfen?«

»Nein, sein Vater war unterwegs. Ich habe den Brandanschlag mithilfe meiner Tarnkappe leider erst zu spät beobachten können. Ich bin erst hingekommen, als das Hotel schon brannte. Ich habe nur noch Schmelzing davonlaufen sehen. Ein noch größerer Fehler war es, dass ich nicht gesehen habe, dass Schmelzing einen Hinweis auf Bill Loomis bei der Brandstelle gelassen hatte. Diesen entdeckte vor mir der Hotelier.«

»Davon hat mir Kommissar Dolling nichts erzählt.«

»Würden Sie das an seiner Stelle tun? Er ist doch in erster Linie Polizist und keine Märchenerzähler.«

»Auch wenn es so ist, wie Sie sagen, dürfen Sie Schmelzing nicht töten. Das wäre Lynchjustiz. Sie müssen ihn an Dolling ausliefern, damit Schmelzing vor ein Gericht kommt, das ihn bestrafen kann.«

Der Erfinder drückte einen erleuchteten Knopf am Schaltpult.

»Wenn Sie schon alles wissen, wer hat die drei Schwanenfedern bei der Leiche von Bill Loomis ausgelegt?«, fragte Wally.

»Es war Loomis selbst. Bevor er getötet wurde.«

»Woher wissen Sie das? Waren Sie bei dem Mord auch dabei? Mit ihrer Tarnkappe?«

»Ich kam zu spät. Da war alles schon passiert. Der Hotelier hatte Loomis mit dem Speer getötet, weil er ihn für den Mörder seines Sohnes hielt. Ich wollte Basse davon abbringen, aber auch das ging leider schief. Ich habe zu fest zugedrückt, als ich ihm von hinten an den Hals ging. Ich unterschätze oft die Kraft meiner Handwerkerhände.« Er hob seine Hände vors Gesicht und betrachtete sie verwundert.

»Wissen Sie noch mehr?«, wollte Wally wissen.

»Ja. Ich war auch mal ein Nibelunge. Das ist schon eine Weile her. Der Mann, der mit der Frau in dem Ballonkorb davongeflogen ist, das war Albert, mein früherer Partner.«

»Es war ein Spiel. Er hat nicht verloren.«

»Und wer ist die Frau, die ihn begleitete?«

»Sie wissen ja, die alten Nibelungen wurden von Krimhild und Etzel, dem Hunnenkönig, niedergemetzelt. Wegen Krimhilds Rache und dem Schatz der Nibelungen. Ich bin auf Albert, oder er ist auf mich gestoßen, im Internet, in einem Diskussions-Forum über das Sternbild des Schwanes. Er glaubte wie ich, dass einige Kometen aus diesem Sternbild auf die Erde gefallen seien und wer diese Kometen hätte, der könne unsichtbar werden.«

»Woher wussten Sie das?«

»Nicht alle Sagen sind nur leeres Geschwätz unserer Vorfahren. Albert war bei der Suche nach dem Nibelungen-Schatz auf das Allgäu, auf Schloss Neuschwanstein gestoßen. Schon lange kursieren bei uns Sagen von den Venediger-Männlein. Sie waren im Allgäu, weil sie Gold suchten, oder Gold machen konnten.«

»Alchimisten aus Venedig?«

»Ja, so was, in der Richtung. Allerdings suchten die Venezianer nach ganz anderen Dingen, als nach Gold. Das glaubten nur die Bewohner. Die Venezianer suchten zuerst nach Material für ihre Glasproduktion. Aus Venedig kam einst das schönste Glas der Welt. Dazu brauchte es bestimmte Mineralien, die sie überall suchten. Davon gab es rund um Venedig zu wenig. Sie suchten es auch hier im Allgäu. Besonders den Braunstein, der für das berühmte venezianische Spiegelglas nötig war.«

Wally konnte auf einem Bildschirm sehen, wie ein erschöpfter und durchnässter Ottokar Schmelzing zurück in den Gang stolperte, der zum Brunnenschacht führte.

Eine hoch gelegene, nicht zum Wohnen eingerichtete Hütte ist unweit von hier, ich ritt gestern zu Tische hinauf.

König Ludwig II.

36. Kapitel

Die Zuschauer kamen aus dem Staunen nicht mehr heraus. Während an den Ufern des Alpsees das Feuerwerk gezündet wurde, stieg aus dem Hof von Schloss Neuschwanstein ein Ballon hoch. Die leuchtenden Farbfontänen und -spritzer am Himmel ließen den Ballon im weißen, im gelben, im roten, im blauen, im grünen und im roten Licht in die Luft steigen. Die Feuerwerker standen mit offenem Mund da. Von dieser Einlage war ihnen nichts bekannt. Die Kameras der Fernsehreporter vollführten unablässig Schwenks von den Schlössern zu den leuchtenden Blumen am nächtlichen Himmel, zu den glänzenden Augen der vielen Zuschauer.

Es war die letzte Rakete, die in den Ballon zischte. Die Ballonhaut begann schnell zu brennen. Der Wind trieb den brennenden Ballon über den Alpsee. Die Zuschauer schwiegen entsetzt. Die Kameras hatten ein neues Ziel. Der brennende Ballon stürzte auf den See zu. Der Korb klatschte in die Wellen. Die brennende Ballonhülle fiel auf das Schwanenboot, von dem erschreckte Schreie kamen. Boote der Wasserwacht fuhren auf den See. Edda zog Albert aus dem Wasser. Keiner achtete auf sie. Alle waren mit der Rettung der Künstler auf dem Schwanenboot fasziniert oder beschäftigt.

Albert und Edda liefen in ihrer nassen Kleidung zu den mobilen Kabinen der Wasserwacht, die im Park von Schloss Hohenschwangau aufgestellt waren. Sie statteten sich mit trockener Kleidung aus. Keiner beachtete sie. Rund um den Alpsee war Getümmel. Sirenen heulten. Einsatzleiter riefen Befehle. Sanitäter eilten mit Bahren zum Ufer des Sees.

»Ich weiß, wie wir in seine Werkstatt kommen«, sagte Albert zu Edda.

Der Zwerg und seine Begleiterin stiegen geduckt in eine der Ballon-Gondeln, die immer noch über den Alpsee fuhren. Der Mann am Steuerpult war an den See gelaufen, wo er zu dem Feuer schaute, das mitten auf dem See brannte. Die Gondel hielt automatisch am Ankunftsplatz. Auch die anderen Gondeln standen still. Edda und Albert stiegen in der geduckten Haltung aus, mit der sie hochgefahren waren. Ihre Gondel fuhr weiter, wieder über den See zum nordwestlichen Ufer, als die Tür geschlossen wurde.

»Von der Quelle aus weiß ich den Weg«, erklärte Albert Edda.

Durch die Scheinwerfer, die sämtliche Bereiche der Seilbahn anstrahlten, konnten die beiden einige Meter auf einem schmalen Weg in den Wald gehen. »Beim kalten Wasser heißt sie. Das war König Ludwigs Siegfried-Quelle«, erzählte Albert beim Laufen.

Der Mond beschien die Landschaft. Das Licht der Scheinwerfer war hinter ihnen geblieben. Edda ging voraus. Von der Quelle aus mussten sie zu der Bergspitze des Älpeleskopfes gehen. Von dort ging es über die Felsen des über 2.000 Meter hohen Säulings, der aus dem Wald hochragte.

Die südliche Seite des Säulings gehört schon zu Österreich. Sie sahen von dort oben, wie das Feuer auf dem Alpsee verlöschte. Sie sahen auch das ockergelbe Schloss Hohenschwangau und das grauweiße Schloss Neuschwanstein, die angestrahlt wurden. Selbst zum Säuling hoch drangen die Rufe der Menschen vom Alpsee, die die Katastrophe langsam in den Griff bekamen. Der Mond am klaren Himmel machte die nächtliche Bergwanderung etwas leichter. Größere und kleinere Nebelfetzen, die behäbig durch die Felsen und Baumspitzen zogen, verhinderten manchmal den Blick zu den Schlössern. Hier oben war es kühl. Albert und Edda froren.

»Wie weit ist es noch? Wo willst du überhaupt hin?«, fragte Edda.

»Zur Hütte. Ist leider noch ein gutes Stück entfernt. Immerhin ist der Weg dorthin einigermaßen gut zu bewältigen.« Albert legte nach dem letzten Wort den Zeigefinger auf seine Lippen.

Edda verschluckte eine weitere Frage und schwieg auf sein Zeichen hin. Ein flackerndes Licht schimmerte durch die Zweige, wo der Weg nach ein paar Metern eine Kurve machte. Sie kamen zu einer offenen Kutsche, vor der zwei eingespannte Pferde standen. Es war eine prächtige Kutsche, wie sie einst auch von König Ludwig II. für romantische Abendfahrten durch die Berge benutzt wurden. Der Kutscher saß vorne und hinter ihm konnten vier Leute sitzen. Wenn es zu regnen begann oder zu kalt wurde, wurde vom Kutscher ein Verdeck aus Leder über seine Fahrgäste gezogen. Rechts und links vom Kutschersitz brannten in gläsernen Laternen Petroleumflammen. Solche Kutschen wurden in der Gegenwart für Touristen vermietet. Albert erkannte sofort die Chance. Er zeigte auf die Kutsche, machte mit der rechten Hand eine Bewegung wie mit einer Peitsche, dann zeigte er zuerst auf Edda, dann auf die Kutsche. Sie begriff sofort. Sie kletterte schnell auf den Kutschersitz, löste die angebundenen Zügel und gab den Pferden das Kommando zum Loslaufen. Albert war auf einem Sitz für die Fahrgäste. Die Pferde trabten flott los. Sie kannten den Weg. Mit halb hochgezogener Hose kam der Kutscher hinter den Büschen hervor und sah verblüfft seiner davonfahrenden Kutsche nach: »Halt! Halt! Stehen bleiben!«

Die Hütte für Bergwanderer lag rund eineinhalb Kilometer hoch. Als sie oben ankamen, war es schon ziemlich dunkel. Das flackernde Licht der Kutschenlaternen warf zuckende Schatten. Edda band die Pferde fest. Albert stieg aus der Kutsche. Kein Mensch war da. Albert und Edda benutzten den Lastenaufzug, der zu den Wasserbehältern, die für das Wasser in den Schlössern sorgten, ziemlich steil hinunterging. Sie mussten sich einzeln mit angezogenen Knien in die Beförderungskiste hineinsetzen. Bei den Wasserbehältern war ein kleiner Parkplatz. Für das Verladen der Waren in den Lastenaufzug.

»Ein Wasserbehälter ist leer. Das ist der Trick«, sagte Albert. »Wir müssen an der eisernen Leiter hoch, oben den Deckel öffnen, dann kommen wir in Brunos Werkstatt.«

Der Deckel öffnete sich. Sie kletterten über die eisernen Sprossen. Die zum Boden des leeren Wassertanks führten.

»Ich nehme an, Bruno hat mitbekommen, dass wir mit dem Ballon auf den Alpsee gefallen sind. Aber er weiß wahrscheinlich nicht, ob wir ertrunken sind, oder nicht.«

»Und?«

»Wir überraschen ihn. Ich möchte wenigstens sein Schwanenpulver haben.« »Bruno hat große Vorräte dieser Kometen«, sagte Albert.

Am Boden des Wasserbehälters war eine rostige Klappe. Sie hatte einen Ring zum Öffnen. Edda hob die Klappe hoch. Unter ihr gähnte ein dunkles Loch. Die Klappe hatte die Ausmaße, die genügten, um einen Menschen in die Tiefe steigen zu lassen. Edda leuchte mit der kleine Lampe an ihrem Finger hinein.

»Wo geht das hin?«

»Direkt in Brunos kleine Werkstatt. Es ist einer der vielen Bergwerksgänge aus der Zeit, als hier Erze abgebaut wurden. Ich bin mir sicher, von dort aus wollte er uns ersäufen.«

»Uns warum hat er es nicht getan?«

»Er liebt Wettkämpfe. Und er hält sich an die Regeln.«

Vorsichtig drangen sie in die dunkle Tiefe vor. Der Stollen war an einigen Stellen sehr eng, fast zusammengefallen. Sie mussten sich durchquetschen. Dann standen sie vor einer Bretterwand.

»Dahinter ist er! Hast du deine Waffen dabei? Wir werden sie brauchen.«

Edda nickte.

Du Adler, dort hoch auf den Bergen,
dir schickt die Möwe der See einen Gruß
von den schäumenden Wogen hinauf zum ewigen Schnee.

Kaiserin Elisabeth

37. Kapitel

Ottokar Schmelzing war verzweifelt. Ein begossener Pudel war er. Kein Schatz und beinahe ersäuft worden. Zum zweiten Mal schon. Die Welt hatte sich gegen ihn verschworen. Aus dem Glückskind war ein Pechvogel geworden. Nicht ganz, er hatte im unterirdischen See noch rechtzeitig den Ausgang durch die Höhle mit den drei offenen Türen zum Brunnenschacht gefunden. Er war an dem Seil hoch geklettert, das herunterhing. Dann lief er in seiner nassen Kleidung vom oberen Hof in den Palas des Schlosses. Er schaute auf seine wasserdichte Uhr.

Es ist schon losgegangen, sie werden mich vermissen, ich muss mich beeilen, dachte sich Schmelzing.

»Wo warst du denn, wir haben dich schon gesucht. Wir wollen das Essen servieren«, rief ihm seine Gattin entgegen, als er in der Schlossküche einlief, wo sich eine kleine Gesellschaft zur Tauffeier für seine Tochter eingefunden hatte. Schmelzing hatte das mit Jansch vereinbart, der für das Essen nach der Taufe des Kindes den Speiseraum des Königs, drei Stockwerke über der Küche, vorgeschlagen hatte.

»Entschuldigt, Leute, mir ist was Dummes passiert, lasst mich erst hinsetzen, dann erzähle ich es euch«, setzte sich Schmelzing neben seine Frau.

»Du bist ja völlig nass«, sagte sie, während ihre Finger seine Kleidung befühlten. »Wie kommt denn das? Was hast du angestellt.«

»Daniela, ich sag dir, Ihr werdet es nicht glauben, ich habe vorhin noch geangelt. Ich hatte einen großen Fisch, einen Waller an der Angel. Den wollte ich fürs Essen hier mitbringen. Als ich ihn vom Haken losmachen wollte, bin ich ins Wasser gerutscht. Aber ich habe mich nicht mehr umgezogen, damit ich nicht zu spät komme. Und es ist ein warmer Sommerabend, da werden meine nassen Sachen bald trocken sein.«

»Wieder einer deiner verrückten Geschichten, das musst du uns noch genauer erzählen«, lachte seine Frau. »Wir können anfangen, es fehlt nur noch Wally, die Fremdenführerin, die ich auch eingeladen habe.« Sie gab den Leuten vom Catering-Service ein Zeichen. Diese begannen, die Suppe zu bringen. Schmelzing sah sich um. Am langen Tisch saßen seine Frau, deren Schwester mit dem Baby im Arm, das gerade sein Fläschchen bekam, der schwarzhaarige Musiker Charon, dessen japanische Freundin Yui, neben der Waltraud, die Großmutter von Sonja, seiner Schwägerin, saß. Der Stuhl neben Taka war leer. Die Küche des Königs war hervorragend ausgestattet und funktionierte immer noch. Sie konnte für besondere Events gemietet werden. Auf den Säulen in der Mitte der Küche ruhte das Gewölbe. Der ganze Raum war von vielen Kerzen romantische erhellt. Früher musste das hier zubereitete Essen dem König über die Wendeltreppe im großen runden Turm in sein Speisezimmer, das gleich neben seinem Schlafzimmer lag, wo er höchstens einen Gast wie Wagner an den Tisch bat, hochgebracht werden.

»Schau mal, wir bekommen heute auch japanische Speisen aufgetischt«, zeigte Daniela auf den Vater von Taka und Yui, der ihnen in seiner weißen Kochkleidung zuwinkte.

»Tolle Sache«, kommentierte Schmelzing, den im Kopf ganz andere Dinge beschäftigten. Er schaute auf die Uhr. »Bei mir wird's heute bisschen hektisch. In einer Stunde muss ich zur Einweihung der neuen Ballonbahn raus. Aber das soll euch nicht weiter stören.«

»Alle mal herhören!« Eine laute Stimme erschall: »Wir brauchen nur eine Auskunft von Schmelzing, dann könnt ihr in Ruhe weiteressen.« Drei Typen waren in die Küche gekommen. Einer, der vorderste, hatte eine Pistole in der Hand, die sich auf die Leute am Tisch richtete.

»Was wollt Ihr von mir?«, erhob sich Schmelzing.

»Wo ist Albert? Wir warten auf seinen Anruf. Irgendwas ist faul.«

»Welcher Albert?«, fragte Schmelzing.

»Tu nicht so blöd«, fauchte der Kerl mit der Pistole. »Wir wissen, dass du einer von uns bist, ein Nibelunge, ist jetzt auch egal, ob das die anderen hier hören. Wir stehen da unten mit unseren Fahrzeugen und warten auf den längst fälligen Anruf von Albert. Wir können ihn auch nicht erreichen. Also, was ist passiert? Du weißt doch hier alles.«

»Ich weiß, nicht wo dieser Albert stecken soll, ehrlich«, ging Schmelzing mit offenen Händen auf die drei Männer zu, die eine drohende Haltung eingenommen haben.

»Arschloch, lüg uns nicht an«, ballerte der Typ mit der Pistole verärgert einen Schuss in die Decke, von der Mörtel auf Schmelzing herunterbröselte.

Taka und Charon sprangen auf. Die Leute vom Catering-Service wichen hinter die Säulen zurück. Die beiden anderen Typen zogen nun auch ihre Pistolen. Der Vater von Yui und Taka, der direkt neben dem bedrohlichen Trio stand, handelte überraschend und schnell. Er stürzte sich auf einen den Typen. Getümmel entstand. Taka und Charon hielten Stühle vor ihren Kopf und stürmten damit los. Schmelzing versuchte, dem Anführer der drei Typen, die Pistole aus der Hand zu schlagen. Schüsse fielen. Schreie. Daniela lief zu Sonja, die sich mit dem Baby hinter den umgestürzten Tisch geduckt hatte, wie Waltraud und Yui. Das Baby plärrte los. Schmelzing floh in den großen Turm, die Wendeltreppe hoch. Der Anführer verfolgte ihn mit der Pistole in der Hand. Taka, sein Vater und Charon konnten die beiden anderen überwältigen.

Die Wendeltreppe führte bis zum Sängersaal hoch, das wusste Schmelzing. Durch die Schwimmerei im unterirdischen See war er nicht besonders ausdauernd beim schnellen Treppensteigen, wobei er sich überlegte, wie er seinen Gegner ausschalten konnte. In seinem Kopf drehte sich alles. Im Sängersaal, der dunkel war, versuchte sich Schmelzing zu verstecken, um dann vielleicht angreifen zu können. Er hörte das Keuchen seines Verfolgers. Schmelzing stieß an einen großen Kerzenleuchter, der vom Boden bis zu seinem Kopf reichte. Er nahm ihn. Wie ein Zweihandschwert. Die schleichenden Schritte auf dem knarrenden Parkettboden verrieten Schmelzings Gegner. Schmelzing schlug mit dem Kerzenleuchter zu. Er traf seinen Gegner am Kopf, der tonlos auf den Boden fiel. Die Pistole fiel ebenso auf den Boden. Unwillkürlich ging Schmelzing zu einem der Fenster durch die zuckendes Licht von draußen fiel. Er konnte auf den Alpsee hinunterblicken. Am klaren

Nachthimmel standen Mond und Sterne, wie sie schon immer dort standen und auf die Erde schauten. Auf Krieg und Frieden, auf Katastrophen und Glück. In seine Nase stieg der Geruch von Rauch. Es ist tatsächlich ein größeres Feuer, dachte sich Schmelzing, der sich jetzt keine Gedanken mehr darüber machte, was er zur Einweihung seiner Seilbahn sagen sollte. Die Menschen da unten, die wie Ameisen wirkten, waren damit beschäftigt, das Feuer zu löschen. Ottokar Schmelzing sah unbeteiligt zu. Eine Katastrophe mehr, was soll's? Seine Katastrophe war die größte. Es war ihm völlig egal, wenn seine Seilbahn brannte. Es war alles egal. Nur ein Gedanke konnte sich in seinem Gehirn, das voller Chaos war, einen Zutritt verschaffen: Warum hatte Bruno die Seilbahn vollendet und aufgebaut, obwohl er die vereinbarte zweite Rate nicht mehr bekommen hatte? Wie konnte Bruno das finanzieren? Welcher Finanzier steckte hinter Bruno?

Ottokar Schmelzing blickte in die Nacht. Sein Blick ging nördlich, zwischen Forggensee, den Lech entlang, irgendwo in den Norden. Hier konnte der Blick ungehindert über das hügelige Voralpenland wandern. Über den Forggensee hinweg, den Lech entlang nach Augsburg und weiter nach Donauwörth, wo der Lech in die Donau mündet, den großen Fluss, der über tausende von Kilometern durch zehn europäische Länder fließt, bis er in Rumänien in das Schwarze Meer mündet. Vom Schwarzwald zum Schwarzen Meer. Der einzige große Fluss Europas, der von Westen nach Osten zieht. Wie einst Krimhild, Siegfrieds Witwe, die zur Hochzeit mit dem Hunnenkönig Etzel nach Ungarn ritt. Das mündete Jahre ins tödliche Fest auf Etzels Burg. Krimhild rächte damit Siegfrieds Tod und versuchte ihren Schatz wieder zu bekommen. Schmelzing beschloss, sich

Bruno zu schnappen. Das musste geklärt werden, wer dessen Geldgeber war.

Den leblosen Körper seines Gegners mit dem blutigen Kopf schleppte Schmelzing mühevoll zur Wendeltreppe. Dort richtete er den Ohnmächtigen so gut es ging auf. Dann stieß er ihn die Stufen hinunter. Er ging an dem merkwürdig gekrümmten Körper vorbei hinunter in die Küche. Yui kam ihm auf den letzten Stufen entgegen, die ihm hastig von der Überwältigung der beiden Nibelungen in der Küche berichtete.

Nur der Gewalt bin ich gewichen …
Ich bin jetzt Dein Gefangener, solange bis es Dir beliebt,
mir die Freiheit wieder zu schenken.

Prinz Otto

38. Kapitel

»Er ist in meiner Werkstatt! Was macht er da?« Bruno wies auf den Bildschirm, auf dem Wally eine Gestalt sah, die Ottokar Schmelzing war. »Warum ist er nicht draußen bei den anderen am Alpsee? Da stimmt was nicht.«

Schmelzing hatte das Licht eingeschaltet, dann durchstöberte er Brunos Werkstatt und zog dabei die Schubladen in den Schränken heraus. In einem Hängeschrank, in dem alte Pinsel im Lösungsmittel steckten, erblickte er eine merkwürdige Figur. Er nahm sie hinter den Dosen hervor. Es war ein weibliches Wesen, das mit einem Hirsch abgebildet war. Die Figur war nur dreißig Zentimeter hoch, aber überraschend schwer. Ottokar Schmelzing putzte sie mit einem Lappen ab, der zwischen Handtüchern an einem kleinen Wasserbecken hing, das primitiv an eine Holzwand montiert war. Die Figur war aus massivem Gold. Da gab es keinen Zweifel. Ottokar Schmelzing huschte ein schiefes Grinsen über das Gesicht. Er setzte sich auf einen alten Hocker, stellte die goldene Figur auf seine Knie und schaute sie kopfschüttelnd an. Seine aufgeschürften Hände, an denen das Blut bereits getrocknet war, beachtete er nicht.

»Ich habe es geahnt. Bruno du bist ein gerissener Halunke. Wohin hast du den Schatz verschwinden lassen?«

Der Mann, dessen Strohhut mit dem unterirdischen See in der Tiefe verschwunden war, redete mit sich selbst.

Mit einem Dröhnen und einem scharfen Laut brach ein Brett aus der Wand, an der das Waschbecken befestigt war. Schmelzing schreckte aus seinen Träumen hoch. In Gedanken hatte er den Erfinder auf eine Folterbank gespannt, damit er das Versteck schnell ausplauderte. Ein weiteres Brett fiel in die Werkstatt.

Wer ist das? Wer will da mit Gewalt durch die Wand? Bruno konnte es kaum sein, wunderte sich Schmelzing. Sind es welche von diesen Kapuzenmännern, die sie in der Schlossküche überfallen hatten?

Bevor sich Schmelzing aus seiner Verblüffung lösen konnte, die ihn mit der Goldfigur in der Hand auf den Hocker bannte, krachte die Bretterwand mit dem Waschbecken in die Werkstatt und schnitt ihm den Weg zum Ausgang ab. Ein dunkles Loch, ein alter Bergwerkstollen tat sich hinter der fehlenden Wand auf. Zwei Menschen kamen heraus. Eine große Frau und einer kleiner Mann. Sie schalteten ihre Lampen aus und traten über die umgefallene Bretterwand, die als schräge Fläche am Boden lag, in die Werkstatt. Sofort hatte sie Schmelzing, der seine Augen weit aufriss, erfasst.

»Das ist doch dieser Kerl, der sich aus dem unterirdischen See in unsere Gondel flüchten wollte«, sagte Edda.

»Was machen Sie hier?« Alberts Stimme drang schneidend durch die Werkstatt. Er stellte sich neben Edda, die sich vor Schmelzing aufgebaut hatte. »Woher haben Sie das Gold?« Albert zeigte auf die Figur auf Schmelzings Knie. »Wollten Sie es ohne mich an sich reißen?«

»Ich bin keine Verräter!« Schmelzing versuchte seiner Stimme einen festen Klang zu geben, auch wenn ihm die Situation einen gefährlichen Eindruck machte. »Vielleicht sind Sie einer. Sie scheinen sich nicht an unsere Abmachungen zu halten.«

»Wo haben Sie diese Figur her? Das sollten Sie uns ganz schnell wissen lassen, sonst werden wir ungemütlich. Äußerst ungemütlich sogar.« Edda ballte ihre Fäuste, was Alberts Drohung unterstrich. »Meine Partnerschaft mit Ihnen können wir unter diesen Umständen vergessen.«

Das ist doch die Frau, die mich nicht in die Ballongondel ließen, als ich beinahe in dem unterirdischen See ersoffen bin, dachte sich Ottokar Schmelzing, als er zu überlegen begann, wie diese heikle Situation für ihn ausgehen konnte. Die Frau sah gefährlich aus. Aber wie kam er zu ihr? Edda beobachtete, wie Schmelzings Augen in alle Richtungen blickten, als er redete. »Wir sind doch hinter der gleichen Sache her, was habe ich davon, wenn ich Ihnen sage, wo ich diese Figur gefunden habe? Außerdem existiert kein Schatz mehr.«

»Viel«, antwortete Albert, »Sie behalten ihr Leben.«

»Ach, wie schön.« Ottokar zog die Augenbrauen hoch und schaukelte mit dem Kopf. »Sie drohen mir?«

»Ich zähle bis drei, dann reden Sie!« Edda knetete demonstrativ ihre eindrucksvollen Fäuste.

»Der See hat den Schatz in die Tiefe mitgenommen. Mehr gibt es nicht zu sagen. Ich schätze unter dem See, dessen Boden durchgebrochen ist, sind große unterirdische Ströme, die alles weggeschwemmt haben. Dieses Monsterweib weiß, welchen See ich meine, sie wollte mich darin ertrinken sehen.«

Schmelzing schleuderte ihr die Figur an die Brust. Dann schnellte er vom Hocker hoch, drehte sich um, nahm von der Werkstattwand eine Eisensäge. Er wandte er sich wieder dem Duo zu. Blitzschnell. Edda hatte die schwere Figur nicht fangen können. Sie knickte ein. Der Schmerz von ihren getroffenen Rippen verzerrte ihr Gesicht. Albert stürzte sich auf die goldene Figur am Boden. Schmelzing schwang mit der rechten Hand die Eisensäge gegen Edda, die sich aufrichtete. Sie wich zurück. Die Schmerzen verlangsamten ihre Reaktion. Die Eisensäge wischte nur einen Zentimeter an ihrem Gesicht vorbei. Schmelzing sprang über die herausgebrochene Bretterwand, die unter seinen Füßen schaukelte, zum Ausgang. Er stolperte kurz, schlug, Balance suchend mit der Eisensäge gegen einen alten Spiegel, der in einem Winkel zwischen Wand und der Werkstatt hing. Der Spiegel splitterte und fiel herunter.

»Mist! Schmelzing hat die Kamera zerstört«, ärgerte sich Bruno vor den Bildschirmen. »Jetzt wissen wir nicht mehr, was dort geschieht«, sagte er enttäuscht zu Wally.

Edda hatte sich schnell wieder gefasst.

»Wir brauchen ihn!« Sagte Albert hastig.

Er hielt die goldene Figur liebevoll an seine Brust gepresst. »Er weiß, wo der Schatz ist. Wir holen es aus ihm heraus.«

Er folgte Edda, die die Werkstatt verließ. Sie schaltete wieder ihre Leuchte am Finger ein. Ihr dünner Lichtstrahl erwischte noch Schmelzings Rücken. Der Mann lief hinter dem Werkstattschuppen in einen ausgetrampelten Weg, der von Büschen eingesäumt war. Dieser Weg führte in die Pöllatschlucht, wo der Bach aus den Bergen auf die ebenen Wiesen zwischen Forggensee, Schwangau und Bannwaldsee hinausfloss.

Der schmale Weg stieg steil an. Auf der Straße unterhalb des Schlosses hätten sie ihn leichter erwischt. Der Weg, der holprig war, aus dem Felsspitzen ragten, den Wurzeln mit Hindernissen anreicherten, führte an der östlichen Seite von Schloss Neuschwanstein vorbei. Er war sich sicher, dass er auf diesem Weg seine Verfolger abschütteln konnte. Ottokar Schmelzing kannte diesen Weg. Auch bei Mondlicht lief er ihn ziemlich schnell entlang. Er führte zur Marienbrücke. Von dort aus gab es auch einen Weg zum Alpsee. Dorthin wollte er gelangen. Dort bei den vielen Leuten, da war er sicher. Bei dieser Hoffnung hatte er aber nicht mit einer Frau wie Edda gerechnet. Diese Brunhilde aus Island schien jeden noch so steinigen und schmalen Weg durch die Wildnis zu kennen, oder zu erahnen.

Sie war auf einem einsamen Bauernhof mitten in Island, aufgewachsen. Ihre Kindheit hatte sie zwischen Felsen, Geysiren und Wasserfällen verbracht. Es gab keinen Berg, keine Schlucht, keine Höhle, die Edda auf ihren Streifzügen nicht erkundet hatte.

Das höchste Lebensfeuer loderte in ihm mit so unsäglicher Glut hell auf, dass es mich fast unmittelbar brannte und zehrte.

Richard Wagner

39. Kapitel

Ich muss nachschauen, was Albert mit seiner Begleitung treibt«, überlegte Bruno laut. »Er ist ein zäher Kerl, das muss ich zugeben, aber auch böse und gefährlich.«

Ottokar Schmelzing schlugen die Äste der Büsche entgegen. Er versuchte, mit Armen und Händen die Äste aus seinem Gesicht zu halten. Manchmal wuchsen die Büsche oben zusammen und bildeten einen kleinen Tunnel, durch den das Mondlicht nur schwach dringen konnte. Neben dem aufsteigenden Weg rauschte ihm der Gebirgsbach entgegen. Eine zusätzliche Orientierungshilfe, die er vor allem mit seinem linken Ohr registrierte. Rechts stieg gleich nach den Büschen der Felsen zum Schloss hoch. Auf dieser Seite war es dunkel und der Mond konnte die Fenster nur wie tote Augen erscheinen lassen. Der Alpsee, sein Ziel, lag hinter dem Schloss. Er musste ihn umrunden. Er hatte noch hundert Meter zur Marienbrücke, als er über sich ein Geräusch in der Luft hörte. Er kannte dieses Geräusch nur aus Filmen. Aus Kriegsfilmen. Wenn die Soldaten in ihren Schützengräben den Kopf einzogen, dann war dieses Geräusch zu hören. Ein Heulen in der Luft, von dem früher die Leute behauptet hätten, das sei eine Hexe, die durch die Luft flöge, hinauf zur Spitze des Säuling, wo sie sich beim Tanz mit dem Teufel vergnügte. Schmelzing zog auch den Kopf ein. Irgendwas krachte in die Ostmauer von Neuschwanstein. Steine fielen herunter. Flammen schossen aus der Schlossmauer. Er konnte nicht genau erkennen, was das Geschoss angerichtet hatte. Er war gerade hundert Meter vor der Marienbrücke, wo die Büsche besonders dicht wuchsen. Selbst wenn er mit eingezogenem Kopf durch die Zweige lief, streichelten ihn die Blätter im Gesicht oder kratzten ihn die Zweige über die Wangen. Er musste auf die Brücke gehen, von wo aus er genau sehen konnte, was mit Neuschwanstein passiert war. Die Sirenen auf der anderen Seite des Schlosses begannen wieder zu heulen.

»Was ist das?«

Bruno und Wally schauten verblüfft auf den Bildschirm, der das Schloss zeigte. Am Tag, wenn die Kamera genügend Licht hatte, war das Schloss von der Ostseite zu sehen. Jetzt, in der Nacht, war nur der feurige Einschlag in der Schlossmauer zu sehen. Und ein Feuer, das aus einem Loch züngelte, größer wurde.

»Das Schloss brennt! Wir müssen raus!« Bruno wurde nervös.

»Ich rufe den Kommissar an«, meinte Wally, die nicht wusste, wie sie mit dieser Situation umgehen sollte. Sie erreichte Kommissar Dolling, der mit der Festnahme der Neuen Nibelungen beschäftigt war. Sie erzählte ihm, was sie eben gesehen hatte.

Der Kommissar war überrascht. »Sieht langsam doch nach Terror aus«, meinte er trocken. »Aber da sind ja die richtigen Leute hier, die dem nachgehen können. Ich schicke sie gleich mit Angermaier zu dem Schloss. Wo sind eigentlich Sie? Muss ich mir Sorgen machen?«

»Sie müssen sich keine Sorgen machen, ich bin bei Bruno, äh,« schaute sie den Erfinder fragend an, dessen Nachnamen sie nicht wusste. »In seiner Werkstatt.«

»Ach so, beim Erfinder. Na gut, dann bin ich beruhigt. Sie können mich natürlich jederzeit anrufen, kein Problem«, verabschiedete sich Dolling.

Schmelzing war bei der Marienbrücke, die über die Gebirgsbachschlucht führte, angekommen. Eigentlich wollte er nun den breiteren und bequemeren Weg zum Alpsee laufen. Er blickte sich um. Seine Verfolger hatte er abgehängt. Er beschloss kurz auf die Marienbrücke zu gehen, um sich schnell einen Überblick über das Schloss zu verschaffen, wo schon aus einigen Fenstern die Flammen loderten. Sein Handy meldete ihm eine Nachricht: »Am östlichen Ende der Marienbrücke, unter dem Fliederzweig, liegt für dich ein Gewehr.« Ein Absender war bei dieser SMS nicht vorhanden.

Was soll ich mit einem Gewehr?, dachte sich Schmelzing.

Er sah noch kurz auf das brennende Schloss, drehte sich um und wollte auf der Brücke zurück auf den Weg zum Alpsee. Ein weiterer seiner Pläne war damit wohl für nächste Zeit zerplatzt. Wie sollte er auf einem abgebrannten Schloss noch Veranstaltungen durchführen? Er versuchte in diesem Moment sich nicht alle düsteren Dinge auszumalen, welche in die Zukunft auf ihn warten konnten. Es sah sowieso schon schlecht genug aus. Er hatte die Brücke noch nicht verlassen, da preschte Edda aus dem Gebüsch. Ihre Augen funkelten in der Nacht wie die Augen einer Raubkatze, die ihr Opfer gesichtet hat. Schmelzing bückte sich, hoffte nicht gesehen zu werden und lief zur anderen Seite der Brücke, die zu einem hohen Felsen führte. Richtig, dort war ein Fliederzweig. Er konnte ihn mehr riechen als sehen. Unter dem Fliederzweig lag tatsächlich ein Gewehr. Schmelzing nahm es.

Inzwischen war Edda am anderen Ende der Brücke erschienen. Der Mond strahlte so stark auf die Erde, dass die Brücke einen Schatten in die Schlucht unter ihr warf. Auch die Flammen, die aus dem Schloss kamen, entwickelten langsam eine beachtliche Helligkeit.

Schmelzing rief: »Zurück! Oder ich schieße! Verschwindet!«

Edda sprang zur Seite, löschte die Lampe, war nicht mehr zu sehen. Schmelzing ging mit dem Gewehr voraus vorsichtig über die Brücke. Er hatte wieder Oberhand. Das war ihm anzumerken. Die eiserne Brückenkonstruktion hallte unter seinem selbstsicheren Schritt. Sie sollten ruhig hören, dass er kam, sollten hören, dass er sie nicht fürchtete. Sein rechter Zeigefinger lag entschlossen am Abzug des Gewehres. Er hatte vor, sie vor sich herzutreiben, wenn sie nicht abhauten. Bei dieser Überlegung stockte Schmelzing kurz am Ende der Marienbrücke, wo der Weg zum Alpsee begann. Wohin soll ich sie treiben?, überlegte er sich. Beim Alpsee sind Leute. Wie schaut das aus, wenn ich mit zwei Leuten ankomme. Die vor meiner Gewehrmündung laufen? Das kann Probleme geben. Viele. Zum Schloss, wo vielleicht noch der Kommissar war? Was sollte er dem erzählen?

Dort, wo die Brücke endete, hatte Schmelzing angehalten. Vor seine Füße kullerte ein Stein. Er erschrak. Sein Gewehr beschrieb einen Halbbogen. Die Flammen aus dem Schloss warfen ein unruhiges Licht. Bäume wurden zu gnomigen Lebewesen, Blätter wurden zu Schuppen,

Äste zu Armen. Die heulenden Laute von Sirenen drangen durch die Berge. Sie klangen in Schmelzings Ohren wie die Laute von unbekannten Dämonen. Das Blaulicht der Feuerwehr- und Rettungsautos kroch fetzenweise auf die Berghänge. Es war ein ziemlich schwerer Stein, der Ottokar Schmelzing am Kopf traf. Um ihn herum versank die Welt. Er fiel um.

»Gratuliere! Guter Wurf!«, sagte Albert, der auch an der Brücke angekommen war, zu Edda. Er zog Schmelzing an den Füßen zum Abhang der Pöllatschlucht. »Wirf ihn hinunter!«, befahl Albert Edda.

»Er ist wahrscheinlich nur ohnmächtig«, sagte sie. »Wir wollten von ihm doch erfahren, wo der Schatz ist.«

»Du hast recht. Diese Lauferei hat mich fertiggemacht. Wir knöpfen uns den Kerl vor, wenn er zu sich kommt. Hoffentlich bald. Wir können hier nicht lange bleiben.« Albert bückte sich zu Ottokar. Er untersuchte ihn. »Aus! Finito! Er ist tot! Der verrät uns nichts mehr. Du hast ihn zu gut getroffen.«

Edda fühlte den Puls von Schmelzing. Sie musste Albert zustimmen. Das Blut, das Ottokar aus der Stirn rann, wo ihn Eddas Stein getroffen hatte, wurde dicker und fester. »Also, hinunter mit ihm!«

Albert und Edda rollten Ottokar Schmelzings Leiche über den Abhang.

»Jetzt gehen wir zur geheimen Werkstatt von Bruno. Vielleicht weiß er noch nicht, dass wir mit dem Ballon nicht weit gekommen sind. Das ist doch alles sein Werk.«

Sie gingen über die Marienbrücke zu der Felsenseite der Schlucht. Es war schon lange her, dass Albert in Brunos geheimer Werkstatt gewesen war, dort mit ihm geplant und gearbeitet hatte.

»Ich bin gespannt, ob er noch den gleichen Aus- und Eingang hat, wie damals«, flüsterte Albert Edda zu. »Wir müssen vorsichtig sein, ich kann mir denken, dass er das Gelände vor seiner geheimen Werkstatt mit Kameras und Mikrofonen überwacht.«

Leb wohl, Du mein Schwanstein.

König Ludwig II.

40. Kapitel

Ich schalte die Infrarot-Kamera vor dem Eingang ein. Sicherheitshalber. Ich traue Albert alles zu. Er gibt selten auf, wenn er hinter was her ist. Ich kenne keinen Menschen, der so verbiestert und mit so viel krimineller Energie hinter seinen Interessen her ist.«

Auf dem Bildschirm, der die Szenerie vor dem Eingang zeigte, kam violettes Licht zum Vorschein, in dem die schwarzen Konturen die Gegenstände abbildeten.

»Da hat sich was bewegt«, schaute Wally aufgeregt zu Bruno.

»Habe ich auch gesehen. Kann aber auch ein Tier gewesen sein. Es war mehr in Bodennähe. Hier oben treiben sich Gämsen und Murmeltiere herum.«

»Was wollen die beiden von Ihnen?«

»Auf jeden Fall den Schatz. Und vielleicht wissen sie auch von meinem Tarnmantel? Ich muss jedenfalls damit rechnen. Albert weiß, dass ich daran gearbeitet habe.«

»Wieso rufen Sie nicht einfach die Polizei an?«

»Dann bekomme ich auch Ärger. Viel sogar.«

»Aber wenn ich anrufe? Wenn ich dem Kommissar sage, dass da draußen Verbrecher herumlaufen?«

»Der wird wissen wollen, wo Sie sich aufhalten. Ich kann es aber nicht zulassen, dass die Polizei meine geheime Werkstatt entdeckt. Noch nicht. Ich werde sonst vor Gericht geschleppt. Erst muss ich alles geregelt haben.«

»Ich könnte nach draußen gehen und …«

»Das können Sie nicht. Die beiden sind zu allem fähig. Wenn die sehen, dass Sie aus meiner geheimen Werkstatt herausbekommen, dass Sie den Eingang wissen, dann werden die Sie als Geisel benutzen. Damit ist Ihr Leben und meines in Gefahr.«

Sie schwieg und überlegte.

»Ich werde meinen Tarnmantel anziehen und nach draußen schauen«, sagte Bruno entschlossen. »Ich werde die beiden in eine Falle locken, aus der sie nicht mehr entkommen. Dann rufe ich die Polizei.«

»Und was mache ich?«, fragte Wally.

»Sie bleiben hier. Hier sind Sie sicher.«

»Wenn Ihnen was passiert, wenn Sie nicht zurückkommen? Was mache ich dann?«

»Das wird nicht passieren. Aber ich zeige Ihnen einen Ausweg, einen Ausgang. Den können Sie benutzen, wenn ich in einer Stunde nicht zurück bin.«

Bruno ging mit Wally zum Ende der Werkstatt. Dort stand eine große Figur von König Ludwig II. In doppelter Ausführung. Wie zwei Wächter bewachten sie eine normale Tür mit der Aufschrift WC.

»Bittesehr, hier ist das Paradies des Königs!«, sagte Bruno und ging durch die Tür in eine große botanische Halle. Wally folgte ihm.

»Sind wir jetzt im Freien?«, wollte Wally wissen.

»Nein, es sieht nur so aus. In dieser Höhle herrscht das gleiche Licht wie draußen. Durch ein kompliziertes Spiegelsystem scheint hier drin die Sonne, wenn auch draußen die Sonne scheint, oder der Mond, wie jetzt.«

»Hier ist es warm wie in einem Treibhaus«, meinte Wally.

»Hier ist auch ein Treibhaus. Hier wächst immer noch der Dschungel, den einst der König anpflanzen ließ. Dort drüben, auf der Insel. Das ist die Fortsetzung der Traumwelt des Königs. Viel, viel größer als sein exotischer Wintergarten auf dem Dach der Münchner Residenz. Eine indische Landschaft mit einer Fischerhütte, einem Königszelt und einigen Marmorgruppen mit indischen Göttern. Das hier war in seinen letzten Jahren sein liebster Platz.«

Wally sah im Mondlicht einen unterirdischen See, in dem sich eine wild bewachsene Insel befand. Matt beleuchtet vom Mondlicht. Erkennbar war ein undurchdringlicher Wald aus großen Blättern und verschlungenen Ästen. Sie hörte die Schreie von Tieren.

»Wer lebt auf dieser Insel?«, fragte sie Bruno.

»Einige Tiere. Hauptsächlich Vögel. Auf jeden Fall keine gefährlichen Tiere.«

»Und wo ist der Ausgang?«

»Ach so. Jedes Mal wenn ich hier stehe, vergesse ich alles. Zweimal täglich bin ich hier, um die Heizungsanlagen und die Wasserpumpen zu kontrollieren. Trotzdem bin ich immer wieder gebannt von dieser künstlichen Schönheit.«

»Ja, es ist faszinierend.«

»Wenn Sie mit dem Kahn um die Insel herumrudern, dann kommen sie automatisch zu dem Ausgang. Er ist gut erkennbar. Es ist ein Tor, das aus den Stoßzähnen von Elefanten gebildet wird. Sie müssen nur darauf zufahren. Es öffnet sich durch eine Lichtschranke, die ich eingebaut habe. Am besten Sie setzen sich in einen Kahn und rudern ein wenig hinaus, bis ich komme. Dann sind Sie absolut sicher.«

Als Bruno die Grotte verließ, stieg Wally in den Kahn, der am Ufer lag und ruderte auf den See hinaus. Die Tür schloss sich hinter Bruno. Wally wurde von der Insel angezogen. Sie ruderte hin. Sie stieg aus dem Boot und betrat die Insel. Für einen Augenblick verstummten die Vögel. Wally folgte einem kleinen Pfad durch die üppig wuchernden Bäume, Büsche, Pflanzen und Blumen. Sie fand die Fischerhütte, das Zelt und die Skulpturen der indischen Götter. Nach einer Weile begannen auch die Vögel in dem dunklen Wald wieder zu singen, zu krächzen, zu schnattern, zu gackern und zu pfeifen.

Die Insel hatte nach Wallys Schätzung einen Durchmesser von rund zweihundert Metern und war ziemlich rund. Wally zog ihr Handy heraus. Sie schaute auf die Uhrzeit. Es war schon über eine Stunde vergangen, seit Bruno sie verlassen hatte. Erstaunt registrierte Wally, dass ihr Handy wieder ein Netz anzeigte, das sie zum Telefonieren benutzen konnte. Sie versuchte, zuerst Taka zu erreichen. Das gelang ihr auch. Er war mit Charon und Yui zusammen. Wally versuchte ihm klarzumachen, wo sie ungefähr war und warum. Sie erklärte Taka, dass sie sich in einer unterirdischen Grotte, irgendwo auf der östlichen Seite der Pöllatschlucht befand. Wahrscheinlich zwischen der Marienbrücke und dem Gipfel des Schnepfling. Dann brach die Verbindung ab.

Wally bekam Angst.

Wo war Bruno? Was war ihm passiert? Sie stieg in den Kahn und ruderte um die Insel herum. Die Stoßzähne der Elefanten schimmerten hell im Mondlicht, das irgendwelche Spiegel in die Grotte lieferten. Wally fuhr auf die Stoßzähne zu, die eine Tür umrahmten. Vor der Tür war ein kleiner Anlegeplatz für ihr Boot. Einige Stufen führten zu der Türschwelle hoch. Wally stieg aus dem Kahn. Dann ging sie die Stufen hoch, um die Tür zu öffnen. Sie war gespannt, wo sie herauskommen würde. Sie blickte zu dem roten Lichtpunkt über der Tür, der ihr signalisierte, dass eine Lichtschranke eingeschaltet war. Sie ging langsam auf die Tür zu. Nichts geschah. Erst als sie nur noch fünf Zentimeter vor der Tür stand, öffnete sie sich.

Wally erschrak.

Vor ihr stand Bruno. Er hatte ein blutiges Gesicht. Er wurde links und rechts von zwei Personen gehalten. Von Edda und von Albert. Wally wusste sofort, dass es sich um die beiden Menschen handelte, von denen ihr Bruno vorhin erzählt hatte, die hinter ihm her waren. Die beiden drückten Bruno durch die Tür. Wally musste zurückweichen. Sie stolperte rückwärts die Stufen zurück hinunter und fiel hin.

»Wer ist das?« Albert baute sich neben Wally auf. Edda hielt Bruno fest.

»Das, das, das …« Bruno stotterte.

»Sag schon, wer ist das?« Alberts Worte zischten wie aus einem Schlangenmaul.

»Das ist ein zufälliger Besuch.«

»Aha. Zufälliger Besuch. Das soll ich dir glauben? Tue ich aber nicht!«

»Was machen Sie hier bei Bruno?«, fragte Albert die schockierte Wally, die sich zu erheben versuchte.

Albert legte seine Hände auf ihre Schultern und zwang sie so, in der Hocke zu bleiben.

»Ich wollte von ihm etwas über Neuschwanstein wissen, ich bin Fremdenführerin«, antwortete Wally.

»Wir werden schon herausbekommen, was stimmt«, meinte Albert.

»Also, mein lieber Bruno, wo hast du den Schatz versteckt?«

Bruno schwieg.

»Diese Grotte kenne ich nicht. Die hast du mir nie gezeigt, ich nehme an, sie wurde einst vom König angelegt und wird von dir großherzigem Romantiker betreut. Ich denke ich liege nicht verkehrt, wenn ich annehme, dass sich der Schatz auf der Insel befindet. Stimmt's?«

Bruno schien zu nicken. Er hing kraftlos in den Armen von Edda.

Albert nahm Wally ins Visier: »Sie rudern uns hinüber, ich nehme an, Sie sind auch hierher gerudert. Wenn Sie geschwommen wären, wäre Ihre Kleidung nass.« Jetzt erst sah Wally, dass dieser Mann eine Pistole in der Hand hielt, die er auf sie richtete.

Wally stieg in den Kahn. Dann setzte sich Albert dazu. Edda schob Bruno hinein. Wally ruderte zur Insel. Ihr war nicht klar, was zu tun war. Sie ruderte die rund zwanzig Meter bis zur Insel schweigend und überlegend. Wie weit würden die beiden gegen Bruno und sie vorgehen? Wie hatten sie eigentlich Bruno fangen können, wenn dieser seinen Tarnmantel angezogen hatte? Wo war dieser?

Wally fuhr das Boot zu der nachgebauten Fischerhütte. Sie stiegen aus. Edda schob Bruno vor sich durch den kleinen Dschungel auf der Insel. Sie kamen zu den indischen Götterfiguren. Dort machten sie halt. Zu sehen war der hinduistische Held Arjuna, der sich mit der Wassergöttin Ganga anfreundete. Krishna, der auf der Flöte spielte und der Mondgott Sonia. Ludwig II. fühlte sich in Anlehnung an den französischen Sonnenkönig als bayerischer Mondkönig, der am liebsten nachts unterwegs war.

»Wo ist der Schatz und wo hast du deine Tarnkleidung versteckt?« Alberts Stimme klang drohend.

»Was willst du damit? Er ist nicht mehr da«, antwortete Bruno.

»Ich werde es schon noch herausbekommen«, wurde Albert grimmig.

»Auch wenn du mir den Kopf herunterschneiden würdest, ich kann dir nicht mehr sagen.«

»Ich weiß, dass du jede Folter erduldest, ohne zu reden, aber ich weiß auch, dass du keinen Unschuldigen leiden sehen kannst.« Albert zwang Wally auf die Knie. »Vor allem will ich wissen, wo deine Tarnkleidung ist, mit der du dich unsichtbar machen kannst.«

»Diese Idee habe ich längst aufgegeben. Es gibt keine unsichtbar machende Tarnkleidung.«

»Ich weiß, dass du sie hast. Hör auf zu lügen.«

Albert schleppte Wally an den Haaren zu der Figur des Arjuna, neben dem sich Ganga befand. Zu Füßen der Wassergöttin befand sich eine Wasserschale. Albert tauchte den Kopf von Wally tief in die Wasserschale. Sie zappelte und schnappte nach Luft.

»Rede Bruno, sonst muss dieses Mädchen noch mehr leiden«, funkelte Albert seinen ehemaligen Partner an, der von Edda festgehalten wurde.

»Hilfe! Ich bekomme keine Luft mehr«, bäumte sich Wally auf, als ihr Gesicht zum zweiten Mal von Albert in das Wasser gesteckt wurde. »Aufhören! Ich kann nicht mehr!« Sie wehrte sich. Aber Albert war stärker.

»Lass das Mädchen in Ruhe. Du darfst ihr nichts tun. Sie hat mit der Sache nichts zu tun.«

»Sag mir, was ich wissen will, und das Mädchen braucht nicht mehr zu leiden. Es liegt nur an dir.«

»Wie kann man so ein fieses Stück Mensch sein?«, keuchte Bruno. »Gut, ich zeige dir die Tarnkleidung. Sie ist hier in der Nähe. Einen Schatz aber gibt es nicht mehr. Ist alles durch den Boden gebrochen und die schönsten Stücke habe ich an eine Stiftung gegeben.«

Edda blickte zu Albert.

»Gut, er soll uns die Tarnkleidung zeigen.«

Bruno ging, gehalten von Edda, schwankend auf die Wassergöttin zu. Dabei begann er wie verwirrt zu reden: »Ganga ist in der Mythologie der Hindus die Göttin des heiligen Flusses Ganges. Sie soll aus Vishnus Zehe stammen. Als die Erde unter der Asche der Toten zu versinken drohte, begann sie über die Erde zu fließen. Sie kann Lebewesen, die in ihrem Wasser baden, unsichtbar machen.«

Die Ganga-Figur hielt in ihren Händen eine große Muschel. Bruno holte aus dem offenen Mund der Ganga einen kleinen Schlüssel heraus. Damit schloss er die Muschel auf. Edda und Albert beobachteten ihn dabei misstrauisch. Edda stand dicht hinter ihm. Jederzeit bereit, Bruno wieder zu schnappen. Die obere Schale der Muschel klackte in die Höhe. Bruno langte hinein. Er wühlte mit den Händen suchend darin herum. Blitzschnell zog er den Tarnmantel heraus, der eigenartig schimmerte und nur teilweise zu sehen war, den Bruno aber zwischen seinen Fingern spürte. Dann trat er mit seinem rechten Fuß Albert ins Gesicht. Er war viel schneller und geschickter, als sein Zustand es vermuten ließ. Albert flog mit einem Schrei der Überraschung und des Schmerzes auf den Rücken. Edda griff ins Leere. Bruno, dessen Hände bis zum Ellenbogen nicht mehr sichtbar waren, warf das Tarnkleid über Wally. Gleichzeitig floh er zu dem Boot.

»Halt ihn auf! – Wo ist sie?« Alberts Worte verwirrten Edda. Sie folgte Bruno. Dieser sprang in das Boot und versuchte davon zu rudern. Edda sprang hinterher. Albert kniff seine Augen zusammen. Er sah das Mädchen nicht mehr. Er griff mit den Händen durch die Luft, wo er sie vermutete. Aber Wally hatte sich schon beiseite gerollt. Noch wusste sie nicht, dass sie für andere Menschen unsichtbar war. Aber als sie diesen grässlichen Zwerg mit den Fingern hilflos durch die Luft greifen sah, ahnte sie schon ihren Vorteil. Sie zog den Tarnmantel, den ihr Bruno umgeworfen hatte, eng an sich. Komischerweise fiel ihr jetzt ein, dass ihr Bruno erklärte hatte, er vermute, dass dieser Sternenstaub die herumwirbelnden Atome von Materien so anordnete, dass ein menschliches Auge genau durch die Zwischenräume der Atome blickte, wodurch der Unsichtbarkeits-Effekt entstand. Allerdings wirkte der Tarnmantel nur in einem Umkreis von höchstens fünfzig Zentimetern, meistens weniger. Und am besten in Verbindung mit der Körperwärme von Menschen. Das war ein Problem für große und dicke Menschen, hatte Bruno geschildert. Die wurden nicht ganz unsichtbar. Weil der Tarnmantel von allen Seiten wirkte, konnten Menschen mit einem Durchmesser von einem Meter problemlos unsichtbar werden. Wally schlich sich hinter die Statue des Flöten spielenden Krishna.

Bruno war aus dem Boot ins Wasser gesprungen. Dort war er abgetaucht. Edda war ihm hinterhergesprungen. Die aufgeworfenen Wellen zogen sich mondlichtglänzend durch die Grotte. Edda schwamm fluchend umher. Sie wartete darauf, dass Brunos Kopf auftauchte, um Luft zu holen. Dann wollte sie ihn packen. Doch Brunos Kopf tauchte nicht auf. Zumindest sah ihn Edda nicht auftauchen. Bruno war es geglückt, hinter die Äste zu gelangen, die ins

Wasser hingen. Von dort aus kroch er auf das flache Ufer der Insel.

Wally sah an sich herab. Sie sah nichts von sich, wie sonst. Keine Brust, keine Fußspitzen, keine Arme, keine Hände. Sie war nicht da. Ein komisches Gefühl durchlief sie. Als sie mit der rechten Hand nach ihrer linken Hand fasste, konnte sie sich aber spüren. Das beruhigte sie. Sie war also in irgendeiner Form noch existent. Am liebsten hätte sie den Tarnmantel abgenommen, derart merkwürdig war dieses Gefühl des Nichtvorhandenseins für sie. Aber sie sah Albert, der mit grimmigem Gesicht nach ihr suchte, der nichts Gutes mit ihr vorhatte. Er nahm das Wasserbecken vor der indischen Götterfigur hoch. Wally war nicht klar, was er damit wollte. Sie presste sich hinter die Skulptur. Hier fühlte sie sich sicher. Noch wusste sie mit ihrer Unsichtbarkeit nicht umzugehen. Außerdem war der Platz vor den Götterfiguren kiesig. Man konnte also ihre Schritte hören. Alberts knirschende Schritte näherten sich. Er schaute sich hastig um.

»Du musst keine Angst haben Mädchen, wir haben es nur auf Bruno abgesehen. Er ist ein Verbrecher. Man muss ihm die Tarnkleidung wegnehmen. Sie gehört nicht ihm. Sie gehört mir. Ich habe sie entwickelt. Er hat sie mir geraubt.«

Wally glaubte ihm kein Wort. Sie blieb still. Sie versuchte ihre Atemgeräusche zu unterdrücken, die ihr in der Stille zu laut vorkamen. Sie drückte eine Hand auf ihren Mund und ließ den Atem nur durch ihre Finger.

»Du bist ganz in der Nähe Mädchen, ich weiß es. Melde dich freiwillig, sonst werde ich böse. Sonst weiß ich nicht, was ich mit dir anstelle, wenn wir dich erwischen. Dann nehme ich keine Rücksicht mehr!«

Dann rief er nach Edda. Sie kam erfolglos aus dem See. Sie unterhielt sich leise mit Albert. Sie waren vielleicht drei Meter von Wally entfernt. Sie konnte das Weiß in den Augen der beiden Silhouetten sehen. Das Licht des Mondes nahm zu. Die beiden Figuren schälten sich dreidimensional vor Wally aus dem Dunkel. Sie bekam zittrige Knie. Sie hatte Angst, die beiden würden sie doch irgendwie sehen. Der Tarnmantel würde seine Kraft verlieren, oder sie bilde sich das Ganze nur ein, oder erwache bald aus einem komischen Traum.

Albert schüttete plötzlich das Wasserbecken in ihre Richtung aus. Der Wasserschwall platschte über Wally.

»Da ist sie, ich habe es mir gedacht«, rief Albert Edda zu. »Hol sie dir!«

Durch das Wasser war Wallys Kontur kurz zu erkennen gewesen. Sie ließ sich auf den Boden fallen als Edda auf sie zukam und rollte sich seitwärts von ihrem Platz weg. Edda kam zu spät. Sie griff ins Leere. Sie stampfte voller Wut mit dem Fuß auf: »Sie ist nicht hier!«

»Doch, sie ist hier. Ich habe sie gesehen!«

Albert brach einen Ast ab. Er stellte sich neben Edda und wedelte damit umher. Edda schlug mit den Füßen immer noch wütend über dem Boden durch die Luft und beinahe hätte sie Wally auch getroffen, die sich weiter zum Dschungelrand hin rollte. Nach dem Kies kam sie auf ein Stück Wiese, wo sie keine Geräusche mehr verursachte.

»Da! Das Gras!« Edda schaute in die Richtung von Alberts Zeigefinger. Unter Wallys Körper knickten die Spitzen der Grashalme ein oder bogen sich um. »Da läuft sie!«

Edda sprang wie eine Raubkatze zu der Stelle, wo sie Wally vermutete. Sie erwischte Wally an der linken Fußspitze.

»Ich habe sie!«

Doch Wally konnte den Fuß aus ihrem Schuh herausziehen. Dann stand sie auf und lief in den Dschungel, der sich vor ihr auftat. Der zuerst breite Weg wurde nach einigen Metern zu einem schmalen Pfad. Zweige mit ihren Blättern hingen in den Weg.

»Verdammt, sie ist entkommen!« Albert nahm Wallys Schuh aus der Hand von Edda und warf ihn wütend fort. »Dort! Siehst du die Blätter? Sie bewegen sich noch! Sie ist dort in das Gehölz gelaufen. Das war keine gute Idee von ihr. Wir werden sie bald haben.« Albert schickte ein siegesfrohes Grinsen über sein Gesicht.

»Sie ist gut«, murmelte Edda.

»Wo ist Bruno?«, fragte Albert.

»Vielleicht ertrunken? Er ist getaucht und dann habe ich ihn nicht mehr gesehen.«

»Vielleicht. Vielleicht auch nicht. Was machen wir jetzt? Zuerst müssen wird dieses Mädchen fangen. Dann Bruno. Am liebsten würde ich diesen Wald hier anzünden, dann käme sie schnell heraus«, sagte Albert zu Edda. »Aber das Zeug ist zu Grün. Es raucht höchstens.« Albert langte sich an die Stirn. »Es raucht, genau das ist es. Wir räuchern sie aus. Hast du ein Feuerzeug?«

Edda schüttelte den Kopf.

»Ich auch nicht. Teufel! Wir müssen an den Zweigen und Blättern beobachten, wo sie läuft. Sie kann nicht weit sein.«

Wally war nur zehn Meter von den beiden entfernt. Sie konnte nicht weiter. Sie wäre an den Zweigen und Blättern angestoßen, die sich dann verräterisch bewegt hätten. So unsichtbar ist man gar nicht, wenn man unsichtbar ist, dachte sie sich. Bei Regen würden man wahrscheinlich ihre Körperform erkennen. Bei Rauch und Nebel auch. Würde sie in der Sonne einen Schatten werfen? Vor allem die Geräusche waren verräterisch. Nie hatte sie eigene Geräusche lauter gehört wie als Unsichtbare. Jetzt konnte sie erahnen, wie deutlich Blinde Geräusche aufnahmen.

Edda und Albert kamen langsam auf sie zu. Sie würden bald auf sie stoßen. Wo war Bruno? Obwohl der Mond kaum durch dieses dichte Blätterdach schien, kam es Wally immer heller vor. Ihre Augen hatten sich an die Dunkelheit gewöhnt. Links von sich sah sie die wild wuchernden Wurzeln eines Baumes, die sich wie eine Horde von Riesenschlangen um den Baumstamm und durch die Luft wanden. Rechts war ein Baum, der mit vielen Ästen, die bis zum Boden reichten, zum Hochklettern einlud. Die großen Wurzeln linkerhand bildeten eine Röhre, durch die Wally schnell entschlossen kroch. Die Wurzeln waren mit Moos bewachsen. Es dämpfte jedes Geräusch, das von Wally verursacht wurde. Die Wurzelröhre war so eng, dass Wally sich nicht umdrehen konnte, um zu sehen, was Albert und Edda taten. Die beiden standen jetzt an der Stelle, wo Wally die großen Wurzeln erblickt hatte.

»Entweder ist sie durch die Wurzeln, oder, sie ist auf den Baum geklettert«, sagte Albert zu Edda. Beiden fächelten mit Zweigen am Boden herum, damit sie Wally entdeckten, falls sie sich an den Wegrand gelegt hatte. »Wir müssen uns trennen. Du kletterst auf den Baum und suchst sie. Ich gehe durch die Wurzelröhre. Sie kann nur einen dieser Wege gegangen sein. Vor uns hat sich kein Blatt bewegt. Wer sie zuerst sieht, der ruft.«

Nach der Wurzelröhre, durch die sich Wally mühsam gezwängt hatte, lag vor ihr ein riesiger Baum. Sie balancierte auf diesem vorsichtig weiter. Neben dem Baum wuchsen unbekannte Pflanzen. Die Vögel hatten sich an Wally gewöhnt. Sie saßen irgendwo in den Ästen und sangen ihre mysteriösen Lieder. Der liegende Baum war über fünfzig Meter lang. Wally hielt sich manchmal an den Ästen fest, um auf ihm weiterzukommen. Manchmal glitt sie mit dem Fuß, an dem sie noch einen Schuh hatte, auf der nassen Baumrinde aus. Sie zog diesen Schuh aus und legte ihn vorsichtig zwischen die Bäume. Sie vertraute auf Brunos Worte, die von ungefährlichen Tieren erzählt hatten. Als sie kurz innehielt, hörte sie jemanden stoßweise atmen. Es klang aber nur nach einem Menschen.

Wo war der zweite Verfolger. Würde er ihr entgegenkommen?

Wally ging rasch weiter. Über den Baum, auf dem sie balancierte, waren andere Bäume gefallen. Wie bei einem Mikado, das von Titanen gespielt wurde. Als Wally auf einen anderen Baum wechseln wollte, blieb sie mit ihrem Tarnmantel an einem Ast hängen. Sie brauchte eine Weile, bis sie ihn wieder von der Spitze eines verkrüppelten Astes lösen konnte. Der Atem des Verfolgers kam näher. Sie konnte ihn aber nicht sehen. Wally schwang sich auf einen Baum, der besonders dicht mit Ästen bewachsen war, die vertrocknet ohne Laub vom Baum abstanden. Sie balancierte weiter. Sie hörte am Atem des Verfolgers, dass dieser auf dem vorherigen Baum weiterlief. Wally entspannte sich kurz. Sie lehnte mit dem Rücken in der Gabel eines großen Astes. Dann lief sie weiter. Wechselte wieder auf einen anderen Baum, der am Waldboden lag. Dann gönnte sie sich eine Pause. Sie überlegte.

Wie komme ich hier wieder raus?, dachte sie. Sie griff nach ihrem Handy.

Sie blickte auf das Display. Die Batterien waren fast leer. Aber es zeigte auch an, dass sie ein Netz hatte. Sie traute sich nicht, in das Handy zu reden. Sie tippte eine SMS ein: »Ich bin in einem unterirdischen Garten, neben Brunos geheimer Werkstatt … werde von gefährlichen Menschen verfolgt … habe Angst um mein Leben … Hilfe!«

Diese SMS schickte sie an Taka und den Kommissar. Dann waren die Batterien ihres Handys endgültig leer. Wally ruhte sich aus. Gleichzeitig tankte sie Kraft. Ihr geräuschloser Slalomlauf zwischen den Ästen war anstrengend. Ihre Fußsohlen waren inzwischen von einer glitschigen Schicht der feuchten Baumrinden überzogen. Sie versuchte, sie an den Hosenbeinen abzuwischen. Dann ging sie langsam weiter. Sie kam an den Rand des Waldes. Dort blieb sie hinter dem Laub, das sie von einer Lichtung trennte. Ein surrealer Anblick erwartete sie. In der Mitte der Lichtung war ein kreisrunder Sockel, auf dem vier Gestalten standen. Wally rieb sich die Augen. Die drei Gestalten wurden von versteckten Scheinwerfern angestrahlt.

Wally erkannte sie.

Es waren König Ludwig II., Friedrich Nietzsche und Cosima Wagner, die Richard Wagner ihre Hand reichte und zu ihm aufblickte.

Was hatte das zu bedeuten?

Ein Tier, das ein nasses Fell hatte, lief zu den steinernen Gestalten. Walle erkannte es. Das war Leonardo, Brunos Katze. Warum lief sie die sieben Stufen an dem Sockel hoch? Was zog sie an? Der Platz um den Sockel mit der Treppe war gepflastert. Wenn sie dort bei den Figuren war, unsichtbar, dann konnte sie jeden sehen, der auf diesen Platz kam.

Soll ich es riskieren?, fragte sich Wally.

Was habe ich davon?

Leonardo war auf dem Sockel angekommen, wo die Füße von Richard und Cosima Wagner, König Ludwig II. und Nietzsche den Boden berührten.

Komisch, er reibt sich in oder an der Luft an irgendwas. Als wäre da ein Stück Glas. Irgendwas Unsichtbares, an dem er seinen Körper hin- und herschob. Dann rollte sich Leonardo auf den Rücken und streckte alle Viere von sich. Er begann behaglich zu schnurren, als würde ihn jemand kraulen. Aber es war niemand zu sehen.

Schüsse fielen.

Albert hatte eine Pistole in der Hand.

Er trat aus dem Wald. Wally sah ihn auf die Figuren zulaufen. Eine Kugel traf Leonardo. Der Katzenkörper wurde gegen die Füße der Nietzsche-Figur geschleudert.

»Nein!«

Aus dem Nichts war Brunos Stimme zu hören. Aus dem gleichen Nichts schob sich der Lauf eines Gewehres. Sein Lauf schwebte zwischen dem König und dem Komponisten. Der Lauf, der in der Luft endete, keinen Griff zu besitzen schien, richtete sich auf Albert. Dieser warf sich auf den Boden, als Mündungsfeuer aus dem Lauf des Gewehres kam.

»Leg das Gerät weg, Bruno, sonst knall ich dich ab!«, rief Albert vom Boden aus.

Er richtete seine Pistole auf das schwebende Gewehr, das von einem unsichtbaren Bruno gehalten wurde. Er schoss. Aber er traf nicht. Dann war seine Pistole leer.

»Ich habe noch nie auf jemanden geschossen, aber jetzt ist es nötig«, kam Brunos Stimme hinter dem Gewehrlauf hervor.

Er konnte nicht sehen, dass Edda aus dem Wald kam.

Sie näherte sich im Rücken von Bruno den Figuren auf dem Sockel. Sie warf eine Handgranate. Diese explodierte. Cosima Wagner wurde der Kopf abgerissen. Friedrich Nietzsche brach auseinander. Richard Wagners Kopf rollte zu dem von Cosima. Die Füße des Königs wurden in unzählige Scherben zerlegt. Die Heizungssteuerung, deren Regler im Sockel der Figuren versteckt war, wurden zerstört. Es zischte und brüllte. Heißer Wasserdampf trat in starken Dampfstrahlen aus. Ein tobender Drache, der gefesselt war, schien freigeworden zu sein.

Bruno wurde von den herumfliegenden Fetzen der Figuren getroffen. Der heiße Dampf verbrannte seine Haut. Sein Tarnmantel wurde vernichtet. Sein Körper wurde wieder sichtbar, zumindest das, was von ihm übrig geblieben war.

Wally war entsetzt. Sie traute ihren Augen nicht, die gerade ein Inferno erblickt hatten. Jetzt wusste sie, zu welchen Gewaltexzessen diese beiden Menschen fähig waren, die sie verfolgten. Am liebsten wäre sie zu Bruno hingegangen, um irgendwie zu helfen, obwohl sie wusste, dass ihm nicht mehr zu helfen war.

»Verdammt, seine Tarnkleidung ist zerstört«, kommentierte Albert das grässliche Geschehen.

»Es ging nicht anders. Sonst hätte er dich erschossen«, erwiderte Edda.

»Ist mir schon klar. Jetzt brauchen wir unbedingt das Mädchen.«

»Sie ist sehr schlau und geschickt.«

»Wir erwischen sie. Wir räuchern sie aus.«

Aus der Ölheizung, der Wärmeanlage, die für die Temperatur des Dschungels zuständig gewesen war, loderte eine große Flamme. Albert hielt einen trockenen Zweig an diese Flamme. Als er brannte, ging er zum Waldrand und zündete dort trockenes Holz an, das herumlag. Schnell fraß sich das Feuer in den Wald, wo umgefallene Stämme herumlagen. Aus dem feuchten Holz und dem Laub entwickelte sich Rauch, der nicht wusste, wo er hinsollte, da kein Wind existierte. Wally merkte, dass der Rauch und das Feuer auch auf sie zukamen. Es lag viel abgestorbenes Holz in ihrer Nähe. Entweder ging sie wieder tiefer in den Wald hinein, oder sie ging auf den Platz mit den zerstörten Figuren, dem toten Bruno und dem toten Leonardo. Davor schreckte sie zurück. Sie beschloss, durch den Wald zum Kahn zurückzugehen. Mit ihm wollte sie die Tür aus der Höhle erreichen, damit sie vor diesen beiden Killern fliehen konnte.

Sie achtete nicht auf ihren Weg. Es war ihr auch egal, ob Zweige und Laub durch sie bewegt wurden. Die Vögel, die durch die Schüsse und Explosion geschwiegen hatten, erhoben nun aufgeregt ihre Stimmen. Wally sah die bunten Papageien und Kolibris durcheinander fliegen. Sie schienen zu spüren, dass ihr künstliches Paradies dem Untergang geweiht war.

Wally zwängte sich durch die Bäume und deren Wurzeln, die weit über dem Boden wuchsen und Stolperfallen waren. Am liebsten hätte sie den Tarnmantel, der sie beim Laufen behinderte, von sich geworfen. Doch sie benötigte sie ihn noch. Zumindest, bis sie den beiden Mordmaschinen wirklich entkommen war.

Wally kam wieder zu den Wurzeln, die eine Röhre bildeten. Diesmal suchte sie einen anderen Weg, damit sie schnell auf den Pfad kam, der zum Ufer des Sees führte, wo das Ruderboot lag. Ihre Augen hatten sich derart an die Dunkelheit gewöhnt, dass ihr das Mondlicht eine Sicht von rund hundert Metern erlaubte. Sie stand wieder dort, wo sich der Pfad in den Dschungel so verengte, dass sich die Zweige an den Seiten des Pfades ineinander schoben. Wally erstarrte. Am Ruderboot bewegten sich menschliche Gestalten.

Sie waren schneller, was mache ich nur, dachte sie.

Sie zog den Tarnmantel zusammen und ging zu dem Kahn. Das Feuer im Wald prasselte. Wally musste nicht mehr auf die von ihr verursachen Geräusche achten.

Sie werden nicht mit dem Boot flüchten. Sie wollen schließlich mich und meinen Tarnmantel haben, dachte sich Walls.

Sie zuckte zusammen. Ihre Hand piepte. Sie sah nach. Auf dem Display war eine SMS zu lesen: »Wir kommen!« Abgesandt geworden war die Meldung vor einer halben Stunde. Sie steckte das Handy ein und ging einige Schritte weiter. Diese Nachricht hatte ihr Mut geschenkt. Sie traute sich nun mehr zu. Sie sah die zwei dunklen Silhouetten, die sich scharf wie Scherenschnitte gegen das Wasser des Sees abzeichneten. Sie kannte diese Umrisse. Das waren die beiden, die Bruno und seine Katze auf dem Gewissen hatten. Dann sah sie noch drei weitere menschliche Umrisse.

»Vorsicht! Die beiden sind Verbrecher, Mörder!«, drangen die Worte laut aus Wallys Mund.

Taka, Charon und Yui, die durch das Wasser zu der Insel geschwommen waren, waren gewarnt. Während sich Charon und Yui vom Kahn ein Ruder schnappten, zog Taka sein Samurai-Schwert.

Edda zog ihr schneidendes Seil aus dem Gürtel. Albert war hinter ihrem Rücken. Charon und Yui hielten die Ruder wie die Hussiten ihre Lanzen. Die beste Methode für Fußvolk gegen gepanzerte Reiter und ihre Pferde vorzugehen. Taka stand mit seinem Schwert zwischen Yui und Charon.

Edda begann, ihren scharfen Draht zu schwingen. Aber sie sah sich vor, dass sich dieser nicht um die Ruder wickelte. Sie wollte damit die Füße des unerschrockenen Trios verletzen. Der Draht pfiff durch die Luft. Aus dem Wald drang immer stärker der Rauch.

Wally schlich sich an Edda und Albert heran. Sie wollte irgendwie eingreifen, damit die beiden überwältigt werden konnten. Albert sah Wally kommen. Der Rauch verriet sie. Durch ihn war der Umriss ihrer Gestalt zu sehen. Er stürzte sich wieselflink auf sie. Er bekam Wally zu fassen.

»Hab ich dich endlich«, keuchte er. Albert kniete sich auf Wally. Seine Hände zerrten an dem Tarnmantel. Aber er konnte ihn nicht von ihr herunterreißen. Sie lag mit dem Rücken auf dem Tarnmantel. Charon, Yui und Taka schauten verblüfft zu dem kleinen Mann, der mit einem unsichtbaren Wesen kämpfte. Wally verbiss sich einen Hilfe-Ruf. Diese große Frau war zu gefährlich. Wally wollte ihre Freunde nicht ablenken. Der Kampf sah nach Leben und Tod aus. Das hatte Wally nicht gewollt, dass ihre Freunde um ihr eigenes Leben bangen mussten. Das Trio ließ sich aber von Edda nicht einschüchtern. Sie gingen langsam gegen sie vor. Der singende Draht wickelte sich um die Ruder von Yui und Charon. Taka sah seine Chance. Er hielt die Spitze des Schwertes an Eddas Brust.

»Ergeben sie sich, Hände nach oben!«, forderte Taka Edda auf.

Diese wich zurück und stolperte dabei über Albert. Taka hob drohend sein Schwert. In seinen Augen war die kämpferische Kälte eines Samurais zu erkennen. Bewirkt vom Blut seiner Ahnen. Bei dem Durcheinander rollte Wally aus dem Tarnmantel. Albert bemerkte das. Ohne Wallys Körpertemperatur schimmerte der Tarnmantel aus dem Nichts hervor. Albert griff danach. Edda holte sich aus dem Waldrand einen brennenden Ast. Damit ging sie auf Wallys Freunde los. Die wichen aber nicht zurück. Albert legte sich den Tarnmantel um und verschwand. Wally versuchte, ihn an den Füßen zu packen. Das gelang ihr auch. Er fiel hin. Doch er kam wieder frei. Eine Rauchwolke zeigte seine Konturen. Er eilte zu dem Kahn, schob ihn ins Wasser, sprang hinein. Charon, Yui und Taka blickten verdutzt zu dem Boot, das scheinbar leer auf das Wasser hinausglitt.

»Er flüchtet mit dem Tarnmantel, er ist unsichtbar«, rief Wally.

Edda warf den brennenden Ast auf das Trio. Dann sprang sie in das Wasser und schwamm dem Kahn hinterher. Sie erreichte ihn und schob ihn vor sich her. Hin zu der Tür mit den Elefantenzähnen. Diese öffnete sich. Edda eilte nach Albert hindurch, der nicht zu sehen war.

»Was ist hier los? Was wollten die von dir?« Yui, Taka und Charon umringten Wally, die sich entkräftet an Taka lehnte.

»Ihr habt mich gerettet. Bruno haben sie schon getötet.«

»Wieso?«

»Wegen des Tarnmantels. Damit wird man unsichtbar. Eine Erfindung Brunos. Die wollten sie.«

»Sie werden nicht weit kommen. Wir informieren Kommissar Dolling. Der ist bei dem brennenden Schloss.«

Aus dem Urwald leckten schon die Flammen. Der Rauch füllte die Höhle.

»Wir müssen weg, bevor wir hier ersticken«, warnte Yui.

Sie schwammen zu der Tür.

Als der Knabe begann sich des verwegenen Fluges zu freuen und gereizt von der Begierde des Himmels, höhere Bahn sich erkor, da erweichte die Hitze der Sonne das duftende Wachs, das der Fittiche Federn gefüget.

Ovid

41. Kapitel

Im zuckenden Licht der Flammen, die aus dem Schloss züngelten, konnte Albert den weißen Flugdrachen sehen. Er stand an der Abflugrampe bereit. Albert war schwer atmend auf der Spitze des Tegelberges angekommen. Seine Flucht war gesichert. Alles bestens organisiert. Er konnte sich auf seinen Mann verlassen. Albert ging zu dem weißen Fluggerät. Dieser war an einem Haken befestigt, der in den Fels geschlagen war. Damit ihn kein Wind leer davontragen konnte. Der dunkle Rauch, der auch zum Alpsee hinuntergetrieben wurde, schreckte dort einige Schwäne auf, die aufgeregt davonflogen. Ihre weiten Flügel trugen sie als flatternder Schwarm zum Tegelberg und darüber hinweg. Bis auf einen Schwan, dessen Flug immer mehr in Torkeln überging. Ein paar Meter vor Albert stürzte der weiße Vogel auf den felsigen Boden und bewegte sich nur schleppend, was sehr jämmerlich wirkte. Ein dunkler Splitter hatte sich durch eine der Explosionen im Schloss in seine weiße Federnbrust gebohrt.

Der lange Hals des Schwans zuckte. Albert blickte ihn angewidert an.

Klack!

Um Alberts Ferse an seinem linken Bein schloss sich eine Fuchsfalle mit den spitzen Metallzähnen. Höllischer Schmerz fuhr durch sein Bein. Er musste sich hinknien. Seine Finger konnten die Falle nicht lösen.

»Welcher Hohn. Kurz vor der Flucht! Egal, wer dahinter steckte, gnade ihm Gott!« Er sprach mit sich selbst.

Er kniete gefangen ein paar Meter vor dem Drachen, der ihn davontragen sollte. Von der Kuppe des Tegelberges über den Forggensee und weiter. Er hatte noch ein zweites Hotelzimmer gemietet, von dem Edda nichts wusste. Je mehr Albert an der Falle rüttelte, desto tiefer bissen die Zähne in seine Fleisch. Albert stöhnte vor Schmerz. Er traute seine Augen nicht, als er sah, dass sich der verletzte Schwan erhob und auf ihn zutorkelte. Das Tier hackte mit seinem Schnabel auf Albert ein, dem es nicht gelang mit seinen herumfuchtelnden Armen den Angreifer zu stoppen oder zu vertreiben. Aus seinem langen Strumpf am linken Bein zog Albert die kleine Damenpistole, die er dort für eine Notsituation gebunkert hatte. Er schoss auf den tollwütigen Schwan und traf ihn mit einer Kugel. Jedoch hackte ihm dabei das tödlich verwundete Tier die Pistole aus der Hand, die auf einem glatten schrägen Felsen hinunterrutschte über die Kante des Berges in die Tiefe fiel.

Edda erreicht einige Minuten nach Albert den Gipfel des Tegelbergs. Die Schüsse, die sie gehört hatte, beschleunigten ihren Schritt. Sie kannte das Stöhnen, das sie hörte. Sie sah Albert neben dem toten Schwan und dem weißen Flugdrachen liegen.

»Wer hat hier geschossen?«

»Ich. Dieser blöde Schwan hat mich angegriffen.«

Edda sah den toten Schwan an, um den herum blutige Federn lagen. Schwäne waren für sie und ihre Vorfahren heilige Tiere. Sie hatte als Kind einen Schwan, der keine Mutter mehr hatte, große gezogen. Wer einen Schwan tötete, wurde ausgestoßen und verbannt. Sie überlegte, wo sich die Pistole von Albert befinden konnte.

»Steh nicht rum. Was glotzt du so? Was interessiert dich das blöde Tier. Mach mich frei, schnell!«

»Wo ist die Pistole?«

»Weg! Da runtergerutscht, auch wegen dem blöden Vieh«, zeigte Albert voller Wut über sein Versagen auf die Felsenkante über die die Pistole in den Abgrund gefallen war.

»Du wolltest mich opfern, damit sie dich nicht erwischen. Ich werde dir nicht helfen. Ich werde mit dem Drachen davonfliegen, den du sicher für deine Flucht vorbereitet hast. Albert denkt doch an alles«, sagte sie mit scharfer Stimme zu ihm.

»Ich wollte, dass du unsere Verfolger ablenkst. Es musste so ausschauen, als würde ich dich opfern. Aber ich wusste ja, dass sie dich nicht erwischen würden. Deswegen habe ich hier auf dich gewartet.«

»Du konntest schließlich nicht anders. Ich glaube dir nicht.«

»Dieser Flugdrachen ist für zwei Personen geeignet. Wieso sollte ich sonst einen Drachen hierher bringen lassen, der für zwei Personen geeignet ist?«

Edda war verunsichert. Seine Stimme klang nach Wahrheit. Es war die Stimme, die sie immer überzeugt hatte. Albert ist zu allem fähig, dachte sie sich. Habe ich mich nicht als sein Eigentum bezeichnet, damals, als er mich gerettet hat? Dann kann er auch mit mir machen, was er will. Jetzt muss er mit mir und dem Drachen fliehen. Er ist am Bein verletzt. Er braucht mich! Albert und Edda hörten Pferdehufe. Das Pferd lief vorsichtig. Es suchte mit seinen Hufen nach einem festen Halt, bevor es weiterlief. Auf dem Rücken des fleckigen Schimmels, der vor Albert und Edda auftauchte, saß Joe. Er hatte ein überlegenes Grinsen im Gesicht. Unter seinen linken Arm hatte er eine Flinte geklemmt.

»Kann ich helfen? Weiß sie es schon, dass du dich alleine aus dem Staub machen wolltest?«

»Was redest du?«, fuhr ihn Albert an. »Mach mich los! Sofort! Hörst du? Wer hat dieses Fangeisen ausgelegt?«

»Ich natürlich«, sagte Joe. »Ich wollte nicht, dass ein Fremder den Drachen benützt, der für deine Flucht reserviert war.«

»Es tut furchtbar weh, mach das Ding sofort auf, ich befehle es dir.«

»In deiner Lage hast du nichts mehr zu befehlen. Diesmal habe ich das Spiel gewonnen. Deins ist für immer aus. Ich wusste, dass du sogar Edda im Stich lassen würdest.«

»Bist du wahnsinnig geworden? Befreie sofort meinen Fuß aus diesem Ding, sonst …«

»Sonst? Was sonst? Du bist nicht in der Lage mir zu drohen.«

»Edda, dieser Mann ist ein Verräter, er will mir ans Leben. Schnapp ihn dir!« Alberts Stimme versuchte den Befehlston anzunehmen, der jeden Ungehorsam ausschloss.

»Das stimmt, ich bin ein Verräter. Ich verrate Edda jetzt die ganze Wahrheit. Ja, ich war es, der mit Schmelzing den Überfall im Kessel machte und den Nietzsche-Code raubte, den ich aber auch an die Guglmänner weiterverkaufte.

Aber eigentlich habe ich nur für Edda, für mich und für Sigurd gearbeitet.«

Als Joe die Tarnkappe hochhob, kam ein blonder vierjähriger Knabe zum Vorschein. Er saß zwischen Joe und dem Hals des Pferdes eingeklemmt.

»Das ist Sigurd, der Sohn von Edda. Und mir.«

»Ihr seid alle verrückt!« Albert rüttelte an dem Fangeisen an seiner Ferse. Ein Schmerz durchfuhr ihn, von der Ferse her, der ihm jede weitere Bewegung verbot.

»Ich dachte, ich dachte, Sigurd sei tot, in einen Gletscher gefallen?« Edda brachte die Worte nur stockend hervor.

Sie ging zu dem Pferd. Sie wollte den Knaben näher betrachten. Es war nicht zu leugnen, er sah ihr ähnlich. Das hohe Gesicht, die Augen, die kantigen Wagen. Er sah ihr sehr ähnlich. Sie hatte ihn das letzte Mal gesehen, als er eineinhalb Jahre alt war.

»Ihr habt mich betrogen. Ich werde euch bestrafen. Ihr habt nur eine Chance. Ihr öffnet das Eisen und lasst mir den Drachen. Sonst ...«, keuchte Albert.

Es gelang ihm, sich stöhnend und fluchend aufzusetzen.

Edda berührte ihren Sohn. Seinen Fuß, seine Hand.

»Er ist es«, sagte Joe. »Er sollte ohne Gefahr aufwachsen. Ich wollte nicht, dass Albert etwas von ihm erfuhr. Entschuldige! Jetzt können wir ohne ihn neu beginnen.«

»Ich verfluche euch, ich verfluche euch!« Albert streckte seine rechte Hand aus und zeigte mit den ausgestreckten Fingern seiner rechten Hand auf Joe. Mit dem Zeigefinger seiner linken Hand drückte er auf den unteren Teil des Ringes am Mittelfinger seiner rechten Hand. Der dicke, klobige Siegelring mit dem Drachenkopf öffnete sich oben. Der Stein mit dem eingravierten Drachenkopf kippte nach hinten. Ein kleines Rohr fuhr durch einen feinen Mechanismus senkrecht hoch, zog sich drei Zentimeter in die Länge wie die Teleskopantenne eines Radios. Das ging alles unglaublich schnell. Das Teleskoprohr aus dem Siegelring senkte sich vorne, ging hinten hoch, nahm eine waagrechte Lage ein und zeigte auf den Oberkörper von Joe. Albert drückte ein zweites Mal auf den unteren Teil des Ringes.

Jetzt hätte Bruno sehen können, warum es besser war, Waffen zu erfinden und zu bauen. Statt irgendwelcher kunterbunten Vergnügungsgeräten wie Ballonseilbahnen, schoss es Albert durch den Kopf.

Daran war auch ihre Partnerschaft damals kaputtgegangen. Albert wollte die Tarnkappe auch an das Militär verkaufen. Bruno wollte sie nur für humanitäre Zwecke einsetzen, was niemals das große Geld gebracht hätte. Und sie wären niemals in die Machtzentren dieser Welt eingedrungen. Vorbei an jedem Wachposten. Schon mit einer kleinen Truppe, die mit Tarnkappen ausgerüstet ist, hätte jedes Land übernommen werden können.

Joes Flinte richtete sich auf Albert. Er hatte instinktiv erraten, was Albert vorhatte. Edda sah in die Augen ihres Sohnes. Sie hatte alles um sich herum vergessen.

»Er wollte mit dem Nibelungen-Schatz an die Macht. Tod und Vernichtung, das waren seine einzigen Ziele. Mein Ziel ist es, solche Typen von der Welt zu entfernen«, sagte Joe mit gepresster ruhiger Stimme und zog langsam den Abzug seiner Flinte durch. »Dazu noch die Tarnkappe in seinem Besitz, dann hätte er in seinem Größenwahn versucht, die ganze Welt zu unterdrücken.«

Es war Zufall, dass die Schrotkörner aus Joes Flinte nicht auf die Giftkugel aus Alberts Ring auf halber Strecke trafen. Sie drückten gleichzeitig ab. Albert wurde von den Schrotkugeln getroffen. Sein sitzender Körper fiel um. Joe wurde von der Giftkugel im Gesicht getroffen. Sie zerplatzte beim Aufprall auf sein Gesicht. Zerfressende Säure gelangte in die Augen von Joe. Vor Schmerz aufbrüllend fiel er vom scheuenden Pferd. Mit der Tarnkappe in der Hand stürzte er auf den felsigen Boden des Tegelberges. Sein Körper verschwand teilweise unter der Tarnkappe, die er festhielt.

»Mama! Hilfe!«

Joe hatte Sigurd erzählt, dass er auf dem Berg seine Mutter treffen würde. Edda lief hinter dem Pferd und ihrem Sohn her, der sich am Hals des fliehenden Tieres festhielt. Nach einigen Metern hielt das Pferd mit dem Kind an. Sie hörte Joe voller Schmerzen brüllen. Die Säure zerfraß unaufhaltsam sein Gesicht und seine Augen. Sie musste ihm helfen. Sie hatte beobachtet, dass Sigurd gut reiten konnte. Das Pferd bekam von ihr einen starken Schlag mit der flachen Hand und trabte den Weg hinunter. Sie würde ihren Sohn später suchen. Bevor sich Edda Joe nähern konnte, rollte sein Körper den Abhang hinunter. Sie kletterte ihm nach. Nach ein paar Minuten kam sie mit versteinerter Miene zurück.

»Er ist tot. Genau wie der Schwan. Du hast sie getötet. Ich hasse dich!«

Edda sah Albert verächtlich von oben an. Sie hatte Joe zwischen zwei Baumstämmen hängend gefunden. Er hatte sich nicht mehr gerührt. Die Säure hatte den Kopf in eine unförmige Masse verwandelt. »Das wirst du mir büßen!« Sie wusste, warum Joes Blei ihn getroffen, aber nicht getötet hatte. Edda hatte ihn am Morgen geholfen, sich mit dem Drachenblut einzureiben und die dünnen Stahlscheiben auf die Haut seines Oberkörpers zu kleben.

»Er hätte dich auch getötet, überleg doch mal, er war ein Verräter, es ist nicht schade um ihn. Wir beide müssen zusammenhalten. Ich habe nicht gewusst, dass du ein Kind hast. Du kannst es behalten.«

»Dankeschön, dass du mir gestattetest, mein Kind zu behalten. Du hast mich nie als Frau geschätzt. Selbst wenn Joe einen schlechten Charakter hatte, sich mit allen Seiten einließ, immer ein Zocker blieb, dann war er doch ein Mann, der sich für mich als Frau interessierte. Du hast mich doch nur als Mördermaschine benutzt.«

»Das stimmt nicht. Ich wollte dich als Frau nicht missbrauchen. Du warst meine gleich berechtigte Partnerin, die …«

Edda hörte ihm nicht mehr zu. Sie ging den Weg hinunter, den das Pferd mit ihrem Sohne genommen hatte. Langsam verschwand sie aus dem Blickfeld von Albert, der verzweifelt nach ihr rief, ihr drohte, ihr Versprechungen machte. Sie erinnerte sich an diese Walfischmutter, die verzweifelt ihr Junges beschützen wollte. Damals, als schon eine Harpune tief in ihrem Leib steckte. Sie schwamm im Wasser verzweifelt und beschützend um ihr Kind, das allein in den blutigen Wellen zurückblieb, als man ihre Mutter aufs Boot zog, um sie dort in Stücke zu zerlegen. In der Nacht nach dieser Waljagd hatte Edda in ihrer Kabine zum ersten Mal in ihrem Leben weinen müssen.

Wer nur einigermaßen zur Freiheit der Vernunft gekommen ist, kann sich auf Erden nicht anders fühlen denn als Wanderer.

Friedrich Nietzsche

42. Kapitel

Als Edda sich die letzten Tränen aus den Augen gewischt hatte und zu der Stelle zurückkam, wo Albert in die Falle geraten war, sah sie von oben zuerst wieder auf das Feuer, welches das Schloss niederbrannte. Die Flammen waren noch nicht kleiner geworden. Der Rauch sogar noch dunkler. Die Blaulichter der Feuerwehren hatten sich vermehrt. Durch die aufgestellten Flutscheinwerfer war die Rauchsäule über dem Schloss zu sehen. Auch die Wasserstrahlen, die aus vielen Schläuchen in das Feuer, das aus dem Dach und den Fenstern des Schlosses drang, gerichtet wurden. Auf dem Tegelberg waren Geräuschfetzen und Rufe zu hören, die von den Leuten kamen, die das Schloss retten wollten.

Edda stutzte.

Die Falle, in der Albert gefangen gewesen war, lag offen neben dem weißen Flugdrachen. An ihr hingen blutige Stofffetzen. Warum war der Drache noch hier? Wieso war Albert nicht geflohen, wenn er sich aus der Falle befreit hatte? Oder hatten ihn andere befreit und mitgenommen? Verhaftet? Edda fuhr herum. Sie spürte Albert. Hinter sich. Sie drehte sich schnell um. Sie sah ihn nicht. Sie war sich ihrer Sinne nicht mehr sicher. Zu viel war in den letzten Stunden passiert. Ihre Gedanken waren bei ihrem Sohn. Sie wollte bald bei ihm sein. Sie wollte nur noch Albert ausschalten. Sie rechnete damit, dass er sich an ihrem Sohn rächen wollte. Er wusste, dass ihr das weitaus mehr wehtun würde als alles andere. Albert würde ihr nie verzeihen, dass sie hinter seinem Rücken eine Beziehung mit Joe angefangen hatte. Mit einem windigen Spion. Einer schmutzigen Ratte, die für ein paar Silberlinge jede und jeden skrupellos verriet. Sie war in Joes Kutsche gesessen, als sie zum ersten Mal – im Auftrag von Albert - das Schloss Neuschwanstein besuchte. Und irgendwie ist es passiert. Er hatte in ihr die Frau geweckt. Sie war schwanger geworden. Albert hatte nichts bemerkt. Ihr mächtiger Körper hatte davon auch nicht viel verraten. Sie hatte das Kind auf die Welt gebracht. Im Osten. Anonym. Joe wollte das Kind großziehen. Auf seinem Gestüt. Er besorgte sich einen falschen Taufschein für Sigurd. Mit einer Mutter aus dem Osten, die bei einer Geburt verstorben war. Und eines Tages hatte er Edda mitgeteilt, dass ihr Sohn in einen Gletscher gefallen war. Seine Leiche sei nicht gefunden worden.

Edda ging zu dem offenen Fangeisen. Sie sah, dass ein Halterungsdraht durchgesägt worden war. Von wem? Wo war Albert? Sie hatte den toten Schwan neben den Flugdrachen gelegt. Was sollte sie nun machen? Sie sah aus ihren Augenwinkeln eine Gefahr. Über ihr schwebte ein scharfkantiger kinderkopfgroßer Stein. Sie warf sich auf die Seite. Der Stein traf neben ihr auf einen Felsen, hüpfte den Abhang hinunter. Jetzt wusste sie, dass Albert bei ihr war. Sie griff suchend in die Luft und drehte sich dabei um ihren Körper. Sie erwischte Albert nicht, der Joes Tarnkappe trug. Nachdem Edda verschwunden war, hatte Albert sich aus dem Fangeisen befreit. Aus seiner Armbanduhr, einem technischen Wunderwerk, einer Erfindung von Bruno, spreizte sich ein dünner Stahlfaden heraus, der mit winzigen Diamanten besetzt war. Damit hatte Albert den Halterungsdraht der Falle durchtrennen können.

Nachdem ihm dies gelungen war, kletterte Albert trotz seines verletzten Fußes zu Joes Leiche. Joe hatte noch die Tarnkappe. Albert wollte sie haben.

Was sind dagegen schon Schmerzen? Die Tarnkappe war die größte Erfindung, die Menschen je gemacht haben, dachte sich Albert. Er zerrte sie aus Joes starren und kalten Fingern. Dann kletterte Albert mühevoll zurück. Gerade als er wieder neben dem weißen Flugdrachen stand, den er aus seiner Halterung lösen wollte, hörte er Edda kommen. So schnell es ging, legte er sich die Tarnkappe um.

Vielleicht war Edda nicht allein?, dachte sich Albert. Sie würden es merken, wenn er mit dem Drachen losfliegen wollte. Dann wussten sie, wo er war.

Der Schmerz am Fuß war kaum auszuhalten. Er pochte durch den gesamten Körper. Lange konnte er Schmerzenslaute nicht mehr unterdrücken. Er brauchte durch seine Anstrengungen plötzlich mehr Luft. Aber er wollte sich durch seinen Atem nicht verraten. Er presste die Lippen fest zusammen und atmete möglichst unhörbar durch die Nase.

Edda spürte jedoch unweigerlich, dass Albert in ihrer Nähe war. Langsam sich weiter drehend, mit einer Hand durch die Luft suchend, öffnete sie ihre Gürtelschnalle, zog den Gürtel aus den Schlaufen. Sie stellte sich vor den

Drachen und beobachtete den Boden in ihrem Umkreis. Der Wind hatte gedreht. Er zog an der Bergkette entlang. Von Westen nach Osten. Vom brennenden Schloss zum Tegelberg. Vor sich trieb er eine dunkle Rauchwolke an den Berghängen entlang. Wenn er einen Stein gegen sie hob, um sie zu töten, dann hatte er keine Waffe mehr, die zu seinem teuflischen Arsenal gehörte. Sie würde sehen, wenn er wieder einen Stein aufhob, mit dem er gegen sie losgehen wollte. Steine von einer gefährlichen Größe lagen nur drei vor ihr. Die anderen waren zu klein oder waren schon Felsen, die kein Mensch hochheben konnte.

Versteckte sich Albert hinter einem dieser Felsen?, überlegte sie. Der dunkle Rauch wehte langsam die Flanke des Tegelberges hoch, die zum Schloss zeigte. Explosionen waren zu hören. Die gelben, orangenen und roten Flammen aus dem Schloss konnten ihn kaum durchdringen. Es dämmerte. Der Sonnenaufgang war nicht mehr weit. Der Rauch kroch über die Spitze des Tegelberges. Er kam auf Edda zu. Im Rauch konnte Edda den unsichtbaren Albert als helle Silhouette erkennen, die sich bückte, um einen Ast als Waffe aufzuheben. Sie ließ den scharfen Draht aus ihrem Gürtel über ihren Kopf zischen und sirren. Er verfing sich in Alberts Ast, mit dem er auf sie losgehen wollte. Sie warf sich auf die Stelle, an der sie Albert vermutete. Den Ast fasste sie mit zwei Händen und drückte ihn über Alberts Brust.

»Lass mich los, was hast du?«

»Nein.«

»Wir sollten uns vertragen. Wir gehören doch zusammen. Wir können beide flüchten. Die Polizei erwischt uns nicht. Ich habe die Tarnkappe.«

»Wie willst du flüchten?«

»Mit dir. Mit dem Drachen. Zu zweit.«

»Wohin?«

»Ich habe noch einen Unterschlupf. Wir schaffen das.«

Er hatte noch einen Unterschlupf, von dem ich nichts wusste, dachte sich Edda. Dieses Schwein.

Alberts letzte Bemerkung legte den Hebel in ihrem Hirn endgültig um, der Sklaven in Despoten verwandelte.

»Gut. Wir zwei fliegen mit dem Drachen.«

»Endlich. Du wirst vernünftig.« Edda spürte unter sich den Körper Alberts, den sie nicht sehen konnte. »Lass mich los!«

»Erst wenn du wieder sichtbar bist.«

Edda spürte das Netz der Tarnkappe zwischen ihren Fingern. Sie zerrte daran. Sie konnte dieses unsichtbar machende Plastiknetz von Alberts Kopf ziehen. Sein Gesicht, das keinen Hals und keinen Körper zu besitzen schien, war zu sehen.

»Hast du mich je geliebt? Nur eine Sekunde?«

»Wir hatten eine gemeinsame Aufgabe. Dazu brauchte es Vernunft und noch mal kühle Vernunft.«

»Du hast wohl auch der Liebe abgeschworen, Albert, Alberich?«

»Seit dem Tod meines Bruders.«

»Du wirst ihn bald treffen.«

Edda riss das Tarnnetz von Alberts Leib. Sie hörte ihm nicht zu. Egal was er ihr versprach, oder was er ihr androhte. Dann riss sie ihm die Kleidung vom Leib. Seine Schmerzensschreie ließen sie kalt, als sie die angeklebten Stahlplatten von Alberts Körper herunterriss. Auch wenn die Haut daran kleben blieb, offene Wunden entstanden, die sich mit Blut füllten.

Albert bettelte und wimmerte, damit aufzuhören.

Doch Edda rupfte aus dem toten Schwan Federn, die sie Albert auf die nackte Brust und den Rücken klatschte, wo sie kleben blieben. Dann band sie seine Hände mit ihrem Gürtel und zog ihm die Schuhe aus. Seine dünnen Füße band sie mit einem der langen Socken zusammen, die sie ihm herunterzog. Den anderen stopfte sie ihm in den Mund, aus dem nun nur noch dumpfe Laute kamen. Sie hatte diese überlangen Socken an Albert schon immer gehasst. Jetzt erfüllten sie wenigstens einen guten Zweck, dachte sie sich. Den schwach zappelnden Mann, der sich am Oberkörper in einen Schwan verwandelt hatte, trug sie zum Flugdrachen. Sie löste dessen Halterung, griff sich mit der rechten Hand den Bügel, umklammerte Albert mit der linken und lief mit ihm und dem Drachen die Rampe hinunter.

Der Flugdrachen hob mit den beiden Menschen ab.

Sie flogen an der Sonne vorbei, die rechts im Osten aufging. Beim Schloss brachen der Dachstuhl des Palais und die Wände zusammen. Rauch und Staub verdeckten das Feuer, das langsam zurückging. Die Schreie und Kommandos der winzigen Feuerwehrmänner waren als Wortfetzen in der Höhe zu hören. Edda und Albert schwebten in einem weiten Bogen von Osten nach Westen. Tausend Meter über der grünen Wiese, die sich von den Berghängen zum Forggensee hinzogen.

Edda hing in dem Flugdrachen, dessen Bügel sie mit der rechten Hand hielt. In der linken hielt sie den schmächtigen Zwergenkörper von Albert, der starr vor Angst war.

Sie flogen im Halbkreis auf das brennende Neuschwanstein zu. Als sie durch die Rauchwolken über dem brennenden Schloss flog, ließ sie Albert in die zusammenkrachenden Mauern fallen und flog jetzt mit zwei Händen am Bügel und mit einem zufriedenen Lächeln auf den Lippen weiter. Aus dem Rauch hinaus. Sie dachte an ihren Sohn, der eine Mutter brauchte.

Die Sonne stieg über den Horizont.

Ein neuer Tag brach an.

Du solltest umkehren, es ist noch Zeit!

Wasserfrau zu Hagen

43. Kapitel

Die Wellen schlugen über dem gelben Tauchboot zusammen. Die drei U-Boot-Insassen konnten nach dem Abtauchen durch das 16 Zentimeter dicke Acryl des Cockpits die Fische vorbeischwimmen sehen. Angeleuchtet von LED-Strahlern. »Kurs 85 Grad, Kabinendruck und Sauerstoffgehalt bestens, Überlebenssysteme okay«, kommentierte Bruno seine Steuermanöver in die Wassertiefe am Joystick. »Wisst ihr, beim Unterwasserfliegen über die Algenwälder am Grund des Sees fühle ich mich wie ein Buschpilot.«

»Haben Sie das selbst gebaut?«, wollte Wally von Bruno wissen, der neben Taka saß und das kleine U-Boot im Forggensee zum Grund tauchen ließ. Dabei kraulte Wally den schnurrenden Leonardo auf ihrem Schoß.

»Sagen wir mal so, ich habe es ein bisschen verbessert. Jetzt kann es bis zu tausend Meter tief unter Wasser, rund zehn Stunden lang.«

»Wie kommen Sie mit dem trüben Wasser des Sees klar«, erkundigte sich Taka.

»Kein Problem, ich orientiere mich mit Kompass und künstlichem Horizont.«

»Warum ist es so klein?«, erkundigte sich Taka.

»Es ist ein U-Boot Marke Deepflight für reiche Privatleute, kostet so um die drei Millionen. Damit sind wir die Nachfahren von Käpt'n Nemo. Dieses U-Boot hat ein neues Tauchprinzip. Es muss nicht geflutet werden, damit es durch sein Gewicht tauchen kann.«

»Wie dann?«, erkundigte sich Taka.

»Na ja, die Deepflights funktionieren durch ein System wie die Flugzeuge. Strömt Wasser über die umgedreht montierten Flügel, werden diese submarinen Gleiter in die Tiefe gezogen.«

»Haben sie mit einem Torpedo von diesem U-Boot aus auf die Yacht von Schmelzing geschossen? Und warum?«

»Ich habe Schmelzing beobachtet. Mit meinem Tarnmantel. Dabei habe ich mitbekommen, dass er nicht nur als Spion für Albert und dessen Nibelungen arbeitete, sondern selbst hinter dem Schatz unter Schloss Neuschwanstein her war. Das wollte ich verhindern. Dazu habe ich ihm einen Warnschuss verpasst. War nur ein Mini-Torpedo, für das ich hier einen Schacht eingebaut habe. War gleichzeitig ein Test für zukünftige Angriffe auf die Luxusjachten von Verbrechern.«

»Es hätten Menschen sterben können«, meinte Wally.

»Ach was, im Forggensee ertrinkt man nicht so schnell. Hier wimmelt es von Lebensrettern. Ich habe nur auf das Heck geschossen. Auf diese Weise sinkt ein Boot nicht so schnell.«

»Woher haben Sie die Kohle für so ein Spielzeug der Superreichen«, wollte Taka von Bruno wissen.

»Das hat mich die letzten Stücke aus dem Schatz gekostet, die ich in meiner Werkstatt gebunkert hatte. Mein Kunsthändler hat gemeint, wir überschwemmen damit den

Markt. Ich solle mal eine Pause machen. Das ist nun auch gelöst, nachdem alles wieder im Wasser verschwunden ist, wie es einst schon im Rhein hätte passieren sollte.«

»Was ist da unten?«, erkundigte sich Wally. Die hellen LED-Strahler des U-Bootes erfassten mit ihrem Lichtkegel einen Gegenstand am kiesigen Boden des Stausees.

»Mit etwas Glück können wir hier unten manche Spuren der alten Römer sehen«, erklärte Bruno. »Aber auch verfallende Bauernhöfe die überflutet wurden. Ebenso die einstige bischöfliche Mühle.«

»Hoffentlich sind wir tief genug, damit wir nicht an den Kiel von Booten auf dem See stoßen«, meinte Taka.

»Keine Sorge«, grinste Bruno. »Das war heute sowieso meine letzte Tauchfahrt im Forggensee.«

»Wieso?«, erkundigte sich Wally. »Damit könnte man doch auch Touristen den See zeigen.«

»Ich bin mir sicher, dass mir Kommissar Dolling schon auf den Fersen ist. Wegen der versenkten Yacht. Auch wenn er jetzt ohne seinen Angermaier klarkommen muss und erst noch die Morde offiziell aufdecken muss. Ich werde also schnellstmöglich aus dieser Gegend verschwinden.«

»Was wissen Sie darüber?«, fragte Wally.

»Was ich Ihnen schon gesagt habe. Basse hat Loomis auf dem Gewissen. Das können Sie dem Dolling ausrichten, wenn Sie ihn treffen. Und sein Kollege Angermaier war ein Verräter.«

»Wieso?«, frage Wally.

»Sein Kollege Angermaier arbeitete für die Guglmänner und den Geheimdienst. Das können Sie auch dem Dolling ausrichten.«

»Ich kann ihn sowieso nicht ausstehen«, streichelte Wally Leonardo über den Rücken.

»Mit diesem Gerät würde ich gerne mal in der Südsee tauchen«, erwähnte Taka.

»Gerne«, erwiderte Bruno, »wenn Ihr beiden Hübschen mal zu den polynesischen Inseln im Pazifik kommt, auf denen ich mich bald einquartieren werde, machen wir das. Dort ist das Tauchen mit meinem U-Boot auch erlaubt.«

»Wie? Tauchen wir im Forggensee illegal?«, verlor Wally etwas Farbe im Gesicht.

»Meine liebe Wally zieht immer das Verbrechen an«, lästerte Taka und sah sich nach ihr um.

»Zieht Leonardo mit in die Südsee?«, erkundigte sich Wally.

»So wie es ausschaut, will er ja lieber bei Ihnen bleiben«, lachte Bruno.

Nachdem Bruno sein U-Boot in einem alten Bootsschuppen am Füssener Ufer des Sees verstaut hatte, gingen Taka und Wally zum Biergarten, wo Yui auf sie warten wollte. Sie hatte ihre Zeichenblätter auf dem Biertisch unter den Kastanien ausgebreitet. Zwischen den dichten Kastanienblättern waren weiße Blütenkerzen. Sie unterhielt sich mit Charon, der ihre Zeichnungen bewunderte. Taka und Wally setzten sich nach einer kurzen Begrüßung dazu. Sie bestellten sich ebenfalls eine Maß Bier.

»Wir sprechen gerade über meinen dritten König-Ludwig-Manga-Band«, zeigte Yui auf die Skizzen, die Charon eingehend betrachtete.

»Habt Ihr gewusst, dass Charon eine tolle Handschrift hat? Er besorgt das Lettering meines Werkes in deutscher Schrift. Der Verlag war mit einer Probe seiner Handschrift hochzufrieden«, sagte Yui. Dabei strahlte sie Charon an, der den Text von einem Bild vorlas, das den Sängersaal auf Schloss Neuschwanstein zeigte: »Dieses Schwanenschloss ist von einem schwarzen Vorhang verhüllt. Das verräterische Gesindel drang an jenem Abend ins Territorium des heiligen Königs ein.«

»Da merkt man, dass Ihr gut informiert seit«, lachte Wally.

»Aus erster Hand«, ergänzte Taka.

»Ich will in diesem Band zeigen, dass Ludwigs Seelenleben immer wirklichkeitsfremder wird.«

»Wir diskutieren noch über die Szenen, in denen der König festgenommen wird und im See ertrinkt«, sagte Charon. »Wir Gothics lieben ja diesen König, der seine Träume voller Romantik und Mittelalter leben wollte, egal wie düster sie waren.«

»Charon hat die Idee, dass Ludwigs treuester Geliebter, dieser Stallmeister Hornig, den König aus den Klauen des Irrenarztes Gudden retten soll. Wie findet ihr das?«

»Klingt dramatisch«, meinte Wally.

»Und wie soll dieser Hornig das bewerkstelligen?«, wollte Taka wissen.

»Charon hat sich ausgedacht, dass dieser Hornig und die Kaiserin Sisi einen verschwörerischen Plan aushecken. Hornig soll mit einem Ruderboot bei einem Spaziergang mit Gudden den König zur Flucht verhelfen. Sissi will dann dafür sorgen, dass ihr Jugendfreund als freier Mann in Österreich leben kann.«

»Ein kühner Plan«, meinte Wally.

»Geht der in deinem Manga schief? Wir der König ertrinken und wie? Wird er von diesem Gudden im Kampf ersäuft?«

»Ich habe mir das so ausgedacht«, zeigt Yui auf ihre Skizzen. »Der König springt bei einem Spaziergang mit Gudden in den See, als er Hornig mit einem Helfer im Ruderboot kommen sieht. Gudden will den König mit Chloroform im

Wasser betäuben. Hornig springt aus dem Boot, kämpft mit Gudden, der dabei ertrinkt …«

»Und der König?«, runzelte Wally neugierig ihre Stirne.

»Hm, der überlebt das auch nicht. Aber wir diskutieren noch, wie das geschehen soll«, sage Yui. Dabei streichelte sie Charon über seine pechschwarzen Haare.

Ihr Bruder nahm das als Aufforderung, seinen Arm vertraulich sanft über die Schulter von Wally zu legen.

»Schaut mal, diese Zeichnung gefällt mir sehr gut«, schob Taka eine Skizze von Yui zu Taka und Wally hin. Zu sehen war eine düstere Szene am Seeufer mit Polizisten, die zwei Leichen untersuchten. »Sie hat es gezeichnet wie einen alten Kupferstich, wie ein echtes Dokument aus jener Zeit.«

Ein lautes Räuspern lenkte die Aufmerksamkeit des Quartetts am Biergartentisch auf einen hageren Mann mit imposantem Schnauzbart. »Darf man stören?«

»Herr Kommissar Dolling, gut, dass ich Sie sehe. Ich soll Ihnen was Wichtiges ausrichten. Muss aber nicht jeder hören.«

Dolling beugte sich so, dass Wally in sein Ohr flüstern konnte, was ihr Bruno mitgeteilt hatte.

»Das kommt leider zu spät«, richtete sich der Kommissar auf. »Sonst hätte ich besser auf ihn aufgepasst. Mein Kollege Angermaier ist nämlich tot. Das wissen wir seit heute. Vor ein paar Stunden hat man ihn gefunden. Allerdings würde das, was Sie mir gerade sagten, auch erklären, warum einige Leute so hervorragend über unsere Absichten und Aktionen so hervorragend informiert waren.«

»Wo hat man Ihren Kollegen gefunden?«, frage Wally. »Auch wenn ich ihn nicht besonders leiden konnte, aber das habe ich ihm wirklich nicht gewünscht.«

»Das glaube ich Ihnen gerne, liebe Wally«, meinte der Kommissar. »Er wurde durch die Renovierungsarbeiten beim Schloss Neuschwanstein gefunden.«

»Ist er bei dem Brand im Schloss umgekommen?«, wollte Taka wissen.

»Wollte er Menschen aus dem Feuer retten?«, fragte Yui.

»Er wurde erschossen. Seine Leiche wurde bei den Renovierungsarbeiten gefunden. Wir rätseln noch, wer ihn getötet hat, warum und wie das alles zusammenhängt. Jedoch könnte mich der Hinweis von Wally auf eine heiße Spur bringen.«

»Wie geht's eigentlich Ludwig?«, versuchte Wally ein anderes Thema anzuschneiden.

»Welchen Ludwig meinen Sie? Unseren ertrunkenen bayerischen König doch nicht?«, antwortete Dolling mit einer Gegenfrage.

»Nein, ich meine den Wellensittich«, lachte Wally.

»Dem geht's blendend. Der hat sich bei mir bestens eingewöhnt. Mein Luggi, also der Ludwig, hat einen Fensterplatz bekommen. Gut, dass Sie mich erinnern, ich muss noch Vogelfutter für ihn besorgen.«

»Ich habe in der Zeitung gelesen, dass man auch Schmelzing und Joe den Kutscher tot aufgefunden hat«, sagte Wally.

»Ich komme kaum noch zum Schlafen. Gott sei Dank hat man mir Verstärkung geschickt. Und was ich noch sagen wollte, also, Taka,« blickte der Kommissar zu dem jungen Japaner. »Sie haben mir mal erzählt, Sie suchen doch hier nach einem alten Samurai-Schwert.«

»Stimmt«, sagte Taka.

»Wir haben ein altes japanisches Schwert gefunden. Bei der Leiche von Ottokar Schmelzing.«

»Wo ist es? Kann ich es sehen?«, fragte Taka aufgeregt.

»Sicher. Es liegt in meinem Büro.«

»Mein Gott, ich hätte nicht gedacht, dass es hier, in dieser romantischen Gegend, so grausam zugehen könnte.«

»Sie werden es morgen in der Zeitung lesen können, die Leute, die das abgebrannte Schloss renovieren haben auch einige menschliche Knochen gefunden. Wir wissen allerdings noch nicht, zu wem sie gehören und wie alt sie sind.«

»Es gab Zeiten, da redete man mit der Seele der Toten um ihre Mörder zu erfahren«, äußerte sich Charon.

»Ich würde nicht gerne mit Seelen reden, denn die sind unsichtbar«, meinte Wally.

»In der griechischen Mythologie sind die Seelen der Toten im Hades als körperlose Schatten sichtbar«, erklärte Charon. »Der Totengott selbst kann sich übrigens durch einen Helm unsichtbar machen, den er von den Kyklopen im Kampf gegen seinen kannibalischen Vater Kronos erhalten hatte.«

»Danke, Charon, das genügt. Und wenn es nach der griechischen Mythologie ginge, dann wäre für dich sowieso alles unsichtbar.«

»Wie meinst du das?«

»Ist Charon, der Fährmann über den Styx, ins Reich der Toten, nicht blind?«

»Wer weiß schon, ob die Seelen nicht noch schlimmere Lügner sind?«, grinste sie Dolling an. »In diesem Sinne, dann wünsche ich Euch einen schönen Tag im Biergarten«, verabschiedete sich Dolling von Wally, Taka, Charon und Yui. Nach ein paar Metern Richtung Ausgang wandte er sich um, ging noch mal zurück: »Ich schätze mal, Ihre Information über Angermaier haben sie von Bruno, dem verrückten Erfinder. Stimmt doch liebe Wally, oder?«

»Ich bin weder Seelchen noch Petze«, antwortete Wally.

»Habe ich mir schon gedacht. Dann werden Sie mir auch nicht verraten, wo er zu finden ist. Ich hätte gerne mit ihm gesprochen.«

»Vielleicht ist er untergetaucht?«, erwiderte Wally.

Dolling nickte verstehend und machte sich auf den Weg zur nächsten Tierhandlung.

Ein leichter Wind wehte durch den Biergarten am Rande des Forggensees.

Aus den dicht belaubten Kastanienästen über dem Tisch von Wally, Taka, Charon und Yui fiel eine Blütenkerze herab. Dicht über dem gläsernen Maßkrug von Wally hielt die Blütenkerze kurz an, schwebte einfach in der Luft ein paar Zentimeter seitwärts, fiel dann neben dem Maßkrug auf den Tisch.

»Was war denn das? Habt ihr das auch beobachtet?«, staunte Taka, der genauso verblüfft die Blütenkerze anstarrte wie die anderen am Tisch.

»Komisch, ich habe nichts gesehen«, lächelte Wally.

Bevor der Mörder den Schatz also verbarg,
da hatten Sie's geschworen mit Eiden hoch und stark,
daß er verborgen bliebe so lang' sie möchten leben:
so konnten sie's nicht selber noch jemand anders nehmen.

Lied der Nibelungen